"华南师范大学哲学社会科学学术著作出版基金"
编号：SKXSZZ 1406

新历史主义批评与实践

——基于西方文论本土化的一种考察

卢絮 著

中国社会科学出版社

图书在版编目(CIP)数据

新历史主义批评与实践:基于西方文论本土化的一种考察/卢絮著.—北京:中国社会科学出版社,2016.1
ISBN 978-7-5161-7033-5

Ⅰ.①新… Ⅱ.①卢… Ⅲ.①中国文学—文学评论—文学理论—研究 Ⅳ.①I206

中国版本图书馆 CIP 数据核字(2015)第 262514 号

出 版 人	赵剑英
责任编辑	郭晓鸿
特约编辑	席建海
责任校对	郝阳洋
责任印制	戴 宽

出 版	中国社会科学出版社
社 址	北京鼓楼西大街甲 158 号
邮 编	100720
网 址	http://www.csspw.cn
发 行 部	010-84083685
门 市 部	010-84029450
经 销	新华书店及其他书店
印 刷	北京君升印刷有限公司
装 订	廊坊市广阳区广增装订厂
版 次	2016 年 1 月第 1 版
印 次	2016 年 1 月第 1 次印刷
开 本	710×1000 1/16
印 张	17.25
插 页	2
字 数	269 千字
定 价	66.00 元

凡购买中国社会科学出版社图书,如有质量问题请与本社营销中心联系调换
电话:010-84083683
版权所有 侵权必究

目 录

序 …………………………………………………………………… (1)
导论 ………………………………………………………………… (1)
  一 关于新历史主义的概念界定 ………………………… (1)
  二 关于西方文论本土化研究 …………………………… (5)

第一章 西方新历史主义的"源"与"流" ……………………… (21)
 第一节 新历史主义的缘起、内涵与特色 ………………… (22)
  一 新历史主义的理论缘起 ………………………………… (22)
  二 新历史主义的理论内涵与特色 ………………………… (28)
 第二节 新历史主义的理论贡献与当代意义 ……………… (36)

第二章 20世纪八九十年代新历史主义在中国 ……………… (43)
 第一节 20世纪八九十年代本土文化语境与文学土壤 …… (45)
  一 1986—1992年的文化语境与文学土壤 ……………… (45)
  二 1993—1999年的文化语境与文学土壤 ……………… (51)
 第二节 投石问路的引介期(1986—1992) ………………… (56)

一　理论的翻译与介评 ………………………………………(56)
　　二　阶段性特征与效果 ………………………………………(63)
第三节　沉寂平稳的发展期(1993—1999) …………………………(65)
　　一　理论的翻译与述评 ………………………………………(65)
　　二　新历史主义与新历史小说、诗歌创作 …………………(81)
　　三　新历史主义与历史影视剧创作 …………………………(92)

第三章　新世纪新历史主义在中国 ……………………………(96)
第一节　新世纪本土文化语境与文学土壤 …………………………(97)
第二节　研究高潮的初步涌现(2000—2005) ……………………(103)
　　一　关于新历史主义理论本身的探讨 ……………………(105)
　　二　新历史主义与新历史小说 ……………………………(112)
　　三　新历史主义与历史影视剧创作 ………………………(121)
第三节　研究高潮的继续推进(2006—2012) ……………………(125)
　　一　关于新历史主义理论本身的探讨 ……………………(128)
　　二　关于新历史主义与新历史小说 ………………………(138)
　　三　关于新历史主义与历史影视剧 ………………………(145)

第四章　新历史主义与中国文化诗学的比较考察 ……………(152)
第一节　中国文化诗学的兴起、发展与特点 ………………………(153)
　　一　中西文化诗学研究背景回顾 …………………………(153)
　　二　中国文化诗学研究发展综述 …………………………(155)
第二节　新历史主义与中国文化诗学审美意识比较 ……………(164)
　　一　关于文本审美 …………………………………………(164)
　　二　关于文化审美 …………………………………………(167)
　　三　关于审美与现实 ………………………………………(170)
第三节　新历史主义与中国文化诗学历史意识比较 ……………(173)
　　一　理论缘起 ………………………………………………(173)
　　二　历史记忆与文学记忆 …………………………………(174)

  三　历史叙事与文学叙事 …………………………………… (178)
  四　历史真实与文学真实 …………………………………… (182)

第五章　新历史主义视域中的中国当代文学与影视作品分析 ……… (186)
 第一节　个体生命的突围:苏童小说的新历史主义解读 ………… (188)
  一　苏童小说、新历史主义与文化语境 …………………… (188)
  二　在历史与现实中之间 …………………………………… (192)
  三　个体在历史存在面前的困顿 …………………………… (197)
 第二节　民间历史的胜利:莫言小说的新历史主义解读 ………… (204)
  一　莫言小说、新历史主义与文化语境 …………………… (204)
  二　狂欢的自由世界 ………………………………………… (209)
  三　民间历史的建构 ………………………………………… (220)
 第三节　历史的影像呈现:《南京！南京！》与《王的盛宴》的新历史
    主义解读 …………………………………………………… (227)
  一　关于新历史影视剧 ……………………………………… (227)
  二　坚硬历史中的柔弱个体 ………………………………… (228)
  三　历史的个人化与诗化 …………………………………… (233)

结语 ……………………………………………………………………… (239)
参考文献 ………………………………………………………………… (243)
附录1 …………………………………………………………………… (260)
附录2 …………………………………………………………………… (263)

序

在时间和空间的交织中进行思考

卢絮的博士论文《新历史主义批评与实践——基于西方文论本土化的一种考察》即将付梓，嘱我作序。我基于两方面的考虑同意做这个事。其一，作为卢絮的博士指导教师，她的学位论文我负有相关责任。最初的选题等工作我要参与意见，这是职责所在；那么现在出版时的作序，就算是这一工作的最后一程，我没有理由拒绝。其二，作序带有一些对于著作的肯定的性质，但更主要的是为读者推荐，简要说明著作的特色或者出彩之处，甚或也指陈其中不足等，它是阅读正文前的一个提示，这是我认为很有必要的。

我的序的题目"在时间和空间的交织中进行思考"，是说明卢絮论文的这样一个特点，即论文的论述对象是"新历史主义批评"，它是关注历史的，而且是历史上时间范畴中的；同时，这种论述不是简单地回溯新历史主义批评的发展过程，而是把它引进到中国之后的本土化过程联系起来思考，这个本土化的进程是涉及空间的。所以，论文既是在时间中的思考，也是在空间中的思考，它更是在时间和空间的交织中思考。

作为在时间轴的思考，论文追溯了新历史主义批评的发展脉络，这种追溯其实包含了两方面的内容：一方面是逻辑角度的，即探寻新历史主义思想的来龙去脉，它的所来何自，也就是说明它的思想基础、它的思想前驱等；时间轴的另一方面则是进行历史线索的追寻，一步步进行实证性质的考察。应该说，卢絮这一工作是做得很细的，她既要考察源自美国的新历史主义的文献材料，也要追寻自20世纪80年代开始译介的中文材料，阅读量非常大。我所用的"非常大"这个词中，不是随意说的，读者可以看参考文献，林林总总约五百多种参考资料，这些资料不是泛泛的文艺学这个框架下的参考文献，而是基本上可以落实到新历史主义范畴中的。在此我也顺便应该致谢一下文艺学教研室的李松老师，在卢絮写博士论文期间，李松正值在哈佛大学做访问学者，李松在哈佛大学图书馆下载了一些英文材料，这是武汉大学图书馆甚至国内不能查阅到的，毕竟我们国内的图书馆也不会全数收录英语图书和专业刊物，李松提供的材料为卢絮创作论文提供了很直接的帮助。

空间维度的思考，则是卢絮这篇论文更主要的方面。所谓空间维度，就在于新历史主义批评作为一种文学研究的路径、方式，源自于欧美尤其是美国，而论文要考察它传播到中国之后的情况，西学东渐涉及空间的位移。在论文里包含了几个层次来进行梳理。

第一个层次，是对新历史主义批评的译介和述论加以回溯，其中译介注重客观，述论则要表达研究者的主体立场和思考，两方面其实也有关联，译介需要客观也需要见识，客观角度似乎就只是有一说一有二说二，可是，对于这些学术性、理论性的内容，如果不进行一定程度的消化，即使复述也可能抓不到重点，这就需要有相应的见识来梳理材料，这种要把客观性介绍和主观性理解结合起来的情形，对于那些进行译介述评的人很重要。同理，卢絮来回溯这一过程，展示当初那些译介者的工作业绩的时候，也同样是重要的。某种程度上卢絮的工作可能更庞杂，因为当初的译介者只要紧紧跟踪某一两位人物就可以了，卢絮的工作则是要把当初的译介者群体的工作加以回溯，而且心里还需要做出一些权衡，譬如同样译介格林布拉特，不同的人选择的侧重点不同，甚至对其意义、价值的评价也不一致，那么这里进行取舍其实是有困难的，它既包括学识上的困难，又包括涉及具体的人和事之后，不便臧否的困难。

第二个层次，是对新历史主义批评在中国的本土化的梳理。它也可以细分为两方面。第一个方面是对新历史主义批评直接地进行研讨，探讨它的理论上的诸多问题，譬如新历史主义只是一种研究方式还是涉及了思想倾向，新历史主义和可以作为先驱者的福柯等人的学理上的渊源等，这些问题其实在欧美国家也是存在多种不同解说的，有一定的理论深度和难度。第二个方面是和新历史主义有关联的中国本土的文化诗学的研究，这方面也有难度，除了理论上说问题要辨析之外，中国的文化诗学虽和新历史主义有关，但它还和多年前引入中国的文学社会学有关，并且作为中国本土的文学研究，它有文学以外的考量，包括可能需要考虑结合到中国传统的文化资源，从中国古代的诗文评中寻求相关依据，需要有作为思想指导的马克思主义的基本立场，等等，因此中国的文化诗学不是新历史主义批评的中国版，而是中国文化诗学受到了它一些影响，同时也有自己的特性，在这里做出比较、甄别，从中做出一些思考，应该说是有一定难度的。

第三个层次，则是尝试采用新历史主义批评的方法来对中国当下的文学和影视作品加以审视。这种尝试具有一些开创性，即一般的学位论文在介绍乃至分析某一文学研究方法、派别之后，就算大功告成。其实卢絮也可以不进行这种工作，那么，目前这种有些"画蛇添足"的做法意图何在呢？首先，目前的一些中国作家已经具有文学观念上的全球化视野，譬如获诺贝尔文学奖的莫言，就从福克纳和马尔克斯创作中获得了很大启迪，即当今中国的文学已经处在世界的整体的文学潮流中，国外的文学创作以及文学的研究方面的思想，也会渗透进来，影响到作家们创作的思考，甚至成为主人公意识的一部分。在这方面影响最大的也许是女性主义、后殖民主义等，对这些受到影响的作品采取相应的批评来加以剖析，应该算是对其所含之意的一种揭示。相对说来，新历史主义批评的思想在作家创作方面还不确定有多少直接影响，如果对这些没有明确的新历史主义的意识的作品采用新历史主义批评的路径来加以审视，就有冒险的成分。言其为冒险，第一个意思是是否合适，是不是会张冠李戴、削足适履等的不合拍？对此，卢絮自己感觉好像可以读出一些东西，这样的话，能够由某种途径有所发现，应该就是文学研究追求的方向，因此，这种尝试是有道理的。冒险的第二个意思,涉及文学研究的方法论,有些学者非常反对以西方文论的范畴、体系、方法来阐释、说明、评价中国的文学作品,认为不妥:假如批评不当,本身就是不匹配,假如确实还有些意思,那么所做的事情相当于在中国文学的领域证实了西方文论批评话语的普遍有效性,而这样做的后果是中西的文学研究领域的交流中,中国文论与批评更加处于弱势地位,并且这种弱势还是自己酿造的。对此可能的意识,我想,有时候自卑心理会以一种极度的自傲,或者蔑视、敌视他人的姿态出现,它如果成为我们进行文学思考的尺度,那是很可怕的,也是很可悲的。

到了这篇"序"应该收尾的时候了。我想起著名学者童庆炳先生为他学生的著作写序常用的套路,即在整体评介了著作之后,会说"某某还年轻,未来的学术道路还很长"一类,算是对著作中可能存在的瑕疵作一个包容式的评语,这里体现的是老师对学生的包容。不过,一本书的用途是面对读者才得以体现。读者阅读一本学术书籍,主要还是看这本书究竟写了什么,是怎么来写的,阅读之后可以有什么收获。至于书的作者状况一般并不在意,也与阅读没有直接关联。因此,虽然卢絮也是青年学者,在学术之路起步不久,但我想说她的这本书在资料参考方面是做得不错的,通过阅读这本书,中国的新历史主义批评的概貌有了整体的展现,另外就是该书不是简单地列举现象,而是对于论题中的问题作了自己有一定深度的思考,由这种思考可以让读者在阅读中受到不同程度的启迪。

是为序。

张荣翼
2015 年 3 月 12 日

导 论

一 关于新历史主义的概念界定

关于"新历史主义"一词的来历，国内学界有个较为统一的看法：1982年，斯蒂芬·格林布拉特为《文类》(Genre)杂志的一个文艺复兴研究专号撰写了导言，并宣告其运用的新批评方法为"新历史主义"。这被国内学界称为新历史主义的一次"集体宣言"[①]。但是，当时《文类》杂志并没有为"新历史主义"开辟专号(Special Issue)，而是一个专题讨论(Special Topic)，研讨的题目是《文艺复兴时期形式的权力》(*The Power of Forms in the English Renaissance*)，其中刊登了由格林布拉特组编的几篇文章。这说明"新历史主义"在当时还没有成为一个研究流派，这也不是所谓的"集体宣言"。格林布拉特在这篇导言中第一次使用"新历史主义"一词，目的在于凸显其以文本为基础(text-based)的历史主义原则，以区别传统文学研究中的历史主义方法和美国新批评

[①] 此种说法可见：章《什么是新历史主义》，《西北师范大学学报》(社会科学版)1991年第4期。王岳川《新历史主义的文化诗学》，《北京大学学报》(社会科学版)1997年第3期。朱立元主编《当代西方文艺理论》，华东师范大学出版社1997年版，第395页。陈厚诚、王宁主编《西方当代文学批评在中国》，百花文艺出版社2000年版，第461—462页。明亮《新历史主义在中国当代文学的变异》，《世界文学评论》2007年第2期。

研究方法。其次,"新历史主义"一词也非格林布拉特首创,另一位美国批评家威斯利·莫里斯(Wesley Morris)在1972年出版过一本名为《走向新历史主义》(Toward a New Historicism)①的文学批评著作。当时美国新批评已颇受质疑,但其形式主义研究套路早已渗透到文学研究的各个方面,此书的作者实际上对文学研究中的历史主义态度持反对意见。因此"新历史主义"一词所指与格林布拉特大相径庭。国内有学者指出:"新历史主义一词是加拿大批评家麦肯利(Michael McCanles)在1980年研究文艺复兴文化的论文中首先使用,但没有引起足够的反响。"② 不论这个词由谁创造,赋予它重要理论价值和意义的却是格林布拉特,本书所称的西方新历史主义,其内涵和外延就是指以格林布拉特为代表的美国新历史主义。

至于"新历史主义"一词如何被介绍和引进中国,被国内学者获悉,研究者们有较为一致的说法:王逢振撰写的《今日西方文学批评理论》(1988)第一次向国人介绍了新历史主义。张京媛博士主编的《新历史主义与文学批评》(1993)是国内第一本新历史主义译文集。在译介和传播新历史主义的初始阶段,我国学者盛宁、杨正润、韩加明、王岳川等表现非常活跃。③ 根据笔者掌握的资料看,"新历史主义"第一次被中国学者提及,可能最早要见于著名学者、翻译家王佐良所写的一篇游学杂记——《伯克莱的势头》中,这篇文章当时被刊登在《读书》1986年第2期上,伯克莱指的就是美国加州大学伯克利分校,也就是新历史主义的发起者格林布拉特任教的学校。这篇文章记录了王佐良先生在那里的游学见闻,也谈到了伯克莱在美国大学中的学术地位和影响。当然,新历史主义没有在作者的深

---

① David Harris Sacks, *Imagination in History*, Shakespeare Studies, 2003, ProQuest, Research Library, p. 85.

② 傅洁琳:《格林布拉特新历史主义与文化诗学研究》,博士学位论文,山东大学,2008年,第6页。

③ 持有这种看法的文章可见:陈厚诚、王宁主编《西方当代文学批评在中国》,百花文艺出版社2000年版,第496页。辛刚国《新历史主义研究述评》,《学术月刊》2002年第8期。张秀娟《断裂性问题与新历史主义》,博士学位论文,上海师范大学,2006年,第4页。于永顺、张洋《新世纪以来新历史主义在中国的接受与建构走向》,《艺术广角》2007年第5期。王进《新历史主义文化诗学——格林布拉特批评理论研究》,暨南大学出版社2012年版,第12—13页。

入探讨之列，两年之后，王逢振在其所著的《今日西方文学批评理论——十四位著名批评家访谈录》对当时在美国已有相当发展势头的新历史主义有所提及，但并未分章描述，而只是提到了相关批评家对于新历史主义的看法。例如，简·汤姆斯金（Jane Tompskins）、弗兰克·兰垂契亚（Frank Lentricchia），还有爱德华·萨义德（Edward Said）和海登·怀特（Hayden White）。① 令人遗憾的是，他把海登·怀特称为新历史主义批评家，却忘了更重要的一位代表，即当时在美国已有相当影响的格林布拉特。

实际上，国内大多数学者把海登·怀特和格林布拉特并列为新历史主义的代表人物，甚至有人认为是海登·怀特的文章让国人初识了新历史主义。于永顺、张洋提道："1987年10月在中美第二届比较文学年会上，北京大学杨周翰在《历史叙述中的虚构——作为文学的历史叙述》中赞同新历史主义代表人物海登·怀特的'历史叙述有某种情结结构和叙事结构'的观点，这是新历史主义在中国的首次亮相，它也预示了一个新的历史批评时代的到来。"② 傅洁琳指出："北大研究生刊物《学志》于1990年率先刊登了海登·怀特的《评新历史主义》，是最早翻译介绍新历史主义理论的文章之一。"③ 毋庸置疑，海登·怀特是当代西方最著名的历史哲学家之一，他的代表作《元史学：十九世纪欧洲的历史想象》（*Metahistory: The Historical Imagination in Nineteenth Century Europe*）1973年于美国出版，在西方学界得到了广泛的关注。他之所以被文学界所熟悉，是因为他一直致力于阐述文学叙事与历史叙事的共通之处，摒弃历史的科学性而强调历史的诗学原则。海登·怀特引领了20世纪70年代以后历史哲学领域的语言学转向，同时也将历史主义的思想带入了文学批评领域。一开始便相当关注文学批评家格林布拉特所提出的新历史主义，他认可新历史主义对于轶闻趣事的新颖阐释，但同时，怀特评价新历史主义并"没有什么

---

① 参见王逢振《今日西方文学批评理论——十四位著名批评家访谈录》，漓江出版社1988年版。或王逢振《交锋：21位著名批评家访谈录》，上海人民出版社2007年版。
② 于永顺、张洋：《新世纪以来新历史主义在中国的接受与建构走向》，《艺术广角》2007年第5期。
③ 傅洁琳：《格林布拉特新历史主义与文化诗学研究》，博士学位论文，山东大学，2008年，第10页。

独创的地方",新历史主义只能说是文学批评中的"一个现象",不能说是"一种新的理论"①。我们从他的著作等可以看出,海登·怀特的兴趣是在元历史理论基础上思考文学与历史叙事问题,或者说他始终在西方人文学科的语言学转向的影响下进行历史学审美层面的研究。

不可否认海登·怀特的影响力和他的历史叙事理论的价值,但同时我们应该意识到,无论是理论层面还是方法实践层面,他和格林布拉特所提倡的新历史主义是有相当差距的。实际上,海登·怀特从来没有承认过他自己是新历史主义者,美国学界也不认为他属于新历史主义阵营的一员,无论是格林布拉特,还是主编过两个版本的《新历史主义》一书的阿兰姆·威瑟(H. Aram Veeser)都很少提及他。我们在路易斯·蒙特罗斯(Louis Montrose)或尤根·皮埃特斯(Jürgen Pieters)等研究新历史主义的国外学者的文章里也几乎看不到海登·怀特的名字。然而,如前文所述,国内学界,尤其是文学理论界对海登·怀特非常熟悉,海登·怀特的历史叙事学通常被看作新历史主义的理论来源之一,而他本人与格林布拉特一并成为中国学者心目中的新历史主义掌门人。这是一种"错觉"和"误读"。

上文提到的1987年杨周翰的文章观点主要来自于海登·怀特,但并没有把他归于新历史主义者;1988年出版的王逢振的书里把海登·怀特直接称为新历史主义批评家;1993年,张京媛主编了国内第一本,也是迄今为数极少的新历史主义论文集之一:《新历史主义与文学批评》。张京媛在前言中以绝大部分的篇幅介绍和评价了格林布拉特的研究,并没有提及海登·怀特。可这本论文集只选了格林布拉特的一篇文章,海登·怀特的文章有四篇,弗雷德里克·詹姆逊(Fredric Jameson)有两篇,剩下的几篇文章也多是对新历史主义进行质疑和批评的。同年,中国社会科学院外国文学所《世界文论》杂志社编辑出版了《文艺学和新历史主义》,其中只有五篇有关新历史主义的论文。这两本书无疑是国内近三十年来研究新历史主义的首选参考书,极具开拓性意义,但是仔细考察一下这样的译文选择,不禁让人觉得遗憾。由于海登·怀特早已名声在外,其研究领域又涉及历史、文学和哲学,当时他的影响力的确要高于

---

① 王逢振:《交锋:21位著名批评家访谈录》,上海人民出版社2007年版,第362、364页。

格林布拉特，詹姆逊同样如此，不知这是不是编者当时的考虑之一。但这样的编排却给了没有能力阅读第一手资料，而完全依靠此书来窥探国外新历史主义研究现状的学者们一个错误的信号：认为海登·怀特是新历史主义的主力干将之一，这其中可能还包括詹姆逊等人。另外，赵一凡、盛宁和王岳川等学者[①]分别撰文介绍和评价新历史主义，把海登·怀特和格林布拉特作为新历史主义的领军人物并列在一起讨论。以上这些学者的许多观点被后来的研究者甚至教科书毫无怀疑地不断复制，以致让人产生了"错觉"和"误读"。

本书主要以格林布拉特为代表的新历史主义在中国的研究状况为思考对象，但不免涉及有关海登·怀特的研究文章，笔者把它当作西方文论在中国文化和文学土壤中的一种变形，同时这也是在西方文论本土化过程中，中国学者的一种策略性选择的结果。还值得一提的是，格林布拉特在提出新历史主义之时，没有料到它会在美国甚至欧洲掀起一场轩然大波。正因为如此，1986年他把"新历史主义"称为一种"文化诗学"。其实，"新历史主义"一词早已深入人心，而"文化诗学"在西方并没有流传开来（笔者曾用cultural poetics 或者 poetics of culture 在 Springer、ARL 和 PQDT 等数据库查询，相关文章非常少见），学者们还是乐于用新历史主义一词来指称格林布拉特等人的研究。然而，"文化诗学"一词在20世纪90年代被中国学者借用后，逐渐形成了具有中国特色的理论话语和批评实践，近年来在文化研究的浪潮席卷下，更多的学者参与到中国文化诗学的研讨中来，希望把这个西方"舶来品"中国化。

二 关于西方文论本土化研究

（一）关于"西方文论在中国"的研究

西方文论（包括苏俄文论）进入中国已有一百多年历史，伴随着每一次国内政治、思想运动而呈现出不同的面貌、特征和性质。实际上，

[①] 参见盛宁《历史·文本·意识形态——新历史主义的文化批评和文学批评刍议》，《北京大学学报》（哲学社会科学版）1993年第5期。盛宁《新历史主义·后现代主义·历史真实》，《文艺理论与批评》1997年第1期。王岳川《海登·怀特的新历史主义理论》，《天津社会科学》1997年第3期。

西方文论早已取代中国传统文论的主导地位，成为现当代中国文论的主要思想来源，并导致了所谓的中国文论的"失语症"和"与传统断裂"等问题。而这些问题又促使我们不得不去重新思考和梳理西方文论在中国的生存、传播和发展过程。实际上，这应是西方文论研究不可或缺的一个方面，它如何促成中国文论的现代转型，又如何被中国学者有选择地吸收和改造，成为现代中国文论的有机组成部分，都是我们无法回避的问题。

在这方面先行一步的研究者人数不多，且起步较晚。刘庆福在《苏联文学》1988年第4期上发表《高尔基文论在中国》一文，其中以翔实的资料和统计数字说明高尔基的文艺思想在我国文艺发展中的重要影响。许祖华于《外国文学研究》1992年第2期发表《西方文论与五四新文学的本体论》，指出中国近现代文论家们移植某些西方文学理论术语的情况。吴学先在《哈尔滨师专学报》1994年第3期上发表《西方文论在中国的引进过程——兼评〈西方文论史〉》。这篇文章分别概括了国内引进西方文论的五次高潮及各自特点，指出西方文论在中国的引进过程是一个迄今为止不曾有人触及的领域，也是需要查阅大量资料的难度较大的课题。这几位学者的研究开辟了研究西方文论在中国的新路子，可惜影响力不大，后继者不多，一直到世纪之交，这方面的研究才逐渐成为热点。世纪之交，集中讨论西方文论在中国百年生存状态的述评文章逐渐增多。例如，代迅对西方文论近百年在中国的基本脉络和影响、中国文论在接受过程中的主体选择、民族身份认同等研究方面进行了认真的思考。他认为："西方文论已经取代传统的汉语文论资源而成为中国文论的主要思想库。……而中国文论近百年所发生的巨大变革，比此前中国文论变革的总和还要大，这和西方文论的输入是分不开的，这种输入迄今仍未失去'窃火者'的意义。"[①] 应该说这些总结和评价都是非常中肯的，作者在世界政治和文化格局的全球视野下，观照中国对西方文论的本土化选择，提倡用合理

[①] 代迅：《全球视野中的本土化选择：近百年西方文论在中国》，《文艺理论研究》2000年第4期。

的态度和立场展开西方文论与中国文论的对话。另外关于西方文论中的单个理论流派或作家在中国的研究①也逐渐出现。但这些都是以单篇或系列多篇的论文出现在各大期刊，其研究论题和对象又非常宽广，因此大多难以深入历史和社会语境，窥探西方文论何以在中国生存和发展。

除了上述论文的日趋增多外，相关研究丛书和专著的出版也在21世纪开始出现。2000年陈厚诚、王宁主编的《西方当代文学批评在中国》由百花文艺出版社出版，根据笔者搜集的材料看，迄今为止它仍然是国内唯一一本全面介绍和研究西方当代文学理论"在中国"的"生存状态"的书，作者分章别类细数了从20世纪初的精神分析学批评、英美新批评等一直到近些年的解构主义批评、后殖民主义批评在中国译介、传播、改造和运用等情况。其实，它也是国内最早一本分章研究新历史主义在中国的传播和影响的书。当然由于时间和篇幅的限制，它只是考察了从新历史主义传入中国的20世纪80年代末到90年代末的情况。

2001年汤一介先生主编的《20世纪西方哲学东渐史》分为14册，由首都师范大学出版社出版。其中王岳川著《后现代后殖民主义在中国》(2001)与陈晓明、杨鹏著《结构主义与后结构主义在中国》(2002)以及张祥龙等著《现象学思潮在中国》(2001)与文艺理论研究息息相关（这几本书的第二版已经于2011年发行）。王岳川的著作并不是按照惯常的时间顺序逐一讲述"后学"在中国的研究状况，而是根据主要研究者的态度和观点进行归类和分章，例如把"后学"的研究者分为客观研究学者、积极推行者、尖锐反对者和情绪宣泄者等，坚持对某些有学术推进意义的观点冷静梳理，而不屑于以年鉴式列出论战多方的发言和主张。这些研究方法和思路无疑给笔者的写作带来极大的启发。

---

① 参见杨莉馨《女性主义文论在中国》，《外国文学研究》2003年第6期；杨莉馨《异域性与本土化：女性主义诗学在中国的流变与影响》，北京大学出版社2005年版。禹建湘《女性主义文论在中国的发展》，《吉首大学学报》（社会科学版）2004年第1期。汪介之《周扬与马克思主义文论在中国的传播》，《南京师范大学文学院学报》2005年第1期。李国华《结构主义文论在中国的传播研究》，博士学位论文，山东大学，2006年。张晓明《巴特文论在中国的译介历程》，《当代外国文学》2006年第2期。耿海英《新时期俄国形式主义文论在中国的接受与研究》，《俄罗斯文艺》2007年第1期。

代迅著《西方文论在中国的命运》由中华书局2008年出版，这是继《西方当代文学批评在中国》之后又一本关注西方文论在中国的"生存状态"的专著。与后者不同的是，本书并不试图对进入中国的西方各理论流派进行整理和评价，而是抓住对中国文论产生重大影响的文论，如俄苏文论、新批评和文化研究进行细致分析，全书贯穿着的核心理念是要摆脱"全盘西化"和"民族主义"两种极端文论思想，寻求一种折中的、"中国化与西方化双向逆行"的互动模式，而"对接和融通"是实现西方文论中国化的基本途径。代迅在梳理西方文论在中国的命运中突出其问题意识和批判精神，有着深刻的学术关怀，希望冲破中西文论二元对立的僵硬思维模式，以开放的心态从事全球化时代的中国文论研究，这些都使笔者受益匪浅。

赵淳著《话语实践与文化立场：西方文论引介研究：1993—2007》由南京大学出版社2008年出版。此书以话语实践和文化立场为理论基点，通过整理、分析中国五家外国文学核心期刊的论文，研究20世纪90年代文化转型以来对西方文学和文化理论的阐释性再现。作者先将西方文论的知识构型再现分门别类，分为资源型再现、追问型再现、整理型再现等六种再现形式；然后从纵（时间）横（思潮、流派、理论家）两个向度展开西方文论引介的具体考察；最后通过问题意识审视和质疑外国文学理论界文化立场的学理构成。这种研究方法点面俱到，结构和立意都非常清晰，特别是将西方理论的阐释性再现分类，符合实际且富有创意。稍有遗憾的是，本书研究对象局限于国内五家核心期刊的论文，不包含这段时间内的研究专著以及其他刊物和重要学者的文章，确实难以说明西方文论在中国的全貌；而这些论文的主题又过于分散庞杂，难以归纳和总结，相信作者和读者一样不免有凌乱之感。

2009年由中国社会科学出版社出版的《中外文学传播与接受研究丛书》[①]，

[①] 其中对本书有参考价值的著作：冯黎明《走向全球化：论西方现代文论在当代中国文学理论界的传播与影响》，中国社会科学出版社2009年版。叶立文《"误读"的方法：新时期初西方现代主义文学的传播与接受》，中国社会科学出版社2009年版。樊星《中国当代文学与美国文学》，中国社会科学出版社2009年版。陈国恩等《俄苏文学在中国的传播与接受》，中国社会科学出版社2009年版。

其中冯黎明教授的著作以现代性的西学东渐为线索，系统完整地考察了改革开放以来中国学术界译介西方现代文论的过程和取得的成果，并旁征博引、翔实阐述了现代性东渐带来的"逃离和置换元叙事""消解总体性""解放能指"和"意义经验的个人化"等结果，而存在的问题表现为"现代性焦虑和文化身份的迷失"。书中谈到的中国思想文化的最大变革是"总体性历史元叙事的解体"，这与笔者要研究的新历史主义在中国的影响似有共通之处，还需仔细品读和借鉴。

2004年贾植芳、陈思和主编《中外文学关系史资料汇编：1898—1937》收集了晚清至抗战中外文学关系研究的文献、代表性人物和论著，是一部完整的资料、翔实的文学关系史著作。之后，陈思和于2009年主编《世纪的回响》丛书，选择"五四"以来对中国文学和思想产生过重大影响的罗素、尼采、弗洛伊德、泰戈尔等十位外国思想家和文学家，详细记录了他们在中国被翻译、被研究、被阐释、其思想观点在中国被应用的情况。但遗憾的是，新历史主义的代表人物格林布拉特，或者是国内知名度甚高的海登·怀特都不在其研究范围内。

此外，笔者从更大范围内搜集、翻阅和学习了许多相关著作[①]，力图对西方文论在中国的各方面的状况有所了解。从目前的情况看，这方面的研究有以下几个主要特点，一是起步较晚，20世纪80年代后期才有相关研究出现，且多数为论文，专著较少；二是研究方法较为单一，多数从历时角度介绍各个理论流派的自身特点、在中国的接受和传播，相当一部分内容属于资料汇编和文献整理，或者是主要论述者的论点排列；三是问题意识和文本分析不够，多数研究讲述了西方理论在中国的生存状况，但是没有结合文本分析，深究其接受、影响和改造的过程，以及如何与中国文论展开具体的关联；四是目前还没有新历史主义在中国的研究专著出版，

---

① 参见张荣翼《冲突与重建：全球化语境中的中国文学理论问题》，武汉大学出版社2005年版。许钧、宋学智《20世纪法国文学在中国的译介与接受》，湖北教育出版社2007年版。吴锡民《接受与阐释：意识流小说诗学在中国（1979—1989）》，中国社会科学出版社2008年版。童世骏主编《西学在中国：五四运动90周年的思考》，生活·读书·新知三联书店2010年版。[德]阿梅龙、[德]狄安涅、刘森林主编《法兰克福学派在中国》，社会科学文献出版社2011年版。

而它往往被视为最迟进入中国学界的西方文论流派放在书末加以讨论，内容也限于介绍理论、特色和评价等。

（二）关于"新历史主义在中国"的研究

前文提到关于"西方文论在中国"的研究在 21 世纪之后才逐渐成为学界关注的热点之一。国内出版的现当代西方文论书籍往往把新历史主义放在书末加以介绍，这不仅是因为新历史主义研究在西方的确属于新兴的一种理论，还处于不断发展和理论扩充阶段，还有一层原因是较之于结构主义、解构主义、后殖民主义以及新兴的文化研究等西方文论流派先后在中国学界大行其道而言，新历史主义作为一种理论阐述显得有些默默无闻，且其标榜的新的历史观念和文学观念与主流意识形态有一定冲突，要被广泛接受和认可还有待时日。然而，文学实践往往会比理论先行一步，以新历史主义观念为指导的文学创作和影视剧创作自 20 世纪 80 年代中期以来就不断地发展和繁荣起来了。因此，对于国内新历史主义文学指导的创作的总结性评述文章比对其理论研究的评述文章要早。

1993 年，王彪选评的《新历史小说选》由浙江文艺出版社出版，其中包括了乔良的《灵旗》、格非的《迷舟》、叶兆言的《追月楼》、苏童的《妻妾成群》等作品，引起人们在先锋小说、新写实小说等之后对于历史题材的关注。张清华 1998 年在《钟山》第 4 期发表一篇长文，题为《十年新历史主义文学思潮回顾》。此文回顾了 20 世纪 80 年代中后期到 90 年代中期，当代文学在诗歌，主要是小说领域出现的带有新历史主义观念与倾向的文学思潮。此文的新历史主义概念似乎有些宽泛，作品不仅包括诗歌中"整体主义"和"非非主义"，也包括先锋文学、寻根文学和匪行小说等，当代绝大多数的作家和作品都被概括为新历史主义。但文中对于新、旧历史小说的特点区分，以及联系西方新历史主义的理论观点分析当代历史小说，强调中国的新历史主义文学思潮并不是西方新历史主义理论方法的直接指导下的结果，而是当代中国文化总体的解构和转型的产物，这些观点非常具有启发意义。

辛刚国（2002）在文中总结："迄今为止，国内学者发表的新历史主义论文、专著共有60余篇（部）。"① 此文按照时间先后把这些研究分为翻译与介绍、全面评价和影响应用几个方面加以讨论是十分恰当的。文章区分了我国学者对于新历史主义的不同态度，关注它的积极作用的同时，也认识到它的偏颇。作者最后指出："十多年国内新历史主义研究偏重对其理论自身的剖析与评价，应用分析的文章还不算多，作为新历史主义代表作的研究文艺复兴的系列论著译介太少，关键术语的翻译和理解仍存分歧。"② 这些阐述都是符合实际情况的。李茂民（2005）认为："中国文化诗学研究不是在20世纪80年代美国新历史主义最兴盛的时候提出，而是在它走向衰落之时才大张旗鼓地提倡，其根源在于中国的社会现实和文学理论学科发展的双重需要。"③ 作者分析了中国文化诗学的理论内涵和学术空间、存在问题和走向等，大致完整地勾勒了文化诗学在中国的早期发展状况。李慧（2006）④ 将新历史主义理论与国内当代文学史研究、历史题材小说和历史影视剧的关系做了比较明晰的说明，但缺乏对新历史主义"生存"状态背后的历史和文化背景分析。他的论文也没有涉及新历史主义与中国文化诗学的关系，没有具体的作者和文本分析，缺乏足够的说服力，这些都是笔者在研究中需要特别注意之处。

张洋（2007）思考了新历史主义在中国的接受和演进过程，认为："中国的新历史主义从发生语境到创作实践和理论批评都呈现了相当驳杂的特点，其与中国现代小说美学观以及中国转型期当代历史意识在表征上的颇多契合推进了中国文学乃至文化界对新历史主义理论的接受、整合、修整和演进。"⑤ 其论文主体部分以新历史主义小说创作的精神轨迹的探寻为切入点，论证新历史主义在中国的接受、渗透和整合，总结其跨语境适用性的深层原因。其中不乏精彩的作家文本分析，也有较为独到的理论见解。

---

① 辛刚国：《新历史主义研究述评》，《学术月刊》2002年第8期。
② 同上。
③ 李茂民：《文学理论的危机与走向——"文化诗学"研究述评》，《理论与创作》2005年第5期。
④ 李慧：《新历史主义文学批评在中国》，硕士学位论文，山东大学，2006年。
⑤ 张洋：《解构与建构：新历史主义在中国的接受与演进》，硕士学位论文，辽宁师范大学，2007年。

文末总结部分提到了新历史主义与中国文化诗学建设的某些联系，肯定了前者为后者提供了重要的理论资源，简要总结了中国文化诗学的理论特征和发展前景，可惜由于篇幅的限制，作者无法展开深入和广泛的讨论。

于永顺与张洋合作的论文（2007）指出："新世纪以来，新历史主义在中国的接受从侧重于翻译介绍——全面评价，进一步深化为比较融合——实践应用的研究，成功地实现了新历史主义批评指导下的创作实践，弥补了新历史主义在实践方面的不足，实践性成为新历史主义在新世纪建构与演进的最显著特征。""新历史主义与中国学界构成了影响与被影响、作用与反作用的关系，特别是新历史主义在中国文学以及文化领域的诸多批评和实践，更进一步融汇、整合和完善了西方的新历史主义。"[①] 作者能站在平等对话的立场上反观国内理论界对于西方文论的补充和完善，这点是难能可贵的。同时作者发现新历史主义实践批评在 21 世纪呈现的新特点。

明亮指出："中国的新历史小说是西方新历史主义在中国本土的衍生，但是，一种思潮的流变必然会因为接受者的选择、移位而变形。新历史主义在中国当代文学中的变异具体表现在：创作题材的刻意边缘化、主体地位的空前张扬和商业运作下的困顿。"[②] 作者总结了其变异的原因，同时对中国当代新历史小说向历史维度回归时却丧失了精神维度表示担忧。明亮认为，中国当代许多新历史文艺作品从某种意义上歪曲和违背了西方新历史主义的理论初衷。这个观点与笔者不谋而合。

姚爱斌的文章梳理了 20 世纪 90 年代以来中国文化诗学研究的两种不同理论取向："一是以美国新历史主义文化诗学为宗，以求'洋为中用'。代表者是刘庆璋、林继中等漳州师范学院文艺学学科的一批学者；二是植根于中国社会现实和文学理论发展，致力于中西文学研究和文化研究的整合与会通，代表者童庆炳在 20 世纪 80 年代后期所构想的中国文化诗学研究。"[③]

---

① 于永顺、张洋：《新世纪以来新历史主义在中国的接受与建构走向》，《艺术广角》2007 年第 5 期。
② 明亮：《新历史主义在中国当代文学的变异》，《世界文学评论》2007 年第 2 期。
③ 姚爱斌：《移植西方与植根现实——20 世纪 90 年代以来文化诗学研究的两种理论取向》，《黑龙江社会科学》2008 年第 4 期。

作者认为两者在理论旨趣和思想观念上没有直接关涉。对于这一判断，我们可以理解作者想要强调中国文化诗学的本土性和原创特征，但这显然是不太合适的。

李圣传撰写了多篇文章探讨国内文化诗学研究的概貌和现状。① 李圣传指出，"作为一次西方理论的中国旅行，文化诗学不是西方话语的简单移植，它不断与传统文论及当代现实混合、内化、同构，已经被赋予了深厚的民族内涵和现实品格，并逐渐建构起了中国特色的文化诗学雏形"②。笔者同意这样的观点，中国文化诗学无论在理论阐释层面，还是在实践操作层面，都可以看作是西方文论本土化的例子。但是，我们实在没有必要过分地强调"民族品格"或"中国特色"等元素，所谓"中国文论体系"的建构意义何在？其中折射出中国学者怎样的文化情怀？这些都是笔者在之后的研究中需要认真思考的问题。

（三）关于"中西文论关系与西方文论中国化"的研究

比较文学界的学者对于中外文学关系的探讨一直很积极。乐黛云早在1985年至1986年期间于《小说评论》上连续发表《当代西方文艺思潮与中国小说分析》等一系列文章③，不仅把西方现当代的各个文艺理论流派逐个介绍和分析，还开拓性地利用各流派理论来分析中国现当代作家，譬如鲁迅、茅盾等的文学作品，堪称将西方文论应用于中国文学研究的榜样。孙景尧先生早在1987年就撰写文章《中西文学关系的

---

① 参见李圣传《文化诗学研究三十年述评》，《西安建筑科技大学学报》（社会科学版）2010年第2期。李圣传《文化诗学的研究现状及其走向》，《宜宾学院学报》2010年第3期。李圣传《文化诗学的实践之路——以80年代以来的小说创作为视域》，《中国矿业大学学报》2010年第4期。李圣传《"文化诗学"在中国：话语移植、本土建构与方法实践》，《中州学刊》2012年第4期。李圣传《"文化诗学"流变考论》，《天府新论》2012年第5期。

② 李圣传：《文化诗学研究三十年述评》，《西安建筑科技大学学报》（社会科学版）2010年第2期。

③ 参见乐黛云《现代西方文艺思潮与小说分析》，《小说评论》1985年第2期。乐黛云《当代西方文艺思潮与中国小说分析（二）》，《小说评论》1985年第3期。乐黛云《现代西方文艺思潮与小说分析（三）》，《小说评论》1985年第5期。乐黛云《当代西方文艺思潮与中国小说分析（四）》，《小说评论》1985年第6期。乐黛云《当代西方文艺思潮与中国小说分析（五）》，《小说评论》1986年第1期。乐黛云《当代西方文艺思潮与中国小说分析（六）》，《小说评论》1986年第2期。

"T"型研究》，并致力于中西比较文学研究发展状况的比较和阐释，提倡"打破欧洲中心"，"反欧洲中心主义和反民族主义"，建立"中国学派"，强调中西文学关系的比较研究必须是跨文化"融通"研究，要重视中国文学自身的"活的传统"，做到中西文学比较研究的"有效化"等[①]。曹顺庆[②]在20世纪80年代初就致力于中西比较诗学研究，并出版《中西比较美学文学论文集》（1985）、《中西比较诗学》（1988）、《比较文学史》（1991）、《中国比较文论史》（1998）等著作，为中西文学和文论比较研究开拓了广阔的视野。李万钧于1990年出版《欧美文学史与中国文学》一书，其中以中国文学作品为对照，将中西文学中能够比较之处大都做了比较和论述，同时论述了西方现代派文学和当代苏联文学对于中国现当代文学的影响，是国内有意识地利用中西比较方法所做的有益尝试。之后，他又于1995年出版《中西文学类型比较史》，分别对中西短篇小说、长篇小说、戏剧、诗学类型的演变轨迹、特点和异同进行了比较，其研究模式是一种立足于中国文学的比较文学研究思路。周发祥先生在1997年出版《西方文论与中国文学》一书，主要探讨西方汉学研究中的文学理论移植问题，也有专章介绍了国内移植西方文论的情况，分为"五四"前、新中国成立前、新中国成立后和文学新时期等几个阶段，都属概括性的简单介绍。余虹也是较早关注中西文论比较的学者之一，他于1995年在《文学评论》发表《自然之道：中西传统史学比较论纲》，1996年和1997年在《文艺研究》上发表《对二十世纪中国文论叙述的反思》和《中西诗学的入思方式及内在结构》，

[①] 参见孙景尧《打破"欧洲中心"改换比较文学视角》，《中外文化与文论》1996年第1期。孙景尧《消解还是被消解——当代文论发展和比较文学发展的管见》，《中国比较文学》1996年第3期。孙景尧《比较文学发展问题对话》，《淮阴师专学报》1996年第4期。孙景尧《全球主义、本土主义和民族主义》，《中国比较文学》1997年第3期。孙景尧《中西文学关系研究的"有效化"——兼论"影响研究"和"世界性因素"》，《中国比较文学》2001年第3期。孙景尧《比较文学的新一轮身份"漩涡"——兼谈"反民族主义"与"反欧洲中心主义"》，《郑州大学学报》2003年第4期。

[②] 参见曹顺庆《亚里士多德的"Katharisis"与孔子的"发和说"——中西美学理论研究札记》，《江汉论坛》1981年第6期。曹顺庆《"风骨"与"崇高"》，《江汉论坛》1982年第5期。曹顺庆《"移情说"、"距离说"、"出入说"——中西美学理论研究札记》，《江汉论坛》1982年第11期。

并于1999年出版专著《中国文论与西方诗学》，对于西方文论在中国的接受和影响，以及中西方文论的异同有较为深刻的观察和思考。

实际上，自20世纪90年代中期以后，围绕着西学东渐问题、对"五四"的反思和评价，以及中国古代文论的现代转型等问题，学界对于中西文论的比较和西方文论在中国的接受、影响和本土化等研究都倾注了相当大的热情。学者们[①]为改变中国文论"失语"状态，提倡中西文论的平等对话，为西方文论如何中国化、如何重建中国文论话语等问题出谋划策，寻找出路。这些文章大多从比较文论的角度察看西方文论在中国的影响和理论话语的变异，重在比较异同，寻找中西文论对话的可能和平台，但是建立中国本土文论的意识还不强烈。

2004年后西方文论的中国化成为学界关注热点，曹顺庆等认为："这是重建中国文论的又一条有效途径（另一条是中国传统文论的现代转化），是重建中国文论话语的新视野。"[②] 他敏锐地观察到西方文论如何中国化的问题被长期忽略，学者们惯用"西方文论术语来切割中国的文学文论，或把中国的文学文论作为西方文论话语的注脚本"[③]。正是这种直接套用西方文论话语来阐释中国文学的做法，造成了中国文论的"失语"和失效。因此，他主张"以中国的学术规则为主来创造性地吸收西方文论话语，借鉴、吸收和利用西方文论来补充中国文论话语。实现以我为主的西方文论的中国化，真正实现中国文论的现代转化与重建"[④]。

[①] 参见白烨《西方现代文论在新时期的绍介与引进》，《文艺理论研究》1996年第4期。张海明《中西比较诗学的历史与发展》，《北京师范大学学报》（社会科学版）1998年第1期。李思屈《寻找"文论之思"：西方文论的输入与中国文论话语的重建》，《中外文化与文论》1999年第6期。蒋述卓、闫月珍《二十世纪八十年代以来中西比较文论研究述评》，《上海社会科学院学术季刊》2001年第4期。支宇、罗淑珍《西方文论在汉语经验中的话语变异》，《外国文学研究》2001年第4期。

[②] 曹顺庆、童真：《重建中国文论的又一有效途径：西方文论的中国化》，《外国文学研究》2004年第5期。

[③] 曹顺庆、谭佳：《西方文论话语的"中国化"："移植"切换还是"嫁接"改良？》，《河北学刊》2004年第5期。

[④] 曹顺庆：《文学理论的"他国化"与西方文论的中国化》，《湘潭大学学报》（哲学社会科学版）2005年第5期。

另外，董学文、周小仪、申丹、杨飏、陆贵山、范方俊等学者①积极参与讨论和撰写文章来发表自己的意见，试图为西方文论的中国化找到具体的方法和策略。王一川从2006年始主持教育部哲学社会科学重点课题攻关项目，题为"西方文论中国化与中国文论建设"。王一川通过考察外国文论在中国的六十年历程，从中总结四次转向："政治论范式主导、审美论范式主导、符号论范式主导和跨学科范式主导。"②他指出："每次转向的动力都来自特定国家政治与文化语境的具体需要。中国现代文论不是外国文论的简单复制品，本土文论对外国文论的利用方式直接规范这种外国文论的影响方式及其影响力，任何外来影响总会受到本土文化的抵抗和变形，这意味着中国现代文论自主地吸纳外来资源并建构自身自主品格的特定方式。"③事实上，目前学界所热衷的中国文化诗学的建立即可以看作西方新历史主义的中国化过程，通过对中西文化诗学的对比研读，我们可以从中体会到西方文论中国化过程的种种境遇。

近百年来，中国文论界几乎不曾间断地接纳和吸取着西方文论（包括苏联文论）的思想资源。这一事实决定，讨论现当代中国文论，我们不可避免地要追溯它的源头和母体之一，即西方文论（特别是20世纪以来的西方文论）。对于西方文论本身的研究，即其发生、发展、主要流派和代表人物的研究一直是学界的关注点和各大院校文学理论学科的基本内容。但是，西方文论如何被中国学界接纳和吸收，即西方文论在中国的引介、传播和发展，或者说西方文论在中国的生存状态如何，它与中国固有文论传统和思维习惯有着怎样的冲突与融合，在中国文学土壤中又发生了怎样的变异和改造等，这些问题长期以来都没有得到很好的总结和归纳。这理

---

① 参见董学文《中国化：泥泞的坦途——试论中国当代文论与西方文论的关系》，《当代中国与它的外部世纪——第一届当代中国史国际高级论坛论文集》2004年9月。周小仪、申丹《中国对西方文论的接受：现代性认同与反思》，《中国比较文学》2006年第1期。杨飏《西方文论在中国的"经"化——20世纪中国文论失语症的内因》，《中国文学研究》2007年第2期。刘亚律《西方文论中国化的若干策略问题》，《江西社会科学》2009年第4期。王飞《西方文论中国化的系统总结》，《文艺报》2009年5月19日。范方俊《西方文论的中国化与20世纪中国文学理论的两次转型》，《安徽大学学报》（哲学社会科学版）2011年第2期。

② 王一川：《外国文论在中国六十年（1949—2009）》，《当代文坛》2009年第5期。

③ 同上。

应成为西方文论研究和中国文论研究重要而不可缺少的一个分支，却在中西文论二元对立，要不"全盘西化"、要不大搞"民族文论"中被忽略和搁置。可喜的是，这一状况已经为许多学界同人所了解和意识，21世纪以来越来越多相关的著作和论文得以出版和发表，近两三年，这一领域已然成为新的文论研究热点和学术增长点。

随着信息技术的发展，人类在21世纪，必将由经济全球化步入文化全球化时代。中西文化的交流日趋广泛和密切，中西文论的交流也更加便利和畅达。20年前，中国学界往往依赖于为数极少的几本文论翻译专著或编著来了解某一西方文论流派，如今很多青年学者已经具备阅读理论原著的能力，这将大大促进我们对西方文论的正确理解，也能将曾经的理论误读和天马行空般的理论阐释加以纠正和还原。这些误读和阐释背后的文化立场和历史语境更值得我们回味与深思，因此，对于西方文论输入中国，及其在中国的命运必须得以重新审视和反思。这不仅是对历史负责，更是对将来负责。这必将有利于我们正确地看待中西文化交流和更好地在多元文化互异共处、和谐融洽的全球化时代生存。

新历史主义既反对新批评纯形式主义的文本研读方式，也有别于传统实证主义的历史批评方法，即把文学和历史孤立起来，或将历史简化为文学创作的背景。相反，新历史主义放弃对文学内部某种永恒性和普遍性特征或规律的追求，同时进行文本与历史的互文阐释，认为文本具备历史性，而历史更有文本叙事性。这种新型的文学观和历史观避免了文学理论要不"向外转"、要不"向外转"相对极端的理论尴尬。此外，新历史主义力图消解理论界限的跨学科研究方法，通过对文本的意识形态政治解读和权力分析，将学术与日常生活联系起来的思维特点，对当下社会政治、文化现实表示关注和参与的态度，其理论本身所具备的开放性、杂糅性、反思性等特点，这些都如哈佛大学前校长N. Rudenstine所说，新历史主义"在过去的20多年之间改变了文学批评和研究的整个方向"[①]。我们应感

[①] The Harvard University Gazette, *Greenblatt Named University Professor of the Humanities*, Http://www.hno.harvard.edu/gazette/2000/09.21/greenblatt.html.

到庆幸的是,新历史主义兴起不久,就在各位前辈学者的努力下被引介到了中国,并对中国近三十年来的文学创作、影视创作甚至历史观念或者文学观念的变迁起到了不可低估的作用,且必将继续发挥重要作用。

本书旨在考察新历史主义理论话语在中国的译介、接受、阐释、改造及批评实践过程,研究新历史主义这一在西方理论界已产生广泛影响的理论奇葩在中国本土化之后的变形和发展,思考这一过程中种种文化因素、思想观念因素甚至政治制度因素的整合和运作,透过新历史主义在中国的命运来反观当代中国文学、文化的特点和变迁,尤其是它对中国当代历史小说和影视创作的影响,它与中国文化诗学理论的关系等。因此,研究重点是新历史主义进入中国以来,面临怎样的本土文化语境和文学土壤,学界如何在不断变化的知识结构和体制结构中安置和对待新历史主义。反之,新历史主义在批评实践、文艺创作和理论话语建构等层面对中国文学界产生了怎样的影响。

本书第一章追溯西方新历史主义理论本身的缘起及其在西方发展的现状,总结其基本的理论内涵与特色。新历史主义反对传统文学中审美、道德本体论原则,开始从本质、内在的永恒规律追寻转向建立历史、语境和突发性的意义生产模式,对任何封闭性、总体性和普世性规定,对既定的文学价值和文学边界产生疑问。文学不是孤立于社会历史之外的事物,而是历史、文化的一个有机组成部分,文学参与到历史之中,并与政治、意识形态和权力话语形成相互角逐和交锋的场所。从文论史的角度看,新历史主义是对文本批评"向内转"之后的重新反拨,是一次历史性回归。这种新型的文学观和历史观避免了文学理论要么"向外转"、要么"向内转"的理论尴尬,以其特有的实用性、开放包容的学术情怀和搁置理论空谈的实践性品格获得了合法性存在的价值。

第二章考察新历史主义自 20 世纪 80 年代后期进入中国到 20 世纪末的发展、演变历程。重点立足于本土文化语境与文学土壤,客观分析新历史主义在中国的生存状态,以及这种状态背后的历史、文化因素和它对中国当代文艺批评和创作的影响。根据国内对于新历史主义理论关注度的变化,把这段时间分成引介期(1986—1992)和发展期(1993—1999)两个阶段。研究从对新历史主义理论本身的研究状况,把理论应用于批评实践的状况,新历史主义与新历史小说、新历史影视剧创作的关系等几个层面展开。内容以概括评述为主,包括介绍相关论著、主要论者及其观点,采取边叙边议或夹叙夹议的方法,尽量做到不是对个体性言论的重述,而是挖掘出具有代表性意义和价值的观点,既有清晰的梳理,又有中肯的评价,并注意总结各个阶段的研究特点、前后论题的关联和发展变化等。

第三章考察新世纪以来到2012年新历史主义在中国的研究状况。研究分为两个时期,即研究高潮的初步涌现(2000—2005)和研究高潮的继续推进(2006—2012)。分析的层面和方法与第二章相似,即对新历史主义理论本身的研究,把理论应用于批评实践的研究,新历史主义与新历史小说、新历史影视剧创作的关系等几个层面展开。这段时间相关论文发表数量有上千篇,自2006年以来,每年发表文章达百余篇,而最近三年每年出现的相关文章达二百多篇。关于新历史主义理论本身的文章逐年减少,而运用新历史主义理论进行文本阐释的文章有很大幅度的增长,这说明新历史主义在中国学界已经获得相对稳定的、较为一致的理解和评价,成为许多文学研究者拿来阐释文艺作品的理论工具。

第四章比较新历史主义与中国文化诗学在文学观、历史意识与审美旨趣上的差异,后者对前者做出的策略性理论选择、变异和本土化等情况,揭示其背后的文化心态和意识形态等因素。新历史主义,即"西方文化诗学"在传入中国后,内涵和外延都发生了变化,进入了理论本土化或中国化的一个过程。在其本土化的过程中经过与中国传统、固有的思维模式的碰撞与融合,与中国知识分子的心理期待、理解水平和认知结构错位与对接,并受到中国当代经济、文化和文学语境的影响等,已经形成了异域性和本土性杂糅的状态,这便是"中国文化诗学"最显著的特征。中国文化诗学应该具备与西方文化诗学进行平等对话的理论自信和勇气,但是两者间历史、文化观念的差异却成为对话的阻碍。

第五章具体考察苏童、莫言的文学作品和陆川导演的影视作品,思考其中所体现的新历史主义观念,同时也是笔者对新历史主义理论的理解和文学批评实践。苏童小说中对个体生命意义的开掘，让个体以前所未有的高昂姿态矗立于历史面前，即回到个体生命本位反思和书写历史等特征与西方新历史主义观念极为契合。莫言小说中展现的民间狂欢场景，用民间的历史来补充官方正史，并且认为这样更符合历史的真实，这些与西方新历史主义所主张的大写历史小写化，英雄历史民间化，采取历史叙事的民间立场和边缘视角，突出历史的非连续性、事件性和偶然性因素等观念也不谋而合。陆川导演的两部作品《南京！南京！》《王的盛宴》集中体现了中国当代新历史影视剧想要表达的历史和文化观念，即重述历史、诗意地表达历史和追寻个人心目中的历史的强烈愿望。本章最后以这两部影片为例证，探寻在新历史主义理论视域下，影视文化如何从人性的视角表现战争的苦难和个体在强大历史面前的无助，展示历史的主观化与诗化。

总之，本书立足于中国本土的文化语境和文学土壤，力图全面而完整地把握近三十年来新历史主义在中国的发展状况，通过对新历史主义在中国理论旅行中的接受与变异、影响与抵抗、冲突与交融等复杂关系的解读，展现中国当代文艺创作中的文学、文化与历史观念的变迁，以明确在全球化语境下的中国文论与西方文论的相处之道。

第一章

西方新历史主义的"源"与"流"

20世纪70至80年代,被称为"新历史主义之父"的斯蒂芬·格林布拉特正在美国加州大学伯克利分校任教,其研究领域是莎士比亚戏剧与文艺复兴时期社会文化分析。格林布拉特的研究深入莎士比亚戏剧产生的历史语境,探讨作家与其生活的历史时期和社会文化的关系,并关注不曾被纳入其他研究者视野的个人信件、日记、奇闻逸事等具体材料,将其作为佐证,进行文本与历史的互文阐释。这种批评方法把文学重新纳入一定历史视域,放弃对文学内部某种永恒性和普遍性特征或规律的追求,与传统新批评方法背道而驰,又有别于新批评之前的实证主义历史研究方法。格林布拉特别开生面的莎士比亚研究无疑给沉闷而彷徨的美国文学批评界注入了一股清新的空气。哈佛大学霍米·巴巴教授曾评价:"作为新历史主义的奠基者,斯蒂芬·格林布拉特不仅创建了一个新的批评流派,还创造了一种文学批评的思维习惯,这对于我们这个时代是必不可少的,对于过去的文化也是至关重要的。"[1] 斯坦福大学斯蒂芬·奥格尔教授更高度称赞:"格林布拉特已经成为三十年来,在近代早期研究领域最具表达力的,思想深邃和勇气可嘉的代表。"[2] 时至今日,以斯蒂芬·格林布拉特

---

[1] Stephen Greenblatt: *The Greenblatt Reader*. Micheal Payne, ed., Blackwell Publishing, 2005, p. i.

[2] Ibid.

为代表的新历史主义在欧美批评界早已不限于文艺复兴时期的文学与历史研究，而扩展到了社会学、历史学、人类学和翻译学等多个学科领域，成为文学批评、历史文化研究和跨学科研究的典范。

第一节　新历史主义的缘起、内涵与特色

一　新历史主义的理论缘起

新历史主义发轫于20世纪80年代初，当时美国文学研究者们对于统领文学批评领域将近半个世纪的"新批评"感到沉闷而乏味，其形式主义研究方法使文学越来越远离社会和历史，陷入狭隘、封闭的纯文学内部世界；而20世纪70年代中后期兴起的解构主义思潮以其极端的解构思维又把文学研究推向了一个虚无境地和纯粹的能指游戏中。美国的文学批评研究处在了一个十字路口，要么继续德里达解构主义思路朝着传统、现实甚至未来开炮，质疑、颠覆和解构一切包括自身，显然这条道路越来越让人心存疑虑；要么回到过去形式主义的老路上，进行文本细读和抽象的形式结构分析。身处其中的斯蒂芬·格林布拉特显然两者都不愿选择，我们不妨来回顾一下格林布拉特的学术历程。20世纪60年代他在耶鲁大学接受了严苛的形式主义学术训练，对于自20世纪三四十年代就在美国开始流行，以威廉·威姆斯特和克林斯·布鲁克斯为代表建立起来的一整套文本内部分析的学术方法了然于心却不以为然。20世纪60年代中期，格林布拉特有机会在英国剑桥留学，当时雷蒙德·威廉斯在文学研究中引入的经济和阶级分析的方法让他大开眼界，之后他广泛涉猎西方马克思主义著作，例如阿尔都塞、本雅明的作品，这无疑使他得以窥探文学文本以外的世界，并采用意识形态和政治的视角。20世纪70年代，格林布拉特在伯克利任教，经历了后结构主义在美国理论界的流行，哈特曼和保罗·德·曼等文论家对他不无影响。其间，米歇尔·福柯也来到伯克利工作，福柯的知识考古学和历史谱系学的研究方法，其权力话语分析和非连续性历史观念，对一切整体化、中心化、科学化及真理的质疑无疑给格林布拉特以及后来的新历史主义者们极大的启发和影响。

格林布拉特的个人学术经历恰恰反映了新历史主义诞生之前美国文论的发展动向。如果我们把视界再扩大至整个西方理论界，时间追溯到19世纪末20世纪初，一条以语言论为核心建构的西方文论线索就会浮现出来。对语言本身的兴趣，对文学词语、形式和结构的关注成为20世纪文学甚至哲学问题的中心，围绕着语言研究而派生出来的文论流派相继产生：从现代主义文论到俄国形式主义，从英美新批评到心理分析和结构主义文论，随后从对这些文论的初步反思和反拨，即解构主义文论到阐释接受文论，无不是以文本为中心的研究模式，带着语言乌托邦的耀眼光环。"飘扬在彼得堡上空的旗子"成为这种语言乌托邦的象征，表达着文学独立于社会、文化和历史的自由理想。然而，在罗兰·巴特对符号学解析和德里达对语言延异的无穷追问中，这种语言逻各斯中心主义受到彻底怀疑和解构。语言的不确定性，阅读中不可避免的误读和曲解，都不断赋予主体以新的阐释权力和能动创造性。对主体的重新发现预示着西方文论逐渐走出"语言的牢笼"，回归历史和文化语境。正如特里·伊格尔顿所说："历史是文学的最终能指，正如它是最终的所指。"[1] 文学与历史这种长久分离的状态必然要得以纠正，实际上，这不仅仅是文论发展的隐秘逻辑，也是西方自20世纪60年代以来风起云涌的社会政治运动和理论革新运动带来的直接后果。

20世纪六七十年代，西方资本主义社会出现了前所未有的社会危机和精神危机，学生运动、女权运动、反战运动、性解放运动一波又一波地席卷欧美各国，传统的道德观念、生活方式、信仰、价值观、人生观都成了反思和批判的对象，出现了反对主流社会，反对性别和种族歧视，反对一切中心和权威，反对资本主义对人的异化的潮流。政治家们疲于压制和应对动荡的时局，而激进的理论家们则空前活跃，各种足具反叛意味的新思想和新观点出现井喷状态。解构主义、西方马克思主义、女性主义、后殖民主义、后现代主义、文化研究等种种新的理论流派相继出现，新历史主义也是其中一员。新历史主义另一个举足轻重的代表者路易斯·蒙特罗斯曾说："（文学研究）的重新定位至少始于20世纪80年代早期，大部分批

---

[1] Terry Eagleton: *Criticism and Ideology*, Verso, 1978, p. 24.

评者的价值观形成是在文化试验和政治动荡的20世纪60年代，那时他们还是大学生。而20世纪70年代兴起的女权运动和女性主义给这一代批评家们带来了深刻的社会、制度和知识层面的影响，当时他们大多正在摸索建立自己的职业生涯——当然，受时代影响的总体情况因人而异，因特定的性别角色、个人观念和所处的亚群体而异。总体上，这一代批评家顺应了20世纪80年代急剧变化的社会政治气候。"① 正是这种动荡的社会文化环境滋养和促生了新的文学理论，它们分享的共同原则是：反对传统文学中审美、道德和本体论原则；开始从本质、内在的永恒规律追寻转向建立历史、语境和突发性的意义生成方式；对任何封闭性、总体性和普世性原则，对既定的文学价值和文学边界产生疑问。实际上，多元并存且更迭频繁的理论局面是新历史主义产生的必要前提，而差不多半个世纪的美国文论界与历史的绝缘状态也成为新历史主义产生的催化剂。现实要求美国文论界在自我反思中寻求理论的更新与突破，而恢复文学研究中的文化和历史维度成为学者们首先思考的问题。

值得一提的是，20世纪六七十年代风起云涌的社会变迁带来的还有一个后果，便是人们历史观念的革新，历史进步和历史理性受到置疑，历史规律和原则被颠覆。从克罗齐的"一切历史都是当代史"到波普尔"历史命运之说纯属迷信"，从巴尔特"作者之死"到历史学者福山所宣称的"历史终结论"，历史哲学从一种整体上理解历史，把握支配历史的基本原则及其隐含意义的方法受到后现代思潮的挑战，"大写的历史"被"小写的历史"取代，"国王和英雄的历史"被"平民日常生活的历史"取代。在后现代历史哲学的观照下，重新梳理历史哲学的基本线索，我们会惊讶地发现，诸多的历史哲学家，如狄尔泰、齐美尔、汤因比、科林伍德、克罗齐等，都认为历史是各种各样关于过去事件的记载，至于历史真实不过是对于这些事件的不同的评判标准，而优秀的历史学家必定同时也是富有想象力的艺术家。克罗齐曾说："历史只能把拿破仑和查理大帝，

---

① Louis Montrose: *New Historicisms*. Stephen Greenblatt. & Giles. Gunn, ed., *Redrawing The Boundaries*. New York: The Modern Language Association of American, 1992, p.392.

文艺复兴和宗教改革，法国革命和意大利统一，当作具有个别面貌的个别事物再现出来。"① 波普尔则认为："历史决定论的贫困是想象力的贫困。""历史决定论的重大错误之一，就是把历史解释当作学说或理论……他们没有看到必定有多种多样的解释。"② 当历史与想象力挂钩，与主体选择和解释挂钩，那么历史与文学的界限也就不再明晰。

实际上，历史与科学的分野同时也拉拢了历史与文学的距离，20世纪人文学科内发生的"语言学转向"更是把历史学家的目光集中到了对历史认识本身的反思和对历史叙事的语言性的强烈关注。传统历史主义把语言当作透明体，认为历史叙事和历史真实可以直接画上等号，而历史叙事学将语言视为历史真实与意义表述之间的中介。海登·怀特是历史叙事学最坚定的捍卫者，他的成名作《元历学：十九世纪欧洲的历史想像》（1973）被看作这一领域最具影响力和代表性的扛鼎之作。海登·怀特把历史作品看作"叙事性散文结构的一种，称它们一般而言是诗学的，具体而言在本质上是语言学的，历史话语和文学话语在修辞和比喻的层面取得沟通"③。他认为："占主导地位的比喻方式以及与之相伴随的语言规则，构成了任何一部史学作品那种不可还原的'元史学'基础"。④ 在他看来，任何历史都是一种修辞想象，历史是被构建的，而且是被诗意地构建的。因此，我们看到的历史不过是作为修辞和文本的历史，其叙事过程和模式取决于叙事者的修辞态度、方式、阐释角度和价值立场。海登·怀特显然不是唯一的历史叙事学者，德里达断定："只有关于书写本身的历史，只有'符号化真理系统'的历史。"⑤ 福柯认为："断裂是任何历史阶段思维

---

① [意]克罗齐：《美学原理》，《西方文艺理论名著选编：中卷》，北京大学出版社1986年版，第514—515页。
② [英]卡尔·波普尔：《历史决定论的贫困》，华夏出版社1987年版，第103、120页。
③ [美]海登·怀特：《元史学：十九世纪欧洲的历史想像》，陈新译，译林出版社2004年版，序言。
④ 同上。
⑤ Derrida Jacques: *Speech and Phenomena, and Other Essays on Husserl*. Newton Garver, trans., Evanston: Northwestern University Press, 1973, p.141.
　　Michel Foucault: *The Foucault Reader*. Paul, Rabinow, eds., New York: Pantheon Books, 1984, pp.65 – 75.

的主导方式，话语结构是任何历史形式的终极所指。"① 即便是马克思主义者詹姆逊也不得不同意："历史只有以文本的形式才能接近我们，而我们也只有通过事先的文本化和叙事化才能接近历史真实。"② 同时，詹姆逊还不忘强调"只有在追寻不被中断的叙述轨迹时，使历史中被压抑和掩盖的事实回归文本表层时，政治无意识的信条才能得以贯彻和体现其必要性。"③ 后现代主义学者汤姆森·威利则宣称导致"历史书写的将来只能是诗学的形式，除了想象力以外并不能反映任何历史或者现在"④。

历史叙事学几乎成为当代历史学主流，也改变了当代人的历史观念，即对过去某种权威的历史说法和唯一绝对的历史叙事的怀疑。当然，新历史主义也秉承着这样的叙事历史观或称之为语言历史观。格林布拉特不止一次提到他对想象力的重视，"文学研究者应该把他们所有的想象力投入到工作中去"。对于历史叙事，他问道："存在对历史事件的单方面的正确的解释么？人们曾经相信这种唯一的宏伟的历史演进模式，但是现在还有人真正相信这个么？任何对自己负责的人都应该承认这种改变！"⑤ 可以说，新历史主义的文学研究之所以与传统历史主义有根本的区别，前提便是两者历史观的迥异。历史观念的彻底革新、历史叙事学的兴起和流行，福柯式知识考古学和历史谱系学的后现代解构历史思维，这些都促使格林布拉特和新历史主义学者们重新审视历史与文学的关系，导致了文学研究中一个极为重要转向，即"历史转向"。

斯蒂芬·格林布拉特无疑是美国批评界勇敢站出来提出"历史转向"呼声的第一人。1982 年，格林布拉特在《文艺复兴时期形式的权力》一文中第一次使用"新历史主义"一词，用来总结这些论文所体现出来的一种不同于传统历史主义，也与新批评的形式主义原则大相径庭的理论和实

---

① Michel Foucault: *The Foucault Reader*, Paul, Rabinow, eds., New York: Pantheon Books, 1984, pp. 65 – 75.

② Fredric Jameson: *The Political Unconscious*. Cornell University Press, 1981, p. 35.

③ Ibid., p. 20.

④ Willie Thompson: *Postmodernism and History*. Hundmills: Palgrave, 2004, p. 24.

⑤ 生安锋：《透视文化、重构历史：新历史主义的缔造者——斯蒂芬·格林布拉特教授访谈录》，《当代外语研究》2010 年第 3 期。

践特征。"新历史主义"无疑可以代表美国文论研究领域恢复对于文化、历史、政治和意识相态关注的趋势,反映了理论家们走出语言与符号的象牙塔,重新投入文化、历史批判的时代洪流,并介入当下社会生活的强烈愿望。就如蒙特罗斯说:"人文教育工作者的首要任务是纠正学生们认为历史一去不复返的观念;让他们意识到,他们即生活在历史中,历史的形式和压力在他们主观的思维、行动、信仰和欲望中清晰可见。"① 由于长期形式化思潮的主导,人们的历史意识已经空前匮乏,因此,重新唤醒人们的历史意识,重新划定文学的边界成为新历史主义学者们义不容辞的责任。例如,1986 年在现代语言学协会的主席致辞中,希利斯·米勒略带沮丧,甚至夸张地说:"文学研究在过去的几年中发生了一个突然的,几乎是整体性的转向:从具有方向性意义的理论指向了语言本身;相应地,转向了历史、文化、社会、政治、制度、阶级性别状况、社会语境和物质基础。"② 珍·霍华德说:"突然间,对历史的冷漠被一种狂热的兴趣所代替。文艺复兴研究的期刊里充斥着的是把弥尔顿、多恩、斯宾塞的作品放在历史语境中研究的论文。……而这种趋势只是体现了从后结构主义转向文学研究的重新历史化的,一场规模更大的批评运动的一部分。"③ 保罗·康托尔在 1993 年的一篇文章中评价:"格林布拉特的作品在过去的十年中已经成为文学批评的典范。……八十年代初,新历史主义在迅速席卷文艺复兴研究领域后开始向其他领域开枝散叶,到目前为止,几乎文学研究的每个时段,如果不是由其主导,也深受其影响。"④ 爱德华·佩驰特更是在文章中声称:"一个幽灵正出没于批评界——这就是新历史主义的幽灵。"⑤

新历史主义当然不是幽灵,不过这个不太确切的比喻却真实地反映出

---

① Louis Montrose: *New Historicisms*. Stephen Greenblatt. & Giles. Gunn, ed., *Redrawing The Boundaries*. New York: The Modern Language Association of American, 1992, p. 393.

② Ibid., p. 394.

③ 转引自 Edward Pechter: *The New Historicism and Its Discontents: Politicizing Renaissance Drama*. PMLA, Vol. 102, No. 3. May, 1987, p. 292。

④ Paul A. Cantor: *Stephen Greenblatt's New Historicist Vision*, Academic Questions, Fall, 1993, pp. 21 – 22.

⑤ Edward Pechter: "The New Historicism and Its Discontents: Politicizing Renaissance Drama". *PMLA*, Vol. 102. No. 3. May, 1987, p. 292.

这一理论潮流刚兴起时在美国文学界掀起了极大的风波。1993年3月,格林布拉特被《纽约时报》杂志评为"学术巨星"(academic superstar),称他正处于文学批评领域的"炙热的中心"(red-hot center)。① 与前期的炙手可热相比,新历史主义似乎在20世纪90年代后期出现了短暂的沉寂,相关著作和论文数量都有明显的下降,但2000年之后,新历史主义又随着格林布拉特几本市场反响强烈的学术作品而强势回归。② 特别是《转向》一书在2011年获得美国国家图书奖(非小说类),2012年又获得普利策奖(非小说类),这无疑会使新历史主义重新获得了更多的关注和读者。其实,新历史主义的基本理念和研究方法早已被熟知和应用于世界范围内的文学研究领域的各个层面。

二 新历史主义的理论内涵与特色

作为20世纪80年代以来,在美国本土文学批评界出产的一种重要理论模式和流派,新历史主义具有强烈的美国特色,甚至有些学者认为:"它以美国为中心思考问题,处处体现出民族优越感,是一种偏狭的理论。"③ 但是,毫无疑问,新历史主义具备观照历史与文化、文本与现实的独特视角和基本立场,改变了传统的形式主义文学观念,适应了当代历史和文化观念的发展潮流,拥有了独特而丰富的理论内涵和可实际操作的方法论特色,具体体现为下列几个方面:

第一,新历史主义认为:"文化是一个符号系统,是由符号组成的一个完整的网络。"④ 这种文化观念主要受到克利福德·格尔茨人类文化学

---

① 转引自 Paul A. Cantor: "Stephen Greenblatt's New Historicist Vision". *Academic Questions*, Fall, 1993, p. 34。

② 这些作品包括:《实践新历史主义》(*Practicing New Historicism*)(2000)、《炼狱中的哈姆莱特》(*Hamlet in Purgatory*)(2001)、《俗世威廉:莎士比亚如何成为莎士比亚》(*Will in the World: How Shakespeare Became Shakespear*)(2005)、《格林布拉特读本》(*The Greenblatt Reader*)(2005)、《莎士比亚的自由》(*Shakespeare's Fredom*)(2010)、《转向:现代世界如何形成》(*The Swerve: How the World Became Modern*)(2011)。

③ 参考 Christopher Prendergast: "Circulating Representations: New Historicism and the Poetics of Culture". *SubStance*, Vol. 28, No. 1. Issue 88: Special Issue: *Literary History*, 1999, pp. 101 – 103。

④ Stephen Greenblatt: *The Greenblatt Reader*. Micheal Payne, ed. Blackwell Publishing, 2005, p. 3。

研究的影响。格尔茨在《文化的阐释》《地方性知识》等作品中强调："'文化'这个词语指出了一种以符号表示的通过历史传播的意义方式，是一个以符号形式表达的继承性的观念系统，通过这个系统人们得以交流、维持和发展他们的知识以及对生活的态度。"① 可见，文化被认为是一种符号媒介，具有管理和控制文化系统内人们的行为和生产生活方式的作用，文化也是意义的交织网络，人们生活在自己编织的这些文化网络中形成和指导自己的行为。格林布拉特认为："文化通常有两个相反的特征，一是约束性（constraint），一是流动性（mobility）。"② "组成文化的一整套规则和实践成为无处不在的控制系统和限制机制，人们的行为必须接受其监督和制约。同时，也充当着文化流动的调节者和保证者，实际上，没有流动，没有即兴发挥、试验和交流就没有文化边界的建立。"③ 可见，新历史主义者心目中的文化充满了流动性、可塑性，具备足够的弹性和张力。不仅如此，新历史主义者认为文学不是简单、被动地反映文化的上述特征，文学还通过自身的优势帮助塑造、表达和重建文化的这些特征。对于文学与文化的这种互动关系的阐释后文还将提及。实际上，这也显示出文本与世界、想象与现实、社会与审美、物质与话语之间相互指涉和相互影响的关系，可以说这种"振摆"式，或称"互文性"的理论视角正是新历史主义始终坚持的一条原则，就如格林布拉特所说："当代理论必须有自身的定位：不在阐释之外，而在谈判与交流的隐匿处。"④

格尔茨对文化的阐释性内涵是这样理解的："我把文化看作是网络，文化分析不是一种探索规律的科学实验，而是一种探索意义的阐释行为。我追求的是阐释，以及阐释表面上神秘的社会表达方式。"⑤ 强调文化是一个象征性符号网络系统，主体的建构与塑造既是文化网络制约的结果，

---

① Clifford Geertz: *The Interpretation of Cultures.* 转引自 Louis Montrose: *New Historicisms.* Stephen Greenblatt. & Giles. Gunn, ed., *Redrawing The Boundaries. New York: The Modern Language Association of American*, 1992, p. 398。

② Stephen Greenblatt: *Culture. In The Greenblatt Reader.* Micheal Payne, ed., Blackwell Publishing, 2005, p. 11.

③ Ibid., p. 14.

④ Ibid., p. 28.

⑤ Clifford Geertz: *The Interpretation of Cultures*, New York: Basic Books, 1973, p. 10.

同时，主体也具备对文化的阐释权力。格尔茨提倡一种文化阐释的"厚描"（thick description）方法。"厚描"是相对于"薄描"（thin description）而言的阐释概念，源自英国哲学家吉尔伯特·赖尔（Gilbert Ryle）。"薄描"只是对无声的行为的单纯描述，而"厚描"是要把这行为放入一个充满话语意图和文化意味的网络中进行分析。赖尔说："'厚描'需要对赋予行为以意义的意图、期待、环境、背景和目的进行解释。"也就是说，"厚描"不是关注产生某种行为的一系列机械的物理动作，而是围绕参与这一活动产生的意义和价值展开。"厚度也不是指事物和行为本身，而是指叙述的厚度，是附加在行为上的，如一个嵌套式框架的叙述结构的厚度。"① "厚描"被格尔茨广泛应用于他的人类文化学田野调查中，即抓住一个事件、某个行为或者别的实践，通过询问最细微的末节，来发现和揭示某种文化的精神气质。格尔茨聚焦于地方性土著文化的意义，而不是普遍的社会原则；聚焦于文化的连贯性而不是社会斗争；聚焦于个体体验式事件而不是人造加工的信息。他会记录下偶然得来的原始材料或证据，这些东西在他看来是内嵌在文化中的，它们从文化中来并表达着某种文化意图。"从这件简单的小事情"格尔茨曾经谈到一件偷羊的奇闻轶事，"我们能够拓宽视界，体验到社会经验的极其复杂性。"② 新历史主义者几乎是自觉地运用了格尔茨的"厚描"模式，并进一步发展了与"厚描"并行不悖的"轶闻主义"（anecdotes）方法。

第二，轶闻概念在历史学中一直有一席之地，不过它往往作为道听途说的野史、秘史、稗史，充当着正史的补充或反叛的配角。克罗齐认为："轶闻和历史同样发展，即使最哲学化、最严肃的历史学的巨大进步，也未去除回忆录、生平传记和所有其他轶闻占据的位置。"③ 同样，波普尔认为历史的"兴趣应该在于具体的个别的事件和个别的人，而不在于抽象的普遍规律。……每一部写成文字的历史都是这个全部发展的某些狭小的

---

① 转引自 Stephen Greenblatt: *The Touch of The Real. In The Greenblatt Reader.* Micheal Payne, ed., Blackwell Publishing, 2005, pp. 32 – 33。
② Clifford Geertz: *The Interpretation of Cultures*, New York: Basic Books, 1973, p. 19.
③ ［意］克罗齐:《作为思想和行动的历史》, 中国社会科学出版社 2005 年版, 第 93 页。

方面的历史，总是很不完全的历史，甚至是被选择出来的那个特殊的、不完全方面的历史"①。福柯提出建立考古学和谱系学的历史概念，其实质也是对线性、权威历史的解构，提倡到具体的历史情境中去揭示局部话语的权力结构和关系网络，将某些事情带入真理和谬误的嬉戏过程，强调历史的断裂性、偶然性和话语性。福柯虽然不是典型的轶闻主义者，但是他的断裂历史观和对历史文化问题的征候式阅读方式无疑和新历史主义有理论契合处。海登·怀特提倡对历史进行诗学的研究，他在评价新历史主义时指出："新历史主义对历史记载中的零散插曲、轶闻趣事、偶然事件、异乎寻常的外来事物、卑微甚或不可思议的情形特别感兴趣。历史的这些内容在'创造性'的意义上可以被视为'诗学的'，因为它们对在自己出现时占统治地位的社会组织形式、政治支配和服从的结构，以及文化符码等规则、规律和原则表现出逃避、超脱、抵触、破坏和对立。"② 海登·怀特无疑对这些轶闻趣事是抱有相当诚意的，甚至认为其可构成历史诗学的一部分，也十分中肯而客观地评价了新历史主义的这一特点。

一个典型的新历史主义研究文本往往以一则令人震惊的事件（event）或奇闻轶事（anecdote）开篇，其效果足够引起对宏大历史叙事的怀疑，同时也力求对某个历史时期，如文艺复兴进行较为客观的描述。在格林布拉特看来，这能让我们"触摸真实"（the touch of the real）③。对奇闻轶事的关注，从理论的高度来审视，就是对遗落的历史片段的关注，对边缘历史和边缘人物的关注，对鲜活的生命个体的关注。它的功能就在于推翻某种纲领性的分析模式和约定俗成的系统化方法论，也有助于人们对某种单一的、绝对的历史叙事产生疑问。这类轶闻趣事不是被随意捏造出来证明一个抽象观点，而是一种原始素材，就如格尔茨所言的"漂流瓶中的一张纸条"（a note in a bottle）。它不仅是被人们偶然间发现的，而且是完全

---

① [英] 卡尔·波普尔：《历史决定论的贫困》，华夏出版社1987年版，第64页。
② [美] 海登·怀特：《评新历史主义》，张京媛主编《新历史主义与文学批评》，北京大学出版社1993年版，第106页。
③ Stephen Greenblatt: Introduction in *The Greenblatt Reader*. Micheal Payne, ed., Blackwell Publishing, 2005, p.3.

"原生态的"（raw），因而其真实性和说服力不容怀疑。格林布拉特认为："轶闻主义运用到文学研究就是要找寻不被人所熟悉的文化文本，这些通常是边缘的、奇异的、零碎的，意外且原汁原味的文本，让它们和人们感觉熟悉而亲切的文学经典文本形成有趣的互动。"[1] 值得注意的是，这里的用词是"互动"（interact），而不是所谓有益的补充或给文学正典添加些边角余料。格林布拉特继续说："我们要利用这些奇闻轶事，以一种精炼压缩的形式，来展示活生生的经验元素如何进入文学，平凡的日常生活和身体如何被记录。""我们想要发现过去真实存在的身体和声音，如果这些身体早已腐朽，声音早已沉寂，从而无从发现，那么我们至少要抓住那些与真实经验息息相关的蛛丝马迹。"[2] 实质上，新历史主义的轶闻主义想要恢复的就是文学批评中对于真实存在的确信无疑，而不是利用文学的力量来回避和逃离日常生活，或者放弃最基本的理解，即任何文本的成立都是建立在它所代表的身体和声音的消逝之上的。因而，对"真实的触摸"变得如此重要，它成为文学和文学批评不可不承担的一个责任。

第三，传统文学观认为奇闻轶事是非文学的，属于非文学文本。但新历史主义对奇闻轶事的重视，其实质是要强调文学文本和非文学文本的界限模糊性和互动性，强调文学和非文学彼此进行"厚描"。对文化文本的厚描向我们展示了那些带领着我们不断靠近文学的种种因素往往潜藏在非文学中，这说明所谓文学性是不稳定的，不同叙事类型的差异，文学与非文学的边界必定要得到重新界定和修缮。这涉及新历史主义对文学的基本看法，格林布拉特曾说："文学不是一劳永逸的东西，它是不断建构和重构的，它是概念上的权利和对权利的约束不断较量的产物。不仅任何类型的经典文学作品都是在对文类边界的守护又同时受到侵犯下形成的，就连文学概念本身也是不断商讨的结果。"[3] 格林布拉特的这种文学观念与前

---

[1] Stephen Greenblatt: *The Touch of The Real*. In *The Greenblatt Reader*. Micheal Payne, ed., Blackwell Publishing, 2005, p. 36.

[2] Ibid., p. 37.

[3] Stephen Greenblatt. & Giles. Gunn: *Introduction. Redrawing The Boundaries*. New York: The Modern Language Association of American, 1992, p. 5.

文所说的整体文化观一脉相承,"如果将整个文化看作一个文本,那么,所有事情就在叙述层面和事件层面至少潜在地相互关联牵制,那就很难在叙述与事件之间划出明确界线。至少,这种划分本身就是一个事件。"① 也就是说,任何文本都是文化的,它的文化属性不仅指向文本外的文化世界,其自身更是浸透在文本之外的社会语境中,不可避免地吸收了社会和文化价值观念。"这个世界充满了文本",格林布拉特感叹道:"其中绝大多数文本如果离开了它们所处的语境将变得不可理解。为了恢复这些文本的价值,让它们至少变得有些意义,我们需要重建生产它们的文化语境。相比之下,艺术作品(文学文本)直接包含或暗示了这些语境,就是凭借这些持续不断地对文化语境的吸收,使得许多文学作品能够在其生产语境和社会条件崩溃后仍能存活下来。"② 可见,格林布拉特所说的文化分析不是一种外部分析,也不是文学内部的形式主义分析。其实,他反对的就是这种文本的内外两分的观点,"文本内外根本不存在明显的本质上的差异,新历史主义要重构的就是这种打通文本内外的文化的'复杂整体'(complex whole)"③。这里涉及的几个基本观点是:首先,文本不限于文学文本,非文学文本有时比文学文本更能让我们触摸到生活的真实,两者之间可以不间断地流通往来;其次,文学的概念和范围不是一成不变的,文学概念自身是一个建构和不断重构的过程,这就自然地把文学放入一个历史视域来观察,只有在具体的历史时段文学才具备具体意义;最后,文化也可以看作是一个文本,既然文化是一个整体的相互交织和流动的网络系统,那么在文本与世界之间、想象与现实之间,或者说艺术与社会之间也是一个不断协商和流通的过程。

格林布拉特在他的代表性文章《通向一种文化诗学》中谈到,詹姆逊认为在资本主义社会之前,社会性和政治性的文化文本和与之相反的文化文

---

① Catherine Gallagher & Stephen Greenblatt: *Practicing New Historicism*. Chicago: The University of Chicago Press, 2000, p. 15.

② Ibid.

③ Stephen Greenblatt: *Culture*. In *The Greenblatt Reader*. Micheal Payne, ed., Blackwell Publishing, 2005, p. 13.

本之间，独立的审美领域和政治社会领域之间的功能性区别并不存在，并没有这些话语区域的分离，它们是完整的统一体，而资本主义打破了这种和谐统一的模式；利奥塔则认为资本主义力图消灭不同话语领域的区别，使之分崩离析，或抹杀，或断裂，从而建立统一的独白性话语霸权。格林布拉特则持不同意见："资本主义既不会产生那种一切话语都能和谐共处，也不会产生一切话语都彻底孤立或断裂的社会制度，而只会产生趋于差异、分化和趋于单一、独白的推动力同时发生作用的社会制度，或至少两者急速振摆（oscillation），让人以为是同时发生作用。"① "从 16 世纪直到现在，资本主义就已经在确立不同话语领域与消解这些话语领域之间成功而有效地振摆。正是这种一刻不停的振摆，而不是固定在某一位置，才形成了资本主义独有的力量。个体性元素——一系列间断性话语或兼容所有话语的独白性话语——在其他经济和社会体系中都得到清晰的表述；唯有资本主义试图在这两者之间令人头晕目眩地、不知疲倦地流通（circulation）。"② 由上可以看出，格林布拉特对于资本主义社会审美与现实、真实与想象、政治社会文本与审美文本，抑或文本内外的关系理解非常清晰，即在一种不稳定状态的摆动、交流和往复循环中，两者的功能性区别在确立的同时消亡。

　　第四，上文提到 20 世纪以来人们历史观念的变迁，从对历史普遍性和真理性的质疑到历史叙事学的兴起，历史话语与文学话语在诗学层面获得沟通，历史与文学的二元对立关系得到修正。新历史主义者眼中的历史"既是指发生在过去的事情（或一系列事件），也是对这些事件（故事）的讲述。历史真实来源于对讲述这些故事的充分性的批判和反思。历史首先是一种话语，但并不意味着对真实存在的事件的否定。"③ 新历史主义对个人日记、档案记录、奇闻轶事等的偏好其目的就在于触摸这种历史真实。这里让我们想起了卡尔·波普尔的话："不可能有一部'真正如实表

---

① Stephen Greenblatt: *Toward a Poetics of Culture* in *The Greenblatt Reader*, edited by Micheal Payne, Blackwell Publishing Ltd., 2005, p. 22.
② Ibid., p. 24.
③ Stephen Greenblatt: *The Greenblatt Reader*, edited by Micheal Payne, Blackwell Publishing Ltd., 2005, p. 3.

现过去'的历史,只能有各种历史的解释,而且没有一种解释是最后的解释,因此每一代人都有权利去做出自己的解释。……历史虽然没有目的,但我们能把这些目的加在历史上面;历史虽然没有意义,但我们能给它一种意义。"[1] 同样,海登·怀特认为历史事实在历史学家的笔下不过是构思和讲述故事的素材,他们的目的不是要铺陈历史的真相,而是表达和抒发历史学家自身的人生观和历史观。他在《元史学:十九世纪欧洲的历史想像》的序言里说:"我想要强调的是,在我看来,历史事实是构造出来的,固然,它是以对文献和其他类型的历史遗存的研究为基础的,但尽管如此,它还是构造出来的。"[2] 这种对历史文本性的极力推崇似乎就是要断言历史的虚妄,全然否定历史的真实性,这和格林布拉特所提倡的新历史主义历史观是有一定差别的。

人们不可能超越自己所处的历史时段,所有的历史本身只能取决于建构历史的现在。新历史主义正是在"反历史"的形式化潮流中重新确立历史的维度,重新审视历史与现实、历史与文学的关系。新历史主义眼中的历史与现实并不完全是一种线性的先后序列关系,更是一种共时的历史与现实的文本对话关系,两者之间通过文本存在着相互协调的对话性特征。文学则不是孤立于社会历史之外的事物,而是历史、文化的一个有机组成部分,文学参与到历史之中,并与政治、意识形态和权力话语形成相互角逐和交锋的场所。就如文学文本不再游离于它的作者和读者之外一样,历史也不是游离于它的文本建构之外的事物,历史更不是作为某个文学或艺术作品的可被拆分的背景或装饰性材料,"历史与文学是相互叠盖的"[3]。蒙特罗斯曾用"历史的文本化和文本的历史化"来描述新历史主义对历史与文学的态度和处理方式,这句话非常流行,以至于被认为新历史主义的标志性主张。一方面,历史的文本化是指历史是通过文本来叙述和显现

---

[1] Karl Popper: *The Open Society and Its Enemies*. Routledge. London, 1957, pp. 259 – 280.

[2] [美]海登·怀特:《元史学:十九世纪欧洲的历史想像》,陈新译,译林出版社 2004 年版,序言。

[3] Stephen Greenblatt: *The Greenblatt Reader*, edited by Micheal Payne, Blackwell Publishing Ltd., 2005, p. 3.

的，没有文本就没有我们所知道的历史，也意味着我们无法接触到真实的过去，无法接触到没有经受当时社会历史制约的文本痕迹。而这些文本痕迹不是偶然存活下来的，至少是一个选择性保存或删除的微妙过程。之后，在被人文学者拿来当作文献时，遗留下来的文本痕迹本身也会再次受到学者们为符合描述或阐释活动的需要而做出相应的选择和调节。另一方面，蒙特罗斯认为："文本的历史化是指历史具体性，即社会、物质内容，指所有的书写形式——包括批评家们阅读的文本以及我们所阅读的批评家的文本，也就是说所有阅读形式中的社会和物质内容。"[①] 换句话说，文本在历史发展过程中，被植入了社会、文化、意识形态和物质内涵，文本不是一成不变的，而是随着时间和历史的向前推进，带上不同时代赋予它的意义，留下时代的烙印，甚至对历史和现实产生影响，成为历史事实构成的一部分。新历史主义主张对"文学文本中的社会存在和社会存在对于文学的影响实施双向调查"[②]，其本质就是体现了一种对话理念，表达了一种现在和过去、后人和前人的对话愿望。所以格林布拉特认为学者的工作就是要"与死者对话"（speak to the dead）以及"让死者说话"（make the dead speak）。[③] 在笔者看来，人类通过文学为逝去的历史留下回味的空间，依靠文学寻找曾经鲜活的个体在历史长河中留下的足迹，让当代人经历他所经历的一切，与之产生心灵的共鸣。这说明，文学是历史时空中最活跃的思想因子，它建构了历史，参与了历史进程，是现实文化塑造和发展的最有力的推手。

第二节　新历史主义的理论贡献与当代意义

如果从格林布拉特提出"新历史主义"这一概念的时间，即 1982 年

---

① Louis Montrose: *New Historicisms*. Stephen Greenblatt & Giles. Gunn, ed., *Redrawing The Boundaries*. New York: The Modern Language Association of American, 1992, p. 409.

② Stephen Greenblatt: *Renaissance Self-fashioning: From More to Shakespeare*, Chicago: University of Chicago Press, 1980, p. 5.

③ Stephen Greenblatt: "What Is the History of Literature?", *Critical Inquiry*, Vol. 23, No. 3, Spring, 1997, p. 479.

开始计算,新历史主义作为当代颇具杂糅性和争议性的理论流派刚走过三十年的历史。20世纪下半叶是各个学科领域的思想和理论总体爆发的时期,林林总总的理论流派你方唱罢我登场,各领风骚也不过十来年,有些甚至才露脸就被淹没在风起云涌的理论大潮中。在这场声势浩大的理论大潮退却之后,理论家们除了感叹"理论的终结"或"历史的终结"外,总还能够发现一些闪耀着光彩的思想和理论观点,它们将继续引领着人们思考和探索未来的世界。无疑,新历史主义便是这其中重要的组成部分。

其实,把新历史主义称为一个理论流派,还是个值得商榷的问题。因为自它诞生之日起,就从来没有承认过自己将组建一个新的理论流派,或提出任何性质的理论宣言和纲领,也没有形成固定不变的研究领域和确定的研究对象。格林布拉特被公认为是新历史主义的创始人,但他不认为存在这样一个独立的学派,他也没有决定谁是或不是新历史主义学者的权力。"这不是一个教堂或者政党,没有党员证。我的口袋里也没有任何一张卡,上面写着我是一个新历史主义者。"[①] 这番听起来让人觉得可爱又有些赌气的话,却道出了新历史主义最基本和最主要的特征或者诉求,即对理论化和系统化不感兴趣,新历史主义是"一种实践,而不是一种教义","跟教义全然无关"[②]。"它所有的目的就是为了抵制系统化。"[③] 新历史主义的提倡者和实践者们并没有形成统一的研究轨迹,"非纲领性"(unprogrammatic)、"不确定性"(indeterminacy)、"非理论化"(atheoretical)、"异构性"(heterogeneous)、"非系统化"(non-systematic)等词汇几乎概括了新历史主义在学者心目中的印象。

曾两度担任《新历史主义》和《新历史主义读本》的主编威瑟也不得不承认,他要编辑的那些文章虽然都可以称作是新历史主义的实践研究,但相互之间似乎没有任何关系。他说:"试图要把这些极具个人特色

---

① 生安锋:《透视文化、重构历史:新历史主义的缔造者——斯蒂芬·格林布拉特教授访谈录》,《当代外语研究》2010年第3期。
② Stephen Greenbaltt: *Toward a Poetics of Culure*. In *The New Historicism*, H. Aram Veeser ed., London: Routledge, 1989, p. 10.
③ Catherine Gallagher & Stephen Greenblatt: *Practicing New Historicism*, Chicago: The University of Chicago Press, 2000, p. 1.

的文章分类和定义,简直是一个疯狂的奢望。"① 因此,面对着新历史主义实践者们这种集体的"身份危机",威瑟只好承认:"新历史主义是一个没有合适所指的词。"② 实际上,与其说没有合适所指,还不如说它所指非常之广,以至于让人觉得新历史主义阵营内学者们似乎都是各占山头、各立门户,多重话语杂陈交织,甚至相互争论与批评。尽管观点如此迥异,莫衷一是,但通过仔细阅读他们的批评文本,我们总能发现一些共同的研究冲动和实践原则,例如颠覆和抵制正统、权威、单声道话语的冲动,对任意性、偶然性、边缘性和巧合处的强烈兴趣,对被主流文化抛弃和被历史遗忘角落的热切关注等。

新历史主义走过三十年,缘起于对新批评形式主义的不满,到重构历史与文学的相互关系,再到纠正解构主义和后现代主义的虚妄之途,使文学研究回归到实实在在的历史语境和文化语境,从整体性、目的性宏大叙事转向探寻地方性知识、历史的细枝末节处和弗兰克·兰垂契亚所说的"最坚实的和最贴近地面的生活肌理"③ 中,新历史主义以其始终秉持的理论开放态度和广阔视野,以及脚踏实地的实践研究精神,为所谓的历史虚无论、理论终结论、文化危机论等各种乌托邦论调敲起了警钟,并预示着"一个更为伟大的理论革命的开端"④。曾任哈佛大学校长的尼尔·陆登庭在任命格林布拉特为人文学科大学教授(哈佛大学教授职位中的最高荣誉)时说:"在过去的二十多年中,没有人能像格林布拉特那样改变了文学批评和研究的整个方向……他的真正贡献远远超出了方法论的意义。"⑤ 总的来说,以格林布拉特为代表的新历史主义有以下几点理论贡献和当代意义。

首先,新历史主义向我们展示了不同理论之间互通有无,平等对话的

---

① H. Aram Veeser: *The New Historicism*. In *The New Historicism Reader*. H. Aram Veeser ed., London: Routledge, 1994, p.1.

② Ibid.

③ Ibid., p.4.

④ Noel King: "The Restless Circulation of Languages and Tales: interview with Stephen Greenblatt", Harvard University. *Textual Practice*, Vol. 20, No. 4, 2006, p.710.

⑤ N. Rudenstine: *Greenblatt Named University Professor of the Humanities*. In Gazette, The Harvard University, Http://www.hno.harvard.edu/gazette/2000/09.21/greenblatt.html, 2011.

可能，即建立多元性理论对话空间的可能。新历史主义的发生和发展受到了当代各种主流理论的深刻影响，甚至可以说它就是在博采众长、吸取各类理论精华的基础上形成了自己的特色，也拥有了宽阔的视野。如前文提到格林布拉特早年熟读西方马克思主义著作，让他跳出了形式主义的牢笼，开始关注文学中的政治、社会、文化、权力和意识形态等问题，同时对历史和文化的物质性加以思考；新历史主义积极吸取福柯的历史断裂观念和权力话语理论，把历史的非连续性、事件性和偶然性因素纳入文学研究的视域，对最边缘处和最隐蔽处的权力关系条分缕析，重新建构文学与历史的关系；新历史主义适应了历史观念的时代革新，认同关于只有通过文本才能抵达历史的观点，但他们反对解构主义的"文本之外一无所有"的极端观念，在肯定历史和文化的文本性质的同时，也不否认历史的真实性存在；新历史主义采用了文化人类学中的文化观念和"厚描"的研究路径，重视文化塑造过程中人的能动性和自我塑型过程。

其次，新历史主义使当代文学理论成功走出语言学转向后的结构主义、新批评、解构主义等总体上属于形式主义分析的文论金字塔，重新恢复文学研究的历史、文化维度。但这绝不是传统的历史主义或作家、作品背景分析的简单回归，即有些学者认为的社会中心—作者中心—作品中心—读者中心—社会中心新的轮回。实际上，文学作为某段历史、文化时期的"反映物"或者"装饰物"的性质已经被彻底否定，文学的主体性功能得到极大张扬，文学和历史的二元对立关系被一种相互指涉、复杂交织的关系所代替，文学不仅是成为历史、文化发展的见证者，更是参与者、推动者和建构者。至此，文学不再是高居于文化神坛之上不可企及的精神贵族的专属品，莎士比亚和弥尔顿从艺术殿堂中走出来，变成了有七情六欲的平常人。新历史主义学者眼中的文学史也不是仅仅包括文学经典和文学大师的历史，因为"文学的历史是体现个人或体制意愿的历史"，"文学史永远只是使文学成为可能的历史"，"文学史终究有缺憾。"[①] 文学

---

① Stephen Greenblatt："What Is the History of Literature?", *Critical Inquiry*, Vol. 23, No. 3, Spring, 1997, pp. 469–470.

和非文学的边界要重新修订，或者永远处于变动不居的状态，在建立与消亡之间不停摆动。就如文学总是处于想象与真实的交汇处，虚构与现实的循环往复中，或在怀疑与信仰间不停争斗一样。

最后，新历史主义主张恢复文学研究的历史、文化视角，把文学置回历史文化语境，在这一过程中，新历史主义对于主体的历史地位有了更为真切的感受。格林布拉特不止一次谈到，"新历史主义的中心点就是对主体性的质疑和历史化"①。格林布拉特并不相信有全然独立于历史文化结构之外的所谓自由主体，"在我的全部文本和资料中，我所能说的是：没有纯粹的时刻和没有约束的客观性，确实，人类主体本身开始似乎就非常不自由，不过是特定社会中权力关系的意识形态的产物"②。这种主体观和西方现代性发生以来对主体的原发性、自主性和独立性的肯定和宣扬是有区别的，同时也和形式主义文论中把文本当作唯一独立、自主的主体截然相反。实际上，新历史主义反对主体和客体，或主体和结构二元对立的关系，认为两者相互依存，相互制约，提倡一种主体间性的理念。对主体和自我问题的关注一直是新历史主义研究的重点，但是它显然反对那种普遍性的超然的主体存在，而更乐意突出主体的不稳定性、可塑性（fashioning）、历史性和协商性（negotiation）。一方面，文学创作主体积极能动地参与社会能量的融汇、流通和交易，把自己的创作活动同社会文化的权力系统进行谈判和协商；另一方面，文学本身具备塑型功能，对于文学创作者、阐释者和阅读者而言，文学扮演着引导、塑造、完善或分裂自我的作用，正是在这种情况下，主体完成"自我塑型"（self-fashioning）的过程。尽管在新历史主义看来，主体的产生绝不是自觉、自动的完全自我塑造过程，而是文化、权力和意识形态合力的产物，但是我们应该清楚，新历史主义对于自由、独立的主体是抱有幻想的，对于主体的阐释和建构功能是满怀信念的。就如格林布拉特所说："……放弃自我塑型就是放弃对

---

① 生安锋：《透视文化、重构历史：新历史主义的缔造者——斯蒂芬·格林布拉特教授访谈录》，《当代外语研究》2010 年第 3 期。
② Stephen Greenblatt: *Renaissance Self-fashioning: From More to Shakespeare*, Chicago: University of Chicago Press, 1980, p. 256.

自由的渴望,就是放弃对自我的固执守护(尽管这个自我有可能是虚构的),就是死亡。……我觉得完全有必要保持这种幻想,即自我还是我自己的主要建构者。"①

总之,在名目繁多、杂语共生的理论批评时代,新历史主义能脱颖而出,并从最初的饱受争议和响应者众多,到世纪末的相对沉寂,再到最近几年来研究热潮的回归,证明新历史主义有其自身的理论优势和适应时代和理论发展的能力。如果把新历史主义放到文论史的角度来看,是对文本批评"向内转"之后的重新反拨,是一次历史回归。随着社会的发展和文学媒介的演变,文学的语言本体,应该由语言自身的角度扩展到"传媒"的角度,即语言是如何来讲述和辨识的。仅是文本分析的语言性已显不够,新历史主义的历史合理性如此便凸显出来。我们看到不仅在文学研究领域,而且在更多的人文学科领域,研究者们沿着新历史主义开辟的道路,在纵横交错的文化网络中,在偶然遇到的零星文本中,在不为人知的被时间遗忘的角落里,发现了历史的真实和文学能带给我们的所有"共鸣与惊奇"。特别是在后现代充满消极、颓丧、怀疑和绝望的"虚无主义"和"不可知论"的文化氛围中,新历史主义以其特有的实用主义功能、开放包容的学术情怀和搁置理论空谈的实践操作品格获得了许多研究者的青睐,成为被寄予厚望的新世纪批评理论的新的生长点之一。

20世纪八九十年代以来,中国人文学科领域掀起了一场大规模译介西方文化与理论资源的运动,在这场迟来的、有些急不可待的理论之饕餮盛宴中,新历史主义算是其中最为时髦的一道大餐,作为当时西方文论界,特别是美国文论界讨论最为激烈的文学理论和实践新现象,中国文学界有所发觉,但并没有给予积极的回应,也甚少参与。但在随后的十年中,随着中国文学土壤和文学环境的进一步改善和开放,新历史主义无论在思想观念、思维方式和历史意识层面,在文学创作的叙事模式、话语风格上,还是在文学批评的方法实践指导上,都激发了中国作家和批评家巨

---

① Stephen Greenblatt: *The Improvisation of Power*. In *The New Historicism Reader*, H. Aram Veeser ed., London: Routledge, 1994, p. 76.

大的创新和变革潜能。新世纪以来，中国的新历史主义文学、影视创作，还有新历史主义文学批评话语都呈现出高潮迭起的发展态势，中国文论界的许多研究者更是鉴于中国文论的"失语"状态，希望借新历史主义的"文化诗学"一词来建构新世纪的中国文论体系，以期与西方文论平等对话和交流。那么，新历史主义在中国将近三十年理论旅行中，遭遇了怎样的历史、文化和文学语境？在中国特定的文学和文化土壤中发生了怎样的变化？新历史主义与中国当代文艺创作有何关联？新历史主义和中国文化诗学，或称中西文化诗学的共通之处和差异点在哪里？笔者将在以下几个章节中逐一谈及。

第二章

20世纪八九十年代新历史主义在中国

  概括地说，20世纪以来曾有三次大规模的西方文论（包括苏俄文论）涌入中国，分别是"五四"时期对欧洲近代文论的输入，新中国成立初期对苏联文论的输入，还有新时期以来对现当代欧美文论的输入。经过长达几十年的思想禁锢，人们急切盼望摆脱政治和意识形态的束缚，打开眼界、敞开胸怀迎接和吸收新的不同的思想和文化，于是"解放思想""改革开放"成为当时最为响亮的口号和集体愿望。同样，文学研究领域的学者们对于苏联文论一统天下的局面也早已不满，而对西方风起云涌、日新月异的各种理论流派和思潮心仪已久，抱有极大兴趣和热情。实际上，从新时期开始到20世纪80年代中期，中国文论界还处于对旧的"左倾"错误思想的拨乱反正和对僵化的独白式文艺理论体系的突破阶段，人们还在伤痕、反思、知青文学中感伤自己的过往，痛诉刚刚过去的时代的罪恶。可以说，在思想、情感和精力上，文学创作者和研究者们都还没有完全走出"文革"十年带来的阴影和影响。这种情况在20世纪80年代中后期有了明显的转变和突破，随着越来越多的现当代西方思想和理论流派被引介到中国，学者们的视野更为开阔，观念进一步得到革新，中国的文化和文学语境出现了空前繁荣和各类思想激烈冲突的情况，新历史主义便是随着这股西方文论的输入大潮进入了中国。考虑到相关研究的论文发表数量和此论题在学界的关注程度,同时结合当时国内本土文化语境和文学土壤分析,笔者试对新历史主义在中国的传播和发展情况分为四个阶段进行研究,其中每六至七年为一个阶段,即投石问路的引介期(1986—1992)、沉寂平稳的发展期(1993—1999)、研究高潮的初步涌现期(2000—2005)和研究高潮的继续推进期(2006—2012)。

下面是笔者以"新历史主义"为关键词,在中国知网获知的论文(包括硕士、博士论文)发表的相关数据和图例(见表2-1和图2-1)。笔者按照论文的内容和主题分成了五个大的类别,即关于新历史主义理论本身的研究(在前两个阶段主要表现为理论的翻译和介评)、关于新历史主义与新历史小说(在第二阶段还包括诗歌的讨论)、关于新历史主义与历史影视剧、运用新历史主义理论进行文本阐释(主要表现为解读相关文学作品)以及内容稍有提及新历史主义的论文。

表2-1　　　　　　　与"新历史主义"有关的论文数据表

内容 篇数 阶段	关于新历史主义理论本身的研究	关于新历史主义与新历史小说	关于新历史主义与历史影视剧	运用新历史主义理论进行文本阐释	提及新历史主义的
引介期 (1986—1992)	11	0	0	0	7
发展期 (1993—1999)	72	11	9	0	74
高潮涌现期 (2000—2005)	90	45	26	52	189
高潮推进期 (2006—2012)	156	89	98	424	408
合计(篇数)	329	145	133	476	678

表2-1列出了从1986年到2012年,四个时间段内发表的相关论题的具体论文数量。论文总计为1761篇。其中第一阶段引介期为11篇,全部是关于理论本身的翻译和评介。第二阶段发展期增长到92篇,论题分别涉及新历史主义与新历史小说、新历史影视剧的讨论。从第三阶段高潮涌现期开始,论文发表数量成双倍增长,论题则涉及笔者所列的四个方面,其中从第三阶段开始出现运用新历史主义进行文本阐释和作品解读的文章,而此类文章到了第四阶段高潮推进期增长了8倍之多,这也使得与

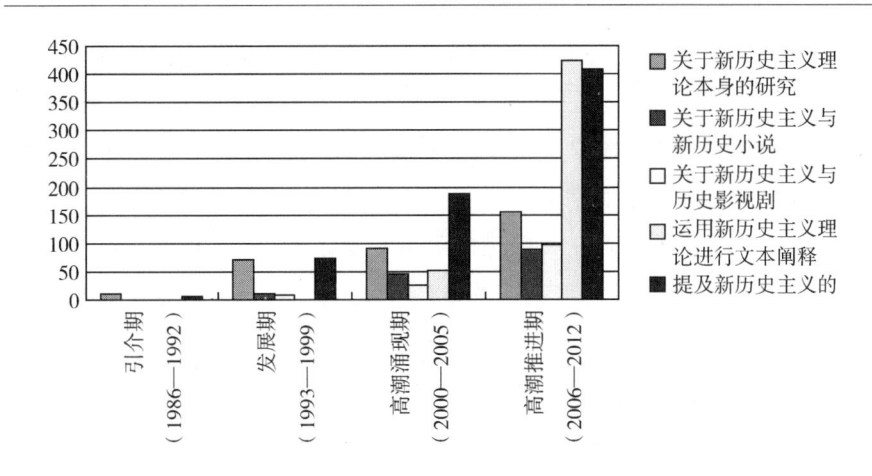

图 2-1　与"新历史主义"有关的论文数据统计图

新历史主义相关的论文总量翻了好几倍。图 2-1 则相当直观地反映了上述情况，显示出每个阶段的研究情况对比。我们可以非常清晰地看到，关于理论本身的研究、新历史主义与新历史小说、历史影视剧的研究，包括提及新历史主义的论文四者都是稳步增长，而关于新历史主义理论的运用和实践则在 21 世纪以后才出现，但增幅极大，从第三阶段的 50 篇左右增长到第四阶段的 400 多篇，占据了第四阶段发表论文总数的一半以上。

本章和下一章的内容将按照时间先后分四个时段，围绕对新历史主义理论的翻译、介评，新历史主义与新历史小说、新历史主义与历史影视剧、新历史主义的运用与实践几个论题，结合每个时段的文化语境与文学土壤，经过评述和分析具有代表性的论者及其观点，详尽描述近三十年以来新历史主义理论在中国的接受、传播和发展的状态，展现了一幅作为正在发展中的当代西方文论之一的新历史主义在中国的理论旅行全景图。

第一节　20 世纪八九十年代本土文化语境与文学土壤

一　1986—1992 年的文化语境与文学土壤

20 世纪 80 年代中期到 90 年代初期，中国的社会文化、思想观念处于一个相对动荡的时期。学术界对这段时期的描述各不相同，有学者称之为思想转型的"初级阶段或转型酝酿期"①；有学者认为这是"告别革命""放弃启蒙"的阶段，主要表现为"与80年代决裂的姿态"，因此有"断层和断裂"②之说；也有学者不同意断裂之说，认为这个年代的文化变迁"并非质的飞跃，而只是一种渐进的量的积累过程"，这种变迁"主要只是……基本性质大致稳定前提下的量变"③；有学者认为这是中国从"一元化语境"向"多样性语境"转变的时期④；也有学者从文学研究的角度认为这是新时期文学精英化的第二个阶段，或称文学的"祛魅"同时"赋魅"的时期，即所谓的"纯文学"时期⑤。综合上述说法，大部分学者应该会认同的是与20世纪80年代前期相比，人们的思想和文学观念都发生着快速的变化，而20世纪80年代中期到90年代初期这段时间算是这场巨大变化的过渡期，过渡性的思想文化和文学特征表现在以下几个方面：

首先，聚集在"文革"后知识分子身上的那种高昂的精英战斗意识和启蒙批判精神有所回落，或者说以"五四"为榜样的强烈的社会责任感和道德启蒙的使命感不再时时叩击着他们的心灵。"文革"结束到20世纪80年代中期，对"极左"路线的批判，对意识形态和文化专制主义的控诉成为大多数中国知识分子的共同立场和思想追求，并形成了一批以自由、民主为诉求，以继承"五四"为己任的新启蒙知识分子群体。主要表现为全面反思和批判传统，认为传统儒家思想等是中国现代性进程中的根本性障碍；浪漫激情与理性信仰同时存在，知识分子在历史使命、思想启蒙和自我认同上有着前所未有的乐观心态，同时相信科学精神能解决一切问题，急于建立各种价值标准，发现原理规律，认为实践是检验真理的唯一标准等；关于人性、人道主义和主体性问题的持续讨论，使人性与阶级性有所区分，同时肯定了人的主体性存在和积极能动性；全民掀起美学热

---

① 王岳川：《中国镜像：90年代文化研究》，中央编译出版社2001年版，第4页。
② 杨飔：《90年代文学理论转型研究》，中国社会科学出版社2001年版，第10页。
③ 同上书，第11页。
④ 曾繁仁主编：《中国新时期文艺学史论》，北京大学出版社2008年版，第96页。
⑤ 参见陶东风、和磊《中国新时期文学30年（1978—2008）》，中国社会科学出版社2008年版，第4页。陶东风主编《当代中国文艺思潮与文化热点》，北京大学出版社2008年版，导论。

潮，标志着被压抑和被禁锢的感性生命的再次勃发，全社会都在反思被扭曲、异化的人性，歌颂主体的解放和自由。

其次，20世纪80年代的知识分子以启蒙者自居，试图积极介入政治、思想和文化生活，对上追求自由、民主，对下努力启蒙民众，高扬理想主义大旗，动辄进行某种乌托邦设计和行动。东欧剧变和苏联解体，社会主义阵营岌岌可危，世界格局需重新改写，种种现实逼迫着人们要以一种全新的眼光来看待过去、现在和未来，同时反思那个年代的光荣与梦想、理想与激情。当知识分子的启蒙情怀遭受挫败，所谓资产阶级自由化思想受到有力的反击和压制后，他们开始退归书斋，把介入政治和改造现实的热情重新投入到纯学术的研究中，在学术领域寻找精神宣泄的出口。知识分子这种明哲保身和退居边缘的状态无疑在20世纪90年代初得到进一步强化。

在文学研究领域，20世纪80年代中期到90年代初这段时间有几次关于文艺研究方法、文学主体性、"向内转"和重写文学史等规模和影响都比较大的学术讨论。其实早在80年代初期，文学研究方法论问题就已经被提及，其中主要针对文艺研究的工具论和从属论而言。但随着西方现当代人文科学和自然科学的研究方法被集中运抵中国后，人们的科学热情被重新点燃，就如有学者所言在20世纪80年代中期的思想解放浪潮中，"学术界以'科学'的名义，寻找人文科学学术思想转型的可能性"[①]。这时，从俄国形式主义到英美新批评，从心理分析文论到结构主义文论，从现象学到阐释接受理论等各种理论和研究方法蜂拥而至，让学者们应接不暇，有人甚至把自然科学中的方法应用到人文学科研究领域，追求文学研究新概念、新角度和新方法的突破。1985年被称为"方法论年"，也正是这次有关方法论的大讨论，使得文学研究领域内的中国传统文论、马克思主义文论、中国"五四"以来文论和西方文论之间的分立态势日趋明显，同时打破了以往以马克思主义方法论为唯一标准和原则的局面。

[①] 王岳川：《文艺方法论与本体论研究在中国》，《广东社会科学》2003年第2期。

20世纪80年代的主体性概念源自李泽厚的主体论哲学思想,主体性的内在方面即是人性,对人性的关注自然能激发人们对主体自由和能动性的关注。刘再复把这种主体论哲学放置到文学研究语境中,认为文学研究应该把人当作文学的主人翁来思考,或者说把主体当作中心来思考。也就是说不论是研究作者、读者还是作品人物,都要尊重其主体能动性,发挥其主体价值和力量,以人为中心、为目的。文学主体性理论非常强调人的精神主体性层面,即从个体、灵魂的角度阐发主体性,认为:"文学是人的灵魂学,人的性格学,人的精神主体学""这种自由是作家精神主体性的深刻内涵。"[①] 这种文学主体论其实质是针对长期占据文学理论界中心的马克思主义机械反映论而阐发的,这当然会引发极大的不安和骚动,但同时也获得了更多的支持与赞同。强调文学主体的自由,保持文学的纯洁性和内在品质,对于文学有效地摆脱政治、意识形态的控制无疑起到了很好的作用,同时也促成了中国文学界关于"向内转"的讨论。

新时期以来从伤痕文学到反思文学,从知青文学到改革文学,从寻根文学到先锋派文学,我们可以看出一种文学逐渐远离意识形态和社会政治,越来越向文学内部或自身靠拢的趋势。对艺术创新的突破表现在对文学形式、语言结构、叙事手法等文学内部问题的关注上。追求形式的新颖奇特,语言的朦胧晦涩,叙事的神秘莫测成为当时不论是诗歌领域还是小说领域文学创作者的共同目标。主题和题材不再是文学创作的第一考虑对象,写作的形式、结构、语言和叙事技巧才是衡量文学作品水平高低的尺度,形式和语言实验成为这个时期文学创作者们最乐意做的事情。对于文学创作界出现的这种新现象,文学理论界有着相当敏锐的察觉,1986年10月鲁枢元在《文艺报》发表文章《论新时期文学的"向内转"》,引发了文论界关于文学"向内转"的热烈讨论。此文概括了西方自现代主义以来文学向内转的发展趋势,并以此观照中国新时期文学,总结出新时期文学的发展总体趋势便是"向内转"。他说:"一种文学上的'向内转',竟

[①] 刘再复:《论文学的主体性》,《文学评论》1986年第1期。

然在我们80年代的社会主义中国显现出一种自生自发、难以遏制的趋势。"① 虽然鲁枢元指的"内"主要是针对人的心理世界和精神世界，与西方文论中的"内部批评"还有些距离，但是大多数学者认可这种"向内转"的说法。当时，也有学者反对和质疑这种说法，有些甚至认为要警惕这种向内转的趋势，因为它割断了文学与外部世界的联系，忽略了社会实践和时代精神等因素。但无论如何，"向内转"无疑准确地描述了20世纪80年代中后期文学创作和研究领域内出现的转型和整体变化趋势。

关于重写文学史的呼吁最初由1988年《上海文论》第4期开辟的"重写文学史"专栏提出。陈思和曾说："'重写文学史'的提出……这在当时是出于拨乱反正的政治需要，实际上却标志了一场重要的学术革命。"② 重写文学史得到了大部分学者的认同和支持，其中包括很多老一辈的教授和学者，徐中玉认为："文学史从来都是在不断地被重写的。"③ 应该说对文学史的重写时至今日仍在继续，并在这一呼声的影响下，出现了一大批具有个性特色和重要学术意义的文学史著作，这些作品从总体上显示了文学史研究向文学审美和文学本体回归的趋势。

如果我们把前文所说的20世纪80年代后期到90年代初期关于文学方法论、主体性、"向内转"以及重写文学史的讨论放到当时的历史和文化语境中作为一个整体来思考，就会发现这些或同时或前后相继的文学、社会思潮有着共同的思想文化背景和追求：这种背景就是意识形态解禁和思想观念的大解放的时代背景，这种追求便是对中国现代性和现代化的不懈追求。具体到文学层面，即是提倡主体能动性和审美本位，突出个体自由和文学内部因素，反对将文学进行政治层面的分门别类，避免文学沦为政治斗争和意识形态的工具。就如陈晓明所说："80年代后期，文学已经无力表达史诗式的激情……厚重激越的情绪转变为空灵俊秀的思绪，或者优雅的情调。"④ 这既是中国社会现实发展的必然要求，也是中国现当代

---

① 鲁枢元：《论新时期文学的"向内转"》，《文艺报》1986年10月18日。
② 陈思和：《关于"重写文学史"》，《文学评论家》1989年第2期。
③ 徐中玉：《关于重写文学史》，《求是》1990年第2期。
④ 陈晓明：《中国当代文学主潮》，北京大学出版社2009年版，第364页。

文学自身发展的需要，这既表明知识分子从启蒙者身份退居到了单纯的学者身份，也是预示着文学终将褪去启发民智、点燃激情的神圣光环，不再追求宏大历史叙事，转而关注个体内心和平常生活。

自20世纪80年代初开始，新历史主义就在美国文学界崭露头角，并逐渐引领美国文论界走出新批评的纯形式主义研究模式和解构主义的解构谜团，转而朝向历史、社会、文化和政治中的权力分析和文化阐释。以至于希利斯·米勒在1986年感慨："在过去的几年中，文学研究发生了一个突然的、整体性转向。"① 这种转向指的便是文学研究中的"历史转向"和"文化转向"，然而此时中国文论的发展步调统一，方向却是相反的，他们的历史、文化激情即将冷却，一头扎进的是对文学自身的审美性追求和寻求文学独立于社会政治之外的主体性讨论中。或者说，西方文论界通过自20世纪初的语言论转向后，历经俄国形式主义、英美新批评、结构主义、心理分析文论和解构主义文论等总体上属于文学内部问题的研究后，开始"向外转"，即开始对历史、文化、政治、经济、制度等所谓的文学外部因素加以关注；而中国文学界急于要摆脱的是政治文化和意识形态对文学的束缚和控制，通过对文学独立自由的主体性的肯定，继而肯定作为主体的人的自由和独立，通过对文学中语言、人物、结构的审美透析，继而强调社会和物质向度之外的人们的个体和精神向度。

由此可见，欧美文论界的"历史转向"，或"向外转"，以及新历史主义文化诗学的理论和实践的发展和当时中国文论界的"审美转向"，或"向内转"形成了鲜明的对比。这一对比的形成不能简单地归纳为：当时国内文学研究界没有能力直接和西方文论界平等对话，对西方文论界的最新发展不能给予及时的反馈和评价。当然，这也是一种客观情况，但是更主要的原因在于，中国的文学创作和研究植根于本土的政治和文化语境，并形成了自身发展和变化的内在步骤和逻辑，更体现了经过一系列政治历史浩劫之后人们强烈地想要摆脱思想和意识形态羁绊的社会普遍心态，同

---

① 转引自 Louis Montrose: *New Historicisms*. Stephen Greenblatt & Giles. Gunn, ed., *Redrawing The Boundaries*, New York: The Modern Language Association of American, 1992, p. 394.

时对作为主体的个人的重新发现和呵护。因此，当新历史主义最初被当作一种"新兴的马克思主义批评"和"释义的考证的政治批评"被引介到中国时，并没有引起人们的关注。而新历史主义提倡的对边缘历史的挖掘，对个体历史的关注，对主体性重塑与张扬，对历史进行多义阐释等议题并没有得到中国学界的广泛认可。

二 1993—1999 年的文化语境与文学土壤

上文提到自 1992 年之后，中国社会进入了经济建设和市场化的白热化时代，意识形态斗争从主流话语中撤离，经济建设成为掩盖和压倒一切不同话语的中心。中国正是从这个时候开始从"文化时代"转轨进入了"经济时代"，经济成为主流话语。成为时代的主轴，而文化和知识分子随之面临着迅速被边缘化和分裂的命运。政治和意识形态分歧的遁隐和有意规避使得知识分子身份逐渐边缘化，而市场经济的繁荣带动了全社会大众文化和消费主义的崛起，中国的文化语境和文学土壤掀起了一场"祛魅""去精英化""大众化"和"世俗化"的浪潮。

关于 20 世纪 90 年代的描述是一个充满争论的话题，而争论本身却是这个时代最为基本的特色。例如，在 90 年代初，有学者称即将到来的时期为"后新时期"，认为随着改革开放的不断深化和各种西方后工业和后现代因素的不断渗入，中国社会已逐步进入一种后现代状况。张颐武说这种状况"结束了启蒙话语的权威性，而与后现代性的国际潮流有对话性的关联"[1]。也有许多学者认为 20 世纪 90 年代是一个告别革命，放弃启蒙，淡化主流的时代，或者可以用"后革命"一词来描述，学者们开始反省 20 世纪中国思想史上的文化激进主义，例如陈平原提出"学者的人间情怀"命题，批评 20 世纪 80 年代知识分子启蒙立场的虚幻性；王元化反思"五四"，反对空疏学风，提倡乾嘉朴学；陈思和主张划定学术与政治的界限等[2]。而陈晓明则认为这是知识分子在现实中的失败和当代文化溃败的

---

[1] 张颐武：《"分裂"与"转移"——中国"后新时期"文化转型的现实图景》，《东方》1994 年第 4 期。

[2] 杨飏：《90 年代文学理论转型研究》，中国社会科学出版社 2001 年版，第 4 页。

表现,"……文化溃败乃是对知识分子长期压抑的必然结果,而商业主义轻而易举就掠夺了这个胜利果实……"①。这些似乎有点严重和夸张的评论却道出了一个事实,即20世纪90年代知识分子在启蒙者的身份被剥离后所处的心理和社会困境,同时他们身上被赋予的独立意志和批判精神也在市场化和民间化的不断挤压下逐渐消失殆尽。有人认为这是一种新的保守主义,甘阳勾画了20世纪90年代中国思想的一个基本轨迹,即"从80年代末开始的批判激进主义思潮出发,日益走向保守主义甚至极端保守主义"。他还进一步阐述,"……与80年代知识界朝气蓬勃的开放心态相比,90年代更多的是矫揉造作的故作老成,自我封闭的混充深刻"②。这种批评虽然相对尖锐,也不免片面,却对知识分子想要用纯学术的态度规避现实,面对商业化和市场化的挑战表现出的无力和疲软进行了深刻的讽刺。

这些貌似主观、特色鲜明的批判恰恰说明了中国知识分子并没有完全在商业和消费浪潮的席卷下屈服,而只是对其合法性存在表现出了可被理解的焦虑,这种焦虑能有各种渠道和机会得以表达,这本身就意味着中国文化环境的不断改善。实际上,全社会(包括政府机构)对经济建设和提高人们物质生活水平的持续关注,在客观上促成了知识和意识形态领域的相对自由和宽容。那种曾经束缚着学术创新和思想自由的一元论和决定论原则逐步销声匿迹,取而代之的是多元论和个人话语经验的张扬。这无疑对于提倡多元与反对历史绝对化和一元化的新历史主义在中国的进一步得以发展提供了较好的学术氛围和文化语境。实际上,不仅新历史主义,近现代西方各种理论与思想成果几乎都是在这个时期涌入中国,试想如果没有对意识形态的松绑,没有政治和社会关注力的转移,这些形式各异、思想主张大相径庭的人类共同的文明财富如何能进入中国。

越到20世纪90年代后期,中国文化语境越发显现出一种思想解放和自由的气息,代表个体性的话语和言论有了更多出场的机会,知识分子的文化选择更为多样和宽广,学术的自由和独立性也大为增强。实际上,随

---

① 陈晓明:《移动的边界》,湖北教育出版社2000年版,第38页。
② 甘阳:《反民主的自由主义还是民主的自由主义?》,《二十一世纪》1997年第2期。

着西方现当代各种思想方法、理论流派大量涌入中国,使中国学界的视野空前开阔起来,学者们可以毫无拘束地选择和研读自己感兴趣的理论,并积极参与阐释和实践运用。20世纪80年代后期的"方法论之争"或"主义之争"不再有讨论的必要,因为谁都具备阐释的权力,谁都不能自封为主流或权威,没有中心或总体性的理论导向,谁都只是多元中的一元。所以有学者称20世纪90年代为"无名时代"①,或"杂语时代"。杂语说的就是"多种异质话语并存,相互争鸣,没有固定的中心与边缘、主调与副调之分,也缺乏普遍有效的共通游戏规则"②。值得注意的是,20世纪90年代后期中国学界刮起了"后学"热,后现代思想有着明显的理论标志,即反权威、反整体性、反历史决定论、反意义确定性、反本质主义等,它把批判和颠覆既有秩序、重新阐释历史和真理、否定一切中心和权威为己任,提倡多元对话原则,强调历史的偶然性和意义的不确定性。其中福柯、德里达、鲍德里亚等后现代、解构主义思想家被悉数译介到中国,他们的思想观点和历史观念在关于后学的争论中得到了很好的传达和散播,这客观上大大更新了中国学者的学术理念和历史观念,同时也逐步影响到文学和文艺创作领域。实际上,上述这些观念主张也是西方新历史主义形成的思想基础和认识论基础,是新历史主义在文学研究领域提倡和实践的东西。所以,新历史主义最终能在中国文化土壤中生根发芽,特别是在文学和影视创作领域得以真正实践,与这些先一步进入中国的西方现代与后现代思想作为铺垫极为相关。

在文学和文论研究领域,20世纪90年代也发生了几次规模和影响比较大的学术讨论,如关于"人文精神"的讨论、关于"道德理想"的讨论、关于"失语症"的讨论和关于"个人化写作"的讨论等。在人文精神的提倡者看来,随着商品社会的发展和全民经商潮的涌现,以钱为导向的拜金主义开始盛行,人们对物质生活方面的积极追求业已危及他们在精神领域的不断探索和超越,越来越多的人只关注眼前利益的得失,对于更

---

① 杨飏:《90年代文学理论转型研究》,中国社会科学出版社2001年版,第9页。
② 曾繁仁主编:《中国新时期文艺学史论》,北京大学出版社2008年版,第97页。

高和更长远的终极性关怀和形而上体验已经没有兴趣。有学者甚至认为在社会的大转型时期，不少人道德沦丧、理想破灭、极端个人主义猖獗、人性泯灭、社会良知荡然无存等。这些夸张的用词仍然带有20世纪80年代理想主义，甚至改革开放之前独断专横式的"文革"论调，大有给人扣帽子之嫌。实际上，这是精英知识分子们在被商品化、世俗化和大众化时代潮流逼至历史的角落后发出的焦虑和抵抗之声。本来知识分子积极介入当下社会生活，承担社会责任和纠正社会不良风气是无可厚非的，但是这些占据道德高位的所谓精英们动辄用"终极关怀""终极价值""超越""神圣"等玄之又玄的话语来调教大众，显然是想要恢复之前的具有绝对权威的启蒙领袖和生活导师的地位。对于刚刚接受西方最新思想的中国年轻一代的学者们来说，这当然显得保守和落伍，甚至不合时宜。再说，中国社会的大众化和世俗化趋势随着商品消费社会的到来已成既定事实，人文精神的讨论应该切入当下语境，积极融入世俗文化之中。人文精神的历史意义应该在于告诉人们不要到生活之外去寻找存在的合法性依据。

"失语症"的提出和20世纪90年代初开始的回归传统和所谓"国学热"的兴起是有联系的，加之赛义德后殖民理论和詹姆逊的第三世界主义理论在中国受到了普遍的欢迎，迎合了一些民族主义情感相对浓烈，对蜂拥而至的西方文论有所抵触的学者的心理。所谓"失语"，就是指中国文论界"没有一套自己而非别人的话语规则"。中国文论"并没有一套属于自己的独特的话语系统，而仅仅是承袭了西方文论的话语系统"[①]。西方文论的引介在20世纪初就已经开始，20世纪80年代以来的西方文论引介只不过又掀起了一番高潮而已。中国文学和文论的现代性进程不可能不受到西方的影响，一方面是由于20世纪的西方思想和文论本身极为发达且影响巨大，不仅是中国，世界范围的现代性进程都深受其影响；另一方面中国古典和传统文论由于白话文的普及被迅速遗忘和荒废，其中出现的文学、文论脱节和断裂现象已成为不争的现实，当我们再度想要"接上传统的血脉"，避免不了要用西方的文论术语来解读和表述。失语论者往往夸大西

---

① 曹顺庆：《文论失语症与文化病态》，《文艺争鸣》1996年第2期。

方文论对中国文学研究者的负面影响,夸大西方文论如何不符合中国国情和现实需要,夸大中国传统文论的优越感和神圣性,其中不乏狭隘的民族主义情感的煽动。但是,激活中国古典文论的生命力,提取其精髓,努力进行传统文论的现代转化,使之符合当前文论语境和气场,并积极进行与西方文论的比较和对话,丰富现代文论的组成结构,这些都是值得肯定的。

上文提到20世纪80年代至90年代初,中国文坛出现整体"向内转"的局面,其中实验文学、现代主义文学和先锋文学的出现便是其发展的高峰。这种满足于形式新颖和语言创新的文学与现实愈行愈远,无法表达真实的当下生活和自我。因此,一批如实描述琐碎、真实的日常生活和描写平凡、无可奈何的"小人物"的文学作品出现,这些被称为"新写实主义"的文学作品与"新状态""新表现""晚生代""女性主义"文学,以及随后出现的所谓"美女作家""80后写作""私人化写作""边缘化写作"等表明20世纪90年代的文坛已经逐渐出现了多元分化、差异共存的格局,"个人化写作"成为20世纪90年代中国文学变革的重要特征。个人化写作关注小写的个体和自我,以表现自我的真实性和私密性为其合法性存在特征,以个人的名义写作,出于个人的动机和需要写作,通过个人的观察、体验、思考和想象写作,作者不再成为谁的代言者或启蒙者,不再承担普遍的人性、道义和良知,"文以载道"的神圣使命变成"只为自己代言"的自我娱乐。个人化写作意味着对群体化、公众化和代言式写作的反抗,而后者无疑占据20世纪中国文学的支配性主流地位。个人化写作自觉放弃虚妄的国家民族或阶级群体的宏大叙事,转而面向一个个鲜活具体的生命个体,叙述他们的生老病死、疼痛与快感,还有最为真实的可感可触的身体,以及他们在历史浪潮中最为深刻的个体体验。无须赘言,这种写作方式与西方新历史主义的思想理念极为吻合,其中对历史的理解就充满个人化的意味,把坚硬冰冷的政治意识形态去除后,宏大的群体历史变成可触摸、可感知的个体小历史,主体生命在历史长河中表现出前所未有的活力,同时显示了历史本身的丰富多样性和复杂性。个人化写作最大的意义是对个体自由和解放的最大可能的启示,这种启示至今都不过时,而个体化表述的自由无疑也是一个社会更为多元、更为宽容的标志。

总的来说，20世纪90年代的中国文化与文学语境是众生喧哗和多音齐鸣的，但在这杂语共存的时代，我们似乎还是可以找出一条较为明晰的思想和文化发展的路径，这条路径无疑更加开放、自由、务实和具备多元化和个性化的特征。20世纪80年代启蒙学者的理想激情早已化为低调平实的个体情绪而散发；争取思想的独立与表达的自由成为共识虽仍屡受挫折，却越战越勇；学术更为个人化和功利化，支配性、权威性话语权不被接纳，知识分子对日常生活与个体需求的关注多于对国家意识的建构与宣传。经济全球化进程使得不同文化的沟通交流渠道不断增多，中国作为世界多元文化格局中的一元，正积极寻求更多、更为宽广的对话平台。新历史主义在20世纪八九十年代的西方，特别是美国得到了全面的发展，并对西方学术产生了深远的影响，而这段时间的中国也以百米冲刺的速度迎头追赶当代西方的学术和思想，实际上是用不到二十年的时间来吸收和改造西方一个多世纪以来文明发展的成果，这其中自然不乏囫囵吞枣、一知半解、过度阐释，甚至歪曲误读现象的存在，新历史主义在中国的引介和发展也同样如此。有必要指出这些问题，但完全没有必要夸大和讽刺这些现象的存在，就如对待一个蹒跚学步的孩子，应该给予充分的理解、信任和鼓励。更重要的是，这些现象背后反映的是几代中国学人孜孜以求的不懈努力，是他们逐步摆脱政治意识形态控制，打破乌托邦理想主义的魔咒，从总体性、独断式、教条化的思想禁锢中自我解放出来的艰难历程。有如破茧而出的蝴蝶，中国文学的创作者和研究者们在卸下经国大业、为民请命的沉重历史包袱后，开始把投向遥远未来的目光收回，关注当下、关注自身，把个体的生命经验注入文学肌体中，使之成为文学意义的枢纽和发源地。

第二节 投石问路的引介期(1986—1992)

一 理论的翻译与介评

"新历史主义"这一名词从1986年进入中国学术界，一直到1992年，并没有引起国内大多数学者的注意，有价值的研究文章实际不足10篇。笔者在中国知网以"新历史主义"为关键词进行搜索，1986年和

1989 年分别为 1 篇，只是稍微提及；1990 年 6 篇，其中 3 篇是关于西方科学哲学领域历史学转向的研究，其他 3 篇都没有单篇或独段讨论新历史主义，而只是同之前一样，把它当作西方文论界的新动向稍微提及；1991 年 5 篇，其中 3 篇是对于新历史主义的介绍和分析；1992 年有 6 篇，其中也只有 3 篇集中探讨新历史主义。以下是笔者根据年份和相关论文发表的数量做出的数据表 2-2 和统计图 2-2。

表 2-2　　　　　1986—1992 年有关新历史主义的论文数据

内容篇数 年份 （总篇数）	关于新历史主义理论本身的研究	关于新历史主义与新历史小说	关于新历史主义与历史影视剧	运用新历史主义理论进行文本阐释	提及新历史主义的
1986（1）	1	0	0	0	0
1987（0）	0	0	0	0	0
1988（0）	0	0	0	0	0
1989（1）	1	0	0	0	0
1990（6）	3	0	0	0	3
1991（5）	3	0	0	0	2
1992（5）	3	0	0	0	2
合计（篇）	11	0	0	0	7

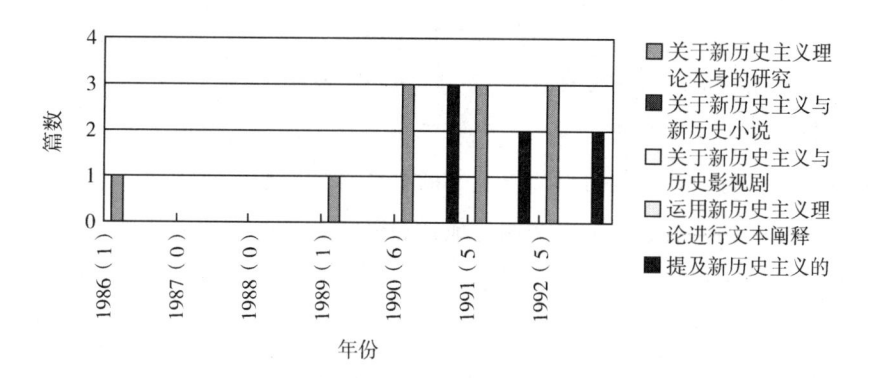

图 2-2　1986—1992 年有关新历史主义的论文数据统计图

以上图、表显示，这段时间论文发表总量还相当稀少，而最多的关于新历史主义理论本身的研究实际上主要属于翻译和介绍的文章。从许多文章的标题——"什么是新历史主义?""历史主义探讨"等就可以看出,这时期国内学界还不熟悉西方新历史主义,研究人员也基本上还处于介绍和观望阶段。其中,王佐良、王逢振、韩加明、杨正润、赵一凡、张京媛等学者为新历史主义进入中国做了许多开拓性的工作。

1986年,翻译家王佐良在《读书》杂志第2期发表了《伯克莱的势头:一次动情的旅行》一文,可以看作是国内出版的图书资料上出现新历史主义一词的开端。文中谈到伯克莱的英文系,有"新锐的理论家如司蒂芬·格林勃拉特",谈到格林布拉特的一次讲座《乐园里的戒严令》如何通过联系16世纪到17世纪的英国政治和统治,来分析莎士比亚等的作品。首先,文中通过卡洛尔·克里斯特的评价让我们了解到新历史主义在美国的研究状况,"在文艺复兴文学这一领域里,伯克莱的师资阵容是美国大学里最强的。研究的主流是以司蒂芬·格林勃拉特为代表的新历史主义"[①]。其次,卡洛尔介绍新历史主义就是联系社会制度来研究文学。这当然不是对新历史主义最为全面而准确的评价,但起码让中国学者了解了新历史主义最重要的特点,即它不是纯形式主义的文学研究。王佐良还谈到在他的印象中,新历史主义与法国年鉴学派的研究相关,如费尔南·勃罗台尔(现翻译为费尔南·布罗代尔,法国年鉴学派第二代历史学家)的代表作《菲利浦二世时代的地中海和地中海世界》中所揭示的一种新的写历史的方法。最后,王佐良评价:"伯克莱能容得下格林勃拉特,也容得下雷特(另一位文学批评家),表明它的学术天地是广阔的,开放的。"[②]从这些字里行间,我们对新历史主义的具体内容虽然不得而知,但起码对新历史主义的代表者,其在美国的地位和影响,还有它的新锐、不受传统束缚等基本特点有了最初步的了解。

1988年,王逢振出版著作《今日西方批评理论——十四位著名批评家访谈录》,书中以问答的方式谈及了简·汤姆斯金、弗兰克·兰垂契亚、爱德华·萨义德和海登·怀特对新历史主义的看法,但格林布拉特还不在

[①] 参见王佐良《伯克莱的势头》,《读书》1986年第2期。
[②] 同上。

其访谈名单之列。其中,汤姆斯金认为新历史主义之所以新,首先是与旧历史主义进行比较的结果,后者注重文学作品的总体背景,研究作者和时代,以促进人们对作品的理解,而新历史主义不把文学作品当作某种特殊的东西,文学叙事和历史叙事在一定程度上是一致的,它们都是一种交流方式,和其他社会交流方式一样提供知识,就如其他交流也为文学提供知识。其次,新历史主义和新批评、后结构主义形成鲜明的对照,因为后两者完全切断了文学与外部世界的联系,拒绝把自己置于特定的历史语境,而新历史主义关系到一种政治的责任感,试图使文学再次与具体的现实对应起来。

实际上新历史主义是把社会作为它的基础的,社会是它经常参照的因素。它包括对社会的肯定和否定,也包括对社会的具体解释。汤姆斯金自称是新历史主义者,认为所谓文学名著和经典不可能独立于历史条件之外,而是所有那些条件制约的结果,她用新历史主义的标准研究流行文学和大众文学,注意作品如何提供在具体的政治、经济、社会和宗教条件下人们生存的蓝图,认为对作品的价值判断要看它那个时代的读者的反应。以《新批评之后》而名声大振的兰垂契亚在访谈中预言新历史主义、女权主义和马克思主义是当前最有力量的三种理论,它们会取代解构主义。后殖民主义学者爱德华·萨义德则对新历史主义持批判的态度,他认为新历史主义无非对历史主义的修正,格林布拉特在教堂上讲社会、政治、历史和文学,但他对社会和政治并不感兴趣,新历史主义对社会、政治、历史的兴趣纯粹是学院式的。萨义德批评新历史主义在美国不过是学院的附庸,是死的东西,最终会失去与整个社会、历史和文化的有机联系,这显然与他一贯的认为知识分子应该积极参与和介入政治社会运动,有强烈的道德责任意识是密切相关的。王逢振在书中把海登·怀特称为新历史主义批评家,显然是从他的《元历史》和历史叙事学角度来评价的,和格林布拉特的新历史主义还有一定距离,可是这种称呼无意中误导了后来的中国学者。海登·怀特认为新历史主义主要局限于文学研究的范围,不像传统历史主义那样强调政治和社会结构,增加了民族文化、风俗习惯、民间传说和通俗作品的内容。但从方法论和理论方面来讲,新历史主义并没有什么独创的地方,因此只能说是当前文学批评中的一个现象,而不能说是一种新的理论,它是直觉的、印象主义的、细读式的。海登·怀特的另一篇文章《评新历史主义》更加明确和清晰地表达了他对新历史主义态度。总体来说，他是站在历史叙事学的立场，对新历史主义所持的文本历史观表示赞同。同时，新历史主义研究中体现的对历史、文化的诗学关怀，也使他倍感兴趣。

1989年，韩加明发表《"新历史主义"批评的兴起》一文，算是国内第一篇专门介绍和评论新历史主义的文章。韩加明对新历史主义的兴起以及它与传统历史批评、美国新批评、接受理论等当代西方文艺理论的关系进行了对比分析。同时，他指出了新历史主义的几个基本观点，一是新历史主义所持有的新的历史观念，即历史依靠"书本"（文本）而存在，不再是"传统的、以改朝换代为主线的历史，而是涉及社会生活各方面的社会史"。新历史主义强调"书本的历史性与历史的书本性"（此句话后来被翻译成"本文的历史性和历史的本文性"或"文本的历史化和历史的文本化"等）。二是新历史主义对奇闻轶事的关注，他认为："新历史主义批评家正是要把文学作品放到这个包罗万象的社会史中来探讨它怎样丰富了我们对历史的认识，怎样作为'野史'发挥历史教科书的作用。"三是新历史主义关于文学与历史关系的定位，他说："新历史主义对传统历史批评关注历史与文学的关系提出了挑战，文学作品本身是历史现象；它既反映历史，又反过来影响历史。"[①] 这些总结和评价无疑是中肯和准确的。

1989年3月，杨正润在《文艺报》撰文《文学研究的重新历史化——从新历史主义看西方文艺学的重大变革》。可以说大多数中国学者就是从这篇文章获知了新历史主义的内容和在国外的研究状况，其开拓性意义不可低估。其中可能也是因为之前三位学者都是翻译家或外语系学者，由于学科边界和研究视域的阻隔，客观上使得文艺学界的学者们并不熟悉外语研究领域的动向。杨正润认为新历史主义的产生是当代西方文艺学的一次重大变革，其实质是自20世纪70年代以来西方人文学科领域历史转向的一个表征。其次，他通过列举新历史主义者对于莎士比亚戏剧的批评实践，肯定了新历史主义把文学经典放入历史语境重新阐释的做法，但同时指出

---

① 韩加明：《"新历史主义"批评的兴起》，《青年思想家》1989年第1期。

了新历史批评的软肋,即只根据偶然得来的听闻、日记或记录来解读文学作品的做法,他谈到这"难免会显得单薄无力,表现出他们对有关的历史纵剖面没有给予足够的重视"①。杨正润能够通过自己的实证分析,总结和评价新历史主义的功过,而不是不假思索地全盘吸收,这种严谨客观的学术态度为之后的研究者树立了榜样。

1991年《读书》杂志第1期发表赵一凡的文章《什么是新历史主义?》。此文以夸张的笔调称新历史主义在美国学术领域掀起了一场"红色恐怖、幽灵回归"的风暴,以此描述新历史主义这一"新兴马克思主义式批评"如何向正统的新批评和解构学派挑战,以及各类保守派的惊恐之状。接着,赵一凡对于新历史主义的理论谱系,它产生的历史前提,譬如西方历史主义危机的产生,新历史主义与福柯的关系,新历史主义与西方马克思主义中关于意识形态和文化生产的学说等做了深入的分析。并对新历史主义批评实践中的特色与问题进一步探讨,认为它有"较为进步的政治社会色彩","一反自由派的中庸和形式派的政治冷漠,主动透析文本中的意识形态话语矛盾,着重揭示'正史掩压下的另一性质,并刻意破除人文学术传统教规'"等,应该说这些分析都是十分有见地且较为准确的。但是他认为新历史主义在美国文论界虽然呼风唤雨,"业已形成跨国气候,幽灵直入哈佛哥大等七级浮屠",但在"扩变中,它不免变得庞杂含混:一面号召力渐增,追附者日众;一面又从内部滋生歧见派系,形成与解构派、左派及女权主义融汇下的自身裂解";他指出新历史主义第二个特点是"泛杂多样性","理论拼集加剧了运动的多向泛滥与裂解张力","它带有鲜明的'后理论'难以通约性质",以致"面临山中无老虎,群猴乱称王的可笑局面";在文章末尾处评价新历史主义的"主导不明的理论泛杂性"导致了它有"经济变种"和"文化人类学变种"的"学术混淆变形特征"②,这些说法显然没有从积极的角度考虑新历史主义可能创造的多元理论对话空间,以及其鲜明的颇具前瞻性的跨学科特征,可见其保守

---

① 杨正润:《文学研究的重新历史化——从新历史主义看当代西方文艺学的重大变革》,《文艺报》1989年3月4日、11日。

② 参见赵一凡《什么是新历史主义?》,《读书》1991年第1期。

思想也是十分明显的。

1992年张京媛在《外国文学》发表《新历史主义批评》，此文首先指出了新历史主义这一概念的来源和没有确切指涉的特点，谈到了其跨学科研究方式和对其他研究领域术语的借用。接着，文章谈到了文化唯物论和新历史主义的区别，认为前者强调文化中的政治作用和社会阶级关系的阐释力量，属于西方马克思主义批评的一部分；而后者更重视分析文化中的语言叙述问题。然后，文章勾勒出了20世纪美国文学批评发展的轮廓，说明了新历史主义产生的历史背景和个人因素，简明扼要地提及了新历史主义秉持的历史观和文学观，它与旧历史主义的区别，它对阐释语境的理解和分析。最后，文章肯定了新历史主义者在批评实践中进行自我反思、立场确定和价值判断的理论姿态，以及这一理论在"后理论"时代中的历史作用和特点。① 应该说，这篇文章是当时国内对格林布拉特的学说介绍得最为全面、具体和客观的文字，此后的新历史主义研究者因接触第一手资料的机会很少，他们都会或多或少地直接从此文中取得关于新历史主义和格林布拉特的理论观点，并加以进一步的阐发和利用。可见，此文对于新历史主义在中国的传播起到了抛砖引玉的作用，同时也基本确立了国内学者对新历史主义的认识框架。

1992年，李淑言撰文《什么是新历史主义》，开篇提出了新历史主义是释义的、考证的与政治性的，这种说法被后来的研究者经常引用。可惜它的准确性和可信度似乎都没有受到置疑，该文也并没有说明新历史主义这三个特点分别体现在什么地方，具体意思指的又是什么。文中用很多的篇幅介绍了西方自20世纪以来的文论发展背景，向中国学者介绍了新历史主义的作者观和文学观。例如新历史主义开拓了哪些新的话题，其中包括："作品中的一些实践做法是怎样产生的；它们体现了怎样的权力关系；它们对当前文化的影响（主要在思想意识及价值观方面）；总之就是对作品中的实践做系谱学研究。"② 论者指出新历史主义的以上观点受到福柯

---

① 张京媛：《新历史主义批评》，《外国文学》1992年第1期。
② 李淑言：《什么是新历史主义》，《当代电影》1992年第4期。

的社会科学和权力话语理论,以及系谱学的研究方法的影响,并通过详细列举格林布拉特对于《李尔王》中的王子装疯情节和莎剧中的女扮男装的研究来说明这种影响,但是该文错误地解读新历史主义信奉"历史是斗争史的马克思主义观点","把语言推到最前台,以话语代替生产方式,作为社会的决定力量"①。这些提法如果联系到当时国内的文化环境和文学研究整体向内转的趋势,也是可以理解的。但是就新历史主义的理论初衷和实践操作来说未免片面和不甚准确了。

二 阶段性特征与效果

总体而言,这个阶段国内新历史主义译介和研究的特点如下:

第一,这个阶段对新历史主义代表人物的研究文章翻译极少,虽然张京媛于1993年主编了国内第一本新历史主义论文集《新历史主义与文学批评》,但只选了格林布拉特的一篇文章,剩下的主要是对新历史主义的评论性文章。同年出版的《文艺学和新历史主义》情况同样如此,都是对新历史主义研究的研究。这两本书至今是国内近三十年来研究新历史主义的首选参考书。可见国内有关新历史主义理论代表作的翻译非常有限,未出现西方新历史主义代表人物的专著译本(国内第一本格林布拉特的翻译专著:《俗世威尔:莎士比亚新传》由辜正坤等翻译,2007年出版)。这种状况严重制约着国内新历史主义的传播和研究的深入。

第二,此阶段的研究者们关注到了20世纪80年代以来美国文学理论界的新动态,即新批评和解构主义的式微,以及新历史主义作为一股新兴的文学研究方法和理论可能具备的影响力。如王逢振的书中提到"新历史主义、女权主义和马克思主义是当前最有力量的三种理论,它们会取代解构主义(弗兰克·兰垂契亚语)"②。赵一凡在其文《什么是新历史主义?》中介绍新历史主义被美国传统派喻为"红色幽灵",它"可能造成又一轮波及整个人文教研的范式革命"③。《西北师范大学学报》1991年第4期上,

---

① 李淑言:《什么是新历史主义》,《当代电影》1992年第4期。
② 王逢振:《交锋:21位著名批评家访谈录》,上海人民出版社2007年版,第248页。
③ 赵一凡:《什么是新历史主义?》,《读书》1991年第1期。

一篇署名为"章"的短文,称新历史主义是"一种激进的理论思潮"和"学术反教规潮流"[①]。杨正润认为新历史主义是"当代西方文艺学的重大变革"[②]。但是这些文章尚且停留在少数外文学院的教授和有国外留学经验的学者的小圈子内,文艺理论界的大多数学者都还未关注到这一研究动向。

第三,针对新历史主义的来龙去脉做了一番理顺工作,以期进一步了解和判断它的价值,抓住它的主要特点。如韩加明的文章介绍了新历史主义的兴起过程,也特别提到了新历史主义的文本历史观念和历史与文学相互阐释的观点。赵一凡对于新历史主义作为一个文学理论的新事物所具备的意见分歧、无系统性理论基础有所认识,并总结其特点是欧陆新学的拼合等。从这些有限的篇幅和文字中,我们只能粗略窥见新历史主义理论的历史渊源、文化政治背景的基本轮廓,还有最基本的理论意向和旨趣,还没能深入探讨其纷繁复杂的学说结构和实际的操作过程,以及流派内部各家学说的一致或分歧处。

第四,对新历史主义的评价从正反两方面进行,较为中肯和理性,但大都是引用国外学者,或者新历史主义倡导者们自己的观点,完全独立的思考和判断的文章较少。例如,程代熙[③]对新历史主义的介绍基本上是引用了王逢振《今日西方文学批评理论》一书中几位西方批评家的观点,最后他预测新历史主义的命运可能转瞬即逝,也可能在21世纪成为文学批评的基石。这种一分为二的观点代表了新历史主义刚进入中国之时绝大多数学者的看法,即一种谨慎乐观的态度和质疑与肯定同时存在的状态。《外国文学评论》1991年第2期刊登了一篇名为《新历史主义批评对解构主义的超越》的文章,作者编辑和介绍了澳大利亚学者、悉尼马克里大学英语教授霍华德·费尔佩林对新历史主义的产生、研究范式和发展前景的看法。虽然整篇几乎没有作者自己的观点,但从题目我们可以看出论者的态度和选择。

---

① 章:《什么是新历史主义》,《西北师范大学学报》(社会科学版)1991年第4期。
② 杨正润:《文学研究的重新历史化——从新历史主义看当代西方文艺学的重大变革》,《文艺报》1989年3月4日、11日。
③ 程代熙:《西方文论的新信息——读〈今日西方文学批评理论〉》,《文艺理论与批评》1989年第2期。

虽然正面和积极的评价还是占多数，但是限于当时的历史语境，站在本土文化和文学立场上对新历史主义的质疑和批评之声也是有的。例如1990年有人在《文艺理论研究》第2期上撰写短文《当前外国文学研究应持的态度》，引述王宁的一段话："随着党和改革开放政策的实施，对外学术交流也日益频繁，外国文学理论界也开始面临西方各种新理论、新观念、新方法的冲击……但是，这些新理论、新观点和新方法都不能代替马克思主义文艺思想在中国国外文学研究中的主导地位，其理由是它们大多各执一端，以片面代替全面，以部分概括整体，这样，当它们在其发展极致极端显示出部分真理的因素时，也暴露出更多的谬误。"[①] 由此可见，当新历史主义作为一种较为新潮的西方文论被介绍到中国时，中国学者对其所持的态度受到关注和引导，马克思主义文艺思想作为文艺研究的主导地位丝毫不能被动摇，这似乎成为当时和之后很长一段时间内文艺研究者们心照不宣的一条原则。

第三节 沉寂平稳的发展期（1993—1999）

一 理论的翻译与述评

自1993年开始，关于新历史主义的研究论文发表数量逐年上升，笔者以"新历史主义"为关键词在中国知网查询，从1993年10篇左右的论文增长到1995年的30篇，除了1998年数量稍减外，一直到1999年每年的相关论文都在30篇左右。具体情况可见笔者根据年份和论文发表数量做出的数据表2-3和统计图2-3。

表2-3　　　　　1993—1999年有关新历史主义的论文数据

内容篇数 年份（总篇数）	关于新历史主义理论本身的研究	关于新历史主义与新历史小说	关于新历史主义与历史影视剧	运用新历史主义理论进行文本阐释	提及新历史主义的
1993（12）	7	0	0	0	5

---

① 佚名：《当前外国文学研究应持的态度》，《文艺理论研究》1990年第2期。

续表

年份 （总篇数）	内容篇数 关于新历史主义理论本身的研究	关于新历史主义与新历史小说	关于新历史主义与历史影视剧	运用新历史主义理论进行文本阐释	提及新历史主义的
1994（15）	8	1	0	0	6
1995（31）	14	0	2	0	15
1996（25）	10	2	2	0	11
1997（31）	14	3	0	0	14
1998（19）	4	2	3	0	10
1999（33）	15	3	2	0	13
合计（篇）	72	11	9	0	74

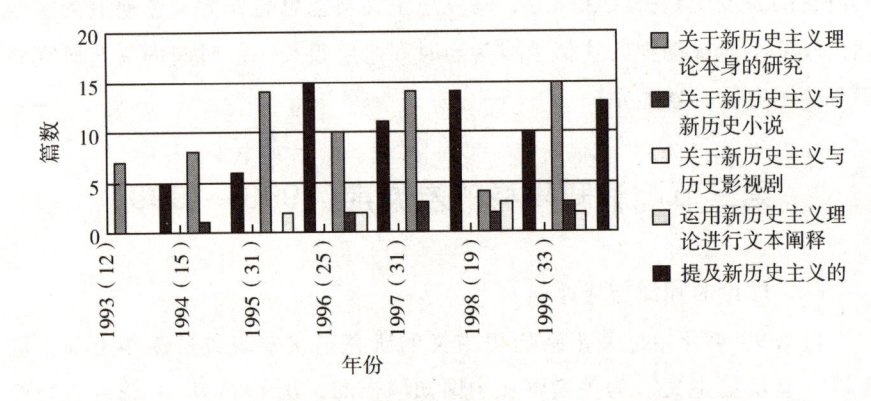

图 2-3　1993—1999 年有关新历史主义的论文数据统计

以上图、表显示，不仅论文数量比前一个时间段（1986—1992）增长不少，且逐年有所增多，但主要还是关于新历史主义理论的译介工作，只是讨论更为深入和具体。这段时间出现了讨论新历史主义与新历史小说、新历史主义与历史影视剧关系的论文。这是一个新的现象，说明文艺创作实践出现了和西方新历史主义理论观点的交叉或吻合点，而理论批评界逐渐认识到了这一现象，并予以分析探讨。对于相关论文和论者下文将一一谈及。

（一）相关论著介绍

1993 年之前国内关于新历史主义的研究都散见于单篇论文中，且以介绍性质为主。1993年，有两本重要的新历史主义译文集出版，一本是张京媛主编的《新历史主义与文学批评》，由北京大学出版社出版；另一本是中国社会科学院外国文学所编辑出版的《文艺学和新历史主义》。两者一直都是国内近三十年来新历史主义研究的首选参考书目，但是其中文章大都有关国外学者对新历史主义的评论和批评。海登·怀特和詹姆逊的文章有多篇，编者这样编译可能有几种原因：其一是海登·怀特在国内外的知名度要高于格林布拉特，其叙事历史观念在杨周翰等学者的引介下已被国内学界认识，虽然与新历史主义的批评实践有相当差距，但断裂的叙事历史观与格林布拉特提倡的新历史主义有一定亲和性。其二詹姆逊早在1985年就到北京大学进行了为期四个月的讲学，其后现代文化理论给仍处于现代性仰望中的中国学者上了一堂后学的"启蒙"课程，且他作为马克思主义理论的拥护者，在情感上自然会获得国内学者的广泛认同。实际上，詹姆逊的文章与新历史主义理论几乎没有任何关联，但他承认"我们只能通过预先的本文（文本）或叙事建构才能接触历史"[①]，这点与新历史主义历史观有相通之处，却与传统马克思主义历史观大相径庭。其三，新历史主义研究者的文章通常涉及大量文艺复兴时期的文学和文化文本，涉及面非常广泛，因此译者的相关知识储备必须非常丰富，否则难以驾驭和翻译此类研究文章，这应该是上述两部译文集几乎没有这样的文章的基本原因。事实上，迄今为止，国内关于新历史主义批评实践的文章翻译仍然十分缺乏，格林布拉特的作品直到2007年才由辜正坤等翻译出版一本，即《俗世威尔—莎士比亚新传》，显然这本书也算不上是新历史主义的学术理论专著，这无疑是国内新历史主义研究领域的最大尴尬和困境，也无法让更多无法研读原著的学者更加全面和深入地了解这一理论学派。

这段时间出版的关于西方文论的研究著作也开始涉及新历史主义的评介，例如盛宁在1993年出版的《二十世纪美国文论》最后一章阐述了新历史主义的理论内涵，反思其理论的基本缺陷，同时反映了美国文论的最

---

① 张京媛主编：《新历史主义与文学批评》，北京大学出版社1993年版，第19页。

新动向，并在此基础上扩充和发展，最后写成《新历史主义》一书，由杨智出版社于 1995 年出版。此书是国内最早介绍和研究新历史主义的专著，只可惜没能和更多读者见面。徐贲于 1996 年著《走向后现代和后殖民》一书，讨论了文学批评的历史方法，介绍了海登·怀特的"历史喻说理论"，详细分析了新历史主义与西方马克思主义和福柯哲学的关系，结合新历史主义的文艺复兴研究阐述了其文学观、历史观等问题。朱立元 1997 年主编出版的《当代西方文艺理论》，其中由王岳川执笔撰写的《新历史主义》一章，梳理其理论背景和发展概况，着重介绍了格林布拉特的文化诗学和海登·怀特元历史理论，并总结出新历史主义的理论特征和发展走向。1997 年，张清华著《中国当代先锋文学思潮论》，把新历史主义和启蒙主义、现代主义、存在主义、女性主义并列为五种具体的当代先锋文学思潮，探讨它们如何发生、发展和流变，并结合新历史主义理论对中国当代的新历史小说进行全面考察和研读。1997 年，盛宁又在其著作《人文困惑与反思——西方后现代主义思潮批判》中进一步对新历史主义的理论基础和后现代认识起点予以澄清，并质疑其理论核心，即文本的历史性与历史的文本性等论述，同时反思和批判了海登·怀特的文本历史观，认为历史不能等同于文学虚构。1999 年，王岳川的专著《后殖民主义与新历史主义文论》出版，其中新历史主义的代表人物扩充了不少，包括蒙特洛斯、多利莫尔、理查·勒翰和卡瑞利·伯特等人，并以类似理论关键词的形式总结和评价了各方观点。

纵观这段时间国内学者对新历史主义理论自身的研究，我们发现和第一阶段（1986—1992）比较，介绍性质的文章明显减少，评论、分析和批判的文章逐渐多了起来，而直接翻译成中文的研究论文则几乎没有。这期间，盛宁、王一川、陆扬、杨正润、徐贲、王岳川等学者先后撰文发表自己的见解，他们的思考角度、阐释方式、对新历史主义的评价很大程度上影响了后来者的研究路径和方向，并很大程度上形成了国内新历史主义研究基本一致的阐释话语和评价标准。

（二）主要论者及其观点

盛宁是国内关注新历史主义研究较早的一位学者，前文提到他不仅在出版相关专著，在出版的其他论著和刊物中也发表了数篇论文。① 值得一提的是，盛宁是当时能够直接阅读第一手国外新历史主义研究资料的少数学者之一，因此其论文的引用和参考文献基本上是英文资料，这无疑使他对新历史主义的理解、判断和阐述更具备可信度。

《历史·文本·意识形态——新历史主义的文化批评和文学批评刍议》一文首先梳理了西方传统历史主义批评方法，以及自20世纪60年代以来结构主义、后结构主义思潮的渗透，这种历史主义的批评方法受到置疑，而挑战之一便是来自福柯的断裂和差异的新历史观，历史成为一种千差万别的话语表述，其统一性、连续性和客观性被颠覆。接着，论文阐述了西方历史话语和文学话语的关系及其变化，指出20世纪以来的西方思想家越来越强调历史话语的文学虚构特征，而"具有新历史主义倾向"的海登·怀特的文本历史观则体现了20世纪70年代以后的美国学界出现的新动向，即文史哲的学科界限越来越模糊，而文本叙事的概念成了掌握历史和真实的重要中介。

在论述了福柯和怀特——两位与新历史主义理论有相当亲缘关系的人物之后，盛宁把目光转向了新历史主义的"始作俑者"——格林布拉特。值得注意的是，福柯的思想对格林布拉特等新历史主义研究者的影响是直接和重要的，这在第一章已有所论及，可是怀特的历史诗学观念对新历史主义却没有直接的关联和影响，这的确容易引起误读，即认为海登·怀特与新历史主义有很深的理论渊源。文章还提到："除了接受了历史的'文本性'、文学话语范式对历史话语的制约等认识假设以外，新历史主义的文学批评还有一个很重要的认识前提，甚至可以说正是这个认识前提决定了这一批评的兴趣焦点，决定了它与其他批评相区别的界定特征，这就是它把文学看成是历史现实与意识形态两项作用力的交会处。""文学是历史现实与社会意识形态的一个结

---

① 参见盛宁《历史·文本·意识形态——新历史主义的文化批评和文学批评刍议》，《北京大学学报》（哲学社会科学版）1993年第5期。盛宁《新历史主义·后现代主义·历史真实》，《文艺理论与批评》1997年第1期。

合部。"①

　　这里容易引起歧义的有两点：第一，认为新历史主义的历史观便是文本历史观，历史除了是一堆话语建构外，无真实可言。实际上，新历史主义虽然强调历史的文本性，却并不否认真实历史的存在，因为他们坚持认为："历史既是指发生在过去的事情（或一系列事件），也是对这些事件（故事）的讲述。历史真实来源于对讲述这些故事的充分性的批判和反思。历史首先是一种话语，但并不意味着对真实存在的事件的否定。"② 实际上，"触摸真实"③ 一直都是新历史主义孜孜以求的目标，他们对个人日记、档案记录、奇闻轶事等的偏好其目的就在于"利用这些奇闻、轶事，以一种精炼压缩的形式，来展示活生生的经验元素如何进入文学，平凡的日常生活和身体如何被记录……抓住那些与真实经验息息相关的蛛丝马迹"④。第二，对意识形态的强调，或显著的政治批评范式是马克思主义文学批评的常用手段，但新历史主义并不热衷于此，它更注重一种多声道、对话式的历史和文学阐释模式，强调"协商""交流""流通"，主张对文学文本中的社会存在和社会存在对于文学的影响，以及"对文学文本中的历史世界和现实世界展开双向调查"⑤，其本质是体现了一种对话理念，而不是权威专制观念。因此，盛宁在文末列举了新历史主义的一些"缺陷"，认为方法论的缺陷是"把一个不为人知的历史事例与一部大家熟悉的文学作品并置"，而"根本认识假设上的缺陷"是"把客观存在的历史等同于文本形式的历史，而文本形态的历史又与文学没有了根本的区别"⑥。这

---

　　① 盛宁：《历史·文本·意识形态——新历史主义的文化批评和文学批评刍议》，《北京大学学报》（哲学社会科学版）1993年第5期。
　　② Stephen Greenblatt: *The Greenblatt Reader*, edited by Micheal Payne, Blackwell Publishing Ltd., 2005, p. 3.
　　③ Stephen Greenblatt: *Introduction in the Greenblatt Reader*, Micheal Payne, ed., Blackwell Publishing, 2005, p. 3.
　　④ Stephen Greenblatt: *The Touch of the Real. In the Greenblatt Reader*, Micheal Payne, ed., Blackwell Publishing, 2005, p. 37.
　　⑤ Stephen Greenblatt: *Renaissance Self-fashioning: From More to Shakespeare*, Chicago: University of Chicago Press, 1980, p. 5.
　　⑥ 盛宁：《历史·文本·意识形态——新历史主义的文化批评和文学批评刍议》，《北京大学学报》（哲学社会科学版）1993年第5期。

也是新历史主义最为人所诟病之处。

如前文所述,新历史主义的研究目的也就是要在历史的最隐秘处触摸历史的真实存在,而盛宁以一个历史唯物主义者的姿态要新历史主义者回答"历史是不是一种不以人的意志为转移的客观存在"的问题,无疑是勉为其难。新历史主义适应了20世纪以来历史观念的变迁,认可詹姆逊、海登·怀特等关于只有通过文本才能抵达历史的观点,但他们反对解构主义极端的文本观念,在肯定历史和文化的文本性质的同时,也不否认历史事件的真实性。另外,盛宁认为新历史主义试图在政治归属上与马克思主义划清界限,保持政治独立性,撇清文学批评背后的任何政治动机的做法是值得怀疑的等说法也不太准确。

事实上,新历史主义者对历史和文化的兴趣要大大超过对政治的兴趣,格林布拉特曾说:"我对政治没那么感兴趣,我在绝大多数国家层面的内外政策上更倾向于民主党而不是共和党,但我仍然是一位英文教授,而不是政客。"① 可见,格林布拉特参与、介入政治的热情其实远没有许多中国学者那样高涨,也不会产生如用文学来影响政治生活或化解社会文化和精神危机的想法。但格林布拉特认为把两者截然区分的想法是错误的,他说:"如果我读了一篇关于美国人在伊拉克或关塔那摩实行酷刑的新闻报道,而我刚好教的戏剧《李尔王》里也描述了酷刑,那么要把两者全然分开是不可能的。我没有必要把《李尔王》当作攻击美国政策的幌子,但同时,我也是一个活生生的人。"② 格林布拉特在这里表述很清楚,即我们没有办法脱离现实的生存语境而徒然谈论历史,但文学与现实的联系对他来说也是一种近乎直觉的反映而已,并不带着某一政治、意识形态目的而有意为之。格林布拉特一贯坚持的文学、文化观念:文学是整个文化系统内部一个自主、自由的组成部分,文学和文化的关系是一种互动的双向阐释和双向建构的关系,文学参与文化的形成和发展,同时文化也制约和影响着文学的发展。同时,这句话也表明格林布拉特只是站在一个社

---

① 参见生安锋《透视文化、重构历史:新历史主义的缔造者——斯蒂芬·格林布拉特教授访谈录》,《当代外语研究》2010年第3期。

② 同上。

会公民的立场思考、理解现实与历史问题,他并不热衷于政治活动。如果认为新历史主义是一种"政治批评",只能说这是中国研究者们带着固有思维模式观察和思考的结果。实际上,前文已经提到新历史主义有意识地避免政治和意识形态话语,这曾受到后殖民主义学者爱德华·萨义德的批判,他认为"新历史主义对社会、政治、历史的兴趣纯粹是学院式的"[①],新历史主义的做法最终会失去与整个社会、历史和文化的有机联系,而他们在萨义德看来应该更加积极参与政治社会运动,承担更为实际的社会政治责任。中国学者们如果看到这句评价,也许不会再不断强调新历史主义的"政治、意识形态"特征了。说到底,一方面中国学者缺乏学术独立性,一直在政治、意识形态的裹挟和压抑中求生存,这种状态使得许多学者对政治唯恐避之不及;而另一方面,由于传统文化观念的影响,知识分子心中那种经国大任的理想之火又不曾泯灭,使得他们又不得不用政治的眼光衡量文学,这种自我矛盾的心态也影响着学者们对新历史主义的接受和判断。

盛宁通过研读格林布拉特等新历史主义者的研究原著,对新历史主义理论和方法实践的特征有相当准确的把握和理解,但是他认为经过解构主义和后现代思潮的洗礼,新历史主义已经接受了在文本之间互相穿行,文本可以自由拼接的观点。而唯物主义者的观点是:"历史首先是实实在在的历史事件,其真实性首先表现为一种先于文本的存在,而不是文本。""具有最终所指的历史无论如何也应有纪实的成分,无论如何也不能等同于文学虚构。"[②] 实际上,前文已经提到,格林布拉特并不同意德里达的文本观念,从批评实践来看,新历史主义者的研究并没有颠倒是非,或无中生有来编造历史事件和故事。反之,他们的研究都是有证可凭,有理可依的。新历史主义想要证明的是对历史真实的理解不能是独白式、单声道的,因为历史(故事或事件)讲述依赖于文本,而对于这些文本讲述的是否可靠和充分需要后来者通过寻找新的证据来验证分析,进而反思和批

---

① 参见王逢振《交锋:21位著名批评家访谈录》,上海人民出版社2007年版,第310页。
② 盛宁:《新历史主义·后现代主义·历史真实》,《文艺理论与批评》1997年第1期。

判。总之，他们的历史真实观来源于对讲述这些故事或事件的充分性的批判和反思，而不是对这些故事和事件的直接否定。或者我们可以简单地说，新历史主义认为的真实历史不是一个既定的结论，而是一个不断被验证和补充的过程，这过程可能会颠覆前人的说法，或已被认可的所谓历史真实，但无疑其结论不是强迫性的、封闭的，或自诩权威和唯一的，而向着多种可能性开放。

杨正润在1989年撰写《文学研究的重新历史化——从新历史主义看西方文艺学的重大变革》一文，为新历史主义在中国的传播做出了开拓性贡献。之后，他继续撰文研究和评述新历史主义，剖析其理论基础和文学功能等，形成了自己独特的见解。[1] 杨正润认为新历史主义在西方学术界引发的巨大震动和激烈争论应该引起我们的注意，而研究新历史主义不应该在细节问题上纠缠不清，应当抓住核心问题加以研究。前文已经提到，主体性问题从20世纪80年代后期开始在国内学界引发了影响颇大的学术讨论，而杨正润正是把主体问题作为切入点来探讨新历史主义的理论基础。占据20世纪西方文论界长达半个多世纪的形式主义文论，似乎对主体问题采取了超然或者回避的态度，从俄国形式主义的文学性到结构主义的结构系统论，从巴尔特的作者之死到解构主义的文外无物，都把主体和历史、文化决然区分开来，对文本的过多关注导致了主体地位的丧失。

首先，新历史主义无疑要"重新确定主体的地位"[2]，这句话极易引起误读，粗心的读者会认为新历史主义要一反形式主义传统，恢复主体的地位。但实际上，新历史主义只是恢复了对主体问题的重新讨论而已。杨正润在其文章中详细地探讨了这个问题，他引用格林布拉特的话，"在我

---

[1] 参见杨正润《文学和莎学研究的政治化——文化唯物主义述评》，《文艺报》1990年12月22日。杨正润《现代主义新论——近年英美现代派研究述评》，《文艺理论与批评》1991年第5期。杨正润《文学的"颠覆"和"抑制"——新历史主义的文学功能论和意识形态论述评》，《外国文学评论》1994年第3期。杨正润《主体的定位与协合功能——评新历史主义的理论基础》，《文艺理论与批评》1994年第1期。杨正润《本文的政治学——形式主义的没落和新历史主义的兴起》，《西方学术思潮论丛》（第三辑），学林出版社1993年版。以及杨正润主持的国家"八五"社科项目《新历史主义与马克思主义》。

[2] 杨正润：《主体的定位与协合功能——评新历史主义的理论基础》，《文艺理论与批评》1994年第1期。

的全部文本和资料中,我所能说的就是:没有什么纯粹的时刻和没有约束的客观性,确实,人类主体本身开始似乎就是非常不自由的,不过是特定社会中权力关系的思想意识的产物"①。由此,杨正润认为:"新历史主义同旧历史主义有一个基本的共同点:不承认主体对历史环境能够自由选择和自由创造。"②但新历史主义认为主体和结构或客体的关系并不是二元对立的,而是一种相互依存、相互制约的关系,主体在社会能量或社会关系、文化网络中起到沟通、协调的作用,通过主体的"协合"功能,实现对主体能动性问题的解释。杨正润无疑准确地理解了新历史主义关于主体性问题的观点,但他站在马克思唯物主义的立场批判新历史主义的文化概念,认为它是一种既包含物质实践又包含精神活动的"文化主义迷误","……打上了历史唯心主义的烙印"③。这种观点又值得进一步商讨了。

其次,他论及新历史主义的文化系统概念时认为"政治是这个意义系统的核心,政治是一种权力结构",并得出结论"文化—政治—权力关系,这就是新历史主义解释主体的根据"④。这种解读显然突出了福柯权力观念对于新历史主义的影响,但没有把两者的分歧加以区别。新历史主义接受了福柯的断裂历史观,以及考古学和历史谱系学的解构思维与批评实践方法,但新历史主义并不沉溺于历史的解构,而着重主体性的建构问题,尤其是关注个体自我在特定历史语境中自我塑型过程,即"在各种偶然性场合之中主体得到自我塑型和按照既定文化的生成规则的塑型过程"⑤。在权力概念的阐发上,福柯把它当作解构历史和认识世界的终极手段和目的,但格林布拉特只是把它当作某种再现和表征形式的意识形态因素,关注权力实施的具体过程和在复杂结构中的历史主体的能动性,以权力关系和话语分析的方式再现历史主体或自我的塑造过程,就如格林布拉特指出

---

① Stephen Greenblatt: *Renaissance Self-fashioning: From More to Shakespeare*, Chicago: University of Chicago Press, 1980, p.256.
② 杨正润:《主体的定位与协合功能——评新历史主义的理论基础》,《文艺理论与批评》1994年第1期。
③ 同上。
④ 同上。
⑤ Stephen Greenblatt: *Learning to Curse*, New York: Routledge, 1990, p.217.

的:"对每个特定的'我'来说,这种'我'是特殊的权力形式,它的权力集中在某些专门机构中,比如法庭、教会、殖民当局和宗教法庭,同时也分散于意义的意识形态结构、特有表达方式与反复循环的叙事模式中间。"①

在对待新历史主义的态度上,与盛宁不同的是,杨正润的表述带着几分暧昧。在批评新历史主义的唯心主义倾向的同时,也表现出了对这种理论的兴趣和褒奖,例如,他不满意新历史主义的泛文化观念,但同时说"这种宏大的文化观,使其视野显得十分开阔";他认为新历史主义的历史"是一连串历史事件的混合,结果历史被多质的、矛盾的、片段的、相异的力量所控制"。同时,似乎对新历史主义的反逻各斯中心主义,即反对"由生产关系所决定的阶级的划分和阶级斗争是历史发展的根本动力"②的观点不置可否;他认为新历史主义理论最有价值的地方是把创作本体的活动概括为"协合",既批判了机械唯物论,肯定了主体所具有的能动性,但认为新历史主义的主体是超历史的"协合者",对协合过程中的原则和选择性问题没有充分考虑。

杨正润眼中新历史主义似乎"很难完全摆脱形式主义的阴影",吸取了马克思主义的不少观点,"但是又不可能把历史唯物主义的观点坚持到底"③。在另一篇文章中,杨正润进一步阐述了新历史主义和马克思主义的区别,同时更为明确地指出:"新历史主义实际上已经用一般矛盾冲突的概念取代了阶级斗争的概念,从而也取消了马克思主义意识形态论的终极目标……新历史主义正是这样被修正的或'软化的'马克思主义,在某种表面认同的背后,他抛弃了经典马克思主义的核心……新历史主义恢复了文学的政治功能、文学的意识形态属性等一系列唯物主义命题,但其深层理论仍未能摆脱形式主义的影响。"④ 前文已经提及新历史主义进入中国以来一直被

---

① Stephen Greenblatt: *Renaissance Self-fashioning: From More to Shakespeare*, Chicago: University of Chicago Press, 1980, p. 253.
② 杨正润:《主体的定位与协合功能——评新历史主义的理论基础》,《文艺理论与批评》1994年第1期。
③ 同上。
④ 杨正润:《文学的"颠覆"和"抑制"——新历史主义的文学功能论和意识形态论述评》,《外国文学评论》1994年第3期。

很多学者理解为一种新的马克思主义理论或一种政治化的文学批评，这一点在杨正润的文章中仍有明显体现，这与同时期的许多论者，如赵一凡、韩加明、李淑言、盛宁以及之后的王岳川都有相似之处。但是，把马克思主义和新历史主义进行深入比较的文章还较少，杨正润的研究和评述无疑给后来的研究者奠定了认识的基础，同时也无意中限制了研究的视角和对新历史主义的评价基调，即从某种意义上说，新历史主义是经篡改和软化后的马克思主义，与中国主流意识形态所推崇和信仰的马克思主义不可相提并论。由此可见，新历史主义就其理论本身而言，在20世纪八九十年代的中国学术界并没有获得广泛的认同和接纳，并不如同时期被引介的女性主义和后殖民主义，甚至后现代主义理论一样受到高度关注和引发研究的热潮也就可以理解了。

此外，20世纪90年代早期国内学界对新历史主义理论本身有所研究和论述的学者除了上文提到的盛宁、杨正润外，主要的研究者还包括朱安玉、徐贲、王一川、马新国、陆扬等人。

朱安玉认为文学批评在经历形式主义和解构批评后出现重新历史化的倾向，原因是"一方面归结于人们政治热情的普遍回升，另一方面可看到一种世纪末难以抑制的怀旧情结"①。这种认识应该是处于当时国际、国内政治文化语境中亲身体会，海湾战争、东欧剧变、苏联解体成为世界范围的热门话题，而国内回归传统的呼声迭起，掀起了所谓"国学热"和"新儒学"的文化热潮。朱安玉也试图对新历史主义和马克思主义进行比较，但显然没有杨正润的文章观点明确，但他认为新历史主义对我们的借鉴意义在于"它既能吸取马克思主义的政治意识学说，又能融合形式主义批评分析技巧上的长处，它的政治化倾向不是要充当政治的附庸，而是把政治与意识形态化为批评的重要成分"，要建立有中国特色的批评理论体系，"并不是用马克思主义取代其他方法，而是形成一种能涵纳各种相互对抗、差别悬殊的批评方法，以形成一种更为宽广、全面的视野，赋予各种方法切实的局部有效性"②。这些观点在长期以马克思主义文学理论为

---

① 朱安玉：《论文学批评的重新历史化》，《探索》1993年第2期。
② 同上。

归一和宗旨的国内文论界无疑是具备新意的，但在他的另一篇文章中，朱安玉还是回归了以马克思主义文论为本位的思考，他说："（新历史主义）在形式主义走向末路之时，重振了历史主义的威力，其效果是给马克思主义的历史主义文学批评以科学的阐释和指导的地位。"① 在这里，我们似乎看到了中国学者的无奈，同时也可以想象在20世纪90年代面对蜂拥而至、更迭频繁、高潮迭起的西方学术浪潮时，学者们应接不暇而又犹疑徘徊的姿态。一方面积极吸取和回应新的理论和观点，为之好奇、兴奋和拍手叫好；另一方面却固守马克思主义文论传统，坚信其科学性和权威性，为之辩护，并不免在新理论中牵强附会上马克思唯物论的见解，试图为新的理论在中国的存在和发展找一个适当的理由，例如，不断突出和强调新历史主义的政治批评指向便是其中一例。实际上，这不过是中国学者们对新历史主义理论的马克思主义式注解罢了。

徐贲在其文章中也特别谈到了"新历史主义的政治化批评"的特征。他指出新历史主义的文学和历史关系并不是截然二分的，"文学并不寄生或附属于历史事实，文学参与了历史的过程，参与了对现实的构塑"。但他紧接着得出结论，认为："因此，文学必定是政治性的。可以说，新历史主义的历史观决定了它对文学作品分析的高度政治化倾向。"② 这里显然就有些牵强附会了，前后也并不存在必然的因果关系，但这种阐释又是可以理解的，因为论者显然是站在一个马克思唯物主义者的立场上所做的观察和结论。同时，文中所举例子大多是英国文化唯物主义学者多利莫尔的研究，而文化唯物主义与新历史主义的最大区别就在于前者更注重联系当下社会语境的文化分析，并致力于解读历史文本的当下建构性质，突出其中意识形态和政治因素，以达到研究历史文本以讽喻当下政治气候的目的。就如辛菲尔德所说："关注文本如何达到当前的估算值的过程，是文化唯物主义的一个重要动向，也是区别于新历史主义的重要原则。"③ 所以，徐贲的解读无疑主要是针对文化唯物主义论者的观点而言。

---

① 朱安玉：《论当代文学批评的历史化潮流》，《当代文坛》1993年第2期。
② 徐贲：《走向后现代与后殖民》，中国社会科学出版社1996年版，第58页。
③ Alan Sinfield：*Cultural Politics-Queer Reading*，London：Routledge，1994，p. 28.

在王一川看来，新历史主义和文化唯物主义并无区别，合而论之可称为"后结构主义历史诗学"。他说："文化唯物主义的文本政治性和新历史主义的文本历史性不存在实质上的区别……它们都可以说是阐释学、结构主义、后结构主义、西方马克思主义及女权主义的理论碎片在功利性大旗上的重新拼贴。"[①] 同时，他把两者看作是 20 世纪西方语言论诗学的一部分，认为它们建立的基础是语言性和文本性，并无关现实。他指出："新历史主义乃至整个 20 世纪诗学的生存危机：即人们无法以实际的实践去触动历史，而只能在语言—符号—文化这一象征界限中内在地游戏历史。""新历史主义并没有根本上独创性的东西，而只是缺乏统一性支撑的理论碎片的拼贴——是类似于后现代主义的拼贴艺术的那种七拼八凑的东西。"[②] 由此我们足以看出王一川对新历史主义理论的不屑，他所认为的"碎片拼贴"和"游戏历史"是新历史主义的理论实质的论断明显过于偏激和片面，但这成为反对新历史主义理论的有力论据，被许多学者反复引用。最后他提倡一种新的理性精神来重建现代诗学，认为新历史主义和文化唯物主义却无法提供成功的范例。

与王一川把新历史主义者融合和综合各种理论素材为我所用称为"碎片拼贴"不同，马新国则认为新的理论的诞生恰恰"来自旧的理论被分解后的碎片在新时代提出的课题启发下的增生，来自多种旧理论碎片在新的主旨统辖下的改造过后的融合"[③]。马新国无疑看到了文学理论在后现代语境下的发展特征和趋势，他指出："某一种理论如日中天独霸西方的时代已经过去，未来必将是多种理论并存的时代。而且，就某一种理论而言，它们也往往具有兼容性和开放性，一种理论再不是封闭统一的了，而是兼容多种理论、从多种学科中借助力量，甚至没有中心范畴支撑，而只是作为一种出发点，在发展的过程中向一切可用的理论开放。"[④] 相信世

---

① 王一川：《后结构历史主义诗学——新历史主义和文化唯物主义述评》，《外国文学评论》1993 年第 3 期。
② 同上。
③ 马新国：《评女权批评、新历史批评及后现代主义文学理论的发展特征与趋势》，《北京师范大学学报》（社会科学版）1994 年第 4 期。
④ 同上。

界的多样性和丰富性，同时对理论的未来抱有乐观的期待，这些观点在当时的国内学界都显得难能可贵。另外，陆扬也在其文章中介绍和评价了新历史主义的理论特色和观点，同时强调了新历史主义的政治批评色彩，以及它对国内"文学自足论"和"津津乐道于文学的审美功能，以政治和历史为羞"[①]的文论界的积极借鉴意义。

王岳川在 1997 年和 1999 年发表了几篇有相当影响力的新历史主义研究论文[②]，其内容也可分别见诸《当代西方文艺理论》和《后殖民主义与新历史主义文论》两书的相关章节。王岳川首先对新历史主义产生的历史语境和理论背景进行了详细的阐述，认为新历史主义是对历史主义和形式主义的双重扬弃，是"对文本实施的政治、经济、社会的综合研究"，是"以政治化解读的方式从事文化批评"，"以这种政治解码性、意识形体性和反主流性，实现去中心和重释重写文学史的新的权力角色认同，以及对文学史、思想史的全新改写的目的"[③]。如果说对新历史主义的政治性解读模式的强调和之前的研究者观点基本一致的话，那他对新历史主义或称文化诗学的三个基本特征的概括却具有相当代表性，即"跨学科研究性"、"文化的政治学"属性和"历史意识形态性"[④]。其中，他特别指出了新历史主义的政治性并不是要去"颠覆现存的社会制度，而是在文化思想领域对现存的政治思想原则加以质疑"，新历史主义"超越了西方激进主义思潮的二元对立思维模式，不再满足于官方意识形态与社会生活形态、权力话语与个体话语、文化统治与文化反抗、中心与边缘之间做出非此即彼的选择，而

[①] 陆扬：《关于新历史主义批评》，《外国文学研究》1994 年第 3 期。
[②] 相关论文可参见王岳川《海登·怀特的新历史主义理论》，《天津社会科学》1997 年第 3 期。王岳川《新历史主义的文化诗学》，《北京大学学报》（哲学社会科学版）1997 年第 3 期。王岳川《文化边缘话语与文学边缘批评》，《文学自由谈》1997 年第 2 期。王岳川《历史与文本的张力结构》，《人文杂志》1999 年第 4 期。王岳川《新历史主义：话语与权力之维》，《益阳师专学报》1999 年第 1 期。王岳川《新历史主义的理论盲区》，《广东社会科学》1999 年第 4 期。王岳川《重写文学史与新历史精神》，《当代作家评论》1999 年第 6 期。
[③] 王岳川：《新历史主义的文化诗学》，《北京大学学报》（哲学社会科学版）1997 年第 3 期。
[④] 同上。

是看到二者之间不是单纯的对抗关系，而且有认同、利用、化解、破坏等一系列文化策略和交错演化"①。但是对于第三个特点，即"历史意识形态性"或称"历史意识批评症候"，王岳川的论述似乎并不十分清晰，且和第二点特征区别不大。在《后殖民主义与新历史主义文论》一书中，他还增加了第四点特征，即"历史阐释的小历史性质"②。他认为新历史主义善于将大历史化为小历史，将视野投入一些历史的小问题和细节问题上，并通过经济学领域的新术语提供一套对历史的重新阐释。

应该说王岳川对新历史主义理论特征的掌握较为准确，描述语言也具有相当说服力，但仔细琢磨起来还是能发现一些表意模糊、说法前后不一和过于武断的评述。例如上文所说的新历史主义的"文化的政治学性"和"历史意识形态性"有何区别，让读者不甚明了；在《新历史主义的理论盲区》一文中，他似乎基本上同意两位新历史主义批评者的观点，但处处为新历史主义辩护，他称新历史主义的意义在于提供了一种重新阐释历史的可能性和角度，但显然他对这种新的历史阐释模式充满怀疑，认为其不可能脱离历史局限性。在《当代西方文艺理论》一书中谈到新历史主义的理论特征和走向时，王岳川指出新历史主义"标志着20世纪文学研究（社会中心—作者中心—作品中心—读者中心—社会中心）的新的轮回"③，先不说"轮回"一说是否准确，但显然他对这种"轮回"不抱什么希望，"因方向的多维性和理论拼集裂解的边缘性落入理论和实践的双重误区"，"新历史主义正在成为历史"④。一方面，他认为新历史主义大举历史和思想的两面大旗，具备时代明晰性和深度，有重振主体精神的意义；另一方面，他又担心新历史主义会使文学的权力分析完全变成想象性虚构，历史的重新发现会变成无据可依的任意书写，甚至导致一切美好、正常的精神遗产被遗漏在历史分析的视野之外。

另外，王岳川在《海登·怀特的新历史主义理论》一文中称怀特为

---

① 王岳川：《新历史主义的文化诗学》，《北京大学学报》（哲学社会科学版）1997年第3期。
② 王岳川：《后殖民主义与新历史主义文论》，山东教育出版社1999年版，第172页。
③ 参见朱立元《当代西方文艺理论》，华东师范大学出版社1997年版，第413页。
④ 同上。

"新历史主义的主将"之一,并认为怀特的元历史构架和话语转义学的研究"确定了新历史主义的历史地位"等说法还值得商讨。在《新历史主义:话语与权力之维》中他把文化唯物主义和新历史主义不加区别的做法似乎也不太妥当,而这些令人遗憾之处无疑给后来的研究者产生了一定程度的误导。如果说在 20 世纪 90 年代末期国内针对新历史主义理论本身的研究还相对零散,观点也莫衷一是或相互抵牾的话,那么通过王岳川的整理和总结,学界基本上统一了对新历史主义的看法,此后相关教材和论著上有关新历史主义的篇章内容也大体一致,针对新历史主义理论本身的评述文章从此大大减少,而运用理论进行批评实践的文章逐渐增多。

曾艳兵[①]从中西比较的视角考察新历史主义与中国历史精神的关系,颇有新意,这也是国内较早从中国传统文化角度反观新历史主义的有益探索。他认为中国历史精神即是史官不断地修撰真实可信的历史,而不是对历史重新修撰、阐释和改写。历史在他们看来总是实在固定的客体,与主体无关,它对主体的意义与价值不是因为它既是由主体塑造而成,又同时在塑造着新的主体(这是新历史主义的观念),而是因为它可以作为外在于主体的经验,给人类提供可资借鉴的范例。此外,中国传统认为,历史的基础和作用是认识论的,也正因为历史有认识的意义和价值(新历史主义则注重的是历史的审美价值功能),所以又是道德和美的。最后,中国的历史传统不是将历史虚构化和文学化,倒是常常将文学历史化,即把文学当作历史来对待,这与新历史主义强调历史的文学性不同,它强调的是文学的非虚构性,即历史性。这些比较非常深入和具体,也令人信服,但论者最终号召要倡导主旋律,即把历史当作事实,把文学当作历史,以便进入话语中心的论述不免令人遗憾。

二 新历史主义与新历史小说、诗歌创作

国内历史题材的小说创作曾在 20 世纪 80 年代初期达到高潮,《李自成》

---

① 参见曾艳兵《新历史主义与中国历史精神之比较》,《国外文学》1998 年第 1 期。曾艳兵《新历史主义与中国历史精神——兼及文学史的重塑》,《山东师范大学学报》(社会科学版)1999 年第 5 期。

《星星草》《风萧萧》《陈胜》《九月菊》等历史鸿篇巨制曾受人瞩目，此段时间的历史小说往往以阶级斗争和总体性线性历史观念为指导，突出表现英雄人物在历史洪流中的中流砥柱作用，充满激动人心的宏大历史场面的描写，表现出对民族历史的深刻反思和明显的政治意识形态属性。这种关乎国家、民族、阶级等宏大叙事模式在20世纪80年代中期以后有明显的转型趋势，出现了描写以家族故事或颓败史为主线，以个人视角深入历史深处，探寻往昔岁月中的属于民间和草根的悲欢离合或奇闻轶事。从莫言的"红高粱家族"系列，到叶兆言的"夜泊秦淮"系列，从苏童的《一九三四年的逃亡》《我的帝王生涯》到刘震云的《故乡天下黄花》《故乡相处流传》……这些作品不再追求历史的真实和以还原历史的本来面目为目的，历史背景要不被架空，要不被虚化，历史人物似真似幻无法辨别，于严格意义上的历史小说相比无论在内蕴主旨还是在文本形式上都有较大的改变。

（一）"新历史小说"抑或"新历史主义小说"

那些被称为"新历史小说"的文学作品与同时期引介入中国的新历史主义理论有关联吗？它们的关系是什么？两者是平行发展、互不干涉，还是相互影响、相互纠结的？对这些问题的思考实际上直到20世纪90年代中期才开始，吴戈的文章《新历史主义的崛起与承诺》[①]旗帜鲜明地提出用"新历史主义"来代替"新历史题材小说"或"新历史小说"，其中列举了包括苏童、余华、叶兆言、刘震云、格非、莫言等作家的作品。论者回顾了新时期以来的中国文学反思文化和历史的潮流，谈到先锋文学和新写实文学两者的逐渐式微和新历史主义文学的崛起。他几乎用一种激动的口吻称"新历史主义已经崛起在文坛""……终于在90年代冲出了历史的地表，成为蔚为大观的洪流"。[②]他结合新历史主义理论对于上述作家的相关作品进行了细致的分析。最后，他认为新历史主义"体现了80年代以来思想解放的实绩"，"汇聚了中国目前几乎所有最有希望的作家，它或者是一次进军前的大会师"，它"将把我们带出低谷"，"再塑文学的辉煌"。[③]

---

① 吴戈：《新历史主义的崛起与承诺》，《当代作家评论》1994年第6期。
② 同上。
③ 同上。

显而易见,论者对新历史主义文学抱有极大的期待,并有意识地联系新历史主义理论对其进行作品解析和评价,探索两者的共同立场和观点,其中不乏真知灼见,但隐约可见其对新历史主义理论的无条件接受和认可,并试图为新历史主义理论找到中国式注解,这也为之后大量类似的利用新历史主义理论对中国文学作品进行文本批评实践开了先锋。

韩毓海的文章《"和平年代"——走向一种"新历史主义"?》一开头便直截了当地指出:"对当代思想进行学术研究,最便利的方法即是去了解那些最活跃而且富有感觉和创意的作家。"① 文章对洪峰的小说《和平年代》进行了另类解读,他说20世纪80年代后期的文学创作的一个偏颇是"创作过分地追随文化理论,特别是新潮文化理论",而小说中的人物很可能会成为"诸种社会学理论的传声筒",成为"可悲的物化的理论人","处理我们当代生活中最激动人心的生存斗争,作者回避了'当代',眼里只有'本文'(即文本)",这样的创作成为"某种新潮理论的写作诠释"。② 论者显然对这一现象是反对和排斥的,但20世纪八九十年代的中国学界"遭受"着西方各种理论方法和最新学术思想的"狂轰滥炸",在西方得以充分发展的文学理论和文学创作方法相继被介绍到中国,作家们在用最新的文论思想武装头脑之时,当然不忘用创作实践来检验和实现这些新潮的理论主张,同时对西方文学作品进行大量的模仿和拟作,这是一个积极学习进取的过程,如果没有这样的接纳和学习,何来创新与超越。所以对某一理论进行"写作诠释"也好,进行"中国式注解"也罢,都应该提倡和鼓励。

韩毓海在文章的最后对《和平年代》的新历史主义立场进行了分析。他认为新历史主义理论是对历史唯物主义、精神分析学说和结构主义方法的辩证综合,认为新历史主义对历史进行了有效的阐释,并通过文本互通的方式揭示特定意识形态的生产过程。论者似乎对这种辩证综合或理论兼容模式充满期待,而新历史小说的创作热潮正说明"中国的新潮作家一直在为寻找这种叙述风格而努力……它终将以迷宫般的灿烂出现在我们眼前"③。此处,

---

① 韩毓海:《"和平年代"——走向一种"新历史主义"?》,《当代作家评论》1994年第5期。
② 同上。
③ 同上。

可见论者对于一种新潮理论，及其带来的文学创作模式的创新所持的矛盾或迷惘的心态，一方面是对理论的质疑，另一方面是对文学形态创新的热诚。而这种心态在当时是颇具代表性的。实际上，"新历史小说"在20世纪八九十年代获得迅速发展，并引起文坛和批评界的极大关注，也许不该排除寻根文学对历史性题材倾向的影响，同时借助于先锋文学对文学形式与语言的积极探索，而新写实小说的对世俗生活和平凡生命的关注也清晰地体现在新历史小说的文本中。新历史小说与新历史主义的亲和处当然不止于名称上的接近，新历史主义非总体性、非线性、非决定论和非历史进步论的历史观，它对历史的文本构成属性的认同，对历史规律与历史权威论的质疑，对被主流历史与文化所遗忘的角落里微小人物和事物的关注都与新历史小说有气息相通之处。

石恢对于新历史小说与新历史主义小说这种亲和关系有不同的见解，他分析了当代新历史小说兴起的过程，同时简单说明了新历史主义的理论特征，认为："这种出产于美国的'新历史主义'文化诗学理论其实与当代中国所谓'新历史小说'是很难说有直接联系的。"[①] 他对某些研究者把新历史小说直接看成了新历史主义影响的结果进行了驳斥，认为其完全忽略了当代中国本土文学发展的自身逻辑，新历史主义的"重构历史"原则并不是新历史小说家们的"真正兴趣"，而新历史小说中日常化和民间化叙事出自对"新写实"小说的有关论述，"与所谓的'新历史主义的某种思想、观念和写法'其实毫无关系"[②]。石恢指出面对新历史主义的理论主张的人往往是对创作现象做出评价和阐释的人，而小说创作者们并没有在新历史主义理论的观照下进行写作，因此不能混淆了作为理论形态和批评实践的新历史主义理论与作为创作实践的新历史小说的区别。

另外，他也认为不应该用"新历史主义小说"的概念来改称"新历史小说"，因为这样容易引起误解，也会把新历史小说搅和到新历史主义理论或实践中去，而不利于对当代中国文学现状的认识。如果说在这篇文

[①] 石恢：《"新历史小说"与"新历史主义小说"辨》，《社会科学》1999年第11期。
[②] 同上。

章中,石恢力图撇清新历史主义和新历史小说之间的关系,以凸显当代新历史小说的本土性和原创性的话,他的另一篇文章的立场却似乎有些动摇了。石恢在《当代处境与问题视域中的相遇——"新历史主义"与"新历史小说"》一文的开头还是坚持了"'新历史主义'文化诗学理论与当代中国所谓'新历史小说'是很难说有什么直接联系"的观点,他说:"它们之间不是搅混在一起的什么'新历史'的主义和小说。"[1] 但是,之后在谈到对当代新历史小说的批评实践中,研究者们无疑采用了与新历史主义相似的研究视角和切入点时,石恢似乎不能全然把两者分开了,然后他一改开头的观点,分析了新历史小说和新历史主义的文学批评呈现的共同现象,例如在"历史与意识形态诸问题上",在"历史的重塑与对话问题上",在"对历史的文本化处理上",在"历史的时间形式被空间处理"上。[2] 在明白了那么多两者的共通之处后,我们真的不能简单地说两者毫无关联了。如果将新历史主义的某些理论主张和新历史小说的具体作品进行简单的对比(就如当前许多研究模式一样),这样只会把理论断章取义,甚至把这些理论绝对化和权威化,用中国新历史小说的具体实践来印证和证明这些理论,然而也许新历史主义的理论形态在中国的发展问题,它让我们如何理解当下的历史处境更值得探讨。

张清华[3]认为新历史小说和新历史主义小说应当加以认真的区分,两者有中心和边缘的关系,前者处于边缘部分,后者则属中心部分。但令人疑惑的是,论者认为新历史小说的特征和中国传统历史小说有着更接近的亲缘关系。而新历史主义小说的概念要比前者狭窄得多。"它们主要是指一批具有较新知识结构与艺术追求的,直接或间接地受到西方存在主义、

---

[1] 石恢:《当代处境与问题视域中的相遇——"新历史主义"与"新历史小说"》,《辽宁教育学院学报》2000年第2期。

[2] 同上。

[3] 参见张清华《走向文化与人性探险的深处——作为"新历史小说"一支的"匪行小说"论评》,《理论学刊》1995年第5期。张清华《历史话语的崩溃和坠回地面的舞蹈——对当前小说现象的探ури与思索》,《小说评论》1996年第3期。张清华《作为生存和存在寓言的历史——"新历史主义小说"特征论》,《当代小说》1997年第3期。张清华《论"第三代诗歌"的新历史主义意识》,《诗探索》1998年第2期。张清华《十年新历史主义文学思潮回顾》,《钟山》1998年第4期。张清华《中国当代文学中的历史叙事:海德堡讲稿》,北京大学出版社2012年版。

结构主义、后现代主义和解构主义等理论观念的启示而介入历史领域的'先锋'青年作家所写的历史小说。"① 这样的说法其实是模棱两可、含混不清的，先不说中心与边缘的关系是否符合实际，能否得到评论家甚至作家本身的认同，之后他所列举的新历史主义小说的代表人物和代表作也不能不说有新历史小说的民间视角、民间话语和价值多元性等特点。例如，他说："最典范的作家从莫言到苏童、格非、叶兆言，再到方方、杨争光、北村，甚至包括余华等在内，他们的代表作品在很大程度上都是一批新历史主义小说。"② 不能否认这批作家的历史题材作品同样也可称作为新历史小说。

可能，论者从内心里并没有要把两者加以区分的意图，因为在之后的叙述中，特别是对新历史主义小说的特征进行总结时，他提出："新历史主义小说的另一个特征，是对'官史'历史观与主流文化立场的策略反叛，而代之以'野史''稗史'与'民间史'的视角。"③ 在这里，新历史小说与新历史主义小说似乎重合了，两者都变成了"新历史主义文学思潮"的一部分。张清华讲到上述作家的小说反映了一种新历史主义倾向的历史观，这是有一定道理的，但他所谓的新历史主义倾向的历史观是什么呢？他说便是"追问历史上到底发生了什么？"其前提是"作为存在的历史永远只存在于想象与既成的文本之中"④。这对以格林布拉特为代表的新历史主义的历史观无疑是一个仓促而简单的判断，前文提到海登·怀特的文本历史观并不能全然代表新历史主义的历史观点，而新历史主义的历史与文本的互相阐释方法也不是要给"历史上到底发生了什么？"这样一种传统历史主义意味极强的问题给出一个确切而唯一的答复。实际上，新历史主义只是要求给历史提供另一套阐释方法，还原历史的多样化和丰富性特质。

---

① 张清华：《作为生存和存在寓言的历史——"新历史主义小说"特征论》，《当代小说》1997年第3期。
② 张清华：《十年新历史主义文学思潮回顾》，《钟山》1998年第4期。
③ 张清华：《作为生存和存在寓言的历史——"新历史主义小说"特征论》，《当代小说》1997年第3期。
④ 同上。

另外，张清华称"新历史主义文学思潮"在经历了大约十年的时间后，已基本落下帷幕，"从发展的阶段来看，它主要经历了三个时期：寻根、启蒙历史主义是其前奏；新历史主义或审美历史主义是其核心阶段；游戏历史主义是其余波和尾声"①。这似乎又把新历史主义文学这一概念不仅从题材广度上，更从时间跨度上无限制延伸了，寻根小说的历史倾向毋庸置疑，但它与新历史主义理论似乎没有任何关联；先锋小说从"核心和总体上"也不太适宜视为一个"新历史主义运动"，因为它是文学"向内转"的产物，注重的是远离历史或现实的文学形式的大胆创新，作家们急于躲避意识形态和历史的重负，将文学的激情浓缩到语言修辞和叙事策略中，所谓"审美历史主义"的表述本身就很矛盾。张清华在《历史话语的崩溃和坠回地面的舞蹈》一文中谈到，"80年代复活的历史主义思潮更像是一场现代方式的传统文化的节日圣餐。节日终究要结束，气氛终究要消散，'结账'的时候才发现当前的囊中是羞涩的"②。也就是说，他认为新历史主义终将以"游戏历史"的方式使其原有的历史文化附着意味消失殆尽，历史话语终将"滑行和衰变"，终将成为商业和消费文化操纵下的产物。论者似乎带着某种宿命论和历史循环论的观点在讨论问题，但他所说的"游戏历史"从现在看来并不是这场新历史主义文学思潮最终的结局，或者只是一个新的开始。张清华在他的论述中多次把福柯、海登·怀特直接称为新历史主义的代表人物，认为"结构主义、存在主义、精神分析学、计量统计学等各类理论是当代新历史主义理论的前引和基础"③，这些说法无疑也是值得商榷的，关于福柯和海登·怀特与新历史主义的关系在第一章中已有论述，此处不再重复；其次，以上这些理论简单说来都是20世纪人文学科领域语言论转向的结果，其结构性二元对立的观点和非历史视角正是新历史主义要批判和颠覆的对象，是新历史主义立论的依

---

① 张清华：《十年新历史主义文学思潮回顾》，《钟山》1998年第4期。
② 张清华：《历史话语的崩溃和坠回地面的舞蹈——对当前小说现象的探源与思索》，《小说评论》1996年第3期。
③ 张清华：《作为生存和存在寓言的历史——"新历史主义小说"特征论》，《当代小说》1997年第3期。

据和起点,当然怎么也不会成为其理论的前引和基础。

颜敏把新历史主义小说看作是 20 世纪 80 年代后期至 90 年代初期新历史小说发展中的一个高潮性表现形态。她的文章都采用"新历史主义小说"这一称谓,她认为"新历史主义小说"与"美国新历史主义批评"并没有直接和实际的联系。"如果说西方兴起的新历史主义批评,是对形式主义与后结构主义学批评的主动反拨,那么新历史主义小说则是特定文化语境下的被动逃遁。"① 而这种语境便是 20 世纪 80 年代末期严格的"文化审查和意识形态控制",她说:"新时期以来逐渐解脱的政治依附心态和逐渐加强的个体人格的作家,也因文化氛围的过度紧张而彷徨失措,文学面临着存在方式的再选择。历史叙事正好提供了一个远离现实而又不为意识形态中心完全识别排斥的话语空间。从这个意义上说,新历史主义小说隐含着对特定政治文化的回避与逃遁。"② 这种分析无疑是准确和切合实际的。中国的年轻一代开始以一种全新的眼光看待过去、现在和未来,当知识分子的启蒙情怀经受挫败,所谓资产阶级自由化思想得到有力的反击和压制后,他们开始退归书斋,把介入政治和改造现实的热情投放到虚拟的历史时空领域,以图寻找精神宣泄的另一出口。但是这种暂时回避的方式并不代表彻底忘却现实,他们在用自身创作的体验和虚构的激情探索自我救赎和社会救赎的可能途径,或以此种方式维护文学本身的延续,实现作家的文化责任和使命。但颜敏指出体现在小说中的历史景观是"颓败的",人性是"晦暗的",自我个体是"充满虚幻和自我欺骗的","新历史小说在文化批评的赓续与思考中,基本上持否定性的思维方式","一旦涉及作品人物的思想倾向和道德取向时,价值判断往往显得有些暧昧模糊"。③ 总之,新历史主义小说在颜敏看来仿佛是集悲观主义作品之大成,但通过对人性、生命、社会最为残酷悲痛的直面和揭露,新历史主义小说力图进行某种文化救赎,论者无疑对这种所谓的文化救赎和自我救

---

① 颜敏、姚晓南:《新历史主义小说的文化批判》,《广东教育学院学报》1997 年第 4 期。
② 同上。
③ 颜敏、梅琼林:《晦暗的人性与不定的命运——论新历史主义小说》,《山东社会科学》1999 年第 1 期。

赎充满了不安和疑虑,她推断新历史主义小说对文化批判的无力最终会使自身沦陷游戏历史的泥潭,成为满足商业化、大众化,甚至低俗化娱乐需求的帮手。

对于新历史小说和新历史主义理论的异同,王岳川曾说:"让历史的差异性自身以本来的形态发言,可以说是所谓新历史主义和新历史小说的核心观念。"① 他不认同部分批评家所认为的两者之间没有任何关联的说法,反之他指出新历史小说与新历史主义理论在产生的时间和基本理论的向度上具有相当的趋同性。因此"不妨说,当代文艺理论研究成果与小说创作实践在吸收全球化思潮中西方新理论的同时,又将其基本精神脉络整合在自己的言说方式和民族性格中",而"贸然断言新历史'小说'与新历史'主义'毫无关系,本身就是非历史的态度"。② 总之,他认为两者有"某种精神上的血缘性"和"内在一致性",而这并不影响新历史小说的"精神差异性和文化本土性"特征。同时,王岳川结合新历史主义理论对新历史小说的几个转型特点分析也非常具有说服力。王岳川指出:"无疑,西方的新历史'主义'和中国的新历史'小说'都在'新历史'这一共同旗号下,在理论和小说艺术实践两个方面,进行着某种话语的大胆操作,即颠倒历史、颠倒过去的意识形态,从而使得'重写历史'的主题成为九十年代一个显现话语。"③ 无论如何,新历史小说的这些重要特质与新历史主义有着惊人的重合之处,其中最为令人关注的当然是在新的历史观关照下重写历史的勇气和决心,将过去那种意识形态史、政治权力史或民族英雄史变为多元文化史、民间风俗史和家族兴亡史,使绝对权威的历史叙事获得相对性和个人性视角,使过去既定的历史事实获得当代的重新阐释,这恐怕就是新历史小说或新历史主义在20世纪八九十年代的中国所具备的最大可能的意义了。

(二) 新历史主义与诗歌创作

在20世纪90年代的文学评论文章中,关于诗歌中的新历史主义话题

---

① 王岳川:《重写文学史与新历史精神》,《当代作家评论》1999年第6期。
② 同上。
③ 同上。

较少被提及，但在席云舒、王家新、张清华的文章中我们可以看到颇为深入的分析①。席云舒认为我们大可不必一定要站在格林布拉特的立场来理解和使用新历史主义这一概念，因为新历史主义在"葛林伯雷（即格林布拉特）那里更多是一种文学批评话语，它意味着泛文化意义上的'流通'，而我则更加愿意把它理解和解释成一种文学创作的观念"②。这一说明非常重要也有很大的意义，因为新历史主义只是一种称谓而已，如何结合我们的文化实践和文学语境赋予其新的意义是我们自己能够做到也有必要做到的事情，而没有太大的必要花费精力在拙劣地重复甚至不断误读这种外来的理论上。这种自信而明智的观点在当时的文学批评界和理论界都是比较少见的，因为大多数学者走的都是两条路，要么倾向于全盘吸收和运用西方理论，要么急于质疑和否定以确立中国文论家的独特身份，像这样潜意识里就持有一种对话心态和独创意识的学者是相当少见的。

席云舒认为的新历史主义意味着："不去重复既成的价值而去诞生自己的价值，不去讲述既成的话语而去诞生自己的话语，亦即意味着，诞生我们自己的存在。"③ 这里所谓诞生我们自己的存在，实质就是指传统的诗歌创作很大程度上都是对既成价值系统和意识形态的附庸和盲从，个体被隐蔽在集体或群体之中不能发出自己的声音。这种局面在20世纪80年代中期的诗歌创作中似乎有转变的迹象，论者称诗歌写作的个人化倾向在韩东、于坚、梁晓明、蓝马、周伦佑等"第三代诗人"的作品中有明显的表现，但20世纪90年代以来，诗歌似乎陷入困境，这种困境体现在远离当下现实的乌托邦式"精神漫游"和"精神救赎"中。无论对这一困境的描述是否准确，但论者认为生产属于我们自己的新历史主义文化价值是突围这一困境的最好方式。

---

① 参见席云舒《诞生我们自己的存在——我们的新历史主义观念与当下诗歌的困境》，《诗探索》1996年第4期。王家新《阐释之外——当代诗学的一种话语分析》，《文学评论》1997年第2期。张清华《论"第三代诗歌"的新历史主义意识》，《诗探索》1998年第2期。

② 席云舒：《诞生我们自己的存在——我们的新历史主义观念与当下诗歌的困境》，《诗探索》1996年第4期。

③ 同上。

王家新受启于格林布拉特颇为著名的一句话，即"当代理论必须有自身的定位：不在阐释之外，而在谈判与交流的隐匿处"①，离开中国语境的西方话语或西方汉学家的文学批评就如"某种阐释之外的阐释"②，却以各种方式影响着中国诗人们的创作。他指出20世纪80年代以来的诗歌创作就是一个诗人有意识地群体逃离政治、历史和意识形态的运动，可是这种怀着使文学独立、审美自由的梦想并没有让诗歌走向国际化，反而因为远离历史和现实显得虚妄、缥缈。王家新以一种难能可贵的自省的态度对诗歌中的某种非历史化倾向做出了批判，诗歌在语言风格、形式技巧上收获颇丰，但付出的代价就是处理现实的软弱无力。因此，王家新认为诗歌要具备参与意识和美学批判精神。他提倡诗人要有所承担，这种承担，在笔者看来，这显然早已不具备20世纪80年代的启蒙色彩和道德理想情怀，而是意味着对生活和时代的介入，对现实、历史语境的充分尊重的同时保持一种批判的精神。

王家新提倡诗歌与历史产生关联，他在《夜莺在它自己的时代》中说："我想我们现在需要的正是一种历史化的诗学，一种和我们的时代境遇及历史语境发生深刻关联的诗学"，"现在我明白了批评的任务往往正是重建文本赖以产生并生效的历史语境，以使文本获得意义。"③ 这无疑是受到了新历史主义理论的影响，批评家开始从个人立场自由地对历史进行评说，历史只不过是一代代人参与的话语建构，而文学与历史的关系应该是相互关联、渗透的关系。

张清华在《论"第三代诗歌"的新历史主义意识》一文中对20世纪80年代中期以来诗歌领域对历史主题、文化寻根等的回归进行了分析。论者认为从杨炼的"传统，一个永远的现在时"，到"整体主义"的"重新发掘民族的'集体意识''文化心理结构'"，"'带着个人的独创性加入传统'的方法"等总结出第三代诗歌中有着和新历史主义理论

---

① Stephen Greenblatt：*Toward a Poetic of Culture. The Greenblatt Reader*, Micheal Payne, ed., Blackwell Publishing, 2005, p. 28.
② 王家新：《阐释之外——当代诗学的一种话语分析》，《文学评论》1997年第2期。
③ 王家新：《夜莺在它自己的时代》，东方出版中心1997年版，第81—82页。

相同的历史方法,即"寻找历史的'原素'""结构主义的历史方法""历史的个人化视角"① 等。这里笔者不太认同的是,除了第三点,即历史的个人化视角可以和新历史主义理论挂上钩外,其他两点都算不上是新历史主义的主要的历史方法,因此如果说这是第三代诗歌的新历史主义特征就有些勉为其难了。但张清华在文中列举了许多诗歌文本用来例证新历史主义观念的确实存在,其中不乏精彩的评述。从某种意义上讲,先锋派诗歌中所表达的新的历史理念和大胆实践的新的历史方法使文学面貌为之一新,同时也非常符合当时理想主义高扬的文化氛围和时代气场,可惜这种新的历史理念没有继续存在和发展的可能,随之被席卷而来的商业、消费主义大潮淹没。

三 新历史主义与历史影视剧创作

20世纪80年代末到90年代,一方面由于影视技术的发展和大众媒体的兴起,电视日益成为老百姓的日常娱乐方式;另一方面,人们不再热衷于现实改造与意识形态话语之争,反而将目光转向过去和历史。因为历史题材在处理上更为轻松自由,也较为安全,所以历史影视剧曾一度风靡全国,一大批由历史小说改编的历史影视剧开始在各大电视台轮播,例如《唐明皇》(1990)、《戏说乾隆》(1991)、《武则天》(1995)、《宰相刘罗锅》(1996)、《三国演义》(1997)、《大明宫词》(1999)等都是耳熟能详的历史连续剧。这些历史剧大多具有广阔深远的历史视野,逼真的历史场景和规模宏大的叙事结构,总体上体现的还是传统历史观和对帝王将相、英雄豪杰的丰功伟绩的歌颂。但值得注意的是这些历史剧里面已然没有对过去政治路线和意识形态正确与否的强调,没有绝对的进步与落后、光明与黑暗、正义与邪恶、正确与错误等二元对立观念。20世纪90年代末期历史戏说的成分有所增加,想象虚构和娱乐色彩更为明显,这也标志着新世纪以后历史影视剧创作的新的发展趋势。

对于影视剧中体现的种种"新历史冲动",较早的分析可见于张宝贵

---

① 张清华:《论"第三代诗歌"的新历史主义意识》,《诗探索》1998年第2期。

的文章中。张宝贵认为这种新历史冲动首先体现为"本文（即文本）叙事视角的转移"。具体是指"叙事不再从意识形态的中心主轴观照存在"，而是"以非意识形态的民间散点视角观照存在"，而更深层次的矛盾体现为"唯一的历史流程的真理客观性与多元历史流程的真理性的对立"。①其次，张宝贵指出对于新历史主义所提倡的要在文艺与社会诸元素，或者艺术与现实之间建立一种平等对话的关系也体现在诸如电视剧《编辑部的故事》和身兼作者、导演、策划人、制作人等数职的王朔身上。艺术作品成为如格林布拉特所说的"艺术与现实社会进行谈判后的产物"，"经济活动已与审美话语密不可分"，"艺术与生活的关系应该调整为互为阐释和相互建构"②。张宝贵通过对电视文本的详尽分析，较为准确地捕捉到了其中蕴含的两条最主要的新历史主义理论观点，而不是反过来将新历史主义的条条框框勉为其难地套在影视剧文本上面，这点尤为重要，因为他避免了以某种西方理论先入为主，继而去寻找中国文学或艺术文本中的例子作为参考和佐证的研究模式，这是十分难得的。

范志忠将视野从国内扩大到了国外，指出"语言与历史这维系着西方文化的两大神话，自20世纪以来正遭遇着解构性的质疑"，而新历史主义却能承担"恢复人类与语言、历史相互对话的使命"。③这种对新历史主义的解读显然与当时国内主流的对新历史主义的认识是有相当差别的。因为如前文所描述，当时国内学界把新历史主义看作是后现代文化的产物，有着与解构思潮相同的颠覆和解构热情，且主要集中在它对文学的政治意识形态的解读功能上。论者准确地指出了新历史主义与解构主义的不同，且对它的理论渊源的描述也十分到位。首先，论者通过对《公民凯恩》《罗生门》《三毛从军记》《古今大战秦俑情》等影片的分析，指出这些影片中不同于传统的对历史的描述，体现了古今历史对话与游戏的特征；其次，通过分析《末代皇帝》《霸王别姬》《辛德勒的名单》等影片，指出

---

① 张宝贵：《当代影视艺术的文化阐释与新历史冲动》，《浙江广播电视高等专科学校学报》1995年第4期。
② 同上。
③ 范志忠：《新历史主义视野下的当代电影》，《当代电影》1996年第2期。

其中的历史叙事实质已成为一种"诗学写作","置身语言的边缘,使语言陌生化,关注着局部的、间断的、不合格和不合法的知识,寻找着理性所无法概括的例外,挖掘着被主流历史话语所隐蔽、遗忘和排斥的其他意义"①;最后,论者指出影片所描述的历史已不是大写的人的历史,而只是"失去了光环然而却更恰如其分的人的历史","历史的界限意味着人的界限,对历史的关怀也就是对人自身命运的关怀"。② 在这个意义上,新历史主义使历史成为人类共享的精神家园。总的看来,这篇文章的最大贡献在于把国内电影和国外电影摆在一起分析,进行实质上的平等对话与交流,用事实告诉我们,虽然国内电影起步较晚,但在拍摄技巧和手法、历史观念与叙事结构来看,一点都不落后于国外电影。我们从中读出了作者的自信和理论素养的高深,同时也可以感受到电影界的国际化程度似乎要比文学界更为直接和明显。

对于电影或电视剧里出现的新历史观念和新的叙事手段受到了大部分学者的肯定,但也有持不同意见者,其中郭宝亮的观点具有一定代表性。他认为20世纪90年代以来文艺作品创作中出现的"历史题材热"成了一个"温馨的港湾"。"实质上,'历史亡灵'复活的背后,仍然是一种最平面化的欲望模式:即性与暴力",同时也是文化工业枕边的"一次密谋",③是商业潮流追求利润和制造时尚的产物。论者在文中重复某种宿命论思想,对这种历史回归的未来和意义不抱任何希望,悲观地认为这是历史对人类的又一次"无情的放逐",并仿效鲁迅先生之口发出了"救救孩子"的呼声。论者的思想无疑是保守的,把人们对历史题材的热衷归因于文化工业的机械复制和大众娱乐形式的单一和内容的平庸,也有不符合实际之处,还不如说正是现代大众文化产业的勃兴和发展,重新点燃了人们对历史的热情,而"性与暴力"显然不是这些历史题材文艺作品最为突出的特征,论者之所以对这种历史的虚空感和罪恶感如此强烈,可能的原

---

① 范志忠:《新历史主义视野下的当代电影》,《当代电影》1996年第2期。
② 同上。
③ 郭宝亮:《文化工业枕边的"历史亡灵"——近期历史题材文艺作品热现象思考》,《张家口师专学报》(社会科学版)1995年第2期。

因是他仍然以一个启蒙者的姿态站在道德和伦理的高度审视大众，无法接受平民化、世俗化的娱乐方式，对摆脱历史和政治意识形态重负的轻松态势过分焦虑的结果。

如何使历史题材影视剧的娱乐性与教化功能很好地结合，或者在考虑历史剧商业利润的同时也不放弃对艺术的孜孜追求。在20世纪90年代的影视剧创作中也引起了许多学者的思考。宋维才认为面对商业化潮流的涌现，第五代导演们纷纷转型，如《秦颂》在论者看来是一个很好的范例，因为它"戏谑了历史，却不曾消解意义，追求商业价值但没有放弃艺术品位"①，对还没有很好定位的当代电影提供了颇多启示。另外，论者认为："《秦颂》的历史观实际上就是新历史主义的影响下形成的。"影片中"历史由我来书写"的台词正是"历史叙说带有强烈的主观色彩"的表现，《秦颂》中所表现的历史其实是灌注着当代精神的历史，是被审美化、娱乐化的"诗性历史"。② 这些看法都颇具前沿色彩，把新历史主义理论和中国当代电影联系起来分析的文章在当时并不多见。可惜对于新历史主义如何影响当代影视剧的创作，论者没有花费更多的笔墨，但是历史剧中这种新历史观念的凸显和对艺术深度的同步追求的确应成为历史影视剧创作不可偏缺的两个方面。

---

① 宋维才：《历史的审美化和娱乐化——电影〈秦颂〉的文化解读》，《福建艺术》1999年第5期。

② 同上。

第三章

新世纪新历史主义在中国

20世纪八九十年代是新历史主义在西方发生和得到蓬勃发展的黄金时期,但新历史主义在中国颇受冷遇,并没有得到学界的广泛认同和接纳,其中有客观历史原因,也有主观个体缘由,总的说来就是中国的文化环境和文学土壤还不太利于新历史主义的成长和发展,但是相关的思想基础和理论基础都有前期的铺垫。据笔者统计,从1986年到1999年的13年间,中国期刊网中有关新历史主义的研究文章只有100余篇,没有出现相关的硕博士论文,也没有专门研究新历史主义的著作在国内出版。这些情况足以说明,较之于当时西方学界的新历史主义研究热潮,中国似乎又被抛在了历史的后头。但是情况在21世纪很快有了转变,发表的相关论文从2000年的34篇增长到2005年的79篇,总数为400余篇;2006年发表111篇,到2012年增长为221篇,总数达到1200多篇。自2001年出现第一篇利用新历史主义理论分析文学作品的硕士论文以来,相关硕士学位论文到2005年增长为10篇左右,而从2006年开始,相关硕士论文显著增多,其中2006年21篇,2007年28篇,2008年29篇,2009年21篇,2010年54篇,2011年61篇,2012年55篇。但值得注意的是,至今相关博士论文屈指可数,与新历史主义理论密切相关的博士论文只可见张秀娟《断裂性问题与新历史主义》(2006)、傅洁琳《格林布拉特新历史主义与文化诗学研究》（2008）、黄健《穿越传统的历史想象》（2008）等寥寥数篇。而本时期出版的相关新历史主义研究专著可见张进著《新历史主义与历史诗学》（2004）和王进著《新历史主义文化诗学——格林布拉特批评理论研究》（2012）。依据上述资料，笔者拟将21世纪的新历史主义在中国的研究划为两个时期，即研究高潮的初步涌现（2000—2005）和研究高潮的继续推进（2006—2012）。

第一节　新世纪本土文化语境与文学土壤

前文提到20世纪90年代的中国文化语境可以表述为"众声喧哗"和"杂语共存"，随着历史的车轮驶入21世纪，其"多元化"和"个性化"的特征变得越发明显与深入。经济全球化的进程同时也带来了文化的全球化，如果说20世纪90年代的中国还在急于接纳和吸收西方现代思想文化，还处于"文化输入"的阶段，试图极力摆脱落后的状态和形象的话，到了21世纪，更多的学者开始自觉承担起"文化输出"的责任，试图让西方人重新"发现东方"，让中国成为世界多元文化格局中的独特一元，并寻求更为平等宽广的中西对话平台，建立清晰明了、不卑不亢的"中国身份"，积极参与世界秩序的重建。

21世纪之初，王岳川[①]提出"文化输出"和"发现东方"的思想，继而对建立中国"大国形象"、进行"文化创新"、重铸"中国文化身份"、警惕"中国文化安全"和"中国文化世界化"等大国"文化战略"问题进行了持续和深入的研究。应该说站在全球化和后殖民语境中，以一个有强烈社会责任感和民族自尊心的中国知识分子的身份，自觉抵制和反抗西方文化，特别是美国大众文化和流行文化的全面影响，其焦虑的心态

[①] 参见王岳川《发现东方》，北京大学出版社2011年版。王岳川《文化输出：王岳川访谈录》，北京大学出版社2011年版。王岳川、胡淼森《文化战略》，复旦大学出版社2010年版。以及王岳川《新世纪中国身份与文化输出》，《广东社会科学》2004年第3期。王岳川《从"去中国化"到"再中国化"的文化战略》，《贵州社会科学》2008年第10期。王岳川《新世纪文化创新与大国形象确立》，《杭州师范学院学报》（社会科学版）2007年第6期。

和苦口婆心式的规劝是可以理解的。但是据笔者粗浅的阅读体验来看，这些阐述中指出的中国当前文化语境的问题和困境要远远多于其方法建议和解决出路。对于一些概念的提出也显得宽泛且不具备实际含义与可操作性，例如到底什么叫作"大国文化？"如果说其"具体表现为在'物质现代化'的同时开始'精神现代化'的历程"①，也未免过于简单了，且所谓"精神现代化"又是指什么？中国自 20 世纪初以来不就一直在进行一场"精神现代化"运动吗？为何现在才开始？其次，"文化输出"的愿望很好，但是我们要输出去什么呢？不要一开口就是两千多年前的孔子，或大而化之的"天下观念"和"博大精深的博爱文化"，还有"书画、琴韵、茶艺"等即便是对当今普通中国人来说都显得遥不可及的"艺术性很强的精神文化"②。如果说文化输出还包括"清理当代文化大师的理论和实践"，"输出中国现代思想家学者的思想"③，使中西学者站在同一平台上对话，那么我们要考虑的问题是这些当代中国思想家的思想来源于何处？如果认为 20 世纪的中国是"全盘西化"和"饥不择食"的"拿来主义者"④，那么我们"拿出去"的又能是什么呢？类似的问题还有很多值得我们讨论，例如关于何谓"中国精神"、如何"创新经典"、中国的"三和文明"和西方的"三争文明"等。但不可否认，这些议题的提出意义是巨大的，它表明随着中国经济的腾飞，国力的强盛，中国在世界舞台的地位已经发生巨大的变化。同时，印刻在国人心头的积贫积弱、任人宰割的屈辱的民族记忆，萦绕在我们灵魂深处长达一个多世纪的民族自卑感、落后感、焦虑感开始减弱或消退，中国逐渐恢复了丧失已久的自信和大国情怀。因此在文化策略上开始变被动为主动，变吸纳为参与，变"输入"为"输出"。"走出去"似乎成为 21 世纪中国一个响亮的口号，但是在我们大谈"走出去"之前，应该经过自我检讨和修正的过程，应该避免

---

① 王岳川：《从"去中国化"到"再中国化"的文化战略》，《贵州社会科学》2008 年第 10 期。
② 王岳川：《大国文化安全与新世纪文化再中国化》，《当代文坛》2008 年第 5 期。
③ 王岳川：《从"去中国化"到"再中国化"的文化战略》，《贵州社会科学》2008 年第 10 期。
④ 同上。

民族主义的狭隘眼光，不要诋毁别人以抬高自己，应该站在世界文明和全体人类共同进步的立场上思考我们有什么值得和别人共享的知识与经验，要不"走出去"的只会是"××到此一游"的尴尬和在颐和园集体小便的丑陋群像。

21世纪以来在中国人心目中恢复的民族自信心和前所未有的参与全球事务的热忱和能力是有目共睹的。张颐武提出"新新中国"的概念，这主要体现在当前中国人在面对历史苦难和现实时，有了不同以往的态度和观念。例如，新中国的历史叙事往往是"诉苦和控诉的话语表达"，而今天我们有了"更多的从容不迫和信心"；过去的苦难叙事往往在"一种阶级性的范畴中显示自身的存在"，而现在更"具有个体性意义和价值"。[①]也就是说过去从宏大历史视角入手的革命叙事转变为对个体生命体验的开掘，平凡个体作为历史的主体被还原和放大。具有普遍性意义的民族悲情意识和弱者意识逐渐淡化，而个体的欲望与情感，即个体小历史不再受群体大历史的摆布和困扰，开始展示纷繁复杂的个体历史记忆。总之，张颐武认为："中国'现代性'历史的来自民族失败的屈辱和贫困的压抑所造成的深重的民族悲情业已被跨越，而这种变化恰恰是和中国内部的深刻的市场化的进程相联系的。"[②] 如果说市场化和消费文化在20世纪90年代还有不少反对和排斥的声音的话，在21世纪已经得到完全的合法化。人们对现实和当下的关注，对日常生活中个体欲望的满足和张扬与消费无疑是息息相关的，消费历来就是日常生活重要的组成部分，因为它联系着每个具体个人衣食住行，满足着人们物质和精神上的双重需求。但在精神旗帜高扬的20世纪中国历史中，以民族存亡和阶级斗争等宏大话语统摄的语境下，消费的价值和意义无疑被遮蔽。笔者同意张颐武的看法，即今天的问题显然"已不再是针对消费及消费文化时的羞羞答答和欲拒还迎，而是它已经成为活生生的事实而亟待文化上的新的阐释"[③]。

对消费主义的认同自然会引发一些以追求某种理想精神境界为目标的

---

① 张颐武、徐勇：《文化研究与新新中国的经验叙述》，《社会科学家》2010年第2期。
② 张颐武：《新世纪文化：全球本土化时代的展开》，《山花》2008年第2期。
③ 张颐武、徐勇：《文化研究与新新中国的经验叙述》，《社会科学家》2010年第2期。

人的反对。20世纪90年代有关"人文精神"的大讨论延续到了21世纪，变成了有关"精神沙化"或"金钱与权力双重专制"的讨论。事实上两者都是对商业化和市场化带来的人的物质欲望的膨胀和道德理想的失落的否定和控诉，表达了占据道德高位的知识分子在消费主义的时代潮流冲击下的焦虑和抵抗之声，体现了他们在失去话语主导权和权力代言者的地位之后强烈的失落感。然而这仍然是精神与物质、欲望与理性、现实与理想、精英与大众、第一世界与第三世界等二元对立、非此即彼的思想观念的具体表现。为什么我们不可以抛弃这些彼此对立、难以融通的观念，生存在一个物质充裕而精神和谐的社会中呢？有时候对物质或人性欲望所拥有的力量的过度强化和妖魔化，反而会带来负面的效果，这与对精神和理想所拥有的力量的过度强调如出一辙。中国21世纪的文化发展特征自然有大众化、消费化、娱乐化的特征，这是市场全球化和商业社会发展带来的必然结果，我们没有必要如洪水猛兽般排斥它，或许它会以一种温和的日常生活的状态悄然弥合商业价值与道德价值之间的裂痕，填平精神世界与现实世界的鸿沟，消除一个多世纪以来深埋在中国人心中的现代性焦虑感。

21世纪中国语境一个不得不提的特点便是网络文化的蓬勃发展。中国社会特别是都市社会，无疑已从以电视为核心的视觉文化发展到以互联网为核心的网络文化。与电视最大的不同是，网络使用者不再是被动的信息接受者和受教育者，而成了信息的创造者、发布者和传播者，成为需要主动思考和有选择性接受的独立个体。虚拟的网络世界彻底改变了人们的真实观，所谓真实不再单纯是有形的现成之物，而是由人工生产或设计出来的"真实"，但是这种"真实"显得比真实还要真实，成为一种自我想象中的完美真实。也就是说，虚拟与真实的界限开始模糊，人们的真实经验可以由符号和影像建构，而后两者似乎快要成为日常生活的主要形式。对于现实生活的虚拟化趋势已经引起太多人的焦虑和恐慌，例如历史感消逝，时间破裂为碎片，思考与判断被停滞，传统的审美方式快被震惊式、快餐式、平面化和毫无艺术深度的审美所替代，而主体就要被虚幻如泡沫般的网络客体所控制和谋杀，诸如此类的现象就成为后现代的典型景观。

但网络提供给我们的是更加自由、自主和宽松的生存空间，往往能实现我们在现实世界中难以企及的目标和自我表述的畅达，能更好地监督和揭露政府或个体行为，为实现社会的民主法制、公平公正发挥作用。笔者认同新历史主义关于真实与虚拟的表述，即文化是一个整体的相互交织和流动的网络系统，文本与世界之间、想象与现实之间，或者说艺术与社会之间是一个不断协商和流通的关系。格林布拉特在对资本主义社会中审美与现实、真实与想象、政治社会文本与审美文本，或文本内外的关系描述时，经常使用一种"振摆"的理论视角，即双方处于一种不稳定状态的摆动、交流和往复循环中，两者的功能性区别在确立的同时会趋于消亡。这种"振摆"状态无疑也是适用于网络的虚拟世界与现实的真实世界的关系的，我们需要做的是既要入乎其内，又要出乎其外，最终超乎其上。

要总体评说新世纪文学的特点几乎是在给自己找麻烦。这是一个文学被一再忽略、边缘化和不断冠以"终结论"的时代，但同时也是在数量、质量、文学生产和消费方式不断推陈出新的时代，文学虽然早已丧失曾经"震惊式"效应，但它总能以各种各样的方式影响和改变人们的思想与生活。莫言荣获了几代中国人盼望的"诺贝尔文学奖"，掀起了国人对严肃文学的关注热潮，同时也吹响了中国文学正式走向世界舞台的号角；而当代文学明星韩寒、郭敬明等人适应商品化、市场化潮流的发展，有力地促进了文学进入当代年轻人的视界，并结合网络与影视获得了丰富的社会效益与经济效益。这无不以某种方式讽刺，同时告慰了那些曾经担心"文学死了"或"文学终结了"的人们。如果说21世纪文学和文论是20世纪90年代以来文学多元化、杂糅性、个人化等特征发展的延续大概是不会错的。随着信息和传播媒介的进一步发展，市场化和商品化一如既往的坚挺，文化强国成为国家发展战略目标，这些都推动着文学向着媒介化、商品化和产业化方向继续前行。这些如果算是文学生产、消费和传播的外部因素的话，那么我们还可以从不同视角来探究文学内部在21世纪以来发生的变化。首先是个体生命叙事的普遍化。这是20世纪90年代开辟个人化写作道路以来的进一步向前开拓，但作家们显然已不满足于与外界隔离的个体空间中的情感悲欢或如实记录沉浸在日常琐事中的、纯粹的身体快感。他们的目光要么伸向遥远的历史长河，要么深入当下的真实生活，然而立足点终归属于个体，个体不再追随所谓的大历史潮流漂浮不定，受其摆布控制；而在"80后"的写作实践中，历史更是被抽空和隐匿，更多的是凭借自己的想象力和创造力，在一种超时空的语境中讲述自己的故事。所以张颐武说："我们从'80后'作家的小说里看不到历史的运作和社会的变动，反而是一种'永恒'的，超越时间的青春的痛苦和焦虑的展现。"[①] 总之，对个体生命的高度关注和尊重，从个人经验和个人化角度看待历史和现实，以一种人类普遍性情感体验代替区域性或中国式体验是21世纪小说一个显著的特点。其次，如果说20世纪八九十年代的新历史小说中充满了对历史的怀疑、颠覆和戏谑，试图以"游戏历史""戏说历史"的方式来抛弃过往革命历史叙事中的意识形态重负，瓦解历史的神圣性和神秘感的话，21世纪以来小说中的历史叙事似乎已经不再那么突兀、莽撞，历史时空感更为明晰，作者从与历史的正面对抗与冲突转化为与历史的妥协和对话，他们往往站在历史的边角处以旁观者的冷静态度进行着温和而稳健的叙事，或对历史的控诉和憎恨化为对无法摆脱的宿命的哀叹。这些特点将结合具体作品另起一章详细展开论述。另外，有学者指出"最近十年的中国文学出现了一个明显的新特征，就是新美学上的喜剧性和戏谑化"，并真正"成为一种广泛的文化与美学趋向"。[②] 论者指出这种狂欢化文化氛围是"大众文化的急剧发育，娱乐化消费文化的无序发展与膨胀"[③] 的结果，但这种精神狂欢与国人习惯的伦理道德要求造成一对矛盾，从而使当代文学面临困境，对这种所谓的"混乱美学"的接受显然还要假以时日。

综上所述，21世纪中国的文化语境和文学土壤显现出万花筒般的绚烂多变。在商品化和消费主义盛行的年代，文学被无数次宣告死亡，却又奇迹般复活过来；文学审美因传播媒介的发展而变得日常化、快餐化，追求瞬间的快感体验和惊异度，但同时不乏对纯文学充满虔诚信仰的作家

---

① 张颐武：《新世纪文化：全球本土化时代的展开》，《山花》2008年第2期。
② 张清华：《新世纪以来文学的喜剧趣味与混乱美学——一个宏观的文化考察》，《东岳论丛》2011年第2期。
③ 同上。

群，他们潜心创作的鸿篇巨制，动辄几百万字的长篇小说十分引人注目，无不显示出当下文学的不甘寂寞和强盛的生命力。文学创作者们不再对历史必然性和规律性有所追求，而从更加全面、复杂的角度窥探历史深处的点滴记忆，这些历史记忆也不再为某个阶级或集体所共同拥有，而是纯个体性的生命体验，是对自我人生的回顾和反思。也就是说，试图对历史进行宏大、客观的描述与正误批判已经让位于从人性的角度对人类的普遍命运进行思索。这些带有全新历史观念的文学叙事一方面是对刚过去的20世纪的中国历史记忆的不断充实和丰富，使之成为一个个独立的有血有肉、有笑有泪的生命故事，而不是铁板一块、众中一词的历史教科书中的冰冷材料；另一方面也客观上引发了国内新历史主义文学研究的热潮，因为这些作品不论从外部形态还是内在精神上都和新历史主义理论息息相通，既是对新历史主义理论观点最好的实践和注解，同时也反映出文学理论对创作的影响和指导。21世纪新历史主义研究在国外陷入低潮，被包罗万象的文化研究所取代，但是其独特的历史观念和文学观念已深入人心，其实际可行的文学批评方法被更多的学者采纳。特别是在中国，无论是对新历史理论本身的探讨，还是利用新历史主义方法、观念进行文学批评和文艺创作，都取得了可观的成就。新历史主义似乎在中国赢得了前所未有的关注，并在批评和创作两个领域继续发挥着影响力，与国外新历史主义研究的低迷形成强烈的对比，这大概是创始者格林布拉特始料不及的。

第二节 研究高潮的初步涌现(2000—2005)

自2000年开始，国内新历史主义研究的高潮初步涌现，主要表现为论文总数快速增长，相关硕、博士论文撰写数目增多，参与讨论或提及新历史主义的学者越来越多。发表论文的总数2000年是34篇，到2003年和2004年增长到94篇左右，而2005年稍有回落。上文提及，自2001年出现第一篇利用新历史主义理论分析文学作品的硕士论文以来，相关硕士学位论文到2005年增长为10篇左右。此阶段论文总体数量还不多，但呈明显上升趋势，而还没出现具体讨论新历史主义的博士论文。下面是笔者搜集并制作的数据表 3-1 和统计图 3-1。

表 3-1　　　　　2000—2005 年有关新历史主义的论文数据表

年份 （总篇数）	关于新历史主义理论本身的研究	关于新历史主义与新历史小说	关于新历史主义与历史影视剧	运用新历史主义理论进行文本阐释	提及新历史主义的
2000（34）	6	8	3	0	17
2001（47）	19	7	2	2	17
2002（56）	21	3	0	7	25
2003（94）	14	14	8	11	45
2004（94）	17	9	6	12	50
2005（79）	13	4	7	20	35
合计（篇）	90	45	26	52	189

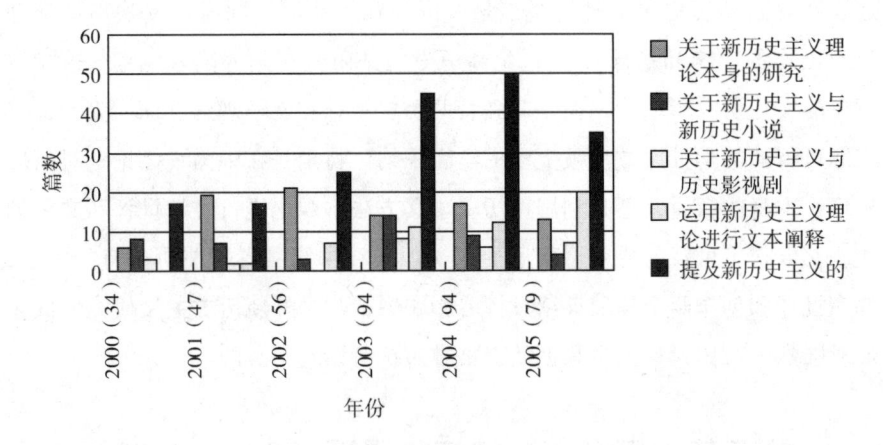

图 3-1　2000—2005 年有关新历史主义的论文数据统计图

从图 3-1 可以看出，相关论文总量在 2003 年和 2004 年达到高峰，而 2005 年后有所回落。关于新历史主义理论本身的研究文章在 2002 年为最多；关于新历史主义与新历史小说和历史影视剧的研究文章 2003 年为最多，后两年持续发展；而与之相对照的是，运用新历史主义理论进行文本阐释的论文数量逐年稳步增长，从 2001 年的 2 篇到 2005 年增长至 20 篇左右。这说明学界对新历史主义理论本身的兴趣开始低于对理论的运用和实践，同时也反映出与新历史主义相关，或体现某种新历史主义观念的文艺创作开始繁荣起来。下文就要从上述几个方面来探讨和思考这些问题。

一 关于新历史主义理论本身的探讨

上一章提到1993年有两本重要的新历史主义译文集出版，即《新历史主义与文学批评》和《文艺学和新历史主义》，其中与新历史主义理论密切关联的文章实际不足15篇，而此后国内关于新历史主义理论的知识基本上就来源于此。我们对新历史主义的了解就只能见诸西方文论教科书的某个章节，或散见于各位文学批评家的单篇论文中零星的记录、评价或对前人观点的重复。关于新历史主义代表人物格林布拉特、蒙特洛斯、多利莫尔的研究论文或专著的翻译工作也几乎停滞不前。然而，这似乎并不影响中国学者们对新历史主义的阐释热情，自杨正润、盛宁、王岳川等学者的研究之后，余虹、陆贵山、毛崇杰、张进、赵国新等继续撰写论文和专著发表意见。

余虹[①]对20世纪中国文学理论的现代性与后现代问题进行了严肃、认真的思考，他认为中国式政党实践所导致的历史语境是理解中国文学"现代现象"和"后现代现象"的起点和基础。中国文学的后现代性发生于20世纪80年代末到90年代，展示出"解构和建构"两大向度："1. 解构现代性文学理论的形而上基础：科学意识形态的神话及其历史理性信仰和语言理性信仰；2. 对解构批评所导致的非历史化倾向进行批判，建构新历史主义。"[②] 历史理性信仰和语言理性信仰在余虹看来主宰了中国20世纪文学现代性的整个历程，而在20世纪80年代末受到西方后现代思想的冲击以后被压制和颠覆。他说"80年代后期以来文学理论格局无可挽回地多元化了"，"'大理论'变成了'小批评'"，"理论的启示性源泉不再是作为科学意识形态的原话语而是不确定的偶发性文学经验和自身不断受到质疑的'小理论'"[③]。余虹无疑也敏锐地观察到了这一时期文学理论的转型，他称

---

① 参见余虹《革命 审美 解构——20世纪中国文学理论的现代性与后现代性》，广西师范大学出版社2001年版。余虹《解构批评与新历史主义——中国文学理论的后现代性》，《海南师范学院学报》（人文社会科学版）2000年第4期。

② 余虹：《解构批评与新历史主义——中国文学理论的后现代性》，《海南师范学院学报》（人文社会科学版）2000年第4期。

③ 同上。

新历史主义思潮是 20 世纪 90 年代最有价值和最值得注意的理论思潮，只不过他认为这种思潮的思考方式是以后现代方式讨论文学和历史问题。王家新认为 20 世纪 90 年代以来对文学非历史倾向的批评来自于老现实主义，也来自于新历史主义。而后者在历史性态度、观点和方法上和前者有所区别，他分别以王家新的诗论与陈晓明的小说评论为例，讨论了 20 世纪 90 年代新历史主义观念在文论界的形态，以及其主要意图，即"要求文学介入我们的当下生存并对我们当下存在状况说话，也就是说要对'现实''现在'和'文学'说话"[①]。这种对话的真实性归根到底取决于文学有没有独立的批判质疑的能力和权力，而中国文学批评从审美主义走向新历史主义无疑是一个超越二元对立，走向张力冲突的过程，这种张力冲突是"诗学与社会学之间的争论"，同时何尝不是文学与历史的张力冲突。显然，余虹对这种几乎宿命般的冲突有充分的认识却对解决办法疑虑重重。然而文学与历史的关系本就"你中有我、我中有你"，密不可分，新历史主义理论更认为想象力是任何历史叙事者必备的素养，文学研究者更应该具备丰富的想象力。无论如何，文学是不能独立于社会历史之外的事物，而是历史文化的一个有机组成部分，是个体或群体鲜活的生命记录者，是现存者和后来者对逝去者的追忆与怀想，是历史的能动组成部分；历史则是文学参与其中，并与政治、意识形态和权力话语相互角逐和交锋的场所，是文学得以存在和延续的基础。就如文学文本不再游离于它的作者和读者之外一样，历史也不是游离于它的文本建构之外的事物，历史更不是作为某个文学或艺术作品的可被拆分的背景或装饰性材料，这就如格林布拉特所说"历史与文学是相互叠盖的"[②]。

应该说，新历史主义在中国受到了年青一代学者的欢迎，但对有着根深蒂固的马克思历史唯物主义理论影响的老一辈学者来说，做到某种真正的欢迎和接纳是十分不容易的。从陆贵山对文艺的历史精神、文学与历史的关系的阐述，以及对新历史主义观念的评论中我们就可以看到这一点。陆贵山

---

① 余虹：《革命 审美 解构——20 世纪中国文学理论的现代性与后现代性》，广西师范大学出版社 2001 年版，第 286 页。

② Stephen Greenblatt：*The Greenblatt Reader*，Edited by Micheal Payne，Blackwell Publishing Ltd.，2005，p. 3.

认为:"20世纪以来的西方社会实际上是一个不正常的历史阶段。……形成了各种非历史化的广泛意义上的各种新历史主义的历史观念。"① 陆贵山把这种广泛意义上的新历史主义观念分为"现代主义的历史观念""审美经验现象学和阐释学的历史观念""后结构主义的历史观念"和"新历史主义的历史观念",并认为:"这些各式各样的新历史观念实质上属于观念的、文本的和语言词句的历史主义","由于融入一定的人文和诗学因素,带有强调主体的能动性和创造性的新质",具有"不同程度上的合理性"和"学术价值"。② 客观上讲,这些分析评价都是中肯的,但随之,陆贵山对新历史主义的批评便不免带有强烈的主观色彩和马克思主义者一贯的权威式、独断式和舍我其谁式的腔调了。他说新历史主义者由于"既不代表,又看不到先进的强大的社会力量,这些中小知识分子表现出无奈和怯懦","新历史主义者们想假手解读文本来消解社会(新历史主义的意图之一就是要摆脱形式主义的窠臼,使文学面向历史和社会,不知此处'消解社会'一词作何解?),这只能是美好而苍白的幻想",他们想通过"语言游戏"(语言游戏或狂欢,或语言能指的无限游动一般都是用来指解构主义的某种片面性,不能说是新历史主义的理论特征)来获得"短暂的虚假的自由和解放","这无异是一种可怜的而又可悲的自我安慰"③。总之,论者认为新历史主义的历史观念是"虚假的和悖谬的",他们把历史变成了"被主观随意性所曲解和篡改的文本形态的历史","用观念史掩盖和取代事实史","否认和反对历史真实性和历史规律性"。他在文中反复强调新历史主义"不过是天真而浪漫幻想","不过是一种充满浪漫情怀的神话",而"历史规律是不可抗拒和不可逆转的,马克思、恩格斯的历史唯物主义不容置疑。"④ 应该指出的是,陆贵山在此处所说的新历史主义的概念既十分宽泛,似乎囊括了自现代主义以来西方世界出现的所有新的历史观念,又十分狭窄,因为他所理解的新历史主义摒弃一切历史真实,反对历史的客观存在,而这种理

---

① 陆贵山:《论文艺的历史精神》,《文艺理论与批评》2000年第2期。
② 同上。
③ 同上。
④ 同上。

解是片面的。先不说 20 世纪以来出现的新的历史观念是否可以都称为新历史主义，就对后一种的文本历史观的理解也是值得商讨的。

自"语言学转向"以来，历史学家的目光不再集中于对历史客观真实的寻觅，而是强调对历史认识本身的反思，也就是说对"历史事实"的关注转向了对"历史叙事"的关注。传统历史主义把语言当作透明物，认为历史叙事和历史事实可以直接画上等号，而叙事（或文本）历史主义将语言视为历史真实与意义表述之间的中介，从而找到了历史与文学发生关联的基础，即语言的想象力与创造性。历史的叙事主义之所以受到越来越多的肯定，并逐渐成为当代常识，其根源在于它区分了历史事件和对历史事件的阐释与解读，而传统历史主义把历史叙事等同于历史事实，两者混为一谈。新历史主义也秉承着这样的态度，他们不是要否定历史事件，例如某次重大战役和某个重要历史人物的存在，而是对这些事件的单方面的、唯一的、权威的解释予以质疑，并力图寻找新的证据来补充或颠覆这种解释。陆贵山对新历史主义的误读实际上代表了国内相当一部分新历史主义批评者的观点，即认为新历史主义者要把历史真实性抹杀掉，把历史偷换成可随主观意愿任意改写的观念历史。这种理解无疑是片面和独断的。在陆贵山的另一篇文章中，虽然他坚守马克思历史唯物主义的真理性和不可动摇性，但对新历史主义的理解显然有了更多的宽容和肯定。不仅不见了前面那些夸张的用词，而且更加细致地分析了新历史主义的理论特征和基础，尽管他认为这些同时也是新历史主义的理论误区。难能可贵的是，他认为在坚持马克思主义的总体架构的同时，要"承接现当代各种历史理论的合理内核，吸引人们去关注那些曾经被忽略、被轻视和被遗忘的历史因素"，"在强调正史时要适当地重视野史；表现大历史和对大历史进行宏大叙事时，不应忽视小历史和对小历史的微小叙事"，"凸显历史的必然性时，应关注历史的偶然性"，"描写历史的中心领域、主导性、同质性和历史过程中的正面因素时，要努力发掘和表现历史的边缘地带、异质性和历史过程中的负面因素"。[①] 不可否认的是，上述论点同时也是新历史主义的

---

① 陆贵山：《新历史主义文艺思潮解析》，《中国人民大学学报》2005 年第 5 期。

主要观点，这说明马克思主义和新历史主义并不是水火不容的，即便是马克思主义的"忠诚卫士"和"铁杆粉丝"也不得不承认新历史主义的合理之处，并可为继续改造和发扬马克思主义理论贡献力量。在多元共存的时代，中国学者以越来越开放、宽容和对话的心态接纳世界的不同声音，这无疑是明智之举，令人振奋。

敢于对自己提出的观点进行反思和批判是需要学术勇气的，毛崇杰无疑具备这样的勇气。他曾在20世纪90年代初撰写相关论文，认为新历史主义是"西方80年代崛起的一种新马克思主义美学与批评"①，而当时持这种观点的人不在少数。可能一方面是因为新历史主义确实借用了西方马克思主义研究文化历史的某些视角，如政治、意识形态等，借以和形式主义文论研究区分开来；另一方面当然是学者们主观上希望新历史主义与马克思主义有更多的关联，并能成为马克思主义的延续和发展，这无疑是中国主流意识形态所要求的结果。然而，随着研究的深入，学者们对当初的误读开始有所了解。但能像毛崇杰这样敢于公开加以匡正和补充自己观点的人却实在太少，从这个意义上说，这些老一辈的学者自我批判和不断学习的精神是值得我们年轻一辈学习的。毛崇杰认为："新历史主义本身是非常庞杂的带有外部与内部的'多元主义'倾向的文学批评的思想潮流。"②他分析了新历史主义与新史学、文化唯物主义、后结构主义的关系与异同，认为新历史主义在实际操纵上要远远优于它的理论总结等。笔者非常认同这些观点，还有他对新历史主义所表现出来的对"主体性的召唤"也非常有见地，他认为格林布拉特的"文艺复兴自我造型"是对商品化社会中个体主体性在"物化形态下的自我消失"话语借喻，同时也是对"民主与个体自由在被虚假的总体意志化身的权力崇拜所解体"③的时代状况的讽喻。这点无疑是非常具有启示性的，因为之前的研究者强调的都是新历史主义的政治意识形态属性或后现代历史观念，但是对新历史主义体现出来的

---

① 毛崇杰、钱竞：《论新历史主义——西方80年代崛起的一种新马克思主义美学与批评》，《学术月刊》1992年第11期。
② 毛崇杰：《关于"新历史主义批评"之再探》，《黄河科技大学学报》2001年第4期。
③ 同上。

主体性、个体自由的强调却几乎没有，所以此处可见论者的独特智慧。

张进对新历史主义理论以及历史诗学进行了详尽的研究，发表论文数十篇，并于2004年出版专著《新历史主义与历史诗学》，此书可以说是中国国内第一本以新历史主义理论为研究对象的专著，而它的出现与新历史主义进入中国相隔了将近二十年的时间。此书的立论基础是"历史诗学视野下的新历史主义"。海登·怀特在《评新历史主义》一文中基于格林布拉特所提出的"文化诗学"概念，进一步延伸提出"历史诗学"，他认为"历史诗学"可以"作为对历史序列的许多方面进行鉴别的手段——这些方面有助于对那些居于统治地位的、在特定的历史时空中占优势的社会、政治、文化、心理以及其他符码进行破解、修正和削弱"[①]。其实质就是对历史中通常被忽略掉的"诗学"性质加以强调，认为这些具有"创造性意义"的内容"类似于诗学语言"，通常具备抵触和颠覆典范规则的能力。在此，我们大概可以获知海登·怀特的"历史诗学"在构词上是一个偏正结构，或者能称之为"历史的诗学"，强调历史的"诗学"性质与历史的"语法"性质的同等重要性，但其立足点还在于历史，这与他所一贯主张的历史叙事学是一脉相承的。但张进所指的"历史诗学"在构词上是一个并列结构，思考对象是"历史与文学之间的关系"，或说"考察人类历史活动与文学活动之间的内在关联和相互表述关系"[②]。从张进所做的历史诗学的理论坐标中我们可以看到，历史成为"文学活动诸要素之间关联互动的'绝对中介'和'绝对视域'，将历史置于文学活动的中心地位，世界、作家、作品、读者之间都必须经过历史的中介才能发生联系并相互作用"[③]。这样一来，张进试图要建立的是一个历史诗学的理论体系，这个体系的"根本问题是文学活动与历史之间的相互指涉和相互表述问题"，同时要对与文学相关的其他任何问题加以说明，而"新历史主义的诗学观点和批评实践应归于历史诗学"[④]。为了进一步厘清概念和确立历

[①] 张京媛主编：《新历史主义与文学批评》，北京大学出版社1993年版，第106页。
[②] 张进：《新历史主义与历史诗学》，中国社会科学出版社2004年版，第15页。
[③] 同上。
[④] 同上书，第20—23页。

史诗学的合法性,此书第二章讨论了历史诗学的三种形态,即"思辨历史诗学""批评历史诗学"和"叙事历史诗学"。从这三种视野历时地溯源历史与文学的关系,不无新意,却似有简单化处理的嫌疑,在叙述过程中也明显趋向于对历史问题的探讨,而不是文学或者两者之间的互动关联等,从某种意义上讲,是重复了关于历史哲学问题的探讨。此书第三章对新历史主义的对话语境和思想前驱探源溯流,分析了它与马克思主义、解构历史学、文化人类学、新解释学还有巴赫金历史诗学的关系与异同。这些阐述有利于我们开拓视界,对新历史主义的理论来源和主张有更深入的理解,同时对这一理论的"碎片拼接"的特征,或换句话说博采众长、开放对话的性质有所了解。论者在这些领域的研究无疑具有开拓性的意义,让我们对当代理论的多元化、互文性特征,以及由此带来的新的理论问题和困境有了切身的体会。第四章涉及在文学理论的一般性问题的处理上新历史主义所呈现的特点。例如在文学的本质功能论上,新历史主义打破了历史背景与文学前景的对立,建立了"互为背景、相互塑造、彼此渗透的动态关系",文学以"社会能量的流通交换的具体历史方式存在",文学"时刻发挥'颠覆'或'包容'的意识形态功能"。新历史主义的主体论不是"纯然的能动体",而是话语实践和社会历史条件的产物,作家在文学活动中处于一种建构和塑造的双向过程中,与其说作家是"创造者",还不如说是"商讨者"[①]。另外,文章还分析了新历史主义的文本观念、读者观念和批评方法上的轶闻主义等。论者基于大量第一手资料进行的思考和研究是可信且颇具说服力的,这充分说明新历史主义研究在中国进入了一个新的更高的阶段,论者不仅没有简单重复前人的观点,而且在批判的基础上不断延伸、拓宽,使新历史主义理论显现出更广阔的背景和活跃的理论空间,这无疑也是中国学者对新历史主义理论的一大贡献。第五章作者以较小的篇幅探讨了中国新时期以来新历史主义文艺思潮,认为这一思潮与西方新历史主义理论之间"彼此推动和策应",具有"相互对勘发明的功效"[②]。因

[①] 张进:《新历史主义与历史诗学》,中国社会科学出版社2004年版,第283—284页。
[②] 同上书,第286页。

此，我们不应该拒绝以新历史主义理论批评参照来研究中国的新历史小说。新历史小说，还包括新历史影视剧都可以看作是新历史主义理论在中国的具体化和"可视化"，是新历史主义理论本身在某些维度上的延伸和拓展，也恰恰体现了新历史主义理论的开放性和包容性。

二 新历史主义与新历史小说

20世纪80年代后期关于新历史小说的创作和评论曾红极一时，关于新历史小说和新历史主义关系的论述却似乎没有一致的结论，21世纪以来这些论题得以继续阐发，并更为深入。路文彬在这方面有多篇论文发表，值得注意。路文彬并没有刻意区分新历史小说和新历史主义的区别，在他的文章中把我们一般意义上的新历史小说统一称为新历史主义小说，可能他是主观上希望拉近两者的距离。在谈到新历史主义小说的历史叙事策略时，他认为新历史主义小说善于从"个人视角关照历史，强调对于'少数话语'的关注，试图以此来消弭意识形态话语的指令"，新历史主义小说的"最高价值"在于"对现有历史话语的摧毁和重建"[①]。从以上我们可以看出路文彬对新历史主义小说心存好感，并希望它能对历史真实做出一番新的解读，通过对原欲等的书写展现出历史中的普遍人性。他的另几篇文章[②]则对新历史主义小说显示的这些特征予以质疑甚至不甚友好了。《历史话语的消亡》讨论了新历史主义小说中体现的一系列后现代主义特征，例如"削平历史深度""游戏历史""历史、现实的融合生长"以及对"现实主义"的"遁逸"等。与前篇认为的新历史主义小说是少数话语对权威历史真实性的反拨不同，这次论者认为新历史主义小说已经把历史"悬搁成空洞的能指"，把对最初还原历史之真的意图转变成了"对历史认知的狐疑，最后干脆放弃了认知历史的努力"，"逃避历史深

[①] 路文彬：《"少数话语"的权力/欲望化言说——"新历史主义"小说的历史叙事策略》，《艺术广角》2000年第3期。

[②] 参见路文彬《游戏历史的恶作剧——从反讽与戏仿看"新历史主义"小说的后现代性写作》，《中国文化研究》2001年第2期。路文彬《历史话语的消亡——论"新历史主义"小说的后现代主义情怀》，《文艺评论》2002年第1期。

刻，追求一时享乐的游戏愿望，在'新历史主义'小说家的文本中大大方方地表现了出来"①。

另外，在前一篇文章中，论者认为新历史主义小说对人性的展示和欲望化言说是"'新历史主义'小说忽略时代精神以及政治意识形态话语在场的有效前提"②。但是，在《历史话语的消亡》一文中则认为："'人'在'新历史主义'小说中大受冷落，虐人与自虐的暴力将人格彻底轰毁；'人'在本能欲望的驱使下，渐渐遗忘自己是个'有理性的动物'。""'新历史主义'小说呈现出的就是芸芸众生的一种'在着'状态的生活，没有英雄，也没有思想者。""'新历史主义'小说中更多的'人'是可怜而渺小的。"③ 前后对比一下，我们似乎看出了论者对新历史主义小说所体现出来的复杂特征也是难以把握的，其中最主要的原因在于论者对后现代主义抱有过多负面的情感，认为其"自甘沉沦"，后现代主义思潮是"人们在后工业社会重压下发出的声声呻吟"，后现代人则"染上文明厌食症"，"没有标准、没有真理、没有过去、没有未来"，后现代精神"是一种极度疲惫极度虚弱的精神状态"④ 等。这些论述显然和当时对后现代主义充满敌意和恐慌的某些学界同人一样，留下了过度阐释的痕迹和避之唯恐不及的拒绝姿态。现在看来，不论是西方还是东方，我们并没有沦落到如此不堪的地步，学者们所描绘的如人间地狱般的后现代社会并没有到来，如果提前用这种想象和虚构的，甚至可能永远也不会出现的所谓后现代特征去分析或比对20世纪八九十年代出现的所谓新历史主义小说，显然有些不妥，有些地方不免要强词夺理了。

此外，路文彬还提出"后新历史主义小说"一词也值得商榷。他谈到"中国新历史主义小说对于既往历史话语的反拨、颠覆性释读，随着世纪

---

① 路文彬：《历史话语的消亡——论"新历史主义"小说的后现代主义情怀》，《文艺评论》2002年第1期。
② 路文彬：《"少数话语"的权力/欲望化言说——"新历史主义"小说的历史叙事策略》，《艺术广角》2000年第3期。
③ 路文彬：《历史话语的消亡——论"新历史主义"小说的后现代主义情怀》，《文艺评论》2002年第1期。
④ 同上。

末怀旧情绪的时尚化已经宣告终结,并由此开始进入一个所谓后新历史主义小说时段"①。后新历史主义小说在论者看来对历史不再质疑和批判,反而充满"怀旧式温情"与伤感的"美丽往事",这些作品包括阎连科的《日光流年》、阿来的《尘埃落定》以及曹文轩的系列小说等。显然,论者在这些小说中看到的不是新历史主义小说中对历史的重构冲动,或对历史的戏谑和游戏心态,而是对历史的怀旧情绪和对美好过去的深深眷恋。论者认为"后新历史主义"小说实际上是通过历史怀旧性质来肯定某种历史信仰和坚持,而不是像新历史主义那样"对于后现代主义所提供的多元性一味暧昧接受"。也许是论者对后现代主义成见太深,所以连同这种多元性话语也要一并否定,他说:"对于多元性话语的无节制认同,其实正是对于责任的一种逃脱。"后新历史主义小说在他看来显然要比新历史主义小说承担更多责任。遗憾的是,论者并没有明确指出所谓后新历史主义小说所要和所能承担的历史责任是什么,对于多元性的反思又体现在何处。如果只是恢复主流话语和主流意识形态的代言者的地位,那么所谓的后新历史主义小说和新历史主义小说之前的革命历史小说或传统历史小说在实质上没有任何分别了。

  吴秀明首先更为准确地区分"历史小说""历史题材小说""新历史小说"等概念。②他认为历史小说通常是在一定的历史事实基础上进行加工创造的作品,它与历史真实往往具有"异质同构"的特殊关系。这显然与传统历史小说所秉持的一贯原则是相同的,而针对在20世纪八九十年代后出现的"只有'虚'的历史形态而无'实'的史实依据的虚构性作品"则可称为"新历史小说",连同"革命历史小说""文化历史小说"等统一称为"历史题材小说"③。其次,他从历史的角度,结合当时文化语境分析了自新时期以来历史题材小说的转型,由严肃的历史题材小说到

---

① 路文彬:《后新历史主义与怀旧——20世纪末小说的一种历史消费时尚》,《福建论坛》(文史哲版) 2000年第1期。
② 参见吴秀明《历史题材小说的转型》,《小说评论》2001年第4期。吴秀明《文化转型语境中的历史叙事与本体演变》,《浙江大学学报》(人文社会科学版) 2002年第1期。
③ 吴秀明:《历史题材小说的转型》,《小说评论》2001年第4期。

先锋作家创作的"新历史小说",之后出现带有商业娱乐性质的"游戏历史小说"等。① 这些区分都是十分清晰且必要的,虽然他的划分时间还没有延续到新世纪以后,但反观当前历史题材小说的创作状况,显然是维持了世纪初的多种创作模式共存、众声喧哗的局面。

  论者认为这些历史题材小说"突出的成就"表现之一在于"密切地保持创作与整个中国当代文学乃至世界文学主潮息息相关的联系,使其不仅丰富多元立体,而且还殊途同归地将艺术目标指向'人的解放及其现代性'的这一时代主题上"②。应该说个体解放和自由以及对现代性的不懈追求确实是自新时期以来中国知识分子愿意为之摇旗呐喊、不断努力的目标。从 20 世纪 80 年代的启蒙热潮到 90 年代以来受到西方现代及后现代思想的双重影响下多元文化格局的出现,以及 21 世纪以来对这种多元文化格局的继续推进和深化,我们可以看到其中最主要、最基本的一条主线,便是对个体自由和解放的不懈追求;从现代性层面来讲,便是从启蒙的、理性的、强调总体性宏大叙事的现代性向审美的、感性的、强调个体性欲望叙事的现代性转变。而这条主线在"历史题材小说"的转型演变中表现得异常突出,特别是从"革命历史小说"到"新历史小说"的比较中,我们分明可以看到有名有姓、鲜活透亮的个体逐渐从巨大而模糊的群体阴影中走出来,带着不无主观情绪却真实的口吻向我们叙述各自的悲欢故事,也许这样的个体历史会遭到质疑和排斥,但是个体声音的传播和被关注在中国这个有着几千年思想抑制传统的国度来说显得如此的可贵和重要。即便如此,这个阶段的历史题材小说在主旨功能层面仍然脱不掉启蒙和教义的外衣,古为今用、借古讽今的思维套路让我们看到其中浓厚的民族传统内涵。吴秀明指出:"对传统文化认同与批判兼得而以认同为主,已成为普遍的主题模式,历史温情迅速弥漫开来。"③ 这种历史温情主义与当代新保守主义的思想如出一辙,缺乏了批判思想的历史叙事给历史披上一层温情的面纱,又如苦口婆心、微

---

  ① 吴秀明:《历史题材小说的转型》,《小说评论》2001 年第 4 期。
  ② 吴秀明:《文化转型语境中的历史叙事与本体演变》,《浙江大学学报》(人文社会科学版)2002 年第 1 期。
  ③ 同上。

言大义的劝诫，目的就是让个体丧失思考、判断的能力，默认既有的历史和社会定位，以适应要求安定的时代氛围。

张清华自20世纪90年代中期以来一直关注中国文学中的历史叙事问题，在上一章的内容里我们已经分析了他的相关文章，对他提出的"新历史主义文学思潮"，把寻根小说和先锋小说等统括为一种"新历史主义运动"，以及新历史主义文学的民间视角的研究等还有非常深刻的印象。21世纪之后，他在这一领域继续耕耘。他提到这场"波澜壮阔的新历史小说潮流"从20世纪80年代后期延续到90年代中期后就逐渐"衰微"下去了，很多历史叙事"消费色彩很浓"，即"没有了人与历史的紧张和冲突，讲述本身对历史和命运完全是逆来顺受"，在他看来这就是所谓寻常的"历史消费"了，而这种历史消费似乎和"传统意义上的那些历史与民间传奇故事"之间在"趣味和根本上已经看不出有什么大的区别"[①]。这一观点无疑会引来许多的质疑，难道历史小说在兴盛、发展了这么多年后又要回到起点，回到古老的历史叙事传统中去？学界对新历史小说的关注一直都将重点放在它与现代西方思想和新历史主义理论的关系上，而它与中国传统文化、中国叙史传统有多少关联却被忽略了，张清华以其敏锐的直觉和观察提及这一研究的薄弱环节，显然会给后来者以很多的启示。

之后，他谈到"历史领域里的重大观念的变革，倒总是首先体现在文学中"[②]，而"新历史主义思潮"在很大程度上反映了当代知识分子历史观念和精神实践的内在变化。这一点笔者也非常认同，当代一批主流作家之所以如此热衷于个人化、民间化和边缘化的历史叙事，最为关键的一点是对于过去集体式、政治化、国家意识形态化历史叙事的极端厌恶和反感，对历史客观论、真实论、必然论、规律论的极大质疑，对"人民群众是历史的推动者"等口号中对"人民群众"的大而化之，乃至鲜活的生命个体隐没于恢宏的集体中，成为不食人间烟火的神话式的"人民"形象的有力反驳。作家们是这个社会中最为敏感，又最能代表某种社会心声的

[①] 张清华：《漫谈近期的"历史"小说》，《文学报》2004年2月19日。
[②] 张清华：《莫言与新历史主义文学思潮——以〈红高粱家族〉、〈丰乳肥臀〉、〈檀香刑〉为例》，《海南师范学院学报》（社会科学版）2005年第2期。

群体，而他们的作品往往能反映、引领和推动这个时代文化思想的变革，"新历史小说"在启动当代历史观念变革的层面无疑起到了巨大的作用，也会继续产生作用。

此外，在《莫言与新历史主义思潮》一文中张清华重提了"新历史主义文学思潮"一词以及其发展阶段等问题。这篇文章是对莫言的一篇演讲稿①的一个反馈，而莫言的演讲也是针对张清华的另一篇文章《十年新历史主义文学思潮回顾》做出的回应。此处我们可以饶有兴致地看到作家和批评家的良性互动，同时也可以看到论者强大的文本解读和阐释能力。首先，他对曾经认为的新历史主义文学思潮将在游戏历史式的写作中走向终结的观点予以否定。其次，他仍坚持认为莫言所作"《红高粱家族》是新历史主义小说的滥觞"，"《丰乳肥臀》是一个具有总括和典范意义的新历史主义小说文本"②等观点，并详尽地分析了这些文本的新历史主义特征。但他对《檀香刑》是否属新历史主义小说还不是十分肯定，因为这部小说中"严肃的历史命题，令我联想到了现代知识分子的相当'正统'的启蒙历史观"，"具有文化反思与启蒙的双重意义，因而又可以看成是'重返历史主义'的叙事典范"。③ 这篇文章发表于 2005 年，莫言的另外两部重要作品《生死疲劳》和《蛙》还没有出版，估计论者现在又要修正自己的"重返历史主义"这一说法了。此外，张清华于 2004 年出版《境外谈文——中国当代文学中的历史叙事》（2012 年第二版出版），此书既有关于新历史主义的理论探讨，又有包括余华、莫言、苏童等作家在内的文学创作中的新历史主义意识分析。这本书是迄今为止国内为数极少的有关新历史主义与新历史小说研究的专著之一，其意义不容小觑。书中的主要观点在上文和上一章都有所提及，论者对新历史主义文学思潮的现象和轨迹的分析，对新历史主义叙事特征的概括都能给阅读者诸多启示，他

---

① 莫言：我与新历史主义文学思潮，http://book.ifeng.com/yeneizixun/detail_2012_10/18/18356353_0.shtml，2012 年 10 月 20 日。此文系莫言 1998 年 10 月 18 日在台北图书馆的演讲（笔者按）。

② 张清华：《莫言与新历史主义文学思潮——以〈红高粱家族〉、〈丰乳肥臀〉、〈檀香刑〉为例》，《海南师范学院学报》（社会科学版）2005 年第 2 期。

③ 同上。

把中国传统历史小说与新历史主义叙事方式联系起来考虑，并认为两者有诸多共通之处是有一定道理的，起码让我们意识到中国本土文化和文学土壤中也能滋生出具备解构、颠覆和消费历史的活动和理念。从这点来讲，新历史主义在中国并非没有接受的心理基础和集体无意识。

这段时间讨论新历史小说的文学观念和叙事策略之"新"的文章有很多[①]。张冬梅认为新历史小说之"新"在于"作家在新的哲学观念和历史意识支配下，对历史进行重新叙述和再度编码时所获得的新的文本特征及意义"，其主要表现在对"历史必然性的质疑""将'大历史'分化为复数'小历史'""勘察人性的隐秘存在"[②] 三个方面。论者在新历史主义理论视角下对当代新历史小说与十七年革命历史小说的进行比较研究，并进行了合理的阐释。朱文斌、曾一果同样从历史题材、历史视角、历史意识三个角度区分了新历史小说和十七年革命历史小说以及传统历史小说的区别，并认为对新历史小说的阐释不能不考虑中国本土因素而完全认为是受新历史主义理论影响而诞生。

实际上就笔者阅读范围来看，作者认为西方新历史主义理论直接导致中国新历史小说产生的文章并不多，只是因为两者不仅名称上共同享有"新历史"一词，历史观念和文学观念上有诸多相似处，时间上有恰巧颇为重合等缘由，所以以将两者横向联系、相互比对的研究非常常见，也是可以理解的。但是，值得我们注意的并不在于谁先谁后或谁影响谁的问题，而在于这种新的历史观和文学观不仅给西方带来了极大的冲击，这种冲击

---

① 参见朱文斌、曾一果《新历史小说"新"论》，《汕头大学学报》2003 年第 4 期。陈国庆《论新历史小说叙事特点及其解构倾向》，《贵州师范大学学报》（社会科学版）2003 年第 5 期。黄海琴《徜徉在思与诗之间——试论新历史小说的历史观念与艺术策略》，《新疆石油教育学院学报》2003 年第 3 期。邱艳《对历史的解构与重铸——论新历史主义的理论特征及对中国二十世纪后期文学产生的影响》，《涪陵师范学院学报》2003 年第 3 期。李少咏《新历史小说的叙事策略》，《郑州大学学报》（哲学社会科学版）2003 年第 1 期。崔志远《新历史小说的"碎片写实"》，《海南师范学院学报》（社会科学版）2005 年第 6 期。张冬梅《消解与构建——论新历史小说的话语意义》，《沈阳师范学院学报》（社会科学版）2001 年第 2 期。张冬梅、胡玉伟《历史叙述的重组与拓展——对新历史小说与"十七年"历史小说的一种比较诠释》，《当代文坛》2003 年第 2 期。

② 张冬梅：《消解与构建——论新历史小说的话语意义》，《沈阳师范学院学报》（社会科学版）2001 年第 2 期。

对当代中国文学的影响也是巨大的，然而由于主流意识形态的影响，新历史观与唯物史观的基本原则的互相对立等，我们久久没有或者不敢谈及和承认这种变化带给我们心灵的震撼。一方面由于现实的种种无奈，我们将关注的目光投向或远或近，或真或假，或虚或实的历史时空，借作家的生花妙笔探寻从不被我们了解的平凡微小的生命故事；另一方面我们对这些卑微的生命个体寄予的同情和怜悯其实就是对我们自身的同情和怜悯，对自身当下状态的隐喻和反抗而已。

大概从 2003 年开始出现了一批探讨新历史小说与新历史主义理论的硕士论文①。江冰认为新历史主义之"新"不能简单视为题材的创新，而是历史意识之"新"，这点又是通过历史叙事之新来体现的，以求对历史进行重新书写，但是论者认为重新书写历史的初衷与作家的自由主观化抒写南辕北辙，使新历史小说最终陷入自我的迷失；严红兰从新历史小说一贯坚持的边缘视角出发，认为它们在远离政治、回归审美的同时，又超出了历史小说质的规定，沦为一种不三不四的"仿历史小说"，可谓"成于边缘，失于边缘"；唐宇鉴于新历史小说定义的含混不清，在论文中通过对其渊源进行考察和当代其他文学流派进行比较后，认为新历史小说是以历史小叙事的视角来讲述近现代往昔故事（尤其是民间生活），表达"个人自我心中的历史"的一种小说类别；汤红则把只有"虚"的历史形态而无"实"的史实依据的纯虚构的作品视为并统称为新的历史叙事。这种观点来自于上文提到的吴秀明的论述，而论文中对新历史小说叙事策略、创作题材等的分析也是这段时间内对于此论题的一贯的研究模式和研究热点。

周欣荣的论文题目曾和 1997 年署名为舒也的文章题目相同，舒也认为新历史小说从政治目的论意识形态突围，代之以多元意义的历史观，最

---

① 参见江冰《历史意识与历史叙事的现代质变》，硕士学位论文，安徽大学，2003 年。严红兰《走在历史的边缘》，硕士学位论文，江西师范大学，2003 年。唐宇《历史的另一种言说》，硕士学位论文，广西师范大学，2004 年。黄珊珊《虚构的"真相"——新历史小说论》，硕士学位论文，中央民族大学，2004 年。汤红《论二十世纪八十年代以来当代小说中的历史叙事》，硕士学位论文，暨南大学，2004 年。周欣荣《从突围到迷遁》，硕士学位论文，曲阜师范大学，2004 年。张莉《历史：请今人猜谜》，硕士学位论文，安徽大学，2005 年。

后迷遁于价值虚无主义,这是新历史小说崛起于当代文坛并走向迷遁的整体轨迹。同样,周欣荣认为新历史小说的出现是因为寻根小说、先锋小说、新写实小说在现实生活和文化历史生活中寻求新的精神资源、价值支点受阻后而转向对历史的重新认识,作家们试图通过进入历史的方式解决现实的存在危机,而根据时间先后,新历史小说可大致分为:另类言说、重构历史和游戏历史三个阶段。从消解旧的历史观念出发,到用欲望化、偶然化的方式建构新的个体化历史,最后受商业文化与大众需求的影响,开始戏说历史、消解历史的庄重感和严肃性,以达到戏剧性和娱乐性的效果。这些无疑代表此段时间内大部分研究者对新历史小说的观点。简言之,肯定它的开创性成果,但对于当下游戏历史的现象表示不满,对未来的发展也并不乐观,似乎新历史小说到此可以盖棺定论了,它通过解构和游戏的方式解构了自身,也仅仅是一场文学与历史的游戏而已。

然而,李仰智对此持有不同观点,他认为新历史小说虽然辉煌不再,但新的历史观和新历史主义精神依然薪火相传,并在香火延续中不断深化,在性别视野中不断拓展,对后续小说思潮的影响不可低估。新历史小说不仅没有"终结",还呈现出"螺旋式上升"的态势,仍有广阔的发展前景。值得注意的是他对新历史小说的命名首先参照了历史哲学的重大分野和转向,应该说这是之前绝大多数研究者没有涉及的层面,他说,区别于传统历史哲学的新的历史观是衡量新历史小说命名和内涵的第一要素,是新历史小说最本质的、最不可通约的构成要件。因此,只要体现了新的历史观都可以被纳入新历史小说的范畴加以研究。之后,他把女性新历史主义文本也纳入研究范围,这种性别视角的引入增添了新历史小说研究的阐释空间。此外,他对新历史小说创作,特别是新世纪以来的创作特点概括为"把个人的存在作为历史的凝聚点","把个人鲜明地从历史中凸现出来","在历史言说与意识形态之间,新历史小说埋下一条叙述历史的弥足珍贵的主线,就是对个体生命意义的开掘"。[1] 这种概括显然是正确的。中国文学的历史叙事一直以来习惯忽略、忘却个体生命,个体在 20 世纪

---

[1] 李仰智:《应然存在的已然追问》,硕士学位论文,河南大学,2004 年。

宏大历史背景下的渺小仍让我们记忆犹新，而21世纪以来这种状况并没有多少实质的转变。新历史小说处处显示出长久以来中国文学所遗忘的对个体生命的尊重和怜悯，让个体以前所未有的高昂姿态矗立于历史面前。就这一点来说，新历史小说就没有消亡的理由，因为它让我们相信放逐个体生命存在的历史不仅是不可信的，而且是无意义和自以为是的。

三　新历史主义与历史影视剧创作

上一章提到20世纪90年代后期以来，中国荧屏上出现了一浪接过一浪的"戏说"历史剧的热潮，从《戏说乾隆》到《宰相刘罗锅》，从《康熙微服私访》到《还珠格格》，从《铁齿铜牙纪晓岚》到《皇嫂田桂花》，从《孝庄秘史》到《大汉天子》等。这些或诙谐幽默，或悲情催泪，充满民间想象和浓重市井气息的历史电视剧获得了很好的收视率，引领着影视生产与消费的潮流，在获取巨大经济效益的同时以嬉笑怒骂的方式消费和解构着所谓的正史，使传统历史剧遭到前所未有的危机，也使得一大批具有历史正义感的学者专家忧心忡忡，发出了世风日下、历史严肃感、权威性和真实性从此消失殆尽的感叹。但是，也有学者认为"戏说"以大胆自由的想象、出古入今的虚构、强烈的现代气息和符合时代口味的狂欢色彩对传统宏大的民族国家叙事进行有力的反击和颠覆，历史书写其实是现实书写的影射，是通过改写、戏谑、同情或装点历史的手段表达对自身存在愿望和对当下的文化立场及态度。于是，这种针锋相对的讨论一直都伴随着当前历史剧的生产与消费。

陈留生曾于2002年对近十年关于历史题材文艺创作的争论进行了综述，认为争论主要涉及三个方面："一、关于历史真实问题；二、关于虚构问题；三、关于文学功能观问题。"[①] 而前两者观点的不同归根结底在于"文学功能观的不同，反对'戏说'的人认为历史剧一个重要的作用就在于传播历史知识，通过艺术作品来熟悉和理解历史事件、人物，并且

[①] 陈留生：《近十年历史题材文艺创作讨论综述》，《南京师范大学文学院学报》2002年第1期。

还肩负着教育大众、培养爱国主义情感等道德、意识形态内容;而支持者则认为历史不仅是帝王将相、英雄豪杰的历史,历史为每个个体敞开,因此个人对于历史也应有解说和对话的权利"[①]。也有许多学者秉着不偏不倚、评述客观的原则对历史剧进行解读。李艳认为:"人们对历史剧的热衷根本在于对现实与历史的关系问题的兴趣,试图从现实中寻找某种契机以打通历史和现实之间的时空阻隔。历史的现实性发掘与现实的历史化演绎是当前历史剧当代性的两个重要体现。"[②] 同时,论者明确地指出了这种试图实现现实和历史对话存在的可能误区,例如"简单地比拟历史与现实,企图用历史来拯救、澄清事实,以及对历史缺乏批判的眼光等"[③]。

朱忠元把对历史影视剧的考察放在大众文化的背景之下进行,他认为戏说作为大众文化的样态之一,具有一定的现实意义,体现了现代人对历史事件和人物的认识和评价,具有积极性和合法性。他指出当代历史影视剧的价值并非实用而是审美,"历史剧的主要目的不应是追求历史本相,而是以历史为基础构成艺术,并在艺术中进行人类生存价值、生命哲学层面的体悟和探索,历史剧并不肩负历史教科书一样的教育和认识历史真实的使命,其主要的功能应该是审美的"[④]。从单纯审美的角度来看待新历史剧的意义无疑是值得思考的,因为毕竟实际情况是对很多缺乏历史知识的普通观众来说,历史影视剧就是他们获取历史知识的最方便而生动的渠道,如果呈现在他们面前的是不断被虚构和想象的历史,那么久而久之那些历史真实可能被遗忘,甚至被置换。

黄耀华主张在跨学科的视野下来观照历史剧会有助于走出当代历史剧争论的盲区。他认为中国传统文化中文史不分,历史本体与客体不分,历史成为文学叙事的评价标尺之一,而西方史学发展的历史轨迹则向我们展示了历史研究主体性的不断增强,新历史主义的出现便是"人的能动性在

[①] 陈留生:《近十年历史题材文艺创作讨论综述》,《南京师范大学文学院学报》2002 年第 1 期。
[②] 李艳:《历史横亘在现实之中——简论历史电视剧的当代性》,《中国电视》2003 年第 9 期。
[③] 同上。
[④] 朱忠元:《大众文化背景下历史影视文化样态界说——以"戏说类历史剧"为例》,《甘肃高师学报》2003 年第 1 期。

历史事实面前不断强化的结果","新的历史言说主体地位的确立必将导致对历史的重说,这种重说可以是现实语境的激发,可以是历史研究新的成果的出现,也可以是历史剧自身创新的需要,也可以是收视市场的需求作用的结果"①。论者认为当我们进入了一个大众文化、消费文化和文化产业化的时代,更需要以一种全新的文化眼光来审视和理解电视历史剧引发的文化现象,用宽容与理性对待这些论争。

姚爱斌对20世纪90年代以来的大众历史文化现象进行了考察。他从文化策略的角度提出当代历史影视剧实际上是某些人希望通过对历史的改写或颠覆来粉饰自己的文化立场,而"90年代以后的中国大众历史文化着力建构对传统社会中明君仁政、清官贤臣、勤政亲民、惩贪除佞的政治模式的镜像式认同,为当前政治—经济二元式社会结构提供合法化历史叙事,造成大众的政治欲望投射与现实政治焦点的第一层错位"②。论者这种思考无疑是值得肯定的,而论述的勇气更值得敬佩。当代中国社会现实并不容许直接透明的政治对抗,思想意识形态上的一致性更是至关重要,然而普通大众的政治诉求能通过影视艺术的方式表现出来,既可获得某种程度的自我释放,又能在一定程度上起到警示作用,当然会获得准许。姚爱斌认为:"这种'盛世叙事'屈从于传统历史文化中的'盛世'话语,与现代民族国家的内在精神形成第二层错位。最终,大众历史文化中民族国家诉求的价值偏离,造成了'盛世叙事'的价值混乱与危机,在'盛世'的名义下,很多违背现代人类文明的观念与行为如专制、君权、暴力、思想禁锢、清除异端、权力阴谋等都在一定程度上被合法化了。"③这种思考和阐述是非常深刻的,盛世叙事是当代政治生活必不可少的一部分,我们在回味祖先父辈的荣耀的同时也感叹着现实的华丽美好,然而这种华丽美好的背后往往隐藏着巨大而不为人知的阴谋与危机。历史即现实

---

① 黄耀华:《跨学科视野下的当代历史电视剧》,《暨南学报》(人文科学与社会科学版)2004年第5期。
② 姚爱斌:《暧昧时代的历史镜像——对90年代以来大众历史文化现象的考察》,《粤海风》2005年第6期。
③ 同上。

的镜像，以史为鉴、以古观今始终为时不晚。

曾耀农非常明确地指出："新历史主义理论无论对西方还是中国的影视都有着及时和普遍的影响"，"新历史主义影视在文本上是一种无深度的平面文化，在传播上是一种追求平等的泛市民文化，在功能上则是一种游戏性的娱乐文化。"① 可见论者对新历史影视剧并不存太大好感，如果把新历史影视剧理解为后现代消费文化的一部分，显然是一种误解。但是他认为："新历史主义影视在中国的接受之所以比较顺畅，且一出现就较为成熟，原因是与中国传统文化中的保守主义文化基因产生共鸣。中国的新保守主义和新历史主义影视均代表了一种对本土历史和民族传统的回归愿望，代表了一种稳健扎实的行为策略，同时也代表了一种激烈社会变革后的省悟。"② 新历史主义与文化保守主义没有任何共同的价值立场，新历史主义影视对历史和民族文化的关注，其根本目的不是维护和崇尚传统文化或表达回归古代生活的愿望，而是以独特的视角，通过对历史的不同解读来补充、完善，甚至颠覆主流的历史观点，还原历史的多样性和个体性特色。新历史主义具备保守主义所缺乏的现实批判精神，通过对历史的另类解读，引发人们对历史的反思的同时也对现实予以回应，并对既有统治秩序和文化处境表示焦虑、怀疑和否定。新历史主义并不排斥激烈的社会变革，只是这种变革无疑也是社会能量的"振摆"效果的表现之一。因此，新历史主义影视虽然把拆解、娱乐、消费历史当成分内之事，但其意图并非是博人一笑而已，其意图在于以反讽手段对现有社会结构模式或当代人的心理情感模式进行深层解读与嘲弄，同时对被历史淹没的个体生命予以前所未有的重视。

这段时间内有很多文章评述新历史影视剧，但是把新历史主义和历史影视剧联系起来考虑的研究还不是很多，对于什么是新历史影视剧，如何界定这一概念也没有确定的说法。但是概念的形成是一个约定俗成的过程，只要从一定程度上体现了新历史主义理论的某些观念，比如断裂的文

---

① 参见曾耀农《新历史主义对新时期影视的影响》，《学术研究》2005 年第 10 期。曾耀农《新历史主义与新时期影视》，《天府新论》2005 年第 4 期。

② 同上。

本历史观,对历史真实和规律的怀疑与否定,历史叙事的民间立场和边缘视角,试图对主流历史进行补充或颠覆等,历史事件和人物可以是真实可查,也可以虚构想象,这些都可以称之为新历史影视剧。论者大多对这些新历史影视剧中体现的寓言化历史、游戏历史、消费历史的现象做出了详细的阐述。一方面新历史影视剧中扑朔迷离、支离破碎的历史碎片被看作是对过去总体性线性历史叙事的有力颠覆,人们对历史除了政治意识形态上的理解,还多了从人性角度和个体生命角度对社会历史的多样多义性进行解读,这无疑具备积极意义;但另一方面,论者对新历史主义所持有的后现代特征表示质疑和不认同。他们往往把新历史影视剧中的随意虚构、戏谑历史事件和人物的现象描述为无深度、纯娱乐化、纯感官刺激,纯粹是为了满足消费化和市场化需求而进行的批量商品生产,目的只有一个,便是获取名和利。就如高力所说:"电影文化的认知功能、教育功能,甚至审美功能都受到了抑制,而强化和突出了它的感官刺激功能、游戏功能和娱乐功能。历史已经不再有负荷沉重的原罪,不再试图回归所谓终极的目的,历史终于摆脱了时间的束缚而纵情于想象的自由和生存的娱乐。"[①]实际上历史言说的自由历来是相对的,而今人对历史的功能性运用却是绝对的,无论是利用历史来达到认知、教育和审美功能,还是如当今流行的对历史的消费和娱乐,其本质都一样,即历史的存在一直以今人对它的选择性利用为特征,都是为了满足现实的某种需要而已。此外,新历史影视剧的创作不同于历史考古,不以追求历史真实性为思考起点和目标,它更没有承担揭示历史真实一面的责任和义务,所以如果我们要从新历史影视剧中去探寻历史的真实度,并以此为标准来评判其优劣,无疑是没有必要的。

第三节　研究高潮的继续推进(2006—2012)

自 2006 年开始,国内新历史主义研究进入到一个极为繁荣的阶段,

[①] 高力:《寓言、游戏、情欲的现实投射——新历史主义的电影解析》,《社会观察》2005年第 11 期。

这主要表现在相关期刊论文的发表数量的增长和相关硕博士论文的撰写数目的增多等。笔者以"新历史主义"为关键词在中国知网检索获知，自2006年开始相关论文发表数量每年达到上百篇：2006年为111篇，2007年131篇，2008年147篇，2009年159篇，2010年223篇，2011年206篇，2012年221篇，总数达到1200多篇，是2000年到2005年研究数量的3倍，是2000年之前研究数量的6倍之多。下面是笔者根据以上数据所绘制的数据表表3–2和图3–2。

表3–2　　　　2006—2012年有关新历史主义的论文数据

年份（总篇数）	关于新历史主义理论本身的研究	关于新历史主义与新历史小说	关于新历史主义与历史影视剧	运用新历史主义理论进行文本阐释	提及新历史主义的
2006（111）	28	14	16	28	25
2007（131）	34	11	12	27	47
2008（147）	26	18	15	49	39
2009（159）	23	16	12	53	55
2010（223）	31	17	19	77	79
2011（206）	17	7	13	85	84
2012（221）	20	6	11	105	79
合计（篇）	156	89	98	424	408

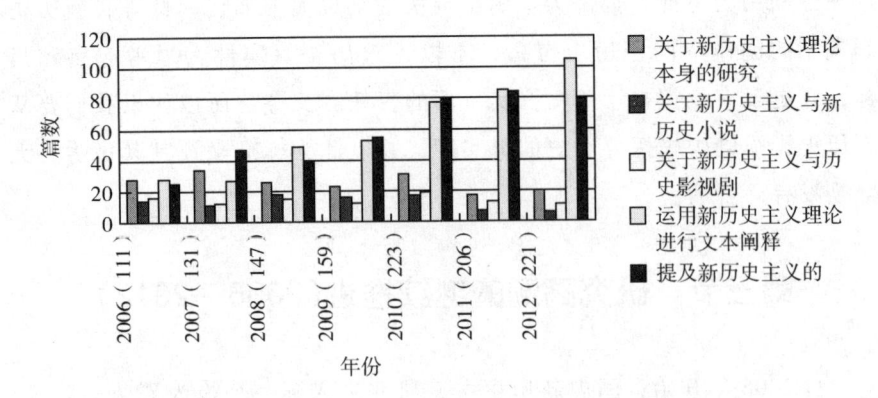

图3–2　2006—2012年有关新历史主义的论文数据统计

从图3–2可以看出，每年的论文发表总量呈上升趋势，关于新历史主义理论本身的文章总量要比前一时间段（2000—2005）稍多，但发展趋势却是逐年减少。同样逐年减少的还有关于新历史主义与新历史小说、历史影视剧的文章。与之相对照的是，运用新历史主义理论进行文本阐释的文章逐年较大幅度地稳步增长。结合2000—2005年的数据趋势一同思考，这其中透露的信息是学界对新历史主义理论探讨的相对冷淡和对理论运用和实践的高度热情。同时也可以理解为，新历史主义理论在中国学界已经获得相对稳定的、较为一致的理解和评价，并成为许多研究者拿来评价和阐释文艺作品的有力工具。

此外，与新历史主义相关的硕士论文这段时间增长也非常迅速，2005年之前还不足10篇，2006开始为21篇，2007年28篇，2008年29篇，2009年21篇，2010年54篇，2011年61篇，2012年达到57篇。相关博士论文数量则非常有限，与新历史主义理论密切相关的博士论文只可见张秀娟《断裂性问题与新历史主义》（2006）、傅洁琳《格林布拉特新历史主义与文化诗学研究》（2008）、黄健《穿越传统的历史想象》（2008）。出版的研究专著可见石坚、王欣著《似是故人来——新历史主义视角下的20世纪英美文学》（2008），李荣庆著《新历史主义批评：〈外婆的日用家当〉研究》（2011），王进著《新历史主义文化诗学——格林布拉特批评理论研究》（2012）。对于新历史主义理论文章和著作的翻译一直是国内这一领域的弱项，除了笔者多次谈及的早在1993年出版的两本重要的新历史主义译文集，即《新历史主义与文学批评》和《文艺学和新历史主义》后，国内相关研究竟是一片空白。格林布拉特的英文学术著作有十多部，可是翻译成中文的笔者至今只找到2007年由辜正坤等翻译出版的《俗世威尔——莎士比亚新传》（2005），还有2013年初由胡玉婷翻译出版的《大转向：看世界如何步入现代》（2011），此书曾荣获2011美国国家图书奖和2012普利策奖非小说类奖项。严格来说，这两本书都属于新历史主义理论的实践研究，算不上是纯学术理论著作，但无疑也给中国读者们提供了了解格林布拉特和其所倡导的新历史主义实践研究的一个途径，但同时也显示了国内相关研究资料的匮乏和亟待增多。

一 关于新历史主义理论本身的探讨

新历史主义在传入中国之初是被当成一种"新兴的马克思主义批评"和"释义的考证的政治批评"。这一观点主要来自于赵一凡的文章《什么是新历史主义》（1991），其中指出新历史主义被认为是美国学术界的新"左派"们掀起了的一场"红色恐怖、幽灵回归"，这种观点在国内学界流行一时，并影响到之后的很多研究文章。例如杨正润认为，"新历史主义是被修正的或'软化的'马克思主义"[①]，韩加明、李淑言、盛宁以及之后的王岳川等学者的研究都有倾向于强调新历史主义的政治和意识形态批评特色，并和马克思主义理论进行比较考察。

（一）反对的声音

在马克思主义文论和唯物史观占据绝对权威和主流的国内学界，对于这种比较考察的结果我们当然可以轻易猜得出，其中可以看到少数学者对于新历史主义的严重不满和大肆攻击。董学文在其文中感叹当前文艺研究和文艺创作中"个人在操纵着历史，情感在操纵着历史，'爱'在操纵着历史，'正义'在操纵着历史……"[②] 论者对当前文艺创作中的历史观有极大的忧虑，历史中偶然、相对的因素被提到重要的位置，而马克思唯物史观所主张的历史客观性和规律性等特征越来越被忽略。针对这种现象，论者指出："我们要寻找到一条最具客观性的认识历史的指导性线索。而这，只能到马克思的唯物史观那里去寻找。贬损这一宏观的带方向性的方法与学说，证明的不是别的，只能是自己的肤浅、盲目和无知。"[③] 笔者并不认同在学术研究中采取这样武断、绝对化的说辞和态度，以达到贬损他人而抬高自己的目的。我们不能在同时承认任何一种理论都有其局限性和发展阶段的同时，又树立某种权威理论，并坚持其唯一正确性，要求所有人对其顶礼膜拜。这种单一的理论视角和狭隘的学术思想并不适应新世

---

① 杨正润：《文学的"颠覆"和"抑制"——新历史主义的文学功能论和意识形态论述评》，《外国文学评论》1994年第3期。
② 董学文：《文学的历史观与"新历史主义"》，《黑龙江社会科学》2006年第1期。
③ 同上。

纪的发展，试图以威逼利诱的方式使新一代文艺研究者和创作者臣服和屈从更是不可能。此外，董学文在文中将新历史主义等同于文本历史观，是文本之外一无所有的后现代思潮，而通过文本来解读历史只会陷入"语言的牢笼"。关于这一点，笔者在相关章节也多次提及，并且多次指出了新历史主义和德里达的解构历史观的不同，然而这样混为一谈似乎在国内学界已成共识。

陆贵山也是对新历史主义持有反对意见的学者之一。前文也曾谈到他的观点，在文章《新历史主义文艺思潮解析》中，他对新历史主义的理解和阐释有了更多的宽容和肯定，较为客观地分析了新历史主义的理论特征和基础，表达了新历史主义具有"消解和补充历史唯物主义的双重性"[①]等意见。笔者还曾为这种开放、宽容的理论对话心态振奋不已，然而在其后来发表的文章[②]中，这种难得的理论态度有所动摇。在《历史题材文艺创作的几个问题》中他对所谓"时尚"的历史观念逐一加以批评和否定，认为："尤其是具有后现代主义特征的新历史主义历史观念，在文艺创作中已造成了不良影响。"[③] 这些不良影响在他看来表现为"一些历史影视剧歪曲了重要的历史事件和历史人物，违背了历史的总体风貌和时代精神，没有揭示历史真相、历史规律，消解了历史真实性、本质性、必然性和规律性，不符合马克思主义历史决定论和唯物历史观。"新历史主义的文学作品更是"大写小历史，小写大历史，把大历史变成了小历史，造成了文本和史实的错位，诱导读者误读历史、误解历史"[④]。至此，新历史主义理论似乎又成了十恶不赦的历史罪人，应该立刻接受清算。在《唯物史观与文艺思潮》中，他继续指责："新历史主义与后现代主义联手，主观随意

---

① 陆贵山：《新历史主义文艺思潮解析》，《中国人民大学学报》2005年第5期。
② 参见陆贵山《历史题材文艺创作的几个问题》，《求是》2006年第15期。陆贵山《唯物史观与文艺思潮》，《文艺理论与批评》2007年第1期。陆贵山《现当代西方文论本土化的成果与问题》，《沈阳工程学院学报》（社会科学版）2008年第3期。陆贵山《唯物史观与文艺创作》，《人民日报》2009年5月28日。陆贵山《唯物史观与文艺思潮》，中国人民大学出版社2008年版。
③ 陆贵山：《历史题材文艺创作的几个问题》，《求是》2006年第15期。
④ 同上。

性地篡改和重塑历史。""新历史主义还是一个没有共同理论纲领的学术流派,可以说新历史主义还是一个没有得到公认的不确定的概念。"① 令笔者有所不解的是,如果新历史主义如此不堪,那么论者何必对一个还起步不久、处于发展和形成阶段的理论形态如此大动肝火,这样的思想和提倡思想争鸣、多元共存、和而不同的当代社会实在格格不入。

同时,陆贵山多次提到新历史主义"表现出比较强烈的政治倾向性和意识形态性,宣扬文学的解构功能和批判精神,客观上有利于启发人们从政治视域观察历史和现实,有助于培育大众对不合理的思想和体制的批判精神和变革意识"②。可见他对新历史主义所具备的这些批判、变革、消解、颠覆等特性和潜力有着足够的认识,并且也颇为赏识,其思想的动摇性可见端倪(这种动摇姿态我们从另一篇文章的标题——《现当代西方文论的魅力与局限》,就可以觉察出来)。只是当它们与论者所信仰的所谓唯一正确的历史观和价值观相抵触和较量时,论者便显现出革命者般的勇气和斗志,开放、包容的心态也随之烟消云散。应该说,对于历史题材文艺创作中的戏谑历史、消费历史和虚构历史,甚至歪曲解读真实的历史事件和历史人物的现象我们要保持一定的警惕,但是被中国文史不分的传统思想所影响的人却往往会把这种现象片面夸大,因为他们潜意识里就认为可以通过文艺作品来认识和理解历史,实际上他们也是这么做的。但恰恰我们要反思和改变的就是这种一成不变的、独断式的历史认知方式和思维定式,而不是迁怒于那些新的历史题材文艺作品,甚至是新历史主义理论本身。

(二) 客观的研究

傅洁琳发表了一系列关于格林布拉特新历史主义文化诗学理论的文章,并撰写博士论文《格林布拉特新历史主义与文化诗学研究》(2008),这是国内第一篇关于格林布拉特研究的博士论文,标志着新历史主义在中国的传播和发展进入一个新的阶段。此文从格林布拉特所持的断裂历史观和整体文化观两个层面着手分析、阐述其新历史主义文化诗学理论。值得

---

① 陆贵山:《唯物史观与文艺思潮》,《文艺理论与批评》2007年第1期。
② 同上。

注意的是，论者将新历史主义与文化诗学两个概念并置一处，打破了以往容易将两者完全等同或分离的做法，认为两者共同点颇多，但各有侧重。她指出"新历史主义强调抹除历史与文学、文学与生活、文学文本与非文学文本的二元对立模式，历史叙事中含有诗学成分，文学同样也参与构建历史和权力结构的进程；文化诗学则更多地指向对文学的文化阐释与解读策略，将文学纳入特定历史时期以及所处文化机制的关系中加以分析描述，从而赋予作品以完整的文化历史经验。"① 这些论述表明论者力图从历史诗学角度和广阔的文化视域把握格林布拉特理论核心的努力，也无疑基于对新历史主义理论较为客观全面的理解。其实，之前的论述者也有过如何把新历史主义和文化诗学两个概念合二为一的考虑，如张进在其专著中就提议"建立一门'历史文化诗学'，以保证研究视角和批评方法的完整性、开放性和涵盖性"②。只是这一提法至今在国内学界没有引起重视。论文第三章分析新历史主义文化诗学与其他西方理论流派的关系，总体上没有突破之前研究者的论述领域。但是论文第四章专门阐述格林布拉特的"自我造型"理论，认为"自我"，即个体、主体生命是其理论一个颇为核心的名词，却是颇有新意的。

西方文化传统历来强调个体和自我的力量，崇尚通过个人的智慧与奋斗实现个体价值。一种对自我的高度关怀与肯定伴随着西方社会漫长的发展历程，从笛卡尔的"我思故我在"到康德的"知性为自然立法"，从黑格尔的"绝对精神"到尼采的"超人哲学"，主体成为世界的绝对中心，人类对自身所具备的无穷力量深信不疑。但是，这种对自我的无限夸张膨胀带来的却是人类与自然的决然分立，自我与他者的不断隔阂，世界大战、种族屠杀等人类浩劫轮番登场，这些惨痛的教训使得20世纪中期以来的哲学家们不得不重新思考"自我"问题。笔者非常认同论文观点，即格林布拉特的"自我造型"理论便是"建立在这样一种复杂的自我历史变迁之中的"，"人们从关注世界、关注他人，开始了新的'自我意识'

---

① 傅洁琳：《格林布拉特新历史主义与文化诗学研究》，博士学位论文，山东大学，2008年，绪论。

② 张进：《新历史主义与历史诗学》，中国社会科学出版社2004年版，第329页。

的觉醒过程，进而逐步开始转向关注自我、重视自我与他人之间的关系，力图建立自我，也认识到作为主体的人在当代社会中所遭受的权力规置和深度解构"[1]。格林布拉特的"自我"是一个社会化建构的产物，他认为人的本质不是固定不变的，而是不确定和不连贯的，甚至一些偶然的因素或潜在的社会意识形态都对其有规约和决定的作用。"自我造型"作为格林布拉特一贯使用的文本阐释方法，意在"观察作家在表达自身的欲求、感情和思想观念时，所涉及的文化成规、社会约束、宗教习俗等文化及意识形态政治力量的冲突，作家通过创作行为，使自我得以不断塑型"。这样一来，"不仅创作的自我得以塑型，阅读文本的他人也得到塑型，而文本阐释更是一次'自我塑造'的复杂的理论旅程"[2]。这便是格林布拉特"自我塑型"概念的核心含义。"自我塑型"的背后是权力的无所不在，格林布拉特通过对各类作家"自我塑型"的分析，向人们展示了主体在对权力的强烈反抗和颠覆的同时承认和屈服权力的情景，这中间无疑也是包括个人、各种社会力量和机构不断表述、商讨和振摆的过程，展示了一个完整而复杂的"自我塑型"图景。

论文的第六章分析了格林布拉特的权力观，论者认为其接受了福柯的权力观，即"权力是一种令人捉摸不定的思维方式"，"这种权力涉及宗教、习俗、心理结构、社会制度、家庭伦理等社会的方方面面，而文本的产生就是文本与社会力量之间'商讨'的结果"[3]。同时，福柯认为权力制造知识，知识和权力直接产生关联，不预设和建构权力关系就不会产生知识，而不相应地建构知识领域就不可能有权力关系。这种权力—知识的运作关系是福柯进行历史演进研究的理论基点，同时也被格林布拉特利用分析西方殖民历史中的权力合法性建立的过程。论者认为福柯对格林布拉特的影响是直接和全面的，这无疑受到国外研究者的影响，因为他们认为新历史主义不过是福柯理论的美国式翻版，或福柯思想在美国的推销者和

---

[1] 傅洁琳：《格林布拉特新历史主义与文化诗学研究》，博士学位论文，山东大学，2008年，第113页。
[2] 同上书，第119页。
[3] 同上书，第5页。

代言人。福柯对格林布拉特的影响不可小觑，但两者不可画上等号，譬如福柯通过权力话语分析试图达到解构历史的终极目的，历史主体并不是他关注的中心，而格林布拉特则侧重对权力实施过程的复杂表象的分析，以及历史主体在这过程中的被塑型和自我塑型问题。

如果把傅洁琳的论文和张进的观点进行对比分析，我们会清楚看到21世纪之后新历史主义理论在中国的接受和阐释变化。张进对新历史主义理论优越性还有颇多质疑，他认为："新历史主义将'历史诗学'问题，甚至文学自身的问题，更多的是'问题化'了，而不是解决了。"[1] 其具体表现为对历史因果关系和文化先进论的消解，对历史知识地位的颠覆与审美地位的凸显，将历史压缩到表述的层面等。张进站在唯物主义历史观的立场认为新历史主义无法摆脱"共时性"压过"历时性"的困境，这种共时的历史观"不仅仅包含着对'历史进步发展论'的否定，也在一定程度上排斥了'历史变化'的观念，抹杀了历史变化的线性序列"[2]。这种观念显而易见受到马克思主义历史观的影响。同时，他对新历史主义的文本历史观，或抬高历史表述的作用表示怀疑，认为其对改造现实而言软弱无力。显然，张进之所以有这样的理解和评述，原因就在于在历史观问题上他与格林布拉特截然不同，前者是持马克思主义唯物史观，肯定历史的规律性、进步性和线性发展等观点，而后者在后现代思潮和历史叙事学的影响下更加强调历史的偶然性、断裂性和叙事性特征。正因为如此，张进以及他所代表的国内大多数马克思主义唯物论者很难在根本上认同和肯定新历史主义理论，这也在极大程度上制约了新历史主义理论在中国的传播和发展。

傅洁琳在其论文中梳理了西方的历史意识发展和历史转向的基本脉络，从中可以看到新历史主义的产生在西方有着深厚的历史渊源和广泛的认知基础，并不是无源之水。从该论文可以看出，论者也非常认同这种与马克思主义唯物历史观截然不同的新的历史观念和历史意识。同时，她对

---

[1] 张进：《新历史主义与历史诗学》，中国社会科学出版社2004年版，第330—340页。
[2] 同上。

于批评界对新历史主义理论的各种质疑和指责也进行了不同程度的反驳，对格林布拉特所开创的文化诗学的文本阐释理论、自我造型理论、跨学科研究方法、将文学文本和社会文本界限消除等观念给予了高度肯定，而对新历史主义理论的复杂性和客观存在的理论与实践偏狭等给予充分的理解和包容，认为："一种理论如果具有开拓性价值和意义，打开了一种思路，构建了一种新的思维方式，这就难能可贵的了。"① 笔者非常认同这种观点，对任何一种理论的评介和阐释都不应该以某种先在或占据主流的理论标准作为评判的尺度和批评的理由，更没有必有以此对某一理论的提出者和支持者进行诋毁、攻击。在这个理论膨胀、思想多元的时代，没有多少人还承认和坚持某种唯一的评判准则，或以此为真理和最高追求目标来禁锢人们的思想，反对个体的自由与开放。国内新一代的文学批评者们无疑都要具备这样的眼光和胸怀，才能适应时代和文论的发展变化。

年轻学者王进对新历史主义理论的研究也相当深入，发表了许多论文，并出版专著《新历史主义文化诗学——格林布拉特批评理论研究》。这也是至今国内出版的为数甚少的关于格林布拉特文化诗学理论的研究专著之一，其影响无疑会逐渐显现。他指出文化诗学的历史观念便是"历史与文化的文本对话"，文化与历史之间"相互沟通的唯一途径就是文学文本的文化诗学和历史诗学的协调性批评"②。论者虽然没有给这种历史观念下一个确定的定义，而只是阐述其中文化、历史与文本三者的复杂关系和相互纠缠的理论特征，不妨把这种历史观念称为一种文化历史观，以区别于后现代文本历史观或马克思主义唯物史观等。与之前的研究者相比较，王进更准确地阐述了新历史主义所描绘的文化与历史的关系图景，并以文本作为两者的沟通中介和阐释平台，破解了文本性与历史性两相对立的后现代表征谜团。这无疑大大加深了我们对格林布拉特文化历史观的理解，也进一步澄清了新历史主义与后现代文本历史观的关系。

---

① 傅洁琳：《格林布拉特新历史主义与文化诗学研究》，博士学位论文，山东大学，2008年，第177页。

② 王进：《新历史主义文化诗学——格林布拉特批评理论研究》，暨南大学出版社2012年版，第38页。

还值得一提的是，王进认为："从格氏批评思想的历史走向来看，主体性的历史再现和历史性的主体建构才真正是重构历史主义的理论关怀和学术旨趣。"① 这种观点是颇有道理的，同时也和前期论者毛崇杰所称的新历史主义是对"主体性的呼唤"，王岳川所说的"新历史主义选择了主体与历史"，还有张进对新历史主义的"主体论"的阐述等观点是一脉相承的。格林布拉特力图清除形式主义和语言论转向对主体的遮蔽，同时纠正历史主义对历史本原和终极目标的追求。在历史断裂性和偶然性基础上关注个体生命的历史意义和主体价值的彰显，同时强调主体的建构恶化塑造是整体文化网络制约的结果，主体也具备对文化的阐释权。格林布拉特曾说："新历史主义的中心点就是对主体性的质疑和历史化。"② 不可否认的是，格林布拉特在突出主体性意义的同时也对主体重构充满不安和期待，他并不相信有超然于历史文化结构之外的完全自由的主体。实际上，格林布拉特要重构的主体性是在打破主体与客体、主体和结构二元对立关系之后的主体性，是两者相互依存和制约的主体间性的理念。这也许就是王进所说的重构主体性的意义所在吧。

张秀娟③从断裂性视角讨论新历史主义理论的发展缘由和嬗变轨迹，以及断裂性问题与新历史主义批评的共同之处。认为断裂性问题为新历史主义提供了思想资源和批评视角；新历史主义则将断裂性问题加以深化，并将其提高到方法论的层面对各种文化现象进行批判和质疑。应该说论者的阐述是非常有见地的，因为新历史主义不论从理论层面还是实践层面都体现了其断裂性思维方式和文本阐释模式，格林布拉特非常擅长的就是从历史和形式的断裂处入手，关注被遮盖和遗忘的文学人物、作品、史料等，利用其否定既定的历史真理性和虚假的整体连续性，达到批判反思的目的。

---

① 王进：《新历史主义文化诗学——格林布拉特批评理论研究》，暨南大学出版社2012年版，第3页。

② 生安锋：《透视文化、重构历史：新历史主义的缔造者——斯蒂芬·格林布拉特教授访谈录》，《当代外语研究》2010年第3期。

③ 参见张秀娟《断裂性问题与新历史主义》，硕士学位论文，上海师范大学，2006年。张秀娟《新历史主义批评的断裂性思维》，《山西大同大学学报》（社会科学版）2009年第6期。张秀娟《"断裂性"与"当代文学史书写"》，《西华师范大学学报》（哲学社会科学版）2009年第6期。

除了以上几位具有代表性的论者的观点外，这个阶段对新历史主义理论本身的解读呈现出更为深入和更加多元的景象。例如陶水平从文化视野、学科间性、知识批判性角度探讨美国文化诗学（即新历史主义）。[1]于永顺、张扬对新历史主义理论优势和对中国文艺理论和文学发展的当代意义进行梳理，评述国内对新历史主义的评价误区，指出中国文化诗学与新历史主义理论的内在精神联系，对新历史主义在中国的发展和贡献进行了积极的展望。[2] 之后，于永顺、张洋对新世纪以来（至 2007 年）新历史主义在中国的译介、评述和研究进行了述评[3]，这篇文章虽然发表在数年前，而近五年的国内新历史主义研究的数量和规模也快速增长，但其总结的实践性特征却是符合实际情况的。

赵梦颖将新历史主义的出场比喻为"一场史学领域的地震"，针对国内新历史主义文艺创作中过度消费和戏谑历史的现象，论者也有清醒的认识，但她认为这并非新历史主义理论本身的失误，"新历史主义作为后学一种，其解构并没有走向否定历史的反面，其对文本价值的质疑也没有使他们走向价值的虚无。相反，他们仍然强调历史认知应落脚到文本的地平面上"[4]。可见，越来越多的新历史主义研究者认识到新历史主义的历史观念并非简单的文本历史主义，而是对历史主义持一种理性的反思态度。同时，中国的新历史小说和在国内长演不衰的新历史影视剧和西方新历史主义之间有某些观念上的契合和共通之处，但随意戏谑与篡改历史并不是新历史主义的理论初衷。新历史主义提倡历史观念的多元性和历史理解的多种可能性，目的即在还原历史复杂的本来面目，给予更多沉默不语的历史个体以自由述说的机会。中国的新历史小说创作和历史影视剧在这方面

---

[1] 参见陶水平《文化视野·学科间性·知识批判——当代美国文化诗学简论》，《社会科学》2006 年第 10 期。陶水平《"文学的历史性"与"历史的文本性"的双向阐释——试论格林布拉特文化诗学研究的理论与实践》，《江汉论坛》2007 年第 8 期。

[2] 于永顺、张洋：《新历史主义的理论优势及当代意义》，《辽宁师范大学学报》（社会科学版）2007 年第 5 期。

[3] 于永顺、张洋：《新世纪以来新历史主义在中国的接受与建构走向》，《艺术广角》2007 年第 5 期。

[4] 赵梦颖：《历史的可阐释性》，《文艺评论》2009 年第 2 期。

也发挥了极大的作用,但是和当代商业消费潮流紧紧捆绑在一起的文艺创作通常动摇这种严肃的历史叙事原则和立场,这不能归咎于新历史主义理论本身,却可以看作是西方新历史主义在中国的本土化历程中,在本土文化和文学语境影响下不可避免的"变异"。

总的说来,这个阶段的研究者除了对新历史主义理论本身进行深入思考和探讨外,新历史主义与其他理论流派的比较研究也受到关注,例如新历史主义与莎士比亚研究、新历史主义与文化唯物主义的异同比较、新历史主义与法国年鉴学派的比较研究、新历史主义与新批评的比较、互文性理论与新历史主义、新历史主义与人类学等。[1] 从硕士论文的选题看,这段时间对新历史主义理论本身的阐述只占其中一小部分,而大部分的选题都是关于新历史小说研究,或者利用新历史主义理论进行作品解读的文章。但研究的广度、深度和上个阶段相比变化较大,例如有对新历史主义的文学史观、历史真实观、文学文本观、"惊叹"理论、"挪用"理论的单篇论述,也有论者考察新历史主义理论与中国当代文学的关联,从当代文学的历史书写中反观新历史主义理论的偏颇。[2] 例如张洋和李慧的硕士论文考察了新历史主义在中国的接受和演进过程,分析它与中国当代文学与文化的复杂关系[3],应该说两篇文章的研究目的和考察对象极大地启发了笔者,但其考察对象只到 21 世纪之初,并没有太多涉及 21 世纪以来的十多年中新历史主义在中国的生存状态,研究不够全面和细致,因此还有

---

[1] 参见邵榕榕《新历史主义与新批评:承继与协商》,硕士学位论文,兰州大学,2010 年。王泽芬《新历史主义批评的人类学向度》,硕士学位论文,湖南科技大学,2010 年。程姝《互文理论与新历史主义文本观》,硕士学位论文,兰州大学,2008 年。胡鹏《论新历史主义与文化唯物主义之差异》,《文艺理论与批评》2008 年第 6 期。朱安博《新历史主义与莎学研究》,《四川外语学院学报》2006 年第 1 期。

[2] 参见张江彩《论新历史主义文学史观》,硕士学位论文,广西师范大学,2006 年。朱冬梅《文学与历史的契合》,硕士学位论文,华中师范大学,2006 年。荆曼《文学"挪用"问题研究》,硕士学位论文,兰州大学,2007 年。管小英《对他者的惊叹》,硕士学位论文,华南师范大学,2007 年。童欣欣《从新历史主义理论看当代文学境遇》,硕士学位论文,浙江大学,2009 年。李梓云《新历史主义——从中心到边缘的文化叙述与中国文学解读》,硕士学位论文,天津师范大学,2010 年。

[3] 参见张洋《解构与建构:新历史主义在中国的接受与演进》,硕士学位论文,辽宁师范大学,2007 年。李慧《新历史主义文学批评在中国》,硕士学位论文,山东大学,2006 年。

许多值得深入和开拓的地方。

二 关于新历史主义与新历史小说

(一) 相关博士论文

上文提到自 2006 年始,新历史主义在中国的研究进入一个新的高潮,这其中除了上述有关理论本身的探讨外,还有许多的研究涉及中国新历史主义小说(新历史小说)的产生、渊源和影响,其与新历史主义理论的关系等研究。首先值得一提的是浙江大学的三篇博士论文①,三篇论文的指导老师都是吴秀明教授。在前文中笔者也已经提及吴秀明教授,他对新历史主义小说等概念的框定,以及各类历史小说的特征的总结和描述都值得借鉴。王姝把考察对象放在中国当代长篇小说的历史叙事问题上。她指出历史小说"逐渐显示出共同的'史诗性'诉求"②。与其说"史诗性"是对当前历史文学创作特征的概括,还不如说是论者对创作者提出的殷切期待,并从理论的角度思考和探讨传统历史小说、革命历史小说如何与新历史小说彼此打通、各取所长,既有磅礴大气的鸿篇巨制,又应该有平凡的个体生命视角;既要看重传统精神价值,又不能在当下商业大潮的推动下消解、游戏和颠覆一切历史。王姝把 20 世纪 90 年代以来的新的历史叙事称为"新史诗",而把之前的新历史主义历史叙事称为"反史诗"。应该赋予史诗这一概念以新的内涵,譬如不仅是一种文类形式,更是一种民族精神的传递方式;不仅讲述英雄传说和重大历史事件,也对普通个体的平凡人生予以关注;不仅要求结构篇章恢宏庄严,也应该允许轻灵诗性的自由挥洒。如果从这个意义上来讨论史诗,那所谓"反史诗"的概念就有欠妥当。

蒋青林的论文研究中国当代历史题材创作与批评中的历史观问题。文

---

① 参见王姝《多元哗变下的"史诗性"重构》,博士学位论文,浙江大学,2006 年。蒋青林《历史话语世界的精魂》,博士学位论文,浙江大学,2006 年。黄健《穿越传统的历史想象》,博士学位论文,浙江大学,2008 年。黄健《穿越传统的历史想象——关于新历史小说精神的文化阐释》,暨南大学出版社 2010 年版。

② 参见王姝《多元哗变下的"史诗性"重构》,博士学位论文,浙江大学,2006 年。

章认为个人化的历史观与西方的新历史主义有密切的关联，但前者无法成为新的历史价值观念，在历史认识和表达上多有偏颇，文章列举赵玫的"女性三部曲"等新型历史题材小说（文中也称新历史小说）的创作和苏童、叶兆言、陈忠实的新型历史题材小说来说明新历史小说中人物形象的符号化、扁平化特征。论者认为这些作家往往把人物当成理念的化身，而人的欲望被无限放大，成为某种行之有效的叙事策略。应该说，从历史观的角度来统领在历史题材文艺创作和批评中的种种分歧，无疑有一个极好的逻辑出发点。但是历史观还不是这些分歧之所以存在的根本原因，历史观背后的政治、文化和权力关系更值得深思。所谓的"历史真实的重建责任"背后闪烁着某种政治权力和文化意识形态的身影，是它们的"魔爪"深入历史题材创作领域的印记。事实上，这种真实重建的任务不应该成为责难新历史小说的理由，因为没有一种所谓的"历史真实"不是某个时代、某种理念和意识形态建构的结果。或者说，新历史小说或新历史主义理论认为与其要重现某段历史真实，还不如首先将这种对历史真实的体认、信仰和追求加以否定。确如论者所言，新历史小说表达的更像是一场场思想寓言，历史是否发生过不再重要，重要的是作家个体的思想、情感和灵魂需要有个安置之所。

黄健从古今关系入手，探讨新历史小说与中国传统精神资源的内在关系，较之以往主要从中西角度来考虑新历史主义理论对新历史小说的影响等研究更有新意。确实，由于新历史主义理论恰逢其时地和中国新历史小说的创作差不多同时进入人们的视野，而在理论对实践需有指导作用的思想影响下，许多评论者就理所当然地认为新历史主义理论对新历史小说的创作具备某种理论和方法论的意义。实质上，新历史主义理论的创始者和研究者们，如格林布拉特等绝对不会想到要对中国的历史题材文艺创作产生什么影响，这似乎大多是中国学者和评论家们的一厢情愿的想法。然而，我们不能忽略两者内在精神的一致性，以及这种一致性后面的历史文化因素。新历史小说的另一个重要来源，即中国传统文化在这种情况下的确被忽略甚至遮蔽了。这种研究思路显然与大多数研究者从西方文论的视角出发去观照中国新历史小说截然相反，而是有意避免对西方理论真理性的盲目跟随，立足本土文化视域和传统精神，从中国历史文学的发展脉络和世代相传的遗传基因中去揭示新历史小说的本质。这无疑拓展了新历史小说的研究思路，同时也可以让我们看到新一代中国学者力图摆脱西方理论霸权的重压，批判和反思无条件运用西方文论进行中国式阐释的现象，而这种现象的确在21世纪以后有愈演愈烈之势。此外，论者对新历史小说的界定也有可借鉴之处，这种概括排除了形式和内容上的种种分歧，主要从小说精神特质和作者的历史观念的角度来考虑问题，可以说抓住了新历史小说的内核和实质。

（二）主要硕士论文

自2006年至今，有关新历史主义与新历史小说研究的硕士论文有20多篇，其中仅2008年就有6篇，而2006年之前的相关硕士论文总数也就6篇左右。如果说之前的研究还只是围绕着新历史小说的命名问题、它与传统历史小说和革命历史小说的区别、它的历史叙事和文本形式特征等分析来安排论文的章节和主要内容的话，那么2006之后的研究论题显然开阔了许多。这些论文中既有对以往相关研究的综述性研究，如杨承磊的《在历史与文化的交汇点上》[1]，其中对新历史主义小说的缘起梳理得非常到位，论文对新历史主义小说的精神指向和艺术追求，以及其文学史意义也有非常独到的理解。金莉丽的《重识新历史小说》[2]以20世纪80年代后出现的新历史主义小说创作思潮为研究对象这种从内外、中西两个角度来分析新历史主义与新历史小说创作关系的模式得到了更多的实践证明。屈红玲、夏楚群、张贤智等的论文也旨在对新历史小说的研究成果进行梳理，并对其思想内涵和叙事方式进行整体性阐述。[3] 此类综合性评述类论文重在分析新历史小说的来龙去脉和叙事特点，总体上并没有超出前期的研究水平，例如总结其历史观是表达"个人自我心中的历史"，重在描述

---

[1] 参见杨承磊《在历史与文化的交汇点上》，硕士学位论文，山东师范大学，2006年。
[2] 参见金莉丽《重识新历史小说》，硕士学位论文，东北师范大学，2008年。
[3] 参见屈红玲《论新历史小说的历史观和叙事策略》，硕士学位论文，郑州大学，2012年。夏楚群《在历史的边缘追寻真实》，硕士学位论文，安徽大学，2010年。张贤智《历史的另一种叙述模式》，硕士学位论文，贵州师范大学，2008年。

"边缘化、非主流的民间生活",凸显历史的"偶然性、断裂性",多采用"反讽、戏谑的叙述手段"等,这些基本上就是延续了前期学者,例如张清华、路文彬、吴秀明等对新历史小说的解读和阐释。

值得一提的是,这段时间的硕士论文中也有许多是针对新历史小说在艺术形式和内容等具体问题上的具体分析。吴妮的论文[①]对新历史小说历史叙事的"问题化"进行探讨,其中没有一般学界对新历史小说叙事特征的褒奖,而将其创作中种种难以平衡的张力问题铺排出来。显然,论者对新历史小说表达的历史观念存有异议,但这并不能成为历史叙事的问题化存在,允许历史叙事的多种可能性并从中体验和感悟这种难以平衡的张力,也许便是新历史小说的魅力所在。何立娟的论文[②]研究新历史小说的"复仇"主题,论述视角非常新颖,因为传统的中国文学中复仇主题并不突出,或者说复仇是以民族、革命、集体的名义下进行的行为,个体的爱恨情仇融入民族的伟大复兴中,历史叙事对于独立的个体并不承担责任。而新历史小说中的复仇者已经还原成个体,在撇开沉重的民族、国家的历史包袱后,悲情和仇恨回归到个人的切身体验中来。童双的论文从格林布拉特的"自我塑造"理论入手,探讨新历史小说中的自我塑造问题。[③] 这篇论文的意义在于考察"自我"这一观念在中国新的历史文化环境下有了哪些深刻的变化,并体现在新历史小说中,反之新历史小说中的这种"自我感悟、自我建构、自我认识"的过程也影响到整个中国社会和文化的发展。这点正是体现了格林布拉特所说的文学与社会的互动,文化中能量的相互转化和商讨过程。对自我和主体问题的研究,以及对主体价值的肯定无疑有助于打破个人在集体历史面前的渺小,同时也显示个体的塑造与形成是一个社会文化合力的过程,这也是新历史主义理论的核心观念所在。

总的说来,这些针对新历史小说(或称新历史主义小说)的具体问题的硕士论文数量有所增加,这说明研究视野的不断扩大和研究层面的不断

[①] 参见吴妮《新历史小说:"问题化"的历史叙事》,硕士学位论文,南昌大学,2008年。
[②] 参见何立娟《新历史小说复仇主题研究》,硕士学位论文,山东师范大学,2009年。
[③] 参见童双《中国新时期新历史小说中的自我塑造问题》,硕士学位论文,首都师范大学,2009年。

深入，通过这些研究我们更加清晰地看到新历史小说创作的实际过程、历史功过和发展趋势，这些创作对我们的文学观、历史观带来了突破和改变，而文学观与历史观的变化又会推动这些历史文学的创作和发展。

（三）其他主要论者及其观点

新历史主义与新历史小说的关系问题一直以来都是学界讨论的焦点，观点莫衷一是。前一章提到在20世纪90年代末期的相关讨论中，王岳川认为："不能断言新历史小说与新历史主义毫无关系，这本身就是非历史的态度。两者有某种精神上的血缘性和内在一致性，而这也不影响新历史小说的精神差异性和文化本土性特征。"① 与之相对应的观点则可见石恢的文章，他提出"两者是很难说是有直接联系的，而当代中国本土文学发展的自身逻辑是新历史小说产生的内在动力"②。实际上，我们对他所认为的不能混淆作为理论形态和批评实践的新历史主义理论与作为创作实践的新历史小说的区别等观点印象还十分深刻。但是，他提出的不能用新历史主义小说来取代和混称新历史小说的看法并没有被大多研究者采纳，因为两者实质上是同一种文学现象，研究者列举的文学作品和作家也基本相同，所以至今这两个概念并没有严格的区分，可以视为同一类事物。

2006年之后，直接探讨新历史主义和新历史小说两者关系的文章逐渐减少，其中可见胡邦岳、温德民、明亮、陈娇华等代表性观点。胡邦岳认为："两者有不同的历史现实语境，所谓新历史小说，其实是批评家们运用新历史主义的理论视野对20世纪80年代末出现的一系列历史题材小说的重新归类与界定。然而这一现象至少说明了它们在思想内涵和基本特征上的共通性，也能使二者在中国的接受语境中彼此推动和策应。"③ 论者提到"新历史小说强调某种超历史的共通的人性，而国外新历史主义倾向于探索各种文化文本的复杂互动，因此强调具体文化中的特殊性和能动性"④。这一说

---

① 王岳川：《重写文学史与新历史精神》，《当代作家评论》1999年第6期。
② 石恢：《"新历史小说"与"新历史主义小说"辨》，《社会科学》1999年第11期。
③ 胡邦岳：《接受语境中的融合与碰撞》，《理论界》2006年第9期。
④ 同上。

法有一定道理，但两者也并不是截然相对的。应该说他们根本目的是一致的，都是对主体的关注，对个体生命的彰显，对人的可塑性和生存状态的探索。格林布拉特反对那种普遍性的超然主体的存在，而更乐意突出主体的不稳定性、历史性和协商性，提出了自我塑型理论。尽管在新历史主义看来，主体的产生绝不是自觉、自动的完全自我塑造过程，而是文化、权力和意识形态合力的产物，但是新历史主义对于自由、独立的主体始终保持热情，对于主体的阐释和建构功能抱有信念。

温德民的文章则主要强调新历史小说与新历史主义之间不存在直接的联系。他认为："中国本土的社会文化影响和中共文学自身的经验积淀和革新要求为新历史小说的形成和发展提供了充足的营养，有中国本土小说发展流变的特色，是传统历史小说创新的结果。"[①] 任何一场小说变革当然首先要考虑本土文化和文学因素，然而就如论者所言作家历史观念的变革、历史叙事角度的革新以及作家对个体生命本真的思考和作家自我意识的张扬等新现象的出现，其背后的社会历史语境更是我们应该考虑的对象。20世纪八九十年代的中国在被思想禁锢和意识形态封锁了几十年之后用一种何等饥渴和决然的姿态拥抱着西方各类思想和理论，那种幡然梦醒和孩童般纯真的激情至今让我们刮目相看。从现代主义到后现代主义，从结构主义到解构主义，从文化人类学到巴赫金诗学，从后殖民主义到女性主义，几乎自20世纪西方世界出现的各种理论都先后被译介到中国，并在中国获得了很快的推广，也产生了极其深远的影响。因此没有理由只是单方面考虑中国本土因素而忽略西方文论的引介对新历史小说生成和发展的影响。

明亮认为："新历史小说是借鉴了西方新历史主义理论，衍生于创作实践后的成果，但并不是新历史主义的横向移植，在经过中国文学研究者和创作者的主观创见后，新历史主义在中国发生了一系列的变异。变异之一是新历史小说将西方新历史主义的边缘化视角和对权力话语的解读表现

[①] 温德民：《"相识"未必能"相知"——"新历史小说"与"新历史主义"关系辨》，《湛江师范学院学报》2009年第1期。

为对以往宏大历史叙事的拆解和颠覆,重视对历史的反叛和消解意义。变异之二是新历史小说对西方新历史主义中对主体的张扬建立在过于放纵的虚构和想象中,从而滑入历史叙事的游戏,无从寻找历史的真实。变异之三是新历史小说与商业运作联袂合作,满足了商业规则和大众消遣读者的历史妄想症,成了商品社会的帮佣。"① 笔者并不完全同意这种说法,与其说这是某种变异,还不如说是与西方新历史主义精神上的息息相通。新历史主义在文学研究的实践操作方法和中国文学创作者的文学实践方法在某种意义上吻合了,这是中国现实文化和社会语境合谋的结果,也是与西方新历史主义不期而遇的内在原因。新历史小说中"过于放纵的虚构和想象"、消遣大众的"历史妄想症"所要表达的就是多元化的历史理念,追寻的就是不同以往的历史叙事的可能性,这和西方新历史主义的基本观点是一致的,算不上是论者所贬斥的某种变异。

　　陈娇华也谈中国当代文学对新历史主义的接受与变异问题,其中所谓的中国化变异也有三点:"其一是解构中蕴涵人性真实与审美探索,其中对历史真实的理解和新历史主义有所不同;其二是丰富和完满历史叙事,边缘化、民间化的历史叙事是对以往历史叙事过于政治意识形态化的反拨;其三是纯粹的审美探索,新历史小说创作转向历史是对现实政治权力话语的规避,历史元素只是成为探索人性、思考人生与生命的载体。而21世纪以来,新历史小说创作由开始解构传统创作观念、历史观念,转向回归现实主义、回归对历史的尊重和慎重,更体现出新历史主义的中国化变异。"② 应该说论者的分析是十分到位的,中国新历史小说想要表达不同以往的历史观和探索新的历史叙事方式,但实际情况是,随着时间的推移和小说自身的不断发展,新历史主义所提倡的断裂式、文本化历史观曾激荡起这些作家心中质疑和重说历史的激情,然而激情过后,一种历史确定性和整体性的情结挥之不去,重新回归历史理性和参照现实的渴望又悄然而至。就如论者所言:"新历史主义对中国当代文学的影响是多方面的,拓展了文学创

---

　　① 明亮:《新历史主义在中国当代文学的变异》,《世界文学评论》2007 年第 2 期。
　　② 陈娇华:《论中国当代文学对新历史主义的接受与变异》,《理论与创作》2010 年第 5 期。

作和研究视野，一些边缘性话语、非文学性因素被重新纳入在文学审美领域徘徊已久的研究者视野中。"① 在文学视野拓展之后，文学实验结束之后，中国当代文学似乎又要回归正途，重新接受历史的正义审判。

因此，从某种意义上说，中国文学始终未曾完全新历史主义化，或者并没有打算从一而终。当历史消费的热情过后，我们是否仍然要保持对历史理性、客观性、规律性的坚定信念？我们是否仍然要回归审美王国，探寻文学的永恒本质和真理？显然，答案还在不断修正中，这既受制于中国文史传统的耳濡目染、潜移默化，也是现实社会、政治和文化环境直接影响的结果。

三 关于新历史主义与历史影视剧

根据笔者的统计，自2006年至今讨论新历史主义与中国新历史影视剧的关系，或通过新历史主义理论阐释历史影视剧的文章有100篇左右，相比前一个阶段增长了差不多4倍。这其中有差不多一半是硕士毕业论文，可见这一话题已经引起一大批年轻学者的兴趣和关注。这些论文有的从整体上考察当代历史剧和新历史电影，有的专门研究某一个导演或某一种题材的影视剧，有的则阐述当下历史题材文艺作品的接受问题等。

张慧敏依据海登·怀特的观点，认为历史剧是在演述历史，而所谓真实历史只是一个乌托邦的存在。论文效仿海登·怀特元历史理论，将历史剧的类型分为传奇、悲剧、喜剧和闹剧四种类型。该论文一个基本论点是对历史真实的重新阐释。历史叙事通常被认为是真实的现实世界，而实际上不过是对历史真实的一种叙述而已。历史剧永远无法企及，只能无穷尽地去接近绝对的历史真实。在这种情况下，我们确实不必再偏袒历史而去苛求历史剧。论者认为："新历史剧中戏说历史和消费历史的现象在文本上是一种无深度的平面文化，在传播上是一种追求平等的泛市民文化，在功能上则是一种游戏性的娱乐文化。"② 因此，历史戏说应该理解为是历

---

① 陈娇华：《论中国当代文学对新历史主义的接受与变异》，《理论与创作》2010年第5期。
② 张慧敏：《新历史主义视阈中的当代历史剧》，硕士学位论文，兰州大学，2007年，第25页。

史的戏剧化表达和阐释，是现代人借此以表达历史、文化观念的方式之一，应该有其合法性存在的理由。有一点需要提出的是，海登·怀特的历史叙事学和格林布拉特的新历史主义理论还是有一定的距离（这点在第一章就已经提及），例如前者提出历史的文本性和文学性特征，并以此为依据创造其元历史理论，后者则强调文学文本和非文学文本的互动阐释，同时也特别注重对历史原始数据、记录和实物的考证，以厚描的方式展现历史的复杂构成和丰富多样性；前者因突出了历史的诗性特征而给人以放逐历史真实的印象，但后者其目的便是触摸历史真实，实现古今对话，并有意识地修补或颠覆正统历史叙事的权威性和真理性。对此，国内学界至今还没有十分清晰的区分，所以也出现了很多将海登·怀特的理论直接和格林布拉特的新历史理论混为一谈的情况，并体现在许多文本阐释的实践中。

杨扬的论文运用新历史主义理论对新世纪十年来的三代历史电影进行分析，认为这三代电影分别是"走向'大片'时代的第五代，坚守'小历史'、边缘叙事的第六代以及艺术性与商业性交融互渗的新生代电影"[1]。应该说这种区分只能突出了这些电影的某些特点，并不能在时间上严格地分段，而其中某些影片体现的历史观和叙事手法有共通之处，对新历史主义在中国的发展丰富有一定推动作用。论者讲到21世纪以来的影视创作超越了以往对历史戏仿与戏说，更加关注边缘性、偶然性因素。的确，新历史主义影片将被遮蔽被忽略的小历史上展现在人们面前，并进行个体意义上的历史反思，在某种意义上实现了触摸历史真实、颠覆主流话语霸权的功效。这种形式的历史叙事显然不在于检验历史事件本身的真伪，而是将整体性历史拆散、重新拼凑并放置到更为自由广大的领域，打开历史想象的大门，面向更为真实的人性和日常生活。有意思的是，论文借用西方新历史主义的文学研究的方法来审视中国电影中的某些事件，认为当代新历史影视作品体现了与官方体制之间彼此破坏与和解、颠覆和包

---

[1] 杨扬：《新世纪十年中国"三代"新历史电影研究》，硕士学位论文，兰州大学，2010年，第4页。

容等复杂关系。这种解读方式不仅颇具格林布拉特进行文艺复兴时期文本解读的风格，而且也符合中国电影创作的实际情况。影视作品的制作和最后取得播放许可，在一定程度上体现了与官方体制之间彼此破坏、和解、颠覆和包容等复杂的关系。论文同时借用格林布拉特社会能量互相协商、流通的理念，从一次文化事件的角度研究电影《南京！南京！》的塑造过程和影响，反映当下时代各种社会力量和利益群体之间的关系，体现非电影的社会能量投射到电影的创作中，而在电影放映之后，电影中传播的社会能量又通过观众流回社会，这就是新历史主义所称的各类社会能量的彼此协商、循环和影响的过程。

历史影视剧的热播和人们对其经久不衰的热情关注也捧红了一批导演和创作者，其中就有胡玫、李少红、姜文等人。因此，有论者就专门针对这些导演的创作和作品和新历史主义理论做相关性的研究。荆博的论文指出胡玫导演提出的"新历史主义理念"及其作品确实受到了西方新历史主义理论的影响。这是中国导演首次提出用一种"新历史主义"的理念来进行历史剧的创作，用胡玫自己的话来说，新历史主义是在"艺术上尝试探索一种新的历史表现形式和表现风格"。"所谓新，就是以现代审美眼光，重新估价和表现古典与历史。"[①] 胡玫的新历史主义和西方新历史主义理论还是有相当多的差异。她注重的还是在具体的电影技术手段和表达方式，"体现的仍然是国家主义政治观，标榜的是所谓尊重历史、还原历史真相的正剧"[②]。历史正剧比所谓的历史戏说剧似乎更为严肃和可信，但实际上也是对历史事件和人物的解读方式之一而已，也出现过因为否定和颠覆以往人们对历史看法和评价而颇受质疑。因此从某种意义上讲，历史正剧和历史戏说一样会给希望通过历史影视剧来了解历史真实的人带来困惑，并受到置疑。前者试图说服观众影片就是历史真实，而后者并不承担此类责任，娱乐性和表达对历史的个性诉求更是其目的。说到底，艺术真实和历史真实是两回事，艺术真实应该允许人们通过虚构和想象历史来满

---

① 荆博：《胡玫导演"新历史主义"理念研究》，硕士学位论文，中国传媒大学，2008年，第16页。
② 同上。

足内心的需求和表述的自由，而对历史真实的追问应该是历史学家和考古学家们进行的科研学术方面的工作。

白小易认为："作为一种新的类型剧，新历史主义电视剧的出现具有里程碑意义，这不仅是因为它为历史剧创作提供了一个新的思路，开辟了当代人对历史的一种新的阐释方法，更为重要的是，它为精英文本在当下主旋律和通俗电视剧双峰并峙而精英文本被边缘化的中国电视剧格局中争得了话语表达权，从而为精英文本在电视剧领域的崛起起到了一个示范作用。"[①] 从这里可以看出，论者所谓的新历史主义电视剧并不包括所谓的戏说剧、穿越剧等大众娱乐电视，而是如其所言的充分体现新历史主义理念的"开山之作"《雍正王朝》，还有《康熙王朝》《天下粮仓》《汉武大帝》等电视剧。这和胡玫导演所提倡的新历史主义理念一脉相承，但是和西方新历史主义理论显然有很大区别。区别之一是西方新历史主义提倡对普通人物、小人物甚至边缘人物进行描述，可是上述电视剧选择的要不就是所谓有德有才、建功立业的封建君王，要不就是在民族国家危难之时舍家为国的英雄人物，显然和新历史主义所关注的人物截然不同；区别之二是胡玫等创作的所谓新历史剧提出"国家主义"的新理念，强化国家和江山社稷的概念而淡化了家和个人的概念，这和新历史主义所要凸显的对主体和个体生命的尊重，以及在复杂文化历史语境中主体如何塑造自我的观念不相吻合，甚至截然相反。本质上，这里所谓的新历史主义电视剧宣扬的还是国家意识形态，强化的还是传统集体主义思想和舍小家为大家的大无畏精神。此类历史剧在创作策略上确实比以往传统历史剧有很多的改进。例如，打破了以阶级历史观为主导的创作观念，改变了刻板化、模式化的人物塑造方式，不再有为现实政治服务的目的和压力，重在挖掘历史人物性格的复杂构成和对普遍人性的探讨等，但是和西方新历史主义理论还有相当差距。

也有论者以新历史主义视角对某一具体影视剧进行评述。白彩茹认为："西方新历史主义的表征为叙事游戏化、历史想象化、影像狂欢化，

---

① 白小易：《论新历史主义电视剧的兴起与创作策略》，《中国电视》2008 年第 4 期。

《神话》从历史的逻辑方面颠覆传统的历史时空观,更使新历史主义的叙事策略呈现出后现代色彩。"[1] 滕学明考察历史的文本性、历史与现在、小写的历史三个方面如何在电影《阿甘正传》中有所体现。[2] 类似这种运用新历史主义理论的若干概念和观点就某一具体历史影视剧文本进行论述的文章越来越多,但论述依据和行文结构基本一致,特别是将国产影片标榜为新历史主义作品时难免有生搬硬套、牵强附会之感。

王黑特认为:"中国电视剧重述历史是新历史主义所谓文本的历史性和历史的文本性的审美呈现,是通过对历史的隐喻和象征来达到逼近历史真实的目的,同时对当下做出某种隐喻。这种历史重述的热情和冲动,既是中国社会转型中对历史价值系统的感性重建,也可以看成是中国社会民主化进程中对历史真相的积极揭示,它既包含着经济膨胀带来的民族主义自信心的觉醒,也包含有后启蒙时代的思想余韵。"[3] 杜莹杰从中国历史电视剧的诗性叙事中概括出其中新历史主义特征,"一是中国历史剧提供了传统文化与现代气质相结合的体现'民族预言'的文本,表达对民族文化的自恋和自我身份认同;二是发掘历史与现实的互文关系,使历史与现代、文学与社会成为相互阐释的张力结构,例如在对古代帝王将相的重构中融入创作者对治国、改革、贪腐等时代问题的思考;三是新历史电视剧在诗学的意义上提炼史料,在张扬宏大叙事的同时,也注重平民视角和细节叙事,注意历史真实与艺术虚构的适度性"[4]。此类文章对中国历史电视剧的分析确实非常深入到位,能够结合中国文化、政治现实来理解这些历史剧透露出的信息,以便更好地解读当前中国的社会现状和人们普遍的心理状况。但研究者如果总以西方新历史主义理论为思考前提,把西方新历史主义的某些概念和观点作为解读文艺作品的准绳,来寻找中国历史影视剧中的新历史主义特征,这点或许值得我们反思。因为西方新历史主义一开始就宣称不是某种教义(doctrine),而只是文学实践方法(practice)

---

[1] 白彩茹:《新历史主义与〈神话〉》,《电影评介》2006年第15期。
[2] 滕学明:《〈阿甘正传〉的新历史主义特征》,《电影评介》2009年第19期。
[3] 王黑特:《电视剧重述历史的新历史主义批评》,《当代电影》2009年第6期。
[4] 杜莹杰:《新历史主义与中国历史电视剧诗性叙事》,《艺术百家》2010年第5期。

之一。如果到了中国就成为放之四海而皆准的文学真理的话，就违背了这一理论的初衷，也会造成某些概念的混乱和对新历史主义理论的误读。上述胡玫导演所提的新历史主义理念便是一例，此时的新历史主义已然披上了中国式外衣，和西方新历史主义相去甚远。

　　总的来说，新世纪以来出现了大量运用新历史主义理论分析和解读某一作家、小说和电影的文章，并从2006年至今形成研究高潮。据笔者通过中国知网的关键词搜索统计，2000—2005年运用新历史主义进行文本解读的文章有52篇，而2006—2012年的文章统计为424篇，数量上增长了八倍之多。其中2012年有105篇左右，差不多占全年发表与新历史主义相关的论文数量的一半。这些论文当中有许多是硕士毕业论文，也有若干博士论文，新历史主义理论似乎已经成为他们解读作家和作品的灵感来源和有效手段。这是一个值得注意的重要信息，虽然理论界和主流意识形态并没有广泛接纳和认同新历史主义的理论观点及相关论述，但它却被广大学者特别是中青年学者们大量运用来阐释中外作家、文学作品和影视作品。这不仅说明新历史主义实际上在民间的认可度和流行度越来越高，带有新历史主义特征的文学和影视创作并没有减少，同时也让我们体会到了一种截然不同的景象，即对于新历史主义的运用和方法实践远远超过对其理论本身的发展和创新的热忱。我们要理解这一冷一热的现象，可能还是要回归到中国当下的文学、文化和政治语境中来，其根本的原因还在于主流意识形态的捆绑和民间自由思想意识的勃发之间的角力。一方面，随着中国现代化和全球化进程的发展，中国社会经济、文化和意识形态的多元共存的局面无法阻挡。实际上，自20世纪80年代以来的中国文学批评格局就不可避免地多元化了，没有了具备科学指导性、真理性和唯一性的理论元话语，文学研究者们只好借用西方纷纭复杂的各家言论为手段来反观中国文学实践，于是权威不可动摇的"大理论"变成了只具备局部性和偶发性意义的"小批评"[①]，中国学者早就不曾有理论原创的念头和冲动；

---

　　① 余虹：《解构批评与新历史主义——中国文学理论的后现代性》，《海南师范学院学报》（人文社会科学版）2000年第4期。

另一方面，中国长期实行经济建设全面开放，而政治思想建设相对保守，这从实际意义上束缚了学界对西方理论的接纳和创新。可以说，因为理论创新的勇气不够、新历史主义的观念内核无法被主流意识形态认可，明哲保身的研究者们便通过解读他人的作品来发出自己的声音，以便规避可能的风险，而诸多的文艺创作者们显然充当了探路先锋和思想启蒙者的角色。

第四章

新历史主义与中国文化诗学的比较考察

　　20世纪80年代至90年代初，格林布拉特提出的新历史主义在美国、欧洲、澳大利亚等地的学术界掀起了一场轩然大波。格林布拉特自然没有预料到它的威力会持续数年之久，也许是"新历史主义"这一词汇太过敏感，不仅文学界、思想界，还有历史学界的学者们都曾对此发表了不同意见，新历史主义似乎左右不讨好。正因为如此，1986年格林布拉特在西澳大利亚大学演讲时，把自己的研究定义为一种"文化诗学"。但是新历史主义早已深入人心，"文化诗学"在西方并没有流传开来，学者们还是乐于用"新历史主义"来指称格林布拉特等的研究。令格林布拉特更难以预料的是，"文化诗学"一词在20世纪90年代被中国学者借用后，在中国学界大受欢迎，其讨论的热烈程度绝不亚于当年西方学界对新历史主义的讨论，且在新世纪以后成为理论界一个炙手可热的学术关键词。"文化诗学"在传入中国后，其内涵和外延都发生了变化，进入了理论本土化或中国化的一个历程。在其本土化的过程中经过与中国文化传统、固有思维惯性的碰撞和磨合，与中国知识分子的心理期待、知识结构和接受水平的错位与对接，并受到中国当代经济、文化语境、文学语境的影响制约等，已经形成了异域性和本土性杂糅的状态，这便是"中国文化诗学"最显著的特征。近年来在文化研究的浪潮席卷下，更多的学者参与到中国文化诗学的研讨中来，希望把这个西方"舶来品"彻底中国化，建立"中国文化诗学"。本章将通过西方文化诗学（即新历史主义）与中国文化诗学的详细比对研读，探讨西方新历史主义的中国化过程中的种种可能性与可行性，以及中西文论对接与融合存在的困境。

第一节　中国文化诗学的兴起、发展与特点

一　中西文化诗学研究背景回顾

20 世纪 80 年代初，美国文学批评界经历了一场"突变"（米勒语），批评家们不再像以往"新批评"那样热衷于语言、主题、体裁和结构的研究；而是转向了考察文本中的历史、文化、社会、阶级、权力关系等因素。其中的代表人物是当时任教于加州大学伯克莱分校的英文系教授斯蒂芬·格林布拉特。在对文艺复兴时期的文本解读时，他企图实践一种更为文化的、人类学的批评模式。他用"新历史主义"一词来称呼自己以及与之类似的文学批评方法，以区别于 20 世纪初流行的实证主义历史研究方法。这一名词流行至今，以至于人们常常忘记其实格林布拉特更乐意用另一个名称，即"文化诗学"来指称他所进行的工作。作为对当时占据文学研究主流的形式主义批评的反拨，格林布拉特等学者的文学批评倾向于用文化人类学的方式把整个文化作为研究的对象，而不仅仅是研究文化中被我们称为文学的东西。因而，"文化诗学"一词似乎更为恰当。这一文学研究新动向在美国、加拿大、澳大利亚和新西兰都颇具影响，围绕着文艺复兴和莎士比亚研究，乔纳森·多利莫尔、路易·蒙特罗斯、斯蒂芬·奥格尔等一大批学者参与进来，他们大胆吸收历史学、人类学、社会学、政治经济学等多个学科的研究理论和方法，对 20 世纪 60 年代后在欧洲，特别是法国兴起的后结构主义、解构主义、女性主义和后现代主义等各种理论热潮也持有相当开放的态度；他们试图在较为宽泛的理论视域下探索文本周围和文本中的社会存在，解释具体文化实践的相互作用，以及这些文化实践产生了怎样的文学文本。既要反对实证主义式的文学批评，又要拒绝把文学作品看作是孤立于社会、生活之外的形式主义方法，这是西方文

化诗学的基本立场。

中国自 20 世纪 80 年代以来,经过张京媛、王岳川、盛宁等许多学者的翻译和推介,新历史主义也随着各种方兴未艾的西方文艺理论思潮进入了中国学者的视野。与当时产生不小影响的后结构主义、解构主义和后殖民主义理论比较而言,新历史主义并没有受到多大的重视。因为中国的文学研究刚刚摆脱历史、政治的束缚,获得相对独立自主的发展空间,研究者们似乎不太愿意舍弃这来之不易的自由,所以他们暂时安居一隅,采用俄国形式主义和英美新批评的研究套路,试图在文本细读和文学审美中寻找政治的避风港。但是,随着中国市场经济的发展、商业的繁荣,人们物质生活水平逐步得到提高,大众消费、娱乐逐步普及和多样化,文学在不知不觉中离我们的生活越来越远。这时候,一直埋头于文学语言、主题、结构、人物分析和各种文学审美体验的研究者们偶然抬头一看,世界已大不同于从前,文学已失去了往日的繁盛和光彩。于是,一批学者对于文学合法性存在的危机深感忧虑,也有感于大众文化鱼龙混杂、人们精神生活日趋贫乏和堕落等情况,于是他们在西方文化研究浪潮的冲击下,开始思考如何进行文学的文化研究。可是,他们既不满于西方文化研究对于大众文化和流行文化如电视、电影、广告、性别、身份等脱离文学文本的解读和研究方法,也觉得纯粹形式主义的研究已经不合时宜。这时新历史主义又一次进入了他们的视野,其中"历史的文本化和文本的历史化"让他们深受启发,更何况新历史主义进行的就是文学文本的文化研究,这一点非常切合当时苦于"审美疲劳",而又想要追随世界文化研究热潮的文学研究者的想法。于是,在 20 世纪 90 年代后期,童庆炳提出建立中国的"文化诗学"。他指出:"文化诗学的意义就是力图把所谓的'内部批评'和'外部批评'结合起来,把结构与历史结合起来,把文本与文化结合起来,加强文学理论和文学批评的历史深度和文化意味,走出一条文学理论的新路来。"① 这样一条文学研究的新路通过二十余年的发展开拓,已经在中

---

① 童庆炳:《文化诗学结构:中心、基本点、呼吁》,《福州大学学报》(哲学社会科学版) 2012 年第 2 期。

国文论界粗具规模，21世纪以后则发挥越来越大的影响力。

二 中国文化诗学研究发展综述

当新历史主义理论在西方进行得如火如荼的时候，中国也有学者通过留学、访学等途径了解到了这一状况，只是因为在上述理论背景和文化背景下并没有及时在国内学界掀起讨论热潮。随着文化研究逐渐席卷全球，中国学者开始更多地从文化的角度来讨论诗学问题。例如刘庆璋从事"文学文化论"的研究，林继中探索"文化建构文学史"的出路，曹顺庆从文化的角度探讨中西比较诗学问题。总的来说，中国文化诗学一开始就着眼于用文化的视角来讨论文学问题，特别是古代诗学问题和文学史的建构等。这些在古代文论领域开辟的一些新的研究套路和研究方法不仅为古代文论的现代转换提供了实践范例，也为文学批评开辟了新的空间。此时，"文化诗学"还没有成为一个文论术语，并没有清晰的界定和阐述。这一状况在20世纪90年代后期有了很大变化，蒋述卓在1995年第4期的《当代人》上发表《走文化诗学之路——关于第三种批评的构想》；李春青于1996年在《社会科学辑刊》和《文艺争鸣》上分别发表《中国文化诗学论纲——对古代文论研究方法的一种构想》《走向一种主体论的文化诗学》两篇文章；童庆炳于1999年分别在《江海学刊》《文艺研究》等刊物上发表《文化诗学是可能的》《文化诗学的学术空间》和《中西比较文论视野中的文化诗学》等文章。这些理论文章的集中发表标志着中国文化诗学理论构架的基本形成，同时为21世纪文化诗学理论在文学界的兴起与繁荣做了预热工作。

2000年伊始，文艺学界有关文化诗学的讨论就相当热烈，全国性学术会议"文艺学与文化研究学术研讨会"和全国第一次"文化诗学学术研讨会"分别在北京师范大学和漳州师范学院举行。前者主要讨论文化研究对文学理论发展带来的挑战和机遇，认为文学研究不仅应该是文学的，而且应该具有文化的视野，进行多学科研究。而文化诗学是文化研究中的一种新的综合，既能保留文学理论固有的知识体系，又能开辟文化的新的视野。后者则更为具体地涉及关于文化诗学的概念界定、研究对象、学理建构等。还有关于文化诗学的历史依据、现实基础及同中国传统文化的关系问题的思考，力图建构"中国学人的文化诗学话语"。刘庆璋对此次会议发表过两次总结性述论。他说："以人文精神为内核的'文化诗学'在中国是具有深厚的历史根基和使之繁茂的肥沃土壤的。我们中国学人对之产生浓厚的兴趣是我们民族文化基因注定了的历史的必然。"这种文化基因主要是指"中国的传统文化的特点：'诗文化'，'诗'（古代文学主体）与文化的密切关系已经作为一种长期的文化积淀，培育了我们的思维定式和集体无意识"，即容易看到"文化和文学的互动互构、犬牙交错、边缘模糊的关系"。这是"中国学人血脉中的文化基因，正是文化诗学得以在中国生根发芽、成长壮大的土壤和基石"[①]。除了这种文化传统的影响，使中国学者更乐意用一种诗化的眼光来对待文化和文学研究，还有一个更为现实的原因就是全球化和市场经济带来的物化和商品化现象，如上文所说，很多学者有感于物质生活的丰富带来的精神生活的贫乏，希望文学能承担起引领人们健康的精神生活的重任。同时，文化诗学也是对 20 世纪 90 年代国内出现的"人文精神"大讨论和人们对"人文关怀"的呼唤的某种呼应。所以，"人文精神"被认为是文化诗学之魂。文化诗学推崇一种总体的文化观，主张从广阔的文化视野来审视和研究文学，但落脚点还是在"诗学"，即"文学学"上。也就是说，"它是一种主要以文化系统与文学的互融、互动、互构关系为中轴来审视文学的理论和研究文学的方法"[②]。总的来说，他们的思路是"立足本土，梳理传统，借鉴外国，以我为主，整合中西"[③]。

上述观点基本上成为中国文化诗学的立论基础，之后学者们发表的大量文章大体都是对上面几个方面的纵向深入探讨。首先如童庆炳所说的"植根于现实土壤的文化诗学""以新理性精神为主导""文化批评和诗学的结合""内部批评和外部批评的结合""宏观视野与微观视野的结合"

[①] 刘庆璋：《建构中国学人的文化诗学话语——我国第一次文化诗学会研讨问题述论》，《文艺理论研究》2001 年第 3 期。

[②] 刘庆璋：《文化诗学学理特色初探——兼及我国第一次文化诗学学术研讨会》，《文史哲》2001 年第 3 期。

[③] 刘庆璋：《建构中国学人的文化诗学话语——我国第一次文化诗学会研讨问题述论》，《文艺理论研究》2001 年第 3 期。

"概括一种文化精神,或者一种诗性精神""文化诗学的一个中心是文学审美特征,两个基本点是进入历史语境和进行文本分析"等观点的内涵与精神都是前后相通、一以贯之的。其次是李春青的研究,他的著作《乌托邦与诗》便是从文化和士人心理角度探讨中国古代文论问题,是中国文化诗学研究的一个成功范例。实际上,他关于中国文化诗学的观点就直接来自于他对古代文论的研究实践,例如他构想一种对古代文论的研究方法,即从"主体之维、文化语境、历史语境"三个视角研究古代文学观念和诗学范畴,走向一种"主体论的文化诗学"①。他提倡:"不要将古代文论话语当作一种知识系统,而要当成一种意义系统,通过有效的阐发达成与古人的真正的沟通;而研究方法则主张在文本与历史之间穿梭,注重对其他文化学术话语与文论话语的互文性关系和历史关系网络的梳理。"② 在探讨文化诗学的具体研究方法时,李春青指出其基本原则是"重建文化语境,尊重互文本关系,将文本、体验、文化语境三个研究层面联为一体"③。从上可以看出,李春青从自身的研究实践出发逐步总结出来的文化诗学研究方法与西方新历史主义的研究方法颇为相近,实际上,新历史主义更多的是作为一种研究方法而非理论阐述的特征在中西学者的研究实践中都是一致的。然而,中国学者还是热衷和青睐于理论的构建,而不仅仅止步于研究方法和路径的探讨。李春青并不否认"文化诗学"这一称谓受到了格林布拉特等西方新历史主义理论的影响,但他仍然坚持立足于中国文化传统,认为"文化诗学"的研究方法其实在中国古已有之。从"诗言志"到"中国文化诗学最早的表述",即"知人论世说",再到"堪称中国古代文化诗学的圭臬",即刘勰的《文心雕龙》之《时序》篇,李春青指出:"这是中国古代文化诗学的研究路向,且这一古代传统在近代有刘师培、鲁迅、王瑶等学者的继承和发展,而近年来在吸收了西方意识形态批评、

---

① 李春青:《走向一种主体论的文化诗学》,《文艺争鸣》1996年第4期。李春青:《中国文化诗学论纲——对古代文论研究方法的一种构想》,《社会科学辑刊》1996年第6期。
② 李春青:《文化诗学视野中的古代文论研究》,《文学评论》2001年第6期。
③ 李春青:《论文化诗学的研究路向——从古今〈诗经〉研究中的某些问题说开去》,《河北学刊》2004年第3期。

阐释学、巴赫金诗学、美国新历史主义和后现代主义等研究方法后,逐渐形成了具有反思性、批判性和理论穿透力的具备强大阐释功能的文学阐释学方法。"① 很显然,这里所谓的中国文化诗学的研究传统其实质就是指从具体的社会文化角度对文学现象进行理解和阐释的研究路向,还是离不开文学的"外部研究"的套路,或者说论者并没有论述清楚这是否就是指文学的"外部研究"。在探索了中国文化诗学的源流与走向之后,李春青继而提出了"文化诗学的本土化与中国文化诗学的建构"问题。所谓本土化,就是将"美国的文化诗学"与"中国固有的研究方法与路向相结合,从而使之适用于中国的研究对象",而两者之所以有结合的可能,是因为"存在若干重要的相通性"。这种相通性基本上是指研究的具体方法层面的,而方法论后面的内涵和本质差异——世界观、历史观和价值论等的不同论者并不涉及。最后,李春青指出中国文化诗学的基本品格应该是"对话的言说立场、跨学科的互文性视野、语境化的操作方法和以意义建构为基本目的的评价和价值维度"②。从这些论点中,我们又看到了西方新历史主义理论的影子,似乎中国文化诗学只是把研究对象换成了中国文学作品和文学现象而已,其理论导向与西方文化诗学并无二致,但历史观、文学观、审美观等具体内涵则被忽略不计。

姚爱斌撰文梳理了20世纪90年代以来中国文化诗学研究的两种不同理论取向:"一是以美国新历史主义文化诗学为宗,以求'洋为中用',代表者是刘庆璋、林继中等漳州师范学院文艺学学科的一批学者;二是植根于中国社会现实和文学理论发展,致力于中西文学研究和文化研究的整合与会通,代表者童庆炳在20世纪80年代后期所构想的中国文化诗学研究。"③ 论者认为中西文化诗学"两者名称相同,纯属巧合,在理论旨趣和思想观念上也没有直接关涉"④。我们可以理解论者想要强调中国文化

---

① 李春青:《中国文化诗学的源流与走向》,《河北学刊》2011年第1期。
② 李春青:《"文化诗学"的本土化与"中国文化诗学"之建构》,《文艺争鸣》2012年第4期。
③ 姚爱斌:《移植西方与植根现实——20世纪90年代以来文化诗学研究的两种理论取向》,《黑龙江社会科学》2008年第4期。
④ 同上。

诗学的本土性和原创特征，但这一判断显然是不太合适的，论者之后也提到，当童庆炳等人在整体上将西方的文学理论和文化研究理论作为建构中国当代文化诗学足资借鉴的重要理论资源时，新历史主义的"文化诗学"思想也自然成为可资利用的一个部分。

顾祖钊为中国文论界长期引进和应用西方文论话语，以至于丧失了主体意识，萎缩了具有中国特色的理论创造力而深感不安，他长期关注中国文论的本土建设，主张在中西融合的基础上建立中国文化诗学。然而，他对中西文化诗学关系的理解也经历了一个不小的变化过程。他在2009年撰文《中西文化诗学之不同》罗列出了两种文化诗学的八大不同之处，大谈两者哲学基础的不同、目的论的不同、文化视野的不同、文化结构观的不同、历史观的不同等。仔细阅读这篇文章，我们会发现论者对西方文化诗学并没有明确的把握，有许多观点甚至是错误的。例如，他认为西方文化诗学的哲学基础是"后现代主义和解构主义"，不过是一些"话语游戏"，理论"置于沙滩之上，陷入众多矛盾之中"，说格林布拉特"异想天开地要搞点'建构'，但又拒绝了人文主义的价值取向"，而"中国文化诗学始终高扬人文精神。这是中西文化诗学分道扬镳关键所在"[①]。这里有两点认识上的误区，误区之一是后现代主义和解构主义并不是西方文化诗学的哲学基础。前文也提及这一点，新历史主义被译介到中国之初，往往被人误解是后现代理论思想的产物，这可能和格林布拉特一直都强调福柯对他的影响有关。格林布拉特的确延续了福柯的知识考古学和历史谱系学的研究套路，对于文本中以及文本与文化间的权力话语分析也是他常用的研究手段，但与其说是这些具体的研究方法影响了格林布拉特，还不如说是福柯理论精神，即非连续性的历史观念、整体的文化观念，以及对一切唯一性、中心化和永恒真理与规律的质疑给了格林布拉特以及后来的新历史主义者们以极大的启示和影响。而德里达的解构主义思想主张恰是格林布拉特所反对的，殊不知解构主义的提倡者和实践者"耶鲁四人帮"中的希利斯·米勒和哈罗德·布鲁姆就曾多次对新历史主义理论发表批评

[①] 顾祖钊：《中西文化诗学之不同》，《燕赵学术》2009年第2期。

意见，他们和格林布拉特的文学研究套路完全不同。

误区之二是格林布拉特从没有要"异想天开搞点'建构'"，他提出的观点和进行的批评实践从来没有"拒绝人文主义的价值取向"。格林布拉特的确不像许多中国学者那样热衷于某种宏大理论体系的建构，更无意于以"建构系统性方案为目的的理论运动"[①]，这和新历史主义的理论初衷和实践品格是格格不入的。格林布拉特虽然不相信有全然独立于历史文化结构之外的自由主体的存在，但并不等于他对于主体性重建不抱有期待，正是由于对人的主体性理念始终如一，让他更加关注在文学与文化中主体的不稳定性、可塑性、历史性和协商性等因素，更致力于对历史边缘处鲜活的生命个体的生存价值和意义的探索。也同样是这一点，新历史主义给中国当代文学和影视作品的创作带来了情感上的共鸣，还有难能可贵的理论支撑力量。如果说新历史主义或者西方文化诗学缺乏人文关怀与人文精神，还真是让人匪夷所思。

除了上面所述的认识误区外，此文中还有大量对新历史主义的较为粗浅的见解，比如，认为它是"一种用外在的文化价值尺度进行的某种文化价值裁判"，"从而成了一种文化研究和文化批评，它无疑仍然隶属于过去的外部研究的范畴"；认为它"彻底否定了历史存在的第一性和历史研究的客观性，而与文学艺术中历史真实混为一谈，进而使西方文化诗学的历史观陷入了与历史唯物主义根本对立的历史唯心主义的泥沼"[②]等。实际上，这些观点都是新历史主义进入中国之初就出现的认识误区，而论者的文章发表在 2009 年，所引述的关于新历史主义的理解和认识却只是来自于张京媛在 20 世纪 90 年代初主编的《新历史主义与文学批评》一书，可见一个理论批评工作者的知识更新是多么重要。

但是令人欣喜的是，顾祖钊在其后的几篇文章中，对西方文化诗学的理解越来越全面，例如他在 2010 年发表的《文化诗学倡导中的三个问题》虽然坚持认为西方文化诗学就是文化研究和文学外部研究，其根本缺陷是

---

① 顾祖钊：《中西文化诗学之不同》，《燕赵学术》2009 年第 2 期。
② 同上。

"诗意的失落",但也谈及文化诗学是"被文化研究造成的学科危机'逼'出来的",格林布拉特的"初衷也是不愿意拒绝对文学的关注"。① 同时,他强调"文学的基本属性应是文化,以文化的眼光研究文学现象,才算是回归文学理论研究的正题"。但这一点似乎又和他主张的中国文化诗学应是"立足于诗学的审美文化研究"②,要强调坚守诗意有某种冲突。此处,可见其理论观点的动摇性;另外,在前一篇文章中顾祖钊还对西方文化诗学的"文化人类学"视角不以为然,指出它的种种弊端,而这篇文章则大谈人类学视角的种种好处,也不免使人糊涂。但是有一点很明显,如果说在第一篇文章中顾祖钊想要竭力保持中国文化诗学的独立学术品格,和西方文化诗学划清界限的话,那么在第二篇文章中我们可以看到他想要融合中西文化诗学,兼顾两者的理论优势,合而论之的用意。在 2011 年的文章《文化诗学是可能的和必要的》中,顾祖钊讨论了文化视角对文学批评的重要性,主要提倡从中华民族的传统历史文化视角来解读文学作品,并继续阐述中国文化诗学不同于西方文化诗学在于它强调文学的审美文化性质③。关于这一点,笔者将在下一节集中讨论。

2012 年顾祖钊撰文《论中国文论三部曲——兼及中国文化诗学的建构》,此文从历时的角度回顾了自"五四"以来中国文论发展的基本态势,认为中国文论明显经历了"全盘西化""西方文论中国化"和目前正在走向的"中西融合"的三个阶段④。令笔者不解的是文章举例朱光潜的《诗论》(1932)中"用西方诗论来解释中国古典诗歌,用中国诗论来印证西方诗论"是"典型的'西方文论中国化'的做法,也是西方文艺理论中国化阶段成熟的标志",而"哲学界的冯友兰和钱穆等,文学界的王国维、陈寅恪、闻一多、宗白华等,以及台湾的方东美、唐君毅、牟宗三、徐复观等新儒家诸贤,都是中西融合之路的成就者"⑤。这其中所谓

---

① 顾祖钊:《文化诗学倡导中的三个问题》,《燕赵学术》2010 年第 1 期。
② 同上。
③ 顾祖钊:《文化诗学是可能的和必要的》,《文艺争鸣》2011 年第 13 期。
④ 顾祖钊:《论中国文论的三部曲——兼及中国文化诗学的建构》,《陕西师范大学学报》(哲学社会版)2012 年第 1 期。
⑤ 同上。

"西方文论中国化"和"中西融合"的评价和区分标准是什么呢?如果说王国维、冯友兰、陈寅恪、宗白华等是论者眼中的学术"中西融合"的代表,那么朱光潜被单单挑出来作为西方文论中国化的代表是否具备足够说服力?此文似乎将"全盘西化"和"西方文论中国化"双双否定,认为它们带来了"严重后果",导致文论界的"失语现状和悲剧命运",而要改变这种状况便是要迅速创造出"自己独特的理论话语",当然这种理论话语就是论者所说的"中西融合"下建构的中国文化诗学。先不说这是否是中国文论发展的一个"新的历史阶段",是否是一种"历史的必然性"等,单就论者为"中西融合的创新之路"所下的定义,以及他指出的以"马克思主义哲学精华为基础",提倡"新理性精神","适当吸收后现代合理因素","充分发挥中国古代哲学智慧","绝不放弃诗意批评和审美视角"等中心观点,我们就不得不说这仍然是西方文论中国化的"典型做法",这和众多学者所提倡的中西文论"对接、融通、双向互动"(代迅语),"以我为主的西方文论的中国化"(曹顺庆语),"在中外对话努力中探寻和建构属于民族和自主的品格"(王一川语)等观点并没有本质差异,所以"中西融合"之路不就是"西方文论中国化"之路么?只不过强调和重申中西之间的"平等""对话",中华民族的"主体意识",还有以马克思主义文艺理论为思考前提等观点而已。

顾祖钊在2013年继续发表文章思考和探索中国文化诗学的理论建构。文中观点和前面所述基本相同,难能可贵的是论者明确提出中国文化诗学"不是以一种'中国中心论'的理论建构取代'西方中心论'的理论建构",在对中国文化诗学的特点概括中也比之前的论述多了"突破现代学科性"一条。之前论者提及"中国式文化诗学"很可能就是中西文艺理论融合的"最终模式和理论归宿,即文学理论的未来形态",而此时他已经非常确定中国文化诗学"必定是文学理论的未来形态","中国文论家未来的'活法'应该是以理论创新为主,走向中国文化诗学的活法"。①

---

① 参见顾祖钊《论中国文化诗学的理论创新性》,《文艺理论研究》2013年第3期。顾祖钊《文学理论的未来与中国文化诗学》,《社会科学辑刊》2013年第4期。顾祖钊《中国文论家:该换一种"活法"了》,《文艺争鸣》2013年第1期。

总的来说，从顾祖钊的热切呼吁中我们可以感受到这位极具责任心和爱国心的中国文论建设者的"文化焦虑"状态，那种想要迅速地拥有"自己独特的理论话语"的急切心理，但是能否把立论的基本前提都颇不相同的两种或多种理论真正整合、融合在一起，中国文论家们能在多大程度上认可和接纳西方新历史主义，并吸取对方的理论优势为己所用还有待时间的检验。如果仅仅在方法层面进行文本阐释，而置这一理论的历史观、文学观、主体观等不顾，在理论层面没有进一步的阐发和建构，就难以真正在同一层面与西方文论进行对话、交流，学界讨论的结果也始终跳不出中西"体用之争"的怪圈。

关于国内文化诗学研究概貌和现状的研究还可见于年轻学者李圣传撰写的多篇文章。笔者不太认同他所说的当前国内大致有五股文化诗学的研究力量等说法，实际上文化诗学论者们的具体论题和实践方法大同小异，并没有本质的区别，把这统一视为新历史主义的本土化或西方文化诗学的中国化过程。笔者认同的是"作为一次西方理论的中国旅行，文化诗学不是西方话语的简单移植，它不断与传统文论及当代现实混合、内化、同构"[①]，但笔者怀疑中国文化诗学是否已经"被赋予了深厚的民族内涵和现实品格"，具有"中国特色的文化诗学雏形"[②]。的确，中国文化诗学在实践操作层面和西方文化诗学有很多相似之处，可以看作是西方文论本土化或中国化的典型例证。但是，如前文所述，两者的理论前提、历史观、文学观和审美观等有很多差异。可以说，西方文化诗学的理论精华并没有被中国学界认同和吸收。在不认同对方的基本理论前提的情况下，却允许其研究方法大行其道，似乎让人有买椟还珠之感，又有偷梁换柱之嫌疑。笔者实在不敢认同这样的中西融合模式，更认为其毫无创新可言；也实在

[①] 参见李圣传《文化诗学研究三十年述评》，《西安建筑科技大学学报》（社会科学版）2010年第2期。李圣传《文化诗学的研究现状及其走向》，《宜宾学院学报》2010年第3期。李圣传《文化诗学的实践之路——以80年代以来的小说创作为视域》，《中国矿业大学学报》2010年第4期。李圣传《"文化诗学"在中国：话语移植、本土建构与方法实践》，《中州学刊》2012年第4期。李圣传《"文化诗学"流变考论》，《天府新论》2012年第5期。

[②] 李圣传：《"文化诗学"在中国：话语移植、本土建构与方法实践》，《中州学刊》2012年第4期。

没有必要贴上"民族品格"或"中国特色"等标签,既然要有"世界文学"的眼光,强调"新的人类学"的视角,希望在国际理论舞台上发出中国文论家的声音,那么融合了中西文化精髓的理想中的文化诗学理论就应该有被世界各国理论界和文学界普遍理解、认可和接纳的质素,而具不具备所谓的"中国特色"和"超越性质",应该是他人眼光中判断的结果,不是事先的自我标榜与吹捧。

第二节　新历史主义与中国文化诗学审美意识比较

中国文化诗学的提出直接受启于西方文化诗学研究,两者有着不可分割的联系。其中一个最为主要的联系在于,它们都是形式主义和新批评方法在文学研究中占据主流,且延续相当一段时间之后,研究者们想要突破已有的研究范式,寻找文学研究新途径的一次尝试,可以说两者都是对于文学"内部研究",即文学的"审美研究"的一种反拨。既然是反拨,那么对于文学中的审美问题,如关于文本审美、文化审美、审美与现实(或称艺术与现实,诗学与政治)等问题一定有新的理解和阐释。而在这些方面中西文化诗学又表现了怎样的异同呢?下文将会一一谈及。

一　关于文本审美

就如格林布拉特所说,文化诗学的"中心考虑是阻止自己永久地封闭话语之间的来往,或者防止自己断然隔绝艺术作品、作家与读者生活之间的联系"[①]。显然文学不能自我约束在象牙塔内,文学的内部和外部不能被人为割裂,把文本置于文学真空中。此时,有人可能会质疑西方文化诗学的文本概念已经荡然无存,剩下的只不过是宽泛而时髦的文化研究,说到底还是文学的外部研究模式。但实际上,格林布拉特在拒绝文本孤立于世界的同时,仍然没有放弃对于文本的关注,他说:"文学文本是我所关

[①] [美]斯蒂芬·格林布拉特:《文艺复兴自我造型导论》,中国社科院外文所编:《文艺学和新历史主义》,社会科学文献出版社1993年版,第80页。

心的中心对象。这一半是因为,如我这本书期望能表明的那样,伟大的艺术是对于复杂斗争与文化和谐的极其敏感的记录;另一半原因则是出于喜爱与专业训练习惯,我所拥有的阐释能力无论有多少种,它们终会被文学的共鸣性质释放出来。"① 这里格林布拉特表达了三个意思,一是文本始终处于他研究工作的中心位置,且这里的文本不是泛指意义上的文化文本,而是文学文本,可见他的研究并没有脱离文学的基本载体,即文本而展开,并不是纯粹的所谓文学"外部研究";二是他承认文学作为一种人类特殊活动的艺术有着再现和记录社会文化发展的功能,文学植根于一种文化系统内部,且是这种系统复杂运动的产物,文学与文化的关系不能切断;三是他所谓的文学的共鸣性质就是文学的审美性和文学性,这也说明格林布拉特虽然强调过"文本的历史化"问题,但并不否认文学的审美共鸣性质,这是我们要特别留意的。而且,由于所受的教育和所从事的工作以及兴趣的影响,格林布拉特承认自己对于文学的阐释是通过文学在所有人心中都能引起的审美共鸣而达成的。实际上,无论是他早期的作品如《文艺复兴自我造型》(*Renaissance Self-Fashioning*: *From More to Shakespeare*)(1980)、《莎士比亚的谈判:文艺复兴时期英国社会能量的流通》(*Shakespearean Negotiations*: *The Circulation of Social Energy in Renaissance England*)(1989),还是近年来的研究《俗世威廉:莎士比亚如何成为莎士比亚》(*Will in the World*: *How Shakespeare Became Shakespeare*)(2005)、《莎士比亚的自由》(*Shakespeare's Freedom*)(2010)(笔者注:此处中文书名为笔者所译)。这些作品里面都有许多篇幅对于个别文学文本进行审美上的细致分析和判断,通过阅读和阐释莎士比亚的十四行诗来理解当时的社会文化,同时考察其对于莎士比亚的创作有何影响。总之,格林布拉特所遵循的是对于文学文本世界中的社会存在以及社会存在之于文学的影响实行"双向调查"的原则,而是否能够引发审美共鸣是研究得以展开的条件。

---

① [美]斯蒂芬·格林布拉特:《文艺复兴自我造型导论》,中国社科院外文所编:《文艺学和新历史主义》,社会科学文献出版社1993年版,第80—81页。

中国学者对于西方的文化研究心存疑虑，童庆炳说："我们不满意文化研究的'反诗意'，……不满意文化研究只把文学作品当作例子去说明某个社会学的问题，而置文学作品本身的精粗优劣于不顾。""其评论也越来越成为一种无诗意和反诗意社会批评。"① 陶东风也认为："文化批评并不是或主要不是把文本当作一个自主自足的客体，从审美的或艺术的角度解读文本，其目的也不是揭示文本的'审美特质'或'文学性'，不是做出审美判断。它是一种文本的政治学，揭示文本的意识形态，文本所隐藏的文化—权力关系，它基本上是伊格尔顿所说的'政治批评'。"② 正是由于盛行于西方，同时也在中国方兴未艾的文化研究越来越远离文学文本和对文学的审美性质的探讨，使得文学研究似乎会丧失自己起码的学科品格，其本身存在的独立性和合法性也受到巨大的威胁。因此中国文化诗学自提出之日起就特别强调对于"诗学"和"审美"的重视，刘庆璋说："中国学人们'拿来'美国学人已经提出的术语'文化诗学'，举起了蕴含着中国学人自己的理念的'文化诗学'的旗帜。它是'诗学'，就不是泛文化研究；它是'诗学'，就不仅仅指向某一局部的文学实践活动。它作为'诗学'，自然就是对创作、文学批评、文学史研究等等文学实践活动起导向作用的一种文学理论。"③ 我们可以理解的是，"文化诗学"在这里被看作为一个偏正结构，"诗学"是中心词，文化是修饰语，是诗学的文化研究。这和格林布拉特所说的"the Poetics of Culture"恰恰不同，后者从构词结构来说，"文化"是中心词，"诗学"是修饰语，是指文化中的诗学问题。但无论如何，这不但不妨碍我们对于审美问题的探讨，而且还有助于我们理解两者对于审美或者诗学的不同态度。童庆炳认为文化诗学首先应该是诗学的，是诗情画意的，而西方新历史主义反诗意。一个作品首先要用美学的标准来检验它，文学批评者对于文学的审美性质无论多重视也不为过。因此他提出做"文学艺术的诗情画意的守望者"④，"文化

---

① 童庆炳：《走向文化诗学》，《美学与当代文化讲演录》，广西师范大学出版社2007年版，第217、220页。
② 陶东风：《文化研究：西方与中国》，北京师范大学出版社2002年版，第6页。
③ 刘庆璋：《文化诗学：富于创意的理论工程》，《漳州师范学院学报》2004年第2期。
④ 童庆炳：《新理性精神与文化诗学》，《东南学术》2002年第2期。

诗学结构的一个中心便是文学审美特征","文学首先必须是文学"①。

可见,审美性品格是中国文化诗学的一个基本内涵。如果和西方文化诗学比较,有两点值得我们注意:第一,中国文化诗学的研究对象是文学而不是文化,因此对于具体文学作品的分析和文学文本的细读不但不可缺少,而且要作为文化诗学实践的"基本点"②。只有这样才能保证文学的基本学科品格和学科属性;而西方文化诗学研究的对象没有特别偏向哪一方,是关于文本和文化双向互动的研究。文本的审美性特征并没有被抛弃,但试图通过它来窥探更宽广的文化面貌。第二,中国文化诗学提倡研究的作品应该是诗情画意的,是能给人带来审美愉悦的。这一点常常为人所诟病,因为对于审美的理解因人而异,也因时而变。某个作品的诗情画意并不对所有人都有效,美也不仅仅是指诗情画意的东西而已,能够提供诗意的审美享受的也不仅仅是文学文本而已。实际上,随着科技和大众文化的兴起,各种非文学文本同样具有审美属性。如近年来,随着互联网和高科技逐步进入普通民众生活,人们随时可以利用手中的博客、微博、QQ等工具进行文艺创作,并即刻与人分享、交流。这些非传统的文学审美形式给文学创作和批评带了日新月异的变化,文学的载体和传播方式变得多样而便捷,并悄然进入普通大众的生活领域,让人们的生活审美化和诗意化,而这些也应该成为文化诗学研究的范围。

二 关于文化审美

格林布拉特眼中的文化是"一整套摄控机制(control mechanisms)","文学以三种相互锁联的方式在此文化系统中发挥自己的功能:其一是作为特定作者的具体行为的体现,其二是作为文学自身对于构成行为规范的密码的表现,其三是作为对这些密码的反省关照"③。这句话可以从三个方面来理解:首先,文学是构成某一特定文化系统的一部分,它植根于文

---

① 童庆炳:《文化诗学结构:中心、基本点、呼吁》,《福州大学学报》2012年第2期。
② 同上。
③ [美]斯蒂芬·格林布拉特:《文艺复兴自我造型导论》,中国社科院外文所编:《文艺学和新历史主义》,社会科学文献出版社1993年版,第78页。

化系统内部，受它控制和支配；其次，我们不能单纯地把文学看作是作者个体行为的表现，它也不是社会规范、意识形态的反应，更不是自我关注、独立自治的封闭系统；最后，文学是上述三者相互联系和影响的结果。可以看出，格林布拉特担心的是文学封闭在自我的王国里，孤立于社会文化之外，失去作品、作家、读者、生活之间的联系。因此，他强调对于文学文本和社会存在实行双向研究，认为文学并不是单独无涉于社会、历史和文化之外，而是处于一种特定的文化意义的复杂互动中。

上文提到格林布拉特关于共鸣性文本的选择和审美问题，那么，他是如何找到这些文本的呢？格林布拉特认为："办法是不断返回个别人的经验和特殊环境中去，回到当时的男女每天都要面对的物质必需和社会压力上去，以及沉降到一小部分具有共鸣性的文本上。这类文本的每一篇都将被看作是16世纪文化力量交汇线索的透视焦点。"[1] 可见，重回历史语境，深入到当时男女的普通日常生活中去，观察和体悟他们的所思所想是研究的基本方法；并且依赖于这些生活或者社会场景来阐释各种文化力量的交汇、互动、协商和往复循环，以完成对于当时复杂的社会系统及其内部各因素的相互关系的描述和还原。格林布拉特明确提出："非社会性和非政治性的文化文本属于一个审美领域，它以某种方式与在一种文化的其他方面起作用的逻辑推理性话语机制相区别。"[2] 在这里，文本的含义被拓展到了文学之外，带上了某种"后学"的特征。这样的文化文本和私人的、心理的、诗学的相联系，而与公共的、社会的、政治的和历史的社会性和政治性文化文本区别开来。格林布拉特提到传统的文学批评术语，例如象征、寓言、模仿等已经无法说明电视系列报道、剧本等文化现象，因此"我们就需要有一些新的术语，用以描述诸如官方文件、私人文件、报章剪辑之类的材料如何由一种话语领域转移到另一种话语领域成为审美财产"[3]。在这里，

---

[1] [美]斯蒂芬·格林布拉特：《文艺复兴自我造型导论》，中国社科院外文所编：《文艺学和新历史主义》，社会科学文献出版社1993年版，第81页。

[2] Stephen Greenblatt: *The Greenblatt Reader*, edited by Micheal Payne, Blackwell Publishing Ltd., 2005, p.19.

[3] [美]斯蒂芬·格林布拉特：《文艺复兴自我造型导论》，中国社科院外文所编：《文艺学和新历史主义》，社会科学文献出版社1993年版，第137页。

格林布拉特认为审美话语和社会话语不是某种单向的转换活动，而是可以相互的。例如，审美话语由于具有某种经济效应，可能成为社会话语，而社会话语也时时承载着审美的能量。

陶东风曾指出："（中国的文学批评）有一个误解和混淆：审美研究或'内部研究'就是文本分析，而文学的文化批评则是脱离文本的。……真正具有学术价值的文化批评从来不反对形式分析（对文本细致解读），甚至那些广义的文化研究也是如此，只是'文本'在这里不仅限于文学文本而已。……它（文化批评）与形式主义或审美批评的真正差别在于：它们解读文本的方式、目的、旨趣是不同的。"① 确实如此，现在许多学者仍然习惯于把文学文本和文化文本截然区分开来，认为审美就限于文学文本，无关文化。但是这种现象近年来似乎有所变化，例如童庆炳在提到文学美时说道："文学的美由于是社会美，因而它的美中必然溶化进政治的、道德的、伦理的、民族的、民俗的、地域的因素。"② 这里的审美仿佛就从文学形式美或者说"艺术审美品格"扩大到了文化审美的范畴。李春青指出："历史、哲学、宗教、文学等不同门类的文化文本之间，事实上存在着普遍的互文性关系。……所谓'互文本关系'或'互文性'，是指不同文本之间相互渗透、互为话语资源的现象。""文化诗学的基本阐释策略是在文本、体验与文化语境之间穿行。"③ 在这里，李春青从互文性的角度说明了文学文本和文化文本之间的关系，具备了后现代话语特征。同时，他提倡在文本、体验与文化语境中穿行，进行"循环阅读"，这点和格林布拉特主张的在文化与文本间进行"双向调查"不谋而合。顾祖钊则提倡保持文学的"审美文化性质"，把文学当作一种审美文化来对待，高举审美理想的大旗，希望对生活进行"诗意的裁判"和"审美重塑"。他说："所谓审美文化，是在审美理想的指导下，利用艺术的手段，对各种文化现象进行审美重塑的文化。"④ 先不说

---

① 陶东风、徐艳蕊：《当代中国的文化批评》，北京大学出版社 2006 年版，第 35、37 页。
② 童庆炳：《文化诗学结构：中心、基本点、呼吁》，《福州大学学报》2012 年第 2 期。
③ 李春青：《论文化诗学的研究路向——从古今〈诗经〉研究中的某些问题说开去》，《河北学刊》2004 年第 3 期。
④ 顾祖钊：《文化诗学是可能的和必要的》，《文艺争鸣》2011 年第 7 期。

这种理想是否具备可能性和可行性，把审美文化和非审美文化截然分开，或者认为前者一定高于后者，或者两者不可通融的提法是值得进一步推敲的。这也是和格林布拉特认为的审美话语和社会话语之间可以互相转换的观点截然不同之处。

三　关于审美与现实

格林布拉特在他的代表性文章《通向一种文化诗学》中，一开始就对詹姆逊和利奥塔对于审美与现实，或者说艺术与社会、诗学与政治的关系做了详细的对比和分析。詹姆逊认为在资本主义社会之前并没有审美与政治、诗学与社会的对立区别，它们是完整的统一体，而资本主义打破了这种和谐统一的模式。而与之相对应，弗朗索瓦·利奥塔则认为资本主义力图消灭不同话语领域的区别，使之分崩离析，形成统一的独白性话语霸权。也就是说，社会性和政治性的文化文本和与之相反的文化文本之间，独立的审美领域和政治社会领域之间的功能性区别并不存在，或被抹杀或形成断裂。格林布拉特不同意两人的看法，他认为："资本主义既不会产生那种一切话语都能和谐共处，也不会产生一切话语都彻底孤立或断裂的社会制度，而只会产生趋于差异、分化和趋于单一、独白的推动力同时发生作用的社会制度。"① 可以看出，格林布拉特想要在马克思主义和后现代话语中找到一个平衡点来说明资本主义文化中艺术与周围其他话语的关系。对此，他列举了里根总统在其政治生活中援引电影道白，混淆模仿与现实的差别，同时为他的政治作秀服务的事件。前者说明艺术与政治、审美与现实的区别被忘却或有意抹杀了，而后者又凸显了审美与现实的差别，所以审美与现实的区别在确立的同时又被取消。格林布拉特喜欢用振摆（oscillation）或者流通（circulation）这样的词汇来描述资本主义社会中不同话语领域之间、自然与人工之间、审美与现实之间的相互渗透或者转化关系。他对于小说《行刑者之歌》（*The Executioner's Song*）和《野

---

① Stephen Greenblatt: *The Greenblatt Reader*, edited by Micheal Payne, Blackwell Publishing Ltd., 2005, p. 22.

兽的肺腑之言》(*In the Belly of the Beast*) 的创作过程及其影响的分析可谓入木三分，也让我们能够深刻地体会到他所说的："艺术作品本身并不是位于我们猜测源头的纯青火焰……它是一系列人为操纵的产物……是一番商谈的结果。"① 由上可以看出格林布拉特对于审美与现实的关系理解非常清晰，即在一种不稳定状态的摆动、交流和往复循环中。

前文已经提到，新时期中国的文学研究长期处于政治的干预和阴影下，对于好不容易获得的审美独立怀有极大的热情和虔诚。所以研究者们退居书斋，潜心向学，不问世事。这种状况维持到 20 世纪 90 年代后期，随着市场经济和商品社会的蓬勃发展，中国出现了许多新的社会问题：环境污染日趋严重，官员贪腐，物价房价猛涨，社会公平正义难以实现……这些问题可以归因于人们思想上"拜金主义"和"拜物主义"的流行。对此，中国古已有之的知识分子对于社会现实的使命感、责任感、忧患意识和参与意识被重新激发。中国文学研究响应现实的号召，开始由"内"转"外"。童庆炳提出："中国文化诗学的根由在现实的需要中……文化诗学是对于文学艺术的现实的反思。它紧紧地扣住了中国文化市场化、产业化、全球化折射在文学艺术中出现的问题，并加以深刻揭示。立足于文学艺术的现实，又超越现实、反思现实。……文化诗学的现实性品格是它的生命力所在。"② 由此可以看出，中国文化诗学肯定甚至推崇艺术对于现实问题的揭示和调节作用，殷切希望文化诗学能够批判和补救现实中存在的丑恶的、堕落的、消极的和缺乏诗意的现象。李春青认为："(现实性品格) 保证了'文化诗学'的胆识、锋芒和锐气，保证了'人文关怀'不再是坐而论道，夸夸其谈，从而也保证了文学理论与社会现实的直接关联，文学理论家因此拥有了向现实发言的特殊话语渠道。"③ 承认文学是"人学"，力图在人文精神和人文关怀的原则上建构中国文学，是自"五

---

① Stephen Greenblatt: *The Greenblatt Reader*, edited by Micheal Payne, Blackwell Publishing Ltd., 2005, p. 27.
② 童庆炳：《植根于现实土壤的"文化诗学"》，《文学评论》2001 年第 6 期。
③ 赵勇、李春青：《"文化诗学"的两个轮子：论童庆炳的"文化诗学"构想》，《江西社会科学》2004 年第 6 期。

四"以来中国文学研究者们高举的一面大旗。但文学"为人性的完美而斗争"本身没有错，但是把文学当作我们介入社会和改良现实的武器，对其效果不能抱有太大的希望。这甚至带有些许文学的功利主义和文学工具论的色彩，而容易重新让文学沦为政治和意识形态的代言者，对其害处我们至今记忆犹新。

由此可见，中国文化诗学实际上认为审美和现实是两回事，文学的审美可以有效抵制现实的丑陋。但是，从现实着眼，我们发现随着科技的发展，图像、影视文化的盛行，消费社会与全球化的不可抵挡，当代年轻人实际上是生活在审美与现实几近混淆的世界里。人们无时不在面对无数梦幻般的、诉说着欲望而使现实生活审美幻觉化和非现实化的影像，审美的神奇魔力和诱惑栖息于生活的每个角落里，文化自身呈现出诗意的形态。鲍德里亚说："我们生活的每个地方都已成为现实的审美光晕所笼罩……现实本身已完全为一种与自己的结构无法分离的审美所浸润，现实已经与它的影像混淆在一起了。"[①] 鲍德里亚的话语不无夸张之处，但是实际情况却越来越切合他的描述。

以上内容比较了中西文化诗学在文学审美、文化审美以及审美与现实三个方面的异同。"是否审美"似乎对于两者来说是个无可非议的问题；关键在"如何审美""审美为何"上，两者表现出了不同的方法、目的和侧重点。前者结合西方当代各种理论和思维方法为我所用，通过阅读文学、历史文本，重返历史现场，联系纷繁复杂的资本主义社会现实，始终保持独特的思考和批评视角，试图在风起云涌的理论大潮中占有一席之地。中国文化诗学则更多地受到传统文学观念和唯物史观的影响，没有办法摆脱现实意识形态和政治制度的干扰，虽然在方法层面尽量吸取和实践西方文化诗学的种种经验，但不顾其理论前提的做法会导致理论话语的自相矛盾和难以自圆其说。中国文化诗学不断强调审美在文学中的核心地位，并基于现实人文危机的考虑，试图达到文学审美对于日益堕落的中国人文精神的某种拯救，这无疑也有空谈之嫌。

---

① 薛毅主编：《西方都市文化研究读本》第四卷，广西师范大学出版社 2008 年版，第 358 页。

第三节　新历史主义与中国文化诗学历史意识比较

一　理论缘起

西方文化诗学研究的代表之一格林布拉特用一种不同于实证主义的历史研究方法重新看待莎士比亚时期的文学和文化，拒绝把文学作品孤立于社会、生活、历史之外。他要在"反历史"的形式化潮流中重标历史的维度，打破历史和文学的二元对立，将文学看成是历史、文化的一部分；历史是文学参与其中，并分享与政治、意识形态等权力话语相互角逐、交锋的场域。"历史的文本化"和"文本的历史化"充分说明了格林布拉特的文化诗学对于历史与文学的相互叠盖关系的揭示。① 格林布拉特认为历史首先是一种话语，但并不意味着这是否定历史的真实性；个人无法超越自身的历史，所以历史就其建构的现时性变得因时因人而异。②

始于西方文艺理论蜂拥而至的 20 世纪 80 年代，成形于物质文化突飞猛进而精神文化日益颓靡的 20 世纪 90 年代后期，中国的文化诗学研究一开始就抱着强烈的重振文学威力和干预现实的美好愿景。童庆炳指出："文化诗学的意义就是力图把所谓的'内部批评'和'外部批评'结合起来，把结构与历史结合起来，把文本与文化结合起来，加强文学理论和文学批评的历史深度和文化意味，走出一条文学理论的新路来。"③ 这里童庆炳除强调文学研究的文化视角外，还特意提到了文学批评的历史深度问题。他所谓的历史深度即是指分析文学作品要进入历史语境，而对于历史语境的理解要与马克思主义的历史主义联系起来考察。这是中国文化诗学的两个基本点之一，此处可见马克思主义唯物史观是其思考的基点，只不过他同时也认为文学作品是历史的产物，是某种历史语境下适应时代需要

---

① Stephen Greenblatt: *The Greenblatt Reader*, edited by Micheal Payne, Blackwell Publishing Ltd., 2005, p. 3.
② Ibid.
③ 童庆炳：《文化诗学结构：中心、基本点、呼吁》，《福州大学学报》（哲学社会科学版）2012 年第 2 期。

而产生的。显然，童庆炳的"历史语境"与上文提到的格林布拉特的"返回个别人的经验和特殊环境"确有相似之处。但前者是在马克思历史唯物主义的观照下分析作家、作品的历史具体性和发展变迁。分析的前提是认为历史的客观存在性，历史不以人的意志而转移。也就是说我们无法完全恢复历史原貌，但是历史的客观性和真理性不容置疑，贯穿于这种对于历史真相、真实和真理的追求中的是一种历史理性精神。其实质还是传统意义上的文学外部研究，即具体文学作品与作家、具体时代境遇等相联系的综合研究。就如顾祖钊所说："中国文化诗学的一切努力都与这样的历史观相统一。"① 西方文化诗学，特别是格林布拉特的研究则注重具体历史时空中那些普通个体的日常生活，通过描绘生动的社会场景来阐释各种文化力量、权力、意识形态等因素的交汇、互动、协商和往复循环，以完成对于当时复杂的社会系统及其内部各组成成分相互关系的还原，从而颠覆或重写历史。西方文化诗学认为："历史是指过去发生了什么（事件的集合），同时也是对于这些事件的解释（即故事）。"② 所谓历史的真实和客观性来自于对这些故事的合理性的批判和反思。过去，即历史不是一个客观存在物，它与其文本重构不可分离，就如文学文本不可能与作家及读者分离一样。③ 可见，中西文化诗学对于历史的关注程度是相似的，但在关注的内容和方式，在看待历史本身，以及历史与文学关系的问题上却大异其趣。因此，有必要再进一步分析和理解以上问题，推敲其合理性和形成原因，以推动文化诗学研究的发展。

二 历史记忆与文学记忆

西方文化诗学认为在文学研究中重新恢复文化、历史和政治的视野，无疑是对于商业化和专业化越来越明显的学术界以及整个西方社会对于历史采取回避、忽略或者遗忘等趋势的一种反拨。蒙特罗斯曾经强调人文学

---

① 顾祖钊：《文化诗学三题》，《文艺理论研究》2011 年第 3 期。
② Stephen Greenblatt: *The Greenblatt Reader*, edited by Micheal Payne, Blackwell Publishing Ltd., 2005, p. 4.
③ Ibid., p. 3.

科的首要任务就是要去除学生认为历史一去不复返的看法,要使学生们认识到他们自己就生活在历史中。正是针对这种历史意识的衰退,西方文化诗学重整历史的大旗,主张通过回到过去找回已经失落的人文精神。必须注意的是,这里的历史已经不是传统意义上的单数大写的历史(History),而是小写复数的历史(histories)。以前由重大历史事件和君主、英雄排列组合的历史开始转向由普通人物的日常生活、婚丧嫁娶、奇闻轶事组成的历史。此时,呈现出来的历史不是单一性、整体性和规律性的特征,这和个体记忆的丰富性、片段性和偶发性特点密切相关。小写复数的历史(histories)实际上成了由不同的个人、叙事者讲述的故事(his-stories 和 her-stories)的组合,历史成为个体记忆的集合体。

中国文化诗学以马克思主义历史观作为指导,强调历史的总体性和进步性发展原则,任何对于社会生活的理解都来源于对人类历史的总体性思考;规律支配着历史进程,并允许对于人类发展做出长远的预测,深信共产主义社会是最理想的人类社会,且一定会实现。文学的属性和对它的阐释要置于历史语境中,是特定历史阶段的产物;重视文学的历史差异性的同时,强调文学对于历史的服从,用再现或反映论来界定文学的工具属性。以上所述可以说是马克思主义文论中反复强调的历史与文学的观念。实际上,我们容易忘记的一点是,马克思主义认为历史既具有不以人的意志为转移的规律性和确定性,也具有为现实服务和满足当下需求的现时性和不确定性,而后一点往往被我们忽略或避而不谈。马克思曾指出:"人们自己创造自己的历史,不是随心所欲地创造,不是他们自己选定的条件下创造,而是在直接碰到的、既定的、从过去承继下来的条件下创造。"[1]西方马克思主义代表人物之一本雅明更是认为过去能否成为历史,是与现时密切相关的。不能被现在关注和认可的历史都会不可避免地消失,而一切记录下来的历史都是统治阶层和征服者的历史。同时,本雅明认为历史进步论也是值得怀疑的,很多的残暴和战争行为就是在进步的名义下进行的。他说:"应该把一个特定的时代从连续统一的历史过程中爆破出来,

---

[1] 马克思、恩格斯:《马克思恩格斯选集》第一卷,人民出版社1972年版,第603页。

把一个特定的人的生平事迹从一个时代中爆破出来，把一件特定的事情从他的整个生平事迹中爆破出来。"①需要注意的是，这种对于"历史连续性"的爆破与经典马克思主义历史观已经相去甚远，而和福柯的断裂历史观，格林布拉特的怀疑、谨慎和批判地对待历史的态度息息相通。西方文化诗学研究套路之一便是从历史洪流中梳理出的个人日记、奇闻轶事、男女日常生活等历史的边角和碎片，以及它们与文学的关系，这无疑类似于本雅明所说的"爆破"方法。可见，马克思主义历史观本身是发展变化的，有些中国的文化诗学研究者认为的"历史本身是一种客观存在"，强调"历史的必然性"，认为"具有强烈历史记忆功能的文学向人们展示历史的真实和历史的逻辑"②等观念似乎与马克思主义强调的历史发展观本身是矛盾的，值得进一步思考和修正。

人类发展的过程是一个不断弃旧择新的过程，但所谓的新和旧不是截然不同和猝然分裂的，两者之间通过人类的记忆取得千丝万缕的联系。克罗齐对于历史的记忆功能不曾怀疑，"历史之有别于纯粹的幻想，……就在于历史是根据记忆的"。但他同时指出："历史只能把拿破仑和查理大帝，文艺复兴和宗教改革，法国革命和意大利统一，当作具有个别面貌的个别事物再现出来。"③在这里，克罗齐客观地评价了记忆在历史发展中的作用，可历史最终还是呈现出个体性、事件性和片段性的特征。我们可以依赖记忆来获取关于过去的某些知识和体验，但是因为记忆在本质上属于个人，又受制于时间和空间的局限，处于不断消耗和模糊中，所以它是残缺的，充满了误差和选择性。

文学发展同样如此，"文学发展的前提是创新，创新的前提是对文学的承袭，而记忆是文学承袭的必备要素"④。传统文论对于文学记忆的强调本身已成为传统，文学的经典化过程便体现了文学记忆的强大。然而，

---

① [德] 本雅明：《历史哲学论纲》，《本雅明文选》，中国社会科学出版社 1999 年版，第 414、415 页。
② 顾祖钊：《文化诗学三题》，《文艺理论研究》2011 年第 3 期。
③ [意] 克罗齐：《美学原理》，《西方文艺理论名著选编：中卷》，北京大学出版社 1986 年版，第 514—515 页。
④ 张荣翼：《文学发展中的记忆机制》，《西南师范大学学报》（人文社会科学版）2003 年第 2 期。

就如历史无法被完全无误地记录一样，文学记忆的真实性和客观性同样值得怀疑。伊格尔顿说："所有文学作品都是由阅读它们的社会'再创作'的（只是无意识地），事实上，没有一部作品在阅读时不是被'再创作'的。没有一部作品和当时对它的评价，能够简单地、不走样地传给新的读者群，在这一过程中，或许绝大部分都难以辨认了；这就是为什么称为文学的东西是一个极不稳定的事物的原因之一。"[①] 这里说的虽然是读者在阅读中的"再创作"过程，但恰恰体现了文学记忆的能动性和变异性，它根据具体情境的变化而变化。的确，一部文学作品或一位作家产生影响并进入历史后，他们的被铭记、被遗忘或被改写的命运都交付给了历史。例如笛福的《鲁宾逊漂流记》原意旨在为资本主义的原始积累和英国海外殖民歌功颂德，却早已成为儿童文学作品经典，激发孩童探险游历的兴趣和满足他们对未知世界的好奇。又如大诗人陶渊明以其古朴恬淡、清新自然的文风在当时骈体文学昌盛、主张奇辞异采的魏晋文坛独具一格，却寂寥无闻。此后一二百年间，他一直受到冷落，被历史和文学家们选择性遗忘。直到后来欧阳修评"晋无文章，唯陶渊明"，苏轼说"吾与诗人无所甚好，独好渊明之诗"，王安石称"渊明趋向不群，词彩精拔，晋宋之间，一个而已"，陶诗才随着这些大人物的一路称颂得以流传至今。这些现象说明："文学发展中的'记忆'不是简单的实录过去，不是按事件发生时的状况来做记忆，而是按照事后的需要来作的记忆，这种记忆不是为了当时的需求得以实现，而是为了后代需求并围绕着后代需求来运作的。"[②] 这种需求完全有可能把原先的意图和计划完全打乱，把没有新意的东西重新挖掘出新意，把之前无效的文学变得有效。记忆面向过去，但充满误差和选择性；它不完全属于过去，而与现在关系紧密，与当下人们的需求不可分割。

综上所述，文学记忆和历史记忆有极其相似性。如果承认历史有其文本性，即如詹姆逊所说只有通过文本才能接近历史的话，我们就不得不承认历史的当下呈现是极具主观特性的。这不是要否定历史事件或人物的客

[①] ［英］伊格尔顿：《文学原理引论》，文化艺术出版社1987年版，第15—16页。
[②] 张荣翼：《文学发展中的记忆机制》，《西南师范大学学报》（人文社会科学版）2003年第2期。

观存在，而是提醒我们要对历史记忆、历史叙事时刻保持警惕，要通过自己的独立观察和思考理解历史的真相。西方文化诗学在这一点上是有十分清晰认识的，格林布拉特主张从历史记忆的模糊、隐秘处挖掘历史新意，借以补充或颠覆已有的固定历史叙事，就是这一历史、文学观念的体现。中国文化诗学理论建构的前提是马克思唯物史观，在这种历史观的指导下，历史记忆和文学记忆不是没有个体性，而是通常被集体性、阶级性记忆遮蔽。个体在强大历史理性和集体意象面前显得异常卑微，个体记忆要么被忽视，要么被替换，历史时空中始终游荡的是关于国家、民族和阶级集体记忆的幽灵。在这种情况下，个体不可能成为历史的真正主体，只能扮演历史中的配角和小丑的角色。

三 历史叙事与文学叙事

前文曾谈到叙事历史主义已然成为西方当代历史学主流，也不断刷新当代人们的历史观念，西方文化诗学对于历史叙事与文学叙事的观点最好的表述在于"历史的文本化和文本的历史化"这句话。一方面，历史是通过文本来叙事和显现的，没有文本就没有我们所知道的历史，可文本不能成为历史事实；另一方面，本身并不是客观事实的文本在历史发展过程中，对于实际产生了影响和后果，成为历史事实构成的一部分。历史和文本的这种互文关系同时也显示了现在和过去、前人和后人的互文对话关系。人类正是这样通过文学为逝去的历史留下回味的空间，依靠文学寻找曾经鲜活的个体在历史长河中留下的足迹；人们在阅读文学的过程中经历前辈所经历的一切，感受他们的喜怒哀乐，同时也承继和延续他们的生命。同时，格林布拉特也非常重视想象对于历史叙事的作用，甚至把它等同于想象在文学叙事中的作用。他提倡文学研究者们"把所有想象力投入到工作中去"[①]。想象对于历史叙事的重要性还体现在海登·怀特的元历史话语中，海登·怀特作为历史学家，他的视野似乎超出了一般历史学者

[①] 生安锋：《透视文化、重构历史：新历史主义的缔造者——斯蒂芬·格林布拉特教授访谈录》，《当代外语研究》2010 年第 3 期。

学术眼光所能及的范围。首先，他把历史作品看作是叙事性散文结构的一种，他说："它们一般而言是诗学的，具体而言在本质上是语言学的。历史话语和文学话语在修辞和比喻的层面取得沟通。"① 其次，他识别出四种可能的历史言说模式，即形式论、有机论、机械论和情境论，就情节化而言，它们是浪漫剧、戏剧、悲剧和讽刺剧四种原型。由此，他认为史学家表现出一种本质上是"诗性的行为"。总而言之，海登·怀特认为："占主导地位的比喻方式以及与之相伴随的语言规则，构成了任何一部史学作品那种不可还原的'元史学'基础。"② 在他看来，任何历史都是一种修辞想象，历史是被构建的，而且是被诗意地构建的。因此，我们看到的历史不过是作为修辞和文本的历史，其叙事过程和模式取决于叙事者的修辞态度、方式、阐释角度和价值立场。海登·怀特明显受到结构主义语言论的影响，在历史研究中采用文学研究方法，使得文学和历史文本在元史学的理论框架下回归叙事问题。由上可见，西方文化诗学所指的文学叙事和历史叙事并没有本质的不同，两者同样需要借助于语言、文本的强大支撑力量，也需要丰富想象力的润色、补充。

中国文化诗学则强调文学的审美诗意属性，坚持以审美体验为中心。虽然呼吁文学"内部研究和外部研究结合起来，把结构与历史结合起来，把文本和文化结合起来，加强文学研究的历史深度和文化意味"③，但是传统马克思主义的历史观始终束缚着学者的思考方向和深度。一方面，把文学看作是历史发展的暂时的产物，这意味着脱离了形式主义文本分析的窠臼，把文本置于一定的历史语境中，通过历史文化的视野来分析和阐释文本，但历史作为文学研究的参照系，继续充当着文学研究的佐证和背景；另一方面，虽然强调历史语境的具体性和进行文本细读，但文学作为历史的衍生物而存在，文学与历史依旧赫然独立于彼此，历史的地位，其

---

① ［美］海登·怀特：《元史学：十九世纪欧洲的历史想象》，陈新译，译林出版社2004年版，序言。
② 同上。
③ 童庆炳：《文化诗学结构：中心、基本点、呼吁》，《福州大学学报》（哲学社会科学版）2012年第2期。

客观性、确定性和进步性不容文学虚构的置疑和搅乱,而文学的作用仅限于反映和揭示这些特征。中国文化诗学的提倡者们有感于现实精神文化的缺失,对于社会中丑陋的、消极的和缺乏诗意的倾向深感担忧,希望文学能承担"介入"社会的功能,通过文学审美实现人类精神的某种救赎。实际上,就上文提到的他们对于文学与历史的关系的理解来推论,文学不是历史的参与者和创造者,无法影响和干预历史的演变进程,使得这种期待颇具理想的乌托邦色彩。吊诡的是,中国又有文史不分的传统。在古代中国,许多历史学家同时也是大文学家。《史记》既是历史作品,更是被后人传阅的伟大文学作品,司马迁的"春秋笔法"是作为一种文学创作手法而传世。中国传统的"咏史诗"更是巧妙地把历史叙事和文学叙事融合在一起,两者相辅相成,相得益彰,然而这种叙事传统在"五四"以后逐渐消失殆尽,文史二分的观念渐入人心。

实际上,历史与文学分界和对立也是西方学科体制发展下的产物。人们似乎忘记在古希腊,历史属于修辞学范畴,历史写作要有优美的修辞,能够提供叙述生动的道德训诫。作为对学科分类的反拨,19世纪中期麦克莱就曾指出史学家必须依靠想象力使历史写作变得生动和形象化,他认为历史写作类似于文学写作,要使历史的真实性具有吸引力,必须强调语言文字的修饰性。随着19世纪末和20世纪初在人文学科领域发生的"语言论转向",历史和文学的相通性和共同点得到越来越多的强调。索绪尔关于语言"共时性"的研究使得人们思考历史的方式从过去的"历时"开始转向"共时",学者们开始明白在记忆和认识历史的同时,他们也参与和建构了历史。客观性历史不是不存在,而是这种存在始终具有主观性、偶然性和当下色彩。人们虽然可以通过具体器物接触历史,但历史事件和历史人物的呈现只有通过叙事的方式进行,"历史只有以文本的形式才能接近我们,换言之,我们只有通过预先的文本化才能接近历史"[①] 说的就是这个意思。历史话语与文学话语以文本的方式在诗学层面相遇,历

[①] [美] 弗雷德里克·詹姆逊:《政治无意识》,王逢振、陈永国译,中国社会科学出版社1999年版,第70页。

史与文学的二元关系应被互动、多元关系所置换。语言文本的开放性、相对性和建构性决定了历史的非确定、开放和建构等特点。因此,所谓终极的历史真理、真实和规律值得怀疑。

并不存在一成不变、一劳永逸的历史叙事和文学叙事方式,变动不居以适应当下语境才是其始终不变的特点。同时,文本作为语言能指游戏的场所,充满了难以辨析的空白和缝隙,因此,对于文本的阐释同样变得不可确定,而现时需要最终成为人们试图捕捉历史真实的最后"一根稻草"。科林伍德指出:"柏拉图的《国家篇》不是对政治生活中不变的理想的一种阐述,而是对柏拉图所接受并重新加以解释的希腊理想的一种阐述。亚里士多德的《伦理学》所描述的并不是一种永恒的道德而是希腊绅士的道德。霍布斯的《利维坦》发挥了17世纪英国形式主义的专制主义的政治观念。康德的伦理学理论表达了德国虔诚主义的道德信念。"① 这说明任何一位作家都局限于他自身的历史阶段,都只能阐述人类心灵在其发展的时代所达到的那种境地。历史的阐述和书写与现实的关系从来都非常的紧密。就如前文所说,历史不单属于过去,它也属于当下和未来,它与人们的现实需求不可分割。对于文学叙事的理解也应如此,阿诺德·豪塞尔曾说:"有一件事似乎是确实的,即不论是埃斯库罗斯还是塞万提斯,不论是莎士比亚还是乔托或拉斐尔,都不会同意我们对他们作品的解释。我们对过去文学成就所得到的一种'理解',仅仅是把某种要点从它的起源中分裂出来,并放置在我们自己的世界观的范围内而得来的。"② 前人的文学成果肯定会对后人产生影响,但产生什么样的影响和如何产生影响是后人选择的自由,尽管这自由受到当时文化、历史语境和他自身因素的制约。历史和文学的任何一种叙事对于现时的人们而言从来不是不确定的,因为理解和阐释的主动权始终掌握在他们手中。

西方文化诗学秉持的就是这样一种叙事历史主义的原则,也是由于这点引起了海登·怀特等其他人文学科领域的学者的强烈关注,同时也招致

---

① [英]科林伍德:《历史的观念》,商务印书馆1997年版,第321页。
② [美]阿诺德·豪塞尔:《艺术史的哲学》,中国社会科学出版社1992年版,第234页。

了许多批评。说到底,格林布拉特反对的就是对历史和文学单方面的、宣称唯一正确、权威的解释,还有对所谓的宏伟的历史演进模式的质疑。而中国文化诗学对这种叙事历史主义的立场持怀疑态度,前文提到很多学者反对新历史主义理由便在此,即认为新历史主义的历史阐释始终给人"一种历史所指的感觉"[①],新历史主义把"历史等同于文本","把历史文本的最终所指那个曾经实实在在发生过的'事件'放逐了"[②]。对于新历史主义的这种判断至今还普遍存在,原因就在于中国学界始终把历史叙事和文学叙事截然区分开来。因此,历史与文学的二元对立观念是中国文化诗学首先要解决的理论矛盾和困境。

四 历史真实与文学真实

笔者曾在第一章谈到西方文化诗学研究的典型方法,即通常由一则轶闻故事或真实存在的文物说起,引出对某个文学家或文学事件的描述。这种研究方法的目的就在于让读者相信研究者对历史真实的客观把握,那些看似研究者偶然间发现的原始素材,其实都是他们精心选择用来描述和佐证自己判断的有力证据。格林布拉特说:"我们要利用这些奇闻轶事,以一种精炼压缩的形式,来展示活生生的经验元素如何进入文学,平凡的日常生活和身体如何被记录。""我们想要发现过去真实存在的身体和声音,如果这些身体早已腐朽,声音早已沉寂,从而无从发现,那么我们至少要抓住那些与真实经验息息相关的蛛丝马迹。"[③] 由此可见,西方文化诗学非常注重历史存在的真实性,而文学的力量就是向后人显示这种历史真实性,显示的方式则要回归最普通个体的最普通日常生活,反映他们的喜怒哀乐。那些关于真实的"蛛丝马迹"如此难以追寻却引人入胜,西方文化诗学研究者的兴趣和重任之一便在于此吧。

[①] 盛宁:《二十世纪美国文论》,北京大学出版社1993年版,第270页。
[②] 盛宁:《人文困惑与反思——西方后现代主义思潮批判》,生活·读书·新知三联书店1997年版,第159—160页。
[③] Stephen Greenblatt: *The Touch of The Real.* In *The Greenblatt Reader.* Micheal Payne, ed., Blackwell Publishing, 2005, p. 37.

基于叙事历史主义的立场，海登·怀特认为历史事实在历史学家的笔下不过是构思和讲述故事的素材，他们的目的不是要铺陈历史的真相，而是表达和抒发历史学家自身的人生观和历史观。他在《元史学》的序言里说："我想要强调的是，在我看来，历史事实是构造出来的，固然，它是以对文献和其他类型的历史遗存的研究为基础的，但尽管如此，它还是构造出来的。"① 这种说法和上文所写的西方文化诗学关于历史真实的观点还是有区别的，前者全然不顾历史真实的存在，认为历史事实完全是历史学家想象和构造的结果，这样的论断自然不具备说服力，而后者虽然也同意想象力和叙事的重要性，但其目的就是对于历史真实最可能的接近和最贴切把握，对历史真实的触摸应该说始终是西方文化诗学研究的重点。而海登·怀特所主张的历史事实的构造等同于文学家的小说创作的观念应该与之区分开来。

前文提到中国文化诗学以马克思主义历史观作为指导，强调历史的真实性、总体性和进步性。历史的客观存在不以人的意志为转移，历史学之所以成为一门学科，就其因为尊崇对历史真实面目的还原，相信"随着新物证、新资料、新视角和新方法的应用，人类正处于逐步接近真相、真实和真理的过程中"②。由此可见，中国文化诗学主张的是历史真实，是在辩证唯物论基础上的历史客观性，历史是一门依据史料，追求真实为目的科学。这和西方文化诗学所说的"触摸真实"有根本的区别，因为前者认为历史真实不容置疑、唯一正确、始终存在，因为历史的科学性决定了它的真理性和无可争辩；而后者则质疑这种武断的，实际上非科学的话语方式，进而站在边缘化立场去发现另一种历史真实。中国文化诗学高举马克思唯物史观的旗帜，却忽略这样的话"凡是今天被承认是真理的东西，都有现时隐蔽着的而过些时候会显露出来的错误的方面；同样，凡现在被承认是谬误的东西，也都有真理的方面，因而，它从前才被认作是真理"③。真理和谬误只有放在有限的历史阶段内才能显现出意义，一切有关绝对真

---

① ［美］海登·怀特：《元史学：十九世纪欧洲的历史想象》，陈新译，译林出版社 2004 年版，序言。
② 顾祖钊：《中西文化诗学的不同》，《燕赵学术》2009 年第 2 期。
③ ［德］马克思、恩格斯：《马克思恩格斯选集》第四卷，人民出版社 1972 年版，第 240 页。

理和人类绝对状态的想法都是值得怀疑的。同样,中国文化诗学研究者认为的文学真实要求作者反映世界和生活的真谛与本质,准确把握事物发展逻辑和规律也就显得有些绝对化了,这违背了经典马克思主义的理论初衷。

真实性问题自古以来就受到中西文论家的关注和探讨。在柏拉图看来,唯一真实可靠的东西只有"理式",生活中各式各样的现实事物是对"理式"的模仿,而艺术是对现实的模仿,因此艺术是"理式"的影子的影子,与真理相去甚远。就这样,艺术被挡在了真实和真理的门外。亚里士多德则认为真实并非作品与其参照对象(即现实)的关系,而是与读者信以为真的事物之间的关系。这里关涉作品与话语之间的关系,这种话语不属于社会中的每一个人,谁也无权宣布是它的所有者,文学真实性不过是指话语与话语之间的关系,这与后现代文学理论的观点不谋而合。话语在福柯看来是语言与言语结合起来的丰富而复杂的具体社会形态,是特定社会、历史语境中与社会权力关系相互缠绕的具体言语方式。在任何社会里,话语一旦产生,就立刻受到各种控制、筛选、组织和分配,这一过程使得某些知识取得权威,获得"真理"般的地位和意义。然而,话语不是一个超越时空的结构,而被福柯赋予了历史阶段性的特征。话语在历史中生成,也会在历史中变化,在历史某个时段成为真理的知识也许在另一个时段就为历史所否定和淘汰。因此,对于历史和文学的真实性问题的探讨也终究会有其历史的局限性。自古希腊以来,西方史学家也一直在追寻历史的真实,并以此来区分历史和文学。近代科学的发展和普及也使历史学家对于史料和证据的挖掘和判断充满自信,理性和科学主义观点一直引领着近代以来传统历史学家的思考方向。强调历史的客观性、进步性和规律性,寻求历史的真相是他们引以为豪的理想。但是这种理性主义的方法在瞬息万变的当代世界显得力不从心,他们也发现非理性因素时常干扰着他们的工作,我们非但不能发现历史的真相,也无法预知历史的走向。实际上,相对主义的世界观、人生观和历史观更能使人信服,不要试图真正客观和真实地认识周围的世界、过去的历史和我们自身,没有永恒不变的所谓规律和真理,一切都是话语的建构和宣扬。

由于中西文化诗学持有迥然不同的历史观，因此在看待历史和文学的功能，在处理历史与文学关系问题上有着明显的差别。中国文化诗学依然坚持批判历史哲学的立场，力图考察历史事实和历史过程，强调历史的总体进步论和客观规律性；这样必然会得出历史与文学二分、文学为历史服务等结论。西方文化诗学秉持语言历史观或历史叙事学立场，强调历史的共时性、互文性和建构性特点；结论是文学话语和历史话语都处于一套符号系统之中，其真实、客观的意义为各种符号关系所代替，意义或真理的产生不再为人们所发现，而是在不断建构和创造中。后者无疑更具有说服力，也有助于重新确立文学的主体性地位，避免重蹈文学沦为意识形态和政治工具的覆辙。

第五章

新历史主义视域中的中国当代文学与影视作品分析

关于中国新历史小说、新历史影视创作与西方新历史主义的关系一直是学界争论的话题之一，至今没有达成共识。但争论的过程要比争论的结果更为重要，因为我们在梳理中国文学和文论发展历程时需要这些多层次、多视角、全方位的探讨，多音齐鸣总比单一声调要好。重要的是，我们要问为什么有新历史小说和新历史影视剧的产生和发展，其背后的历史时空和文化语境是什么，它们要么被热情接受，要么被激烈反对的原因是什么，这中间透露出我们的历史观、价值观和世界观有了怎样的变化与突破。本章具体考察苏童、莫言的文学作品和陆川导演的影视作品，思考其中所体现的新历史主义观念，同时也是笔者对西方新历史主义理论的理解和文学批评实践。

国内对苏童的研究自20世纪80年代开始至今已取得丰硕的成果，研究范围主要集中在对苏童小说内容和主题的分析、小说语言特色和叙事美学的探讨、单个作品的具体研究或多个作品的比较考察等。将苏童小说与新历史主义联系起来或者专门讨论苏童小说所体现的新历史观念的文章也不在少数。笔者则主要从个体生命对历史重围的突破这一视角来探讨苏童小说中体现的新历史主义特征，而恰恰从这一点上让我们看到了西方新历史主义理论和观念在中国的传播形态、境遇和存在状况。人物、平民、民间是苏童历史小说,同时也是中国新历史小说中普遍的主题,也是他们切入历史与现实最常用的视角。这一视角让新历史小说重新显示出被中国文学长久遗忘的主题:对个体生命意义的开掘,对个体生命的尊重和怜悯,让个体以前所未有的高昂姿态矗立于历史面前。苏童小说中的个人从宏大历史的视野中出走,以个人的自发性和自觉性抵抗历史的束缚,个体生命的凸显成为对宏大历史叙事的有力颠覆,成为中国文学挣脱政治意识形态桎梏,走进个人灵魂深处,为个体的存在自由摇旗呐喊最为重要的一步。回到生命个体的本位反思历史和书写历史无疑至关重要,这也是笔者选择苏童新历史小说为剖析对象的原因。

迄今为止,学界对莫言小说的研究也已十分全面,其中主要包括对莫言作品的语言艺术的研究、美学风格的研究、内容主题的分析、莫言小说对西方文学和中国传统文学的借鉴和继承研究等。也有少数研究者将莫言小说与新历史主义联系起来,或专门讨论莫言小说体现的新历史主义理念。笔者主要从民间历史的胜利这一视角来探讨莫言小说中体现的新的历史观念和叙事美学特征,同时结合西方新历史主义及相关理论进行阐述。莫言小说的最大特征便是通过奇谲诡异的想象、汪洋恣肆的语言构成一幕幕众声喧哗的民间狂欢场景,他一贯主张用民间的历史来补充非民间的官方正史,并且认为这样的历史虽然不是真实的历史,但更符合历史的真实。通过对民间历史的自由想象,莫言在对正史的补充与解构以及对民间历史的重建与宣扬中贯彻着自己始终如一的民间立场。莫言作品往往把重大的历史和政治事件当作故事发生的背景,描述似乎与这些重大历史毫无瓜葛、处于历史边缘和底层中的人物的生存状态。而这些与西方新历史主义历史、文学观念不谋而合,即"大写的历史"被"小写的历史""民间历史"和"日常生活的历史"取代;关注边缘历史和边缘人物的命运;突出历史的非连续性、事件性和偶然性因素等。笔者从这个角度联系莫言小说和新历史主义,并从中解读出中国当代文学和历史观念的变迁。

只要在一定程度上具备和西方新历史主义理论相似的历史、文学观念,对历史的真实和规律性持怀疑态度,采取历史叙事的民间立场和边缘视角,试图对主流历史进行补充或颠覆的影视作品,其中历史事件和人物无关真假，可以想象虚构，都应称为新历史影视剧。陆川导演的两部影视作品，即《南京！南京！》和《王的盛宴》恰恰集中体现了这种观念，因此也成为笔者探讨的对象。

第一节　个体生命的突围：苏童小说的新历史主义解读

一　苏童小说、新历史主义与文化语境

从 20 世纪 80 年代始，苏童至今已经发表了 300 余万字的作品，是中国当代文坛颇具影响力的一位作家。他创作的题材和体裁相当广泛，既有长篇小说、中篇小说，又有为数众多的短篇小说、散文、随笔和诗歌等。其中历史题材作品占据了相当大的比重，这些作品包括《1934 年的逃亡》《飞跃我的枫杨树故乡》《罂粟之家》等家族系列小说，《香椿树街故事》《城北地带》《少年血》等讲述少年情怀与成长的作品，《后宫》《我的帝王生涯》等帝王小说，《妻妾成群》《红粉》《碧奴》等以女性命运为主题的小说，还有《米》《河岸》等讲述个人命运与生存的小说。最初，苏童与格非、余华一起被称为继马原、洪峰之后先锋小说的领军人物，其小说叙事形式、风格和语言的革新让他们的作品具有超前和实验的性质。苏童曾说到他的成名作《1934 年的逃亡》的创作过程："没有具体的创作大纲，自己画了几幅画，这几幅画提醒了我人物线索、小说的主要情节，我就顺着这几幅画来写。这样的写作本身可能就具备实验性。"[①] 之后，苏童并不执着于对先锋文学中形式、语言的实验与狂欢，转而寻求一种新的变化，这种变化更倾向于向中国传统文化和古典精神靠近。他说："激起我创作欲望的本身就是一个中国人都知道的古老的故事。""对于我来说，这样的普通的白描式的语言竟然成为一次挑战，真的是挑战，因为我以前从来未想过小说的开头会是这种古老平板的语言。"[②] 这种无论在取材，还是内在精神与审美情趣上对传统古典文学的靠近，似乎是苏童自然而然

[①] 苏童、周新民：《打开人性的皱折——苏童访谈录》，《小说评论》2004 年第 2 期。
[②] 苏童：《我为什么写〈妻妾成群〉》，《河流的秘密》，作家出版社 2009 年版，第 246 页。

为之，然而他对传统和历史的解读却似乎具备了新历史主义的一些特征，这两样看起来矛盾的东西在苏童小说里形成一股奇特的张力，引发我们对人性、命运、历史以及当代文化的重新思考。

美国史学家贝克尔对"两种历史"进行的区分带给我们启示，"我们承认有两种历史：一种是一度发生过的实实在在的一系列事件，另一种是我们所肯定的并且保持在记忆中的意识上的一系列事件。第一种是绝对的和不变的，不管我们对它有怎样做法和说法，它是什么便是什么；第二种是相对的，老是跟着知识的增加或精炼而变化的"[1]。此处实际上是把历史与现实进行了联系，历史不单单面向过去，还面向现在，甚至未来。新历史主义的历史观则与之相似，新历史主义者相信历史包括两个层面的意义，一方面是真实发生在过去的事情，另一方面是对这些事情的叙述。历史"既是指发生在过去的事情（或一系列事件），也是对这些事件（故事）的讲述。历史真实来源于对讲述这些故事的充分性的批判和反思。历史首先是一种话语，但并不意味着对真实存在的事件的否定"[2]。这里我们可以看到认为新历史主义完全排除历史真实的观点是站不住脚的，它确实强调历史的文本性和话语性，但并不是绝对意义上的文本历史主义者。关于历史与现实的关系，新历史主义者认为人不可能超越自己所处的时代，而历史的建构在本质意义上取决于建构历史的现在。新历史主义在形成之初在"反历史"的形式化潮流中重新确立历史的维度，重新审视历史与现实、历史与文学的关系。新历史主义者眼中的历史与现实并不完全是一种线性的先后序列关系，更是一种共时的历史与现实的文本对话关系，两者之间通过文本存在着相互协调的对话性协商、交流特征，这便是格林布拉特所提倡的"与死者对话"和"让死者说话"[3]的观点。文学则不是孤立于社会历史之外的事物，而是历史、文化的一个有机组成部分，文学

---

[1] 田汝康、金重远编：《当代西方史学流派文选》，上海人民出版社1982年版，第260页。
[2] Stephen Greenblatt：*The Greenblatt Reader*, edited by Micheal Payne, Blackwell Publishing Ltd., 2005, p. 3.
[3] Stephen Greenblatt：*What Is the History of Literature?* Critical Inquiry, Vol. 23, No. 3, Spring, 1997, p. 479.

参与到历史之中，并与政治、意识形态和权力话语形成相互角逐和交锋的场所。也就是说，文学实际上是历史时空中最不可或缺的一员，它直接或间接参与历史进程，建构和述说历史，同时是现实文化塑造和发展的推动力量。

毋庸置疑，苏童并不是在上述新历史主义历史观念的直接影响下进行创作实验的，但是作为20世纪80年代开始创作成名的作家，他不可能没有感受到蜂拥而至的西方文艺思潮的巨大吸引力并开始追逐和有意模仿西方文学家的创作。苏童在回顾自己的文字生涯时，毫不隐瞒自己对美国作家塞林格的喜爱和有意模仿："那段时间，塞林格是我最痴迷的作家。我把能觅到的他的所有作品都读了。我无法解释我对他的这一份钟爱……我因此把《麦田的守望者》作为一种文学精品的模式……它直接渗入我的心灵和精神，而不是被经典所熏陶。直到现在我还无法完全摆脱塞林格的阴影。我的一些短篇小说中可以看见这种柔弱的水一样的风格和语言。"[①] 除了塞林格，苏童还如数家珍地谈到了他阅读博尔赫斯、纳博科夫、海明威、昆德拉等西方文学大师的经历和收获，同时还积极关注一些后现代作家，如罗伯特·库弗和唐·德里罗。可以肯定的是，苏童对上述西方文学资源的借鉴和效仿对他的文学创作，甚至语言和风格产生了莫大的影响。而结构主义、存在主义、后结构主义、弗洛伊德精神分析、原型理论等20世纪西方思想和理论被译介到中国，以及之后的后现代主义、后殖民主义、女性主义到新历史主义等当代西方思潮的轮番涌入，不仅打开了包括苏童在内的中国作家们的眼界，拓展了他们的思路，革新了他们的文学观念，更影响了他们的历史观和世界观。苏童等一批作家们用他们敏感的神经感受着这些崭新的观念的震撼，并把自己的思绪和感触、困惑或彷徨，还有对本民族苦难历史和现实命运的深刻思索呈现在他们的作品里。

笔者在第二章曾深入分析20世纪八九十年代中国的文化语境和文学土壤，谈到在那个时期的社会文化、人们的思想、文学观念都发生着急剧

[①] 参见苏童《河流的秘密》，作家出版社2009年版，第164页。

的变化,"告别革命""放弃启蒙""思想解放""价值重估""断裂""重建"等词汇都无法描述出当时混乱而迷惘的思想状态。文学层面关于方法论的探讨、主体性的思考、向内转和文学史重写的讨论都意味着中国文学自身发展到了一个需彻底革新的时期,提倡主体能动性,主张审美本位,突出个体自由和精神独立,宏大历史叙事被有意忽视和放弃,文学最终开始面向个体内心和日常生活。20世纪90年代后期在中国学界刮起的"后学"热并不是空穴来风,经过近二十年西方思想的不断渗透,加上中国突飞猛进的经济发展,中国恰恰已经具备了接受"后学"思想的文化土壤。"后学"思想有着明显的理论标志,即反权威、反整体性、反历史决定论、反意义确定性、反本质主义等,它把批判和颠覆既有秩序、重新阐释历史和真理、否定一切中心和权威为己任,提倡多元对话原则,强调历史的偶然性和意义的不确定性。值得一提的是,新历史主义的许多观念与上述思想不谋而合,或许正是在吸取了后者的思想精华的基础上进一步提炼发展的结果。因此,在一定程度上,新历史主义便是这样裹携着当代西方最新和最具颠覆性的各种思潮沉浸在中国文学和文化生活中。而这些在传统中国,即便是后来中国人想都不敢想的念头竟然得到大张旗鼓的宣传,得到年青一代学者和作家们的顶礼膜拜,这些无非表明当代中国一个前所未有的改变:在一个激情集体退场的年代,作家们和文学本身急于摆脱历史重负,卸去光荣的革命使命与启蒙者的神圣光环,把"厚重激越的情绪转变为空灵俊秀的思绪或者优雅的情调"[1],开始勇敢走出政治与意识形态鬼魅般的萦绕,挣脱强大的集体主义、总体主义的严重束缚,打破乌托邦理想主义的魔咒,从独断式、教条化、愚民化的思想禁锢中自我解放出来,开始关注小写的、具体的、有血有肉的人,把自我的个体生命经验融入文学肌理中,使对历史和民族的独立思索成为文学意义产生的源泉。

  上述理论与文化语境成为苏童小说产生的宽广背景,也是我们开启苏童构筑的历史语境与小说王国之门的钥匙。

---

[1] 陈晓明:《中国当代文学主潮》,北京大学出版社2009年版,第364页。

二 在历史与现实中之间

传统的历史题材小说往往以真实的历史人物和历史事件为基础进行创作，"符合历史事实"成为衡量此类小说好坏的重要标准，历史真实与艺术真实在某种程度上达到完全吻合。在苏童的新历史小说里，历史只是作为人物出场的布景和道具，作为一种氛围、情境和话语而存在，历史真实让位于历史虚构和艺术真实，人的生存、人性的善恶、人的生命意义与困惑成为他尽情书写的焦点。关于虚构，苏童是这样理解："对于一个作家来说，虚构对他一生的工作是至关重要的。虚构必须成为他认知事物的一种重要手段。虚构不仅是幻想，更重要的是一种把握，一种超越理念的把握。"① 因此，历史真实并不是他追寻的目标，那应该成为历史学家的主要任务，而作家的工作便是虚构，但这种虚构不是漫无天际且混乱的幻想，而是他把握和认知世界的方式。作家按照自己感知和创作需要将历史虚构，此处的历史不再是传统意义上的过去真实存在过的人物和事件，也不是有着先后序列的线性发展过程，而应该是一种文化系统中的共时性文本存在方式。换句话说，苏童追寻的是多元化、个人化历史叙事的可能性，是试图用他自己理解和认可的历史观念构建新的历史话语，所谓历史真实是虚构出来的心灵真实和人性真实。下面这段话更加全面而确切地表达了苏童对历史虚构的理解：

> 《我的帝王生涯》是我随意搭建的宫廷，是我按自己喜欢的配方勾兑的历史故事，年代总是处于不详状态，人物似真似幻，一个不该做皇帝的人做了皇帝，一个做了皇帝的人最终又成了杂耍艺人，我迷恋于人物峰回路转的命运，只是因为我常常为人生无常、历史无情所惊慑。《武则天》在我自己看来是个中规中矩的历史小说，尽管我绞尽脑汁让这篇小说具有现代小说的功能，但它最终还是人们所熟悉的一代女皇武则天的故事，不出人们之想象，不出史料典籍半步，我没

---

① 苏童：《纸上的美女》，人民日报出版社1998年版，第161页。

有虚构一个则天大圣皇帝的欲望，因此这部小说这个著名的女人也只能落入窠臼之中。一个是假的？一个是真的？其实也不尽然，姑且不论小说，人与历史的距离亦近亦远，我看历史是墙外笙歌雨夜惊梦，历史看我或许就是井底之蛙了。什么是真的？什么是假的呢？①

"年代总是处于不详状态，人物似真似幻"几乎成为苏童历史叙事的常用方式，《我的帝王生涯》这样的作品自不必说，即便是《妻妾成群》《红粉》《米》《河岸》等小说都没有交代故事发生的具体年月，只是展现了一个模糊的过去，但这样的过去又确实存在于我们的记忆中，故事里的人物对我们来说并不陌生，一种集体无意识或历史记忆让我们从他们或她们的身上恍惚看到自己先辈的影子。所以无法否认其真实性，就像无法否认自己的祖辈和他们经历过的人生一样，而没有先辈的历史，哪来我们现在的存在，历史记忆成为自我的存在之根，没有历史就无法确定自我，没有历史、情感记忆的个人自然会失却感知现在的能力。实际上，苏童就是在他的小说里带领着我们寻觅民族的历史记忆，同时为自己的现实存在找到一个合理的解释路径。因此，他将完全虚构的《我的帝王生涯》与"不出史料典籍半步"的《武则天》同样看待，不分真假，因为真假已不再重要，重要的是人在与历史的"亦近亦远"的距离中感受着生命存在的意义。

苏童把历史看成"墙外笙歌雨夜惊梦"，俨然一副冷静的旁观者模样。这样对历史采取一种想象和虚构、旁观或审视的态度在苏童的许多作品中可见。即便以第一人称的视角进行叙事，苏童并不隐藏自己对历史的主观摆布和虚构意图。在小说《1934年的逃亡》中我们经常可以看到故事讲述者"我"跳出来指挥着历史演进的模式。"你们是我的好朋友。我告诉你们了，我是我父亲的儿子，我不叫苏童。"② 这句近乎酒醉的呓语实际上是在试图摆脱作家的身份，而以家族成员的身份堂而皇之进行讲述，宣

---

① 苏童：《我的帝王生涯》，花山文艺出版社2001年版，自序。
② 苏童：《1934年的逃亡》，《世界两侧》，江苏文艺出版社1993年版，第95页。

告自己拥有对家族历史的绝对话语权和想象权。于是"我"开始"幻想了我的家族从前的辉煌岁月,幻想了横亘于这条血脉的黑红灾难线。有许多种开始和结尾交替出现"。我发现"1934年迸发出强壮的紫色光芒圈住我的思绪。那是不复存在的遥远的年代,对于我也是一棵古树的年轮,我可以端坐其上,重温1934年的人间沧桑"①。苏童在讲述家族苦难历史时泰然自若,甚至有几分冷漠与调侃,却让我们感受到一种无法排遣的悲怆和苍茫感。历史在他瑰丽、诡谲的想象下显得如此真实,悲苦感同身受、触手可及,可这一切却是在他不断提醒的虚构与幻想中进行的。有研究者对这样双重叙事层次的运用不以为然,认为其"使历史成为一件时时遭到拆解和损毁的作品。苏童在这里,随意摆布着历史的讲述。其结果,只能是使这次回顾历史的写作成为对那段历史的拆解"。"历史被当作可以虚构涂抹的画布。作者凭借一点关于那个时代的轶闻传说,就可在其上随意驰骋想象。随后再将其扭曲揉乱。历史几乎成为作者恶意捉弄的对象。"②论者显然不赞同这种对待历史的方法和态度,因为他所希望的是一个"关于过去的可靠解释","一个揭示历史底蕴或现实本质的"文本,这种对某一确定性、本质性东西的追寻,对历史真理性和权威性的信仰显然不是诸如苏童等新历史小说家考虑的问题,拆解和颠覆这种观念,恢复历史的本来的玲珑面目才是他们真正的目的。

苏童不止一次谈到他心目中的历史:"什么是过去和历史?它对于我是一堆纸质的碎片,因此碎了我可以按我的方式拾起它,缝补叠合,重建我的世界。"③"我用我的方法拾起已成碎片的历史缝补缀合,这是一种很好的小说创作的过程,在这个过程中我触摸了祖先和故乡的脉搏,我看见自己的来处,也将看见自己的归宿。"④苏童想要表达的是个人对历史的感觉,他借用历史的场景以获得更大的空间来发挥自己创造虚构的能力,苏童所把握和洞悉的历史是个人眼中的历史,而历史长河中的我们就如盲

---

① 苏童:《1934年的逃亡》,《世界两侧》,江苏文艺出版社1993年版,第95、97页。
② 杨春:《重归还是拆解:论苏童小说的历史追忆》,《河北学刊》1997年第4期。
③ 孔范今、施战军:《苏童研究资料》,山东文艺出版社2006年版,第22页。
④ 苏童:《世界两侧》,江苏文艺出版社1993年版,自序。

人摸象般想要描述历史的完整印象，显然是力不从心的。

综上所述，我们至少可以看出苏童历史观的三个层面，以及与西方新历史主义观念的异同。首先，把历史看作是"纸质的碎片"，指出历史并非具有传统意义上的坚硬如磐石不可更改的特性。历史有别于幻想是因为它是根据记忆的，它的柔软易碎的本质就如记忆本身，充满个体性、片段性和偶然意味，它受制于时间和空间的局限，处于不断消耗和模糊中，历史就如记忆一样是残缺不全的，避免不了误差和可供后人选择的可能。记忆不仅随着知识的更新而变化，还随着后人的需要而变化，后人的某种需求完全有可能把原先的意图和计划打乱，把没有新意被人遗忘的记忆点滴重新挖掘出来，把之前无效的历史变得有效，毫不起眼的人物变得无比重要，反之亦然。记忆面向过去，但不完全属于过去，反而与现在关系紧密，与当下人们的需求不可分割。

其次，苏童把历史看成是扑朔迷离、支离破碎的，这是对中国主流意识形态认为的总体性线性历史观的有力颠覆。对历史必然性、规律性和真理性的信仰成为20世纪中国革命中和革命后，甚至延续至今的主体精神存在方式之一，同时为中国当代文化和文学涂抹上了同一种色调，使之成为几代人共同拥有的集体记忆。在这样的记忆中，人们穿着同样的衣服，留着同样的发型，迈着同样的步伐，挥洒着同样的理想与豪情，高呼着"人民群众才是历史的推动者和缔造者"。这便是大写的、集体的、神话般的"人民"形象，我们无法找寻具有独特个性的面容和姿态，无法触摸他们别样的心思与灵魂，鲜活的生命个体就这样被淹没在恢宏的群体意象中。这种盲目的历史乐观主义情绪并不能掩盖更多的被无情摧毁的生命，在那欢呼的人群里他们低声的哭泣与叹息并没有随风而逝，他们在苏童的小说中驻足徘徊，让我们体味着历史的多样与复杂，感叹着在其中沉浮的斑驳人生。苏童认为成为碎片的历史是可以按照自己中意的方式进行缝补和拼贴，历史似乎是"任人打扮的小姑娘"，在苏童的小说中成为沉痛反思或轻松调侃的对象。这种反思和调侃的目的只是让我们认清一个简单的道理，即我们除了可以从政治意识形态上来理解历史，还可以从人性角度和个体生命角度对社会历史的多样、多义性进行解读。但是，我们为这简单的道理付出了极为沉重的代价,至今还在受到置疑。

最后,苏童把我们对历史的阐释与解读看成是盲人摸象,这说明苏童对历史还是有敬畏和谦让之心的。历史虽然可以任人摆布,强拆了再重建,但是那也只是在个人意愿上的行为。苏童无比着迷的是他在自己虚构的历史图景中,努力将历史与现实的裂缝拼接,并感知这一过程的激动、不安或喜悦。虚构,无疑是苏童直面现实的一种途径,他用虚构筑造起自己心目中的历史舞台,用虚构描画他内心深处遥远的记忆,用虚构表达着自己对人生的感慨与沉思,用虚构展现了欲望与道德、理想与现实、个人与历史之间彼此纠缠、相互对立的状态。

克罗齐曾经说过:"显而易见,只有现在生活中的兴趣才能使人去研究过去的事实。因为这种过去的事实只要和现在生活的一种兴趣打成一片,它就不是一种针对过去的兴趣,而是针对一种现在的兴趣的。"[1] 苏童热衷于在他的历史小说中探索人性的秘密,追寻人生的意义,这源于他的现实体验和思考。他总是从最平凡和最切身的生活经验出发去探寻历史与现实中的人的生存境况和生命意识,《米》中五龙为逃避灾荒离开故乡,潜意识里对饥饿的恐惧使他对米形成一种变态的依恋和狂热,而长期的忍辱负重和受到的非人待遇又让他慢慢丧失人性,最终被愤怒和仇恨主宰,成为专以报复他人获得快感的极恶之人。五龙身上体现的人性弱点即是我们每个人身上潜伏的人性弱点,现实的激化随时都有可能让它们爆发出邪恶的力量。当人最基本的生存尊严在现实生活中被践踏、被无视,那么五龙的生命悲歌便不会结束,它会随时在我们身边奏响,萦绕不散。

苏童还热衷于描述他虚构的香椿树街上的一群小人物的日常生活,那其实是他最熟悉的身边人的生活百态,他说:"因为小说中的人物都是我真实生活中童年记忆中闪闪烁烁的那一群……我之所以执着于这些街道故事的经营,其原因也非常简单:炊烟下面总有人类,香椿树街上飘散着人类的气息。"[2] 苏童笔下的小人物过着最为平常甚至在有些人看来毫无意

---

[1] 转引自刘昶《人心中的历史》,四川人民出版社1987年版,第143—144页。
[2] 苏童:《自序七种》,《河流的秘密》,作家出版社2009年版,第244页。

义的生活，他们没有远大的人生目标，没有解放全人类的理想豪情，对政治漠不关心甚至全然不知，心里想的口中说的便是目光所能触及的地方，他们的爱恨情仇无关国家民族，只是个体生命最为卑微细致的切身体验。

苏童评价这样的平民生活，"我一直想在一部小说中尽情地描摹我所目睹过的一种平民生活，我一直为那种生活中人所展示的质量唏嘘感叹，我一直觉得有一类人将苦难和不幸看作他们的命运，就是这些人且爱且恨地生活在这个嘈杂的世界上，他们唾弃旁人，也被旁人唾弃，我一直想表现这一种孤独，是平民的孤独，不是哲学家或者其他人的孤独"[①]。同样，他在《碧奴》序言中也有类似的说法："最瑰丽最奔放的想象力往往来自民间。我写这部书，很大程度上是在重温一种来自民间的情感生活，这种情感生活的结晶，在我看来恰好形成一种民间哲学，我的写作过程也是探讨这种民间哲学的过程。"[②] 小人物、平民、民间是苏童历史小说，同时也是中国新历史小说中普遍的主题，是他们切入历史与现实最常用的视角，他们在历史与现实之间追寻着自己的文化理想，找寻真正的生命意义的过程，这种寻觅的过程在苏童的小说里充满了孤独、困惑甚至绝望，也显示出特有的韧性与博大。

三 个体在历史存在面前的困顿

阿诺德·豪塞尔曾说："在历史中唯一可见的行动者就是个人，人们的确能够把社会当作是历史事件的真正的摇篮，……也不能否认思想和活动的职能只属于单个的人。"[③] 这是典型的西方个人主义思想，个人主义在西方被称为现代社会崛起的标志，崇尚个体良知，注重个体独立、自由与平等，强调个体奋斗与实现个体价值。而这种观念在中国传统思想里几乎找不到踪迹，"个人主义""个体""个人独立"长久以来被视为龌龊庸俗，甚至品行不正，是必须铲除的思想毒瘤，它同"唯我主义""自我中心""利己主义"等混为一谈。《左传》里有中国古代哲人提出的人生

---

① 苏童：《我为什么写〈菩萨蛮〉》，《河流的秘密》，作家出版社 2009 年版，第 249 页。
② 苏童：《碧奴》，重庆出版社 2006 年版，序言。
③ ［美］阿诺德·豪塞尔：《艺术史的哲学》，中国社会科学出版社 1992 年版，第 191 页。

"三不朽"的著名论述，即"太上有立德，其次有立功，其次有立言，虽久不废，此之谓不朽"。立德和立功是站在国家民族的立场对知识分子提出的要求，而立言是个人意义上的著书立说。中国知识分子尊崇的人生信条是"修身、齐家、治国、平天下"，即个人品性修养的最终目的是要去治理国家，平定天下，这是他们孜孜以求的最高理想和最大成功。孟子则对知识分子不得志时的规劝是"穷则独善其身，达则兼济天下"，个人品德的修养始终与天下众生相关联，知识分子的身份始终是双重意义上的，永远处于"居庙堂之高，则忧其民；处江湖之远，则忧其君"的百结愁肠中，却始终没有自我和个体的影子。作为小写的、独立的个人在中国悠久绵长的历史中始终令人惊讶地隐退不现，唯有大写的"天下""国家""民族""集体"高高在上。在这样的文化语境中，历史成为个体生命高不可攀的对象，它被赋予最高的价值准则，是最高意义之源，皈依历史是实现个人人生价值的根本途径，是个体的最终归宿。

上述情况自20世纪80年代以来发生了很大的变化，其中第二章和第三章提及的"个人化写作"便是这种个人主义思想在当代文学创作中的体现。个人化写作关注小写的个体和自我，以个人的名义写作，出于个人的动机和需要写作，通过个人的观察、体验、思考和想象写作。个人化写作者不再成为谁的代言人或启蒙者，不再承担普遍意义上的人性、道义和良知，"文以载道"的神圣使命变成"只为自己代言"的自我娱乐。同时，个人化写作意味着对群体化、公众化和代言式写作的反抗，而后者无疑占据20世纪中国文学的支配性主流地位。个人化写作自觉放弃虚妄的国家民族或阶级群体的宏大叙事，转而面向一个个鲜活具体的生命个体，叙述他们的生老病死、疼痛与快感，还有最为真实的自我体验。笔者认为，这种个人化叙事原则也鲜明地体现在新历史小说的创作之中，并成为其主要的特质之一。新历史小说处处显示出长久以来被中国文学遗忘的对个体生命的尊重和怜悯，让个体以前所未有的高昂姿态矗立于历史面前。放逐个体生命存在的历史不仅是不可信的，而且是盲目和不人道的，苏童对此毫不置疑。

苏童小说中的个人从宏大历史的视野中出走，以个人的自发性和自觉性抵抗历史的束缚，个人不再仰望历史，臣服于历史，而成为历史的凭吊者和对话者。《妻妾成群》中的颂莲是接受了新式教育的知识青年，可她并非被逼上花轿成为小妾，而是自愿被抬进陈家大院。这一点和鲁迅、巴金等的作品中那些接受了新思想的女子，冲破传统礼教的桎梏，勇敢走出封建大院，融入历史文化发展的大潮等情景截然不同。然而，颂莲似乎不合时宜的举动恰恰反映出了她自我独立意识的觉醒。在她看来，个人的世俗幸福远比时代的更迭、民族的崛起和人类的解放等要重要得多，她无意成为历史的代言人和历史价值的散播者，而个人自身的生命需求与安全感的获得成为其行动的指南。对此，学者周新民说："知识所代表的历史河流，并没有挟裹着颂莲一起前进，颂莲身上所体现出来的生命欲求，并没有因为曾受过知识洗礼的缘故，纳入历史的轨道。她，与其他几位禁锢在被称之为旧历史时代的姨太太相比，并没有显示出新的历史趋势的独特性。生命欲望充溢的个人，以她自身的特性，与历史趋势形同陌路，这是《妻妾成群》给予我们的启迪。"[①] 也可以说，颂莲的举动就是她要与传统历史来一场正面交锋和较量，虽似飞蛾扑火仍义无反顾。她的最终遭遇体现了腐朽封建历史的强大力量和对反抗个体的无情忽视与湮没，但这无疑是某种真正意义上的历史真实，其中反映的是成千上万个颂莲式的个体生命的真实境遇。

苏童历史小说中的个人总以决绝的姿态与历史存在进行着各种形式的抗争，潜在的历史力量试图主宰和控制个人，而个人的来自最原初的欲望与冲动却要掩盖历史的锋芒。《红粉》中的妓女秋仪与小萼在时代的转折处被迫解放，但她们不愿接受历史的审判与改造，宁愿选择逃离、自杀和重回过去的生活。可以说这是她们思想未被开化的结果，也可以说是她们遵循自我生命欲望的引领，与历史发展潮流采取不合作、不顺服的态度。秋仪与小萼所坚持的是个体自然生命意识的独立与反抗，其合法性在苏童小说里无疑得到了最大限度的显现。人的存在首先是对自然生命存在的独

[①] 周新民：《生命意识的逃逸——苏童小说中历史与个人关系》，《小说评论》2004年第2期。

立和自由的维护，而外在于个人的历史存在的价值与意义不应该以权威而专制的姿态逼迫人反抗自我、放弃自我存在的价值与意义。就如周新民所言，在《红粉》等小说中，个人与历史的关系是"陌生人的关系"，是"分离关系"，"个人的生存最终不必从历史那里取得任何的证明，个人也无法获得历史的支持，历史也无法为个人的世俗生活的幸福提供保障"。"在个人的自然性生命面前，历史的尴尬与无能，历史的威严与力量被个人的生命存在的执拗所嘲弄，历史的缰绳在个人生命自主性的冲撞下，显得疲软无力。"①

和颂莲和小萼的直面历史，并与之执拗地抵抗不同，苏童在许多其他的历史小说中塑造了一大批逃亡者的形象。《逃》中的陈三麦的一生是逃亡的一生，似乎是为逃亡而生而存在的人，"你让他吃饭他也逃，让他洗澡他也逃，你抓着鞋底揍他他更要逃，三麦长大了给他娶媳妇他还是逃。你就不知道三麦除了想逃还要干什么"②。三麦就是不能安稳地活着，他从家庭逃向战场，又从战场逃回，最后逃往冰雪覆盖的北方森林，他认为自己的逃亡名正言顺。甚至在弥留之际，对妻子的追寻毫不领情，他仿佛还没有到达逃亡的终点，"你还是追来了，我逃到天边也逃不掉"③。我们似乎无从理解陈三麦的不断逃亡的缘由，但是从他对风筝的挚爱，他在放飞风筝疯跑时表现出来的"英气勃勃"，"呼喊声中充满智慧和魔力"来看，陈三麦向往的便是如风筝般的无拘无束和自由飘荡。这是出自他灵魂深处的召唤，是对一切外在压迫的无声的逃避和反抗。《1934 年的逃亡》是以一个家族的逃亡为主题，他们被历史与时代无情追逐。小说开篇有这样的描述："我发现我的影子很蛮横很古怪地在水泥人行道上洇开来，像一片风中芦苇，我当时被影子追踪着……我看见自己在深夜的城市里画下了一个逃亡者的像。一种与生俱来的惶乱使我抱头逃窜……我一路奔跑

---

① 周新民：《生命意识的逃逸——苏童小说中历史与个人关系》，《小说评论》2004 年第 2 期。
② 苏童：《逃》，《桑园留念：苏童短篇小说编年：1984—1989》，人民文学出版社 2007 年版，第 198 页。
③ 同上书，第 201—205 页。

经过夜色迷离的城市,父亲的影子在后面呼啸着追踪我,那是一种超于物态的静力追踪。我懂得,我的那次拼命奔跑是一种逃亡。"① "我讲述的其实就是逃亡的故事。逃亡就是这样早早地发生了,逃亡就是这样早早地开始了。""你们如果打开窗户,会看到我的影子投在这座城市里,飘飘荡荡。"② "枫杨树家的先辈包括我,都是一群无家可归的逃亡者的形象,与其说他们是一群为生活从农村奔向城市的外乡人,还不如说他们是一群精神与命运的逃亡者和流浪者。""被自己的影子"追逐几乎成为现代人普遍感受到的生存体验,一种"与生俱来的惶乱"让我们无端生出浮生若梦、飘飘荡荡的虚无感和荒诞感。这是面对纷乱复杂的历史存在与生存万象时,个体本能发出的逃亡冲动。

除了上述两个例子外,《我的帝王生涯》中的端白一直都在逃避自己成为一国之君的命运,在身经宫廷斗争的腥风血雨之后宁愿成为一个低贱但自由的走索艺人,走索艺人无疑是比帝王更为正常和真实的个体生存状态;《米》中的五龙从闹洪灾的家乡逃到了他所向往的如"天堂般"的城市,但城市犹如一个大染缸把原本淳朴善良的五龙变成了凶残无比、人格扭曲的刽子手,他的逃亡注定是一场没有归途的悲剧;《河岸》中的库文轩从享有各种荣光的"烈士遗孤"一夜之间变成人人唾弃的"阶级异己分子",为表示痛改前非的决心,自行剪断阴茎,可最终敌不过社会与历史对他的无情审判,他逃离了代表着强权意志的"岸上",选择了到"河上"生活,可十三年的逃逸与消失并没有让他获得生存的合法性与自由,最终他怀抱着烈士石碑沉入了河底。库文轩的一句话"河上漂了十三年没有用,我们跑到天边也没有用"似乎成为苏童历史小说中一批又一批的逃亡者的共同结局,这里面除了蕴含着个体生存的无边苦难与绝望外,我们还能有些什么发现呢?

个体生命逃亡的结果是要么主动融入历史洪流,要么只有死亡和无止境的迷失自我,所以苏童笔下的主人公似乎总难以逃脱死亡或失踪的命

---

① 苏童:《1934年的逃亡》,《世界两侧》,江苏文艺出版社1993年版,第94、95页。
② 同上书,第141页。

运。因此，许多研究者批评苏童小说中的这种让人抑郁绝望的悲观和永恒的命运轮回。冯爱琳曾谈到苏童小说中的孤独意识："作家只是漠然地呈示在绝望边缘挣扎的种种孤独、卑劣、丑陋、野蛮、冷酷，让人看不到一点点亮光，看不到作家所应有的批判精神，这是颇为遗憾的。文学是作用于人的灵魂的伟大艺术，作为展示这门伟大艺术的作家，丧失了这种批判精神，在某种程度上也就丧失了作为一名作家的艺术良知。"① 显然，此处论者对苏童的创作提出了更高的要求。武新军谈到《河岸》中苏童对历史还原的得与失时，这样评述："成功的历史小说，应该尽可能地以文学的方式，更深更广地介入到历史中去，挖掘出更多的历史内涵，复活更多的历史记忆，为当下的生活提供更多可资借鉴的精神资源。而能否达到这一点，除了最基本的文学素养外，还取决于作者是否具有海纳百川的胸怀、自由的心灵和探究历史的强烈欲望。由是观之，苏童的《河岸》虽然在'复原历史'的道路上迈出了可喜的一步，但他能否进一步超越自己固有的生活经验和写作经验，能否进一步摆脱既有的历史叙事成规的影响，能否以更为开阔而自由的心态去面对历史，这对他仍然是个严峻的挑战。"② 不知论者这里所指的用"海纳百川的胸怀"和"开阔而自由的心态"来面对历史，是否可以理解为个人对历史的接纳和臣服，即使真实的历史充满荒诞、乖谬、狂乱，作为后来者也应该给予充分的理解与宽容。然而，这显然不是苏童创作历史小说的初衷，也不是一个具有反思、反省精神，勇于承担历史责任的知识分子应该做的。诚如种族大屠杀、世界大战、奥斯维辛集中营等，历史上出现的每一次人类浩劫都与我们每个人息息相关，是人类自身劣根性的集中体现，对这些真实历史的沉痛反思和强烈控诉应该成为文学的永恒主题之一。

"反思性与个人经验进入历史，这是文学叙事深刻性的根本机能。"③

---

① 冯爱琳：《突围与陷落：论苏童小说的孤独意识》，《当代文坛》2000 年第 1 期。
② 武新军：《历史还原的得与失：评苏童〈河岸〉的历史叙述》，《汉语言文学研究》2010 年第 4 期。
③ 陈晓明：《现代性的幻象：当代理论与文学的隐蔽转向》，福建教育出版社 2008 年版，第 150 页。

苏童新历史小说即从这两点切入他的历史叙事。从某种意义上讲，苏童小说中主人公的不断逃亡，与其说他们软弱、怯懦，毋宁说是生命力量的另一种倔强与坚守，他们生活在自己内心的世界和梦想中，以最孤独、冷傲的姿态与历史、生活对立，生命逝去并不意味着精神远离，这正是人类对寻找自身生命价值和建构现代精神家园的不懈努力。就如李清霞所说："苏童试图从历史的挖掘中寻觅人类的精神家园，寻找可能激活现代人精神的力量，但得到的却是对历史的深沉的悲哀和绝望，于是，他的历史叙事就成了对某些个体生命意义的执着探究，而这种探究恰恰体现了他在批判中寻找和建构现代人精神世界的不懈努力。"[1] 正是这种对身处的周围世界的不信任和拒绝，让作家以潜入历史世界的方式来逃避现实，而历史并非一个绝对安全的彼岸，那里生活的依然是作家以现实眼光打量的光怪陆离的人生百态。

对个体生命的书写与吟唱是自20世纪80年以降中国文学的重要主题之一，个体生命对历史的介入成为解构历史规律与历史理性的途径之一，成为过往宏大历史叙事的有效补充，是中国文学努力挣脱政治意识形态的捆绑，为个体的存在自由摇旗呐喊最重要的体现。中国传统历史文学最为缺乏的就是把民族、集体的历史记忆与经验转化为个体记忆与经验，无法以具体的个体生命意识去追问历史，去承担责任。因此，历史的书写不过是象征性地表达了某个政治团体或整个时代对待历史的态度和方式而已。"历史不被个人的生命体验和追问穿透，就只能是虚空的历史，只能是被看不见的历史之手任意摆布的历史。"[2] 陈晓明所说的回归生命个体的本位反思历史和书写历史无疑是至关重要的，而苏童新历史小说创作的功绩也体现在此处。但是个人的生命意识必然存在于社会历史结构中，个人脱离于群体之后也就没有存在的意义，因此当个体面对社会历史时，在多大程度上拥有独立性和自主性？文学中关于个体生命意识的吟唱和历史理性如何平等对话？中国作家们从历史理性的叙事神话中走出后，进入苏童式

---

[1] 李清霞：《论苏童历史小说的生存意识与逃亡意识》，《扬子江评论》2008年第4期。
[2] 陈晓明：《现代性的幻象：当代理论与文学的隐蔽转向》，福建教育出版社2008年版，第156页。

个体生命的叙事神话中，此后的文学将何去何从？生命意识与历史理性的冲突如何缓解？这些无疑都是当代中国文学面临的重要课题。

第二节　民间历史的胜利：莫言小说的新历史主义解读

一　莫言小说、新历史主义与文化语境

莫言无疑是中国当代文坛最耀眼的明星作家。自 20 世纪 80 年代中期以来，他发表了 80 余篇短篇小说，30 多部中篇小说，11 部长篇小说，还有为数颇多的影视剧本、话剧作品等。特别是他的长篇小说，从《红高粱家族》（1986）到《酒国》（1992），从《丰乳肥臀》（1995）到《檀香刑》（2001），从《生死疲劳》（2006）到《蛙》（2008），每一部作品都是洋洋洒洒的鸿篇巨制。莫言也从最初的"寻根文学"作家，到"先锋文学"代表，到"新历史主义文学思潮"的开拓者，称呼之多，不一而足，从中我们可以看出莫言不断突破与超越自我的勇气和能力，他始终以独特的方式对中国历史与现实、个体与社会、人类的生存与欲望予以阐释。

同时，莫言作品在国内、国际获奖无数，在海内外赢得了广泛声誉。例如，《红高粱家族》获得 2001 年第二届冯牧文学奖；2003 年《檀香刑》获鼎钧双年文学奖；2004 年，莫言获得第二届华语文学传媒大奖·年度杰出成就奖；2011 年，莫言的《蛙》获得茅盾文学奖；2001 年《檀香刑》获台湾联合报读书人年度文学类最佳书奖；2001 年《酒国》（法文版）获法国儒尔·巴泰庸外国文学奖；2005 年获第三十届意大利诺尼诺国际文学奖；2006 年《生死疲劳》获福冈亚洲文化大奖。2012 年莫言获得诺贝尔文学奖，成为中国文学和中国作家走向世界的新起点，也一定会让更多的人来了解和接纳中国当代文学。在此，笔者摘录了一部分诺贝尔文学奖授予莫言的授奖辞，其中可以看出西方人眼中的莫言及其作品的意义。

莫言是个诗人，他撕下了程式化的宣传海报，让个人从无名人海中突出。莫言用荒诞和讥讽攻击历史的谬误、贫乏及政治的虚伪。他用戏弄和不加掩饰的快感，揭露了人类最黑暗的一面，不经意间找到

具强烈象征意义的形象。……莫言的故事用神话和寓言做掩饰,将价值观置于故事的主题。……莫言作品将一个被遗忘的农民世界生动展现人前,甚至不惜用刺鼻的气息刺激感官,既冷酷无情得教人目瞪口呆,又掺和令人愉快的无私,他笔下没有一刻枯燥乏味。……他语言辛辣,在他描述的中国近百年的画卷中,没有跳舞的独角兽和仙女,但他描述的猪圈式的生活,令人亲历其境。意识形态和改革运动来来去去,但人的自我和贪婪恒在。而莫言为所有小人物打抱不平,无论……毛泽东时代、还是今天的生产狂潮中面对不公的个体。[①]

最先将莫言小说和新历史主义联系起来研究,同时也是阐述得最为丰富的学者是张清华。从20世纪90年代中期开始,张清华就提出新历史主义文学思潮论,并把它同启蒙主义、现代主义、存在主义、女性主义并列为五种当代先锋文学思潮。"新历史主义小说"一词也由此而来,在他看来,"主要是指一批具有较新知识结构与艺术追求的,直接或间接地受到西方存在主义、结构主义、后现代主义和解构主义等理论观念的启示而介入历史领域的'先锋'青年作家所写的历史小说"[②]。张清华从多个角度阐述新历史主义叙事的类型、特征,例如它们"倾向于民间历史观念","包含了反权威的历史理念","体现了知识分子的历史情怀","要把历史的主体真正还原到单个的人",是"民间与知识分子的结合,人文主义与虚无主义的结合,最古老的传统叙事与最新的历史理念的结合"等。[③] 莫言则是论者反复提到的新历史主义小说的典范作家,《红高粱家族》被称为"新历史主义小说滥觞的直接引发点",《丰乳肥臀》是"一个具有总

[①] http://club.kdnet.net/dispbbs.asp?id=8840922&boardid=2,2013年11月27日。

[②] 参见张清华《走向文化与人性探险的深处——作为"新历史小说"一支的"匪行小说"论评》,《理论学刊》1995年第5期。张清华《历史话语的崩溃和坠回地面的舞蹈——对当前小说现象的探源与思索》,《小说评论》1996年第3期。张清华《作为生存和存在寓言的历史——"新历史主义小说"特征论》,《当代小说》1997年第3期。张清华《论"第三代诗歌"的新历史主义意识》,《诗探索》1998年第2期。张清华《十年新历史主义文学思潮回顾》,《钟山》1998年第4期。

[③] 张清华:《中国当代文学中的历史叙事:海德堡讲稿》,北京大学出版社2012年版,第84—87页。

括和典范意义的新历史主义小说文本",是"新历史主义叙事典范",是"伟大的汉语小说"。① 称其是"伟大的汉语小说",张清华的理由是小说"接近民间的真实和人民的意志",它"把历史的主体交还给人民、把历史的价值还原于民间",该小说体现出"历史良知和追寻民间真实成为作家一种有意识行为"等。② 由此可以看出,张清华的解读主要还是从民间立场和民间写作的视角来考虑,这种解读模式同时也成为当前对莫言小说的主要评述方式。

实际上,莫言对于把他和新历史主义文学思潮联系起来,并对他的作品贴上某些标签不以为然,他在一次演讲中这样说作家和批评家的关系:"大多数所谓的文学思潮,与用自己的作品代表着这思潮的作家没有什么关系。小说是作家创作的,思潮是批评家发明的。批评家发明思潮的过程就是编织袋子的过程。他们手里提着贴有各种标签的思潮袋子,把符合自己需要的作家或是作品装进去,根本不征求作家的意见,这叫作'装你没商量'。"③ 这里不难看出莫言对批评家工作的揶揄,但是同时也反映出文学批评工作的某些真实状况。对于《红高粱家族》竟然成为新历史主义文学思潮的滥觞,莫言表示做梦都没想到,他继续以其一贯的幽默口吻把小说家比喻成母鸡,而小说即是母鸡生下的鸡蛋。母鸡并不知道自己生下的会是些什么蛋,而在鸡蛋评论家们的分析下,一个个"双黄蛋思潮或是软皮蛋运动"就出现了。从这天马行空般的"鸡蛋理论"中,我们可以看到莫言对于文学创作者、批评家,还有读者之间关系的生动比喻。事实的确如此,但批评家所做的总结和归纳工作并非一无是处,文学知识的传播和发展离不开他们的功劳。而莫言急于要撇清和所谓文学思潮的关系,是想说作家并不是有意识地要创作出符合什么样思潮的文学作品,他们并没有办法决定或估计自己作品的最终模样和可能的影响。一切好像都是意料

---

① 张清华:《中国当代文学中的历史叙事:海德堡讲稿》,北京大学出版社2012年版,第157页。
② 同上书,第158页。
③ 莫言:《我与新历史主义文学思潮》,http://book.ifeng.com/yeneizixun/detail_2012_10/18/18356353_0.shtml,2012年10月18日。(笔者注:此文系莫言1998年10月18日在台北图书馆的演讲。)

之外的事情，但是如何从这意料之外去寻找和发现文学发展的轨迹，探索作家创作的复杂背景和动因，显然仍然是文学批评家的任务，文学批评者并不能因此贬低阐释的效力，否定自己工作的意义。

莫言在另一篇文章中则更为理性和学理性地总结了自己创作新历史小说的过程。首先，他认为新历史小说是对红色经典，即革命历史小说的"既定模式的反叛"。"我们在20世纪80年代接受了西方文学、西方思想观念的影响，于是获得了不同于少年时期读革命小说的全新的审美角度，再反思这些红色经典就会感觉到很多不满足。""如果要写新的历史文学，必须把过去的东西彻底抛弃掉，另外开辟一条道路。"① 由此可见，莫言等新历史小说家的创作的确是有意识的对传统革命历史叙事的反叛，这种反叛既是时代的要求，也是作家自己的选择。莫言在谈到《红高粱家族》的创作时说："当时最主观的冲动，就是我要写一部跟红色经典不一样的抗日战争小说。第一个想法是，我不要把'战争'当作唯一的写作目的……这样，'战争'就变成了小说里人物活动的背景，我要用这样的环境来表现人的灵魂、情感、命运的变化，尤其是心理变化，借此来塑造人物，把写人作为唯一目的。"②

另外，莫言认为作家应该超越阶级的局限，表现人的情感历史而不是某个阶级的历史。"小说家笔下的历史首先是一部感情的历史"，"所以，我还是从民间的视角出发，从情感方面出发，然后由情感带出政治和经济，由民间来补充官方或者来否定官方，或者用民间的视角来填补官方历史留下的空白，后来的许许多多历史小说也在走同一条道路"③。由此我们可以看到作家历史观念的全面变化，以及这些变化与西方新历史主义历史观念不谋而合之处，即"大写的历史"被"小写的历史""民间历史"和"日常生活的历史"取代；通过对历史隐蔽处的边角余料的揭露和阐发，关注边缘历史和边缘人物的命运；突出历史的非连续性、事件性和偶然性因素等。对于历史真相的追寻和描述，已经不再由官方权威论定，而

---

① 莫言：《我的文学经验：历史与语言》，《名作欣赏》2011年第10期。
② 同上。
③ 同上。

应该允许小说世界的自由阐述,历史学家关注的是胜利者的历史,而小说家应该书写失败者的历史,因为小说家往往可以从对失败者的历史书写中发现人性的丰富多彩,探寻到更多人类灵魂的秘密。

最后,莫言提到他的历史小说创作与当代的关系相当于"挂羊头卖狗肉",即看起来写历史,实际上直指当代现实。实际上,他的《天堂蒜薹之歌》《酒国》以及《檀香刑》的创作就取材于现实生活中发生的事件。既然这些事件和人物都真实存在,却很容易被忽略和遗忘,那么一个对当前社会有着深切关注和思考的作家当然会将自己所见所想融入他的小说创作中。有学者批评《檀香刑》中对惨无人道的种种酷刑进行血淋淋的白描式书写,本身充满了语言暴力,纯粹是为了迎合当前消费社会中追求强烈的感官刺激而作,缺乏人性关怀与历史厚度。然而,就如莫言自己所言,他创作《檀香刑》的动机之一便是要表现这种麻木不仁,甚至一睹为快的"看客"文化。这种"看客"文化在"文革"期间屡见不鲜,而在少年莫言看来如热闹非凡的嘉年华,让人莫名地兴奋。然而时过境迁,当作为作家的莫言回顾这段历史时,他不得不在内心忏悔。关键是,更多的人却没有这种忏悔精神,他们认为个人不应该承担任何责任,一切都是以正当的"革命"的名义做出的行为,要怪也只能怪上级领导、政策或历史本身。显然,莫言不这么认为,他说:"实际上,我们每个人都是一个潜在的刽子手,也都是一个临刑的罪犯,我们每个人心里面都有阴暗不光明的地方,都有一种被这种道德和公德所压制的东西,这个东西在正常的社会环境是得不到释放的。但在特殊的社会环境里,在特殊的历史过程当中,它会得到释放,并且被鼓励释放。你释放得越充分,你才越革命,才越得到喝彩,所以我觉得,这样的危险依然是存在的。"[①] 正视人性的懦弱与罪恶,认识到它的潜在危害,并尽力避免让类似的人类惨剧不再发生,笔者认为这可能便是莫言的许多小说里并不忌讳对丑恶和罪孽进行淋漓尽致、不厌其烦的描述的原因。

[①] 莫言:《我的文学经验:历史与语言》,《名作欣赏》2011年第10期。

二 狂欢的自由世界

俄国文论家巴赫金（Mikhail Bakhtin）的历史诗学和狂欢化理论对西方新历史主义的理论建构产生过重要的影响。在《陀思妥耶夫斯基诗学问题》中巴赫金提出狂欢化概念，把对中世纪和文艺复兴时期的狂欢节的描述和作家的创作实践联系起来，指出狂欢节的意义在于取消了等级制度，人们的语言、行为都从阶级和贫富差异中解脱出来，人与人之间形成了一种自由、平等、随意和亲密的关系。狂欢节的存在是民间文化对抗官方文化，一个以虚拟的方式进行自我嘲弄、模仿、讥讽和颠倒是非的带有乌托邦色彩的自由世界，是民间生活在暂时摆脱等级束缚和世俗烦恼之后的狂欢派对。

巴赫金以自下而上的视角发掘狂欢节的民间文化的意义，展现了民间文化对抗官方文化和所谓高雅文化的强大生命力，它使人们获得了战胜权力规范和压迫的勇气，充满了宣泄感、颠覆性和反叛的力量。"在狂欢节上，人们不是袖手旁观，而是生活在其中，而且是所有的人都生活在其中，因为从其观念上说，它是全民的。在狂欢节中，除了狂欢节生活以外，谁也没有另一种生活。人们无从躲避它，因为狂欢节没有空间界线。在狂欢节期间，人们只能按照它的规律，即按照狂欢节自由的规律生活。狂欢节具有宇宙的性质，这是整个世界的一种特殊状态，这是人人参与的世界的再生和更新。"[1] 在巴赫金看来，狂欢节提供给了人们一种集体想象的现实存在方式，这种方式将现有的神圣宗教、制度、政治和道德规范一一消解。而这种消解和颠覆本身成为一种新的生活方式，是人人都能平等参与和享受的新的世界。显然，巴赫金赋予狂欢节以象征精神和生命的再生的功能。狂欢把一切稳固的、牢不可破的东西相对化，任何结局都意味着新的开始，"世界是敞开着的，是自由的。一切都在前头，而且永远只在前头"[2]。在狂欢的世界中没有绝对的开始和终

---

[1] ［俄］巴赫金：《拉伯雷创作与中世纪和文艺复兴时期的民间文化》，《巴赫金全集》第6卷，河北教育出版社1998年版，第8页。

[2] ［俄］巴赫金：《陀思妥耶夫斯基诗学问题》，《巴赫金全集》第5卷，河北教育出版社1998年版，第221页。

结，没有绝对的肯定和否定，一切都是相对和变动不居的，正因为事物的这种不稳定性和未完成性，使得对话成为可能，使得变异和多元成为可能，也正是这种狂欢精神和对话性思想深刻地体现在陀思妥耶夫斯基的复调小说中。

巴赫金的狂欢和对话诗学深远地影响着20世纪中后期以来的西方思想和文化领域，其中格林布拉特就把这种对话精神运用在他的新历史主义文化诗学理论中。格林布拉特认为文学和文化的关系是一种互动的双重阐释和双重建构的关系，实际上，文本与世界、想象与现实、历史与当下、社会与审美、物质与话语在新历史主义者看来都形成相互指涉和相互影响的互动关系，可以说这种对话或称"振摆"式的视角是新历史主义始终坚持的一条基本理论原则，诚如格林布拉特所说："当代理论必须有自身的定位：不在阐释之外，而在谈判与交流的隐匿处。"① 新历史主义主张对文学文本中的社会存在和社会存在对于文学的影响，以及对文学文本中的世界和现实世界同时展开研究，本质上就是体现了一种对话理念，表达了一种现在和过去、后人和前人的对话愿望。

此外，新历史主义的文化观念是一个不断建构和重构的过程，文化是一个整体的相互交织和流动的网络系统，文化产品和社会能量在其中始终处于相互协商和流通的状态，也正是这种社会流通过程使得文学产品能够超越文本结构的历史视域，超越历史性生产条件的消逝，最终使文学具备跨时空流通的能力，体现某种相似的历史经验和美学体验。然而，这种跨越时空的历史经验和美学体验也只能存在于神秘的历史性过程中，也就是说，我们不能指望通过对某一语境的历史阐释全面再现社会能量流动的过程，不能奢望依靠某一主体的文化建构完全进入原初的历史语境中。这体现的还是一种对话的理念，就如格林布拉特所说："我曾经梦想能够与逝者对话，直到此刻我也不放弃这个梦想，但是主要错误就是想象我能够听到某种单一性的声音——他者的声音；如果我希望听到，我就必须聆听逝

---

① Stephen Greenblatt: *Toward a Poetic of Culture*. In *The Greenblatt Reader*, Micheal Payne, ed., Blackwell Publishing, 2005, p. 28.

者的诸多声音;如果我希望听到他者的声音,我就必须聆听我自己的声音;逝者的言语,就像我自己的话语,根本就不是任何形式的私人所有物。"① 这段话也体现了和巴赫金所说的狂欢体小说相似的特征。巴赫金提到:"狂欢化提供了可能性,使人们可以建立一种大型对话的开放性结构……一个人永远也不可能仅仅在自身中就找到自己完全的体现。"② 狂欢体小说由各种独立而不融合彼此的声音与意识组成,人物不仅是小说所表现的客体,也是具有自我意识、平等对话的行动主体。当这些众多独立的声音与意识相互联系、对话表达同一个主题时,便成为巴赫金所说的复调小说。复调小说的历史根源在于狂欢文化,两者在本质上是一致的。

莫言小说的最大特征便是通过奇谲诡异的想象、汪洋恣肆的语言构成一幕幕众声喧哗的民间狂欢场景,不仅是一次次叙事的狂欢,也是精神的狂欢。首先,莫言小说大都具有多个叙事视角和多条叙事线索,在小说的结构上形成狂欢式复调叙事。莫言在《红高粱家族》中用人称的变化来带动叙事视角的变化,其中"我父亲""我"组成两种叙事视角,"父亲"是"我"叙事的对象,同时进行第一人称叙事;"我"的叙事与"我父亲""我爷爷"以及"我奶奶"的叙事交叉错落,形成种种距离感和时空层次感,组成多个叙事声部齐声合唱的立体效果。

《酒国》由三个文本构成,一是侦查员丁钩儿去酒国调查吃小孩的案件(作者为莫言),二是酒国的酿酒博士李一斗和作家莫言之间的信件往来(内容有互相对自己作品的介绍、商讨和对话),三是李一斗作为作者写的小说,内容仍是关于酒国杀食男婴等奇人奇事。三重文本相互交织、穿插、渗透,人物是亦真亦幻,虚实交加,丁钩儿、李一斗、余一尺、作家莫言既是现实中人物,又充当小说中人物,既是小说的叙事者,又扮演了故事角色,这种人物的双重或多重身份使得叙事视点多变而全面,使他们有机会自由地发表自己的思想,也让小说思想变得丰满而深刻。《酒国》

---

① Stephen Greenblatt: *Shakespearean Negotiation*: *The Circulation of Social Energy in Renaissance England.*, California: University of California Press, 1989, p.20.
② [俄] 巴赫金:《陀思妥耶夫斯基诗学问题》,《巴赫金全集》第 5 卷,河北教育出版社 1998 年版,第 237—238 页。

中的虚构人物与现实人物、虚构世界与现实世界时而清晰可辨，时而混为一体，构成了一种极为复杂交错的小说结构，一种完全陌生化、狂欢化的叙事风格。

《檀香刑》最为明显地体现了复调小说中多音齐鸣、众声喧哗的对话效果。小说的开头和结尾部分，即"凤头部"和"豹尾部"让不同的小说人物逐一登场，并以第一人称限制视角来讲述，"眉娘""赵甲""小甲""钱丁""孙丙"每个故事主角按照自己的身份与遭遇，以自己特定的语言模式和情感经历推动故事的发展，而"猪肚部"则以第三人称全知视角再将故事进行补充、说明，并前后呼应，形成完整的小说结构。各个部分之间是相互对应、补充的对话关系，看似同一个故事的不断重述，但由于叙事主体和视角的变化，形成了多重声音重叠交织、争相诉说的混响效果。此时，言说的主体显然已经不是作者莫言，而是故事的各个主人公，他们迫不及待而自由随性的言说恰恰体现了复调小说中自我主体意识的充分张扬，独白型的世界被对话、讨论型的世界所代替，意义和判断趋于不断开放，在这里没有绝对的善恶、美丑之分，骇人听闻的刑罚竟然不经意间变成了一场场众人争相一睹为快的狂欢派对。

《生死疲劳》的主人公是一个土改时期被枪毙的地主西门闹，他不断为自己喊冤，阎王便让他转世为驴、为牛、为猪、为狗、为猴，历经六道轮回，最后终于转世为"大头儿"来讲述自己的故事。小说的叙事结构同样纷繁复杂，西门闹不仅变身为各种动物，通过动物的眼睛来观察和体味人世百态，小说中还有另一叙事者蓝解放通过与西门闹的对话式讲述往事，两者相辅相成来推动故事向前发展。而在小说的最后部分，作者莫言又以叙事者之一蓝解放的朋友的身份将故事的结局给读者徐徐道来。叙事身份的不断变化以及他们各自的讲述，让我们从不同侧面了解到从20世纪50年代到21世纪之初，长达半个世纪的中国农村的风云变化，以及农民世代之间的爱恨情仇，他们对土地的眷恋与热爱，他们在苦难生活中始终不渝的顽强与坚韧。"西门闹""蓝解放"和"莫言"构成三重对话关系，文中的"莫言"并不是作家自己，他是作为小说的叙事者而存在。"大头儿"（即西门闹）与"蓝解放"构成对立、对话的关系，彼此消解，又互相矛盾,"莫言"的出现是为故事提供似是而非的阐释,以此增加小说的多义性。除了上述几个例子,莫言的《天台蒜薹之歌》《丰乳肥臀》《四十一炮》《蛙》等小说基本上都采用了两个或多个视角相互映衬、对话的叙事方式,叙事者随意更换,随意进出小说世界与现实世界,"你""我""他"的叙事线索看似没有关联却交相呼应、齐头并进,在文本展开过程中不断缠绕,形成螺旋式向上的分层结构,各个层次之间相互对话、彼此具备独立的意义。

其次,莫言小说中的语言狂欢化特征也最为人所关注。评论者们通常用一长串的形容词来描述莫言小说的语言特征,例如"汪洋恣肆""斑驳复杂""泥沙俱下""杂声混响""千姿百态""口无遮拦""肆无忌惮"等。总的说来,莫言小说的语言符合狂欢化语言特征,即充满不拘形式的民间粗语、俗语、咒骂、吹嘘、夸张和讽刺,是对一本正经的"官腔"和"官话"的戏谑和模仿,是褒贬同体、高低错位、真假难辨的词语混合物,是坦率真诚、不加节制和发自内心与本性的语言狂潮。这正是巴赫金眼中能制造狂欢气氛与表达狂欢感受的语言特征,它充满了破坏一切规则、结构与秩序的欲望,在语言虚构的世界中完成对现实存在的颠覆与重建。莫言曾说:"评论家说我的语言是庞杂的混合体,有乡间土语,有纯粹的口语化的,有'文革'流行的政治化的术语,有来自古典的经典的书面语,像个化装舞会,像狂欢节,牛头马面都有,眼花缭乱。"[①]

莫言的这种语言特征并不是有意为之,他甚至并没有刻意要制造出某种狂欢的效果,在谈到《檀香刑》的创作时,他描绘了自己写作时的状态:"某种语言在脑子里盘旋久了,就有一种蓄势待发的力量,一旦写起来就会有一种冲击力,我是说写作时,常常感到自己都控制不住,不是我刻意要寻找某种语言,而是某种叙述腔调一经确定并有东西要讲时,小说的语言就会自己蹦跳出来,自言自语,自我狂欢。"[②] 在《檀香刑》中,各个人物的语言风格都大相径庭,眉娘作为戏班班主的女儿,来自生活底

---

① 莫言:《在写作中发现检讨自我——莫言访谈录》,《艺术广角》1999 年第 4 期。
② 莫言、杨扬:《小说是越来越难写了》,《南方文坛》2004 年第 1 期。

层，说话带有鲜明的民间色彩，大量俗语、俚语、脏话夹杂着猫腔戏文，可见其大胆、泼辣、放浪而又卑微、粗俗的性格；小甲则以孩童般不谙世事人情的口吻叙述着他眼中光怪陆离的世界；钱丁是受过教育的县官，他的话官腔十足，咬文嚼字、装腔作势，但他怨恨与委屈的心理、矛盾而虚伪的个性也在语无伦次的叙述中完全显露出来了；赵甲是老奸巨猾的刽子手，他的语言中既有模仿来的京腔官调，体现着狗仗人势的狂妄，又夹杂着民间粗鄙俗话，尽显刽子手的麻木无情。他们的语言与各自的身份地位、社会角色十分吻合，充分体现了莫言对各类语言的超强掌控与运用的能力。而这种莫言式狂欢语言在他的作品中俯拾即是，例如脏话连篇的谩骂：

> 你们这些蛤蟆种、兔子种、杂种配出来的害人虫！你们这些驴头大太子……你们不是有权力吗？……你们一肚子驴杂碎！就是你勾引了我老婆……你想跑？你能跑到哪里去，跑到耗子洞里我在洞口支上铁夹子等着你，跑到猪耳朵眼里去我用蜂蜡把猪耳朵眼封起来……哈哈……阴谋和诡计、花言和巧语、赌咒与发誓、收买和拉拢、妓女和嫖客、海参与燕窝、驼蹄与熊掌、黄瓜与茄子……我高大同这种粗人莽汉把命看得轻如鸿毛……你是妓院里的一只黑臭虫！妓女的腹也比你那张脸干净……①

我要杀人，我要骂人，我要将蓝脸剁成肉泥。蓝脸，你这个忘恩负义的畜生，你这个丧尽天良的混账王八羔子！你口口声声叫我干爹，后来你干脆就叫我爹，如果我是你爹，那迎春就是你的姨娘，你将姨娘收作老婆，让她怀上你的孩子。你败坏人伦，该遭五雷轰顶！到了地狱，该当剥皮揎草，到畜生道里去轮回！可上天无道，地狱无理，到畜生道里轮回的偏偏是我一辈子没做坏事的西门闹。还有你，小迎春，小贱人，在我怀里你说过多少甜言蜜语？发过多少山盟海誓？可我的尸骨未寒，你就与长工睡在了一起。你这样的淫妇，还有

---

① 莫言：《欢乐》，民族出版社 2004 年版，第 47—48 页。

脸活在世间吗？你应该立即去死，我赐你一丈白绫，呸，你不配用白绫，只配用捆过猪的血绳子，到老鼠拉过屎、蝙蝠撒过尿的梁头上去吊死！你只配吞下四两砒霜把自己毒死！你只配跳到村外那眼淹死过野狗的井里去淹死！在人世间应该让你骑木驴游街示众！在阴曹地府应该把你扔到专门惩罚淫妇的毒蛇坑里让毒蛇把你咬死！然后将你打入畜生道里去轮回，虽万世也不得超脱！啊噢——啊噢——但被打到畜生道里的却是我正人君子西门闹，而不是我的二姨太太。①

又如幽默的戏谑与反讽：

闹闹，啊噢；花花，嗯哼；我们永远在一起，天公地母也休想把我们分离，啊噢好不好？嗯哼非常好！让我们做野驴吧，在这十几道蜿蜒的沙梁之间，在这郁郁葱葱的沙柳之中，在这清澈的忘忧河畔，饿了我们啃青草，渴了我们饮河水，我们相拥而睡，经常交配，互相关心，互相爱护，我对你发誓我再也不会理睬别的母驴，你也对我发誓再也不会让别的公驴跨你。嗯哼，亲爱的闹闹，我发誓。啊噢，亲亲的花花，我也发誓。你不但不能再去理母驴，连母马也不要理；闹闹，花花咬着我说，人类无耻，经常让公驴与母马交配，生出一种奇怪的动物，名叫骡子。你放心花花，即便他们蒙上我的眼睛，我也不会去跨母马，你也要发誓，不让公马配你，公马配母驴，生出的也叫骡子。放心小闹闹，即便他们把我绑在架子上，我的尾巴也会紧紧地夹在双腿之间，我的只属于你……情浓处，我们的脖子交缠在一起，犹如两只嬉水的天鹅。真是说不尽的缠绵，道不尽的柔情。我们并肩站在河边一潭静水前，看到了倒映在水面上的我们的形象。我们的眼睛放光，嘴唇肿胀，爱使我们美丽，我们是天造地设的一对驴。②

我可以轻松地直立，仅用两条后腿支撑身体，像人一样行走，但

---

① 莫言：《生死疲劳》，上海文艺出版社2008年版，第14页。
② 同上。

这一手绝活,要尽量地保守秘密。我预感到自己降生在一个空前昌盛的猪时代,在人类的历史上,猪的地位从来没有如此高贵,猪的意义从来没有如此重大,猪的影响从来没有如此深远,将有成千成亿的人,在领袖的号召下,对猪顶礼膜拜。我想在猪时代的鼎盛期,有不少人会产生来世争取投胎为猪的愿望,更有许多人生出人不如猪的感慨。我预感到生正逢时,从这个意义上想阎王老子也没亏待我。我要在猪的时代里创造奇迹,但目前时机尚未成熟,还要装愚守拙,韬光养晦,抓紧时机,强壮筋骨,增加肌肉,锻炼身体,磨炼意志,等待着那火红的日子到来。因此,人立行走的奇技,决不能轻易示人,我预感到此技必有大用,为了不致荒疏,我在夜深人静时坚持练习。①

再如褒贬并置、美丑对立的混杂语言:

我曾经对高密东北乡极端热爱,曾经对高密东北乡极端仇恨,长大后努力学习马克思主义,我终于悟到:高密东北乡无疑是地球上最美丽最丑陋、最超脱最世俗、最圣洁最龌龊、最英雄好汉最王八蛋、最能喝酒最能爱的地方。生存在这块土地上的我的父老乡亲们,喜食高粱,每年都大量种植。八月深秋,无边无际的高粱红成洸洋的血海。高粱高密辉煌,高粱凄婉可人,高粱爱情激荡。秋风苍凉,阳光很旺,瓦蓝的天上游荡着一朵朵丰满的白云,高粱上滑动着一朵朵丰满的白云的紫红色影子。一队队暗红色的人在高粱棵子里穿梭拉网,几十年如一日。他们杀人越货,精忠报国,他们演出过一幕幕英勇悲壮的舞剧,使我们这些活着的不肖子孙相形见绌,在进步的同时,我真切感到种的退化。②

这场轰轰烈烈的爱情悲剧、这件家族史上骇人的丑闻、感人的壮举、惨无人道的兽行、伟大的里程碑、肮脏的耻辱柱、伟大的进步、

---

① 莫言:《生死疲劳》,上海文艺出版社2008年版,第204页。
② 莫言:《红高粱家族》,上海文艺出版社2008年版,第2页。

愚蠢的倒退。总有一天，我要编导一部真正的戏剧，在这部剧里，梦幻与现实、科学与童话、上帝与魔鬼、爱情与卖淫、高贵与卑贱、美女与大便、过去与现在、金奖牌与避孕套，互相掺和、紧密团结、环环相连，构成一个完整的世界。"①

莫言的语言世界里充斥着原始的欲望、喷涌的激情、夸张的修辞和无处不在的黑色幽默，语言的魅力与潜力被发挥到极致，多种声音、多重意义彼此消长，既对立冲突，又和谐相处。说到语言风格的形成时，莫言坦言："对我影响最大的实际上还是民间的语言，我想，在作家写作的过程中，如果排除掉了民间的生动、活泼、不断变化的语言，那么，就好像是一个湖泊断掉了它外边活水的源头，我们只有不断地深入到民间去，注意学习和聆听活在老百姓的口头上的这种生动语言，才能使自己的语言保持一种新鲜的活力，一个作家如果要是可以让语言获得一种生命力的话，还是应该广泛地向民间的语言来学习的。我觉得，我的小说语言应该是最大得益于民间这一部分。"② 可见贴近民间，贴近生活的大地和大地上的人们是莫言狂欢化语言的真正来源，虽然不免泥沙俱下、鱼龙混杂，但这本是民间最真实的状态，也只有生于斯、长于斯，对之充满爱与恨、同情与憎恶、急于远离却又频频回首的人才会产生如此复杂的情绪和语言。

巴赫金曾谈到狂欢体形象的结构特点："这种形象力图在自身中能包括事物形成中的两极，或对照事物中的双方，并且把它们结合起来，如诞生—死亡、少年—老年、上—下、正面—背面、夸赞—斥骂、肯定—否定、悲剧性—喜剧性，如此等等……两个对立面走到一起，互相对望，互相反映在对方眼里，互相熟悉，互相理解。"③ 这种看似矛盾的对立双方在小说中同时存在，表面上的不和谐其实透露出本质世界的真相，世界上

---

① 莫言：《红蝗》，民族出版社2004年版，第47页。
② 莫言：《我的文学经验：历史与语言》，《名作欣赏》2011年第10期。
③ ［俄］巴赫金：《陀思妥耶夫斯基诗学问题》，《巴赫金全集》第5卷，河北教育出版社1998年版，第236页。

的善与恶、真与假、美与丑、黑暗与光明、死亡与新生不就是经常混合一处,难分难解么?巴赫金在谈到陀思妥耶夫斯基的创作原则时说:"在他那个世界里,一切都与自己的对立面毗邻而居。爱情与仇恨毗邻,爱情了解也理解仇恨;仇恨也与爱情毗邻,仇恨同样理解爱情。对神明的信仰与无神论毗邻,在无神论中反映出自己,并且理解无神论;无神论同样与信仰毗邻并理解它。上升和高尚与堕落和卑鄙毗邻。对生活的热爱与对自我毁灭的渴望毗邻。纯洁和贞洁可以理解罪过和淫欲。"① 这实际上体现出一种狂欢精神与狂欢思维。狂欢精神反对一种绝对权威的力量的存在,主张边缘和中心的交流与对话,使二元对立的力量在对话、冲突中产生新的质素和空间。狂欢的本质就在于对等级森严的秩序世界的破坏,对统治阶级主流意识形态的反抗,对权力和权威的嘲弄与颠覆,莫言小说的狂欢世界也表现出同样的特质。

　　莫言毫不避讳对政治意识形态的嘲弄与解构,这让他的许多作品屡遭批判。例如很多人批评《丰乳肥臀》的书名低俗下流,哗众取宠,其中内容随意编造历史,混淆是非,实属"反动小说"。《酒国》中描写了当代一个骇人听闻的吃婴儿的故事,讽刺和抨击当前腐败的官场生态,因而一直未能引起重视,成为"一部无法评论的作品"。《檀香刑》由于尽情描绘血腥残酷的各种刑罚而备受诟病。然而,他敢于直面历史与现实的残酷,并用自己的方式表达出来实属不易。《酒国》中李一斗给莫言的信中经常将政治术语、领袖语录等戏仿、嫁接,让人不禁联想到"文革"时代假、大、空的浮夸之风与激情泛滥的社会氛围。例如:

　　　　文学是人民的文学,难道只许你搞就不许我搞了吗?马克思当年设想的共产主义的一个重要标准就是艺术劳动化劳动艺术化,到了共产主义人人都是小说家。当然我们现在是"初级阶段",但"初级阶段"的法律也没规定说酒博士不许写小说呀?老师,您千万不要学那

---

① [俄] 巴赫金:《陀思妥耶夫斯基诗学问题》,《巴赫金全集》第5卷,河北教育出版社1998年版,第236—237页。

些混账王八羔子，自己成了名，就妄想独占文坛，看到别人写作他们就生气。俗话说得好："长江后浪推前浪，流水前波让后波，芳林新叶催陈叶，青年终究胜老年。"任何想压制新生力量的反动分子，都是"螳臂挡车，不自量力"。

您的话像一声嘹亮的号角、像一阵庄严的呼啸，唤起了我的蓬勃斗志。我要像当年的您一样，卧薪吃苦胆，双眼冒金星，头悬梁，锥刺骨，拿起笔，当刀枪，宁可死，不退却，不成功，便成仁。①

从今后，老师您大胆向前走，酒瓶不离口，钢笔别离手，写出的文章九千九百九十九！让那群蠢东西们向隅而泣去吧，人民大众开心之日，就是阶级敌人难受之时，胜利必定是属于我们的。②

《丰乳肥臀》中的上官想弟被公社干部洗劫全部财产，然后被带到阶级教育展览馆进行批斗，莫言这样写："实际上由于四姐的出场，高密东北乡这一次阶级教育展览的意义便完全被消解了。四姐略施媚术，弄得阶级教育展览馆里洪水滔天，连那些公社干部都挤鼻子弄眼，丑态百出。"③小说中写到上官金童的恋乳厌食症在"县医院的十几个医生，组成了一个医疗小组，在苏联医学专家的指导下，运用了巴普洛夫的学说，终于治好了……"④诸如此类的反讽叙事在莫言小说中司空见惯，而他对自己少年时代的经历的"文革"往事也有不同一般的描述，例如他不止一次谈到少时经历的忆苦思甜大会，"实际上，每次忆苦大会都是欢声笑语，自始至终洋溢着愉快的气氛，吃忆苦饭无疑也成了全村人的盛典"。"即便是在'文化大革命'那样的环境之下，我作为一个农村少年，依然体会到了很多的欢乐……在'文革'这样一段社会生活中，残酷的记忆当然很多，但是当我们看到作为孩子看到一群所谓的'走资派'头上戴高帽子，后面是锣鼓喧天的大街游行时，确实感到像一场嘉年华，让我们

---

① 莫言：《酒国》，当代世界出版社2003年版，第44页。
② 同上书，第75页。
③ 莫言：《丰乳肥臀》，当代世界出版社2003年版，第409页。
④ 同上书，第348页。

很高兴。说实话，我听说要结束'文化大革命'的时候，心里感觉到很失落，因为农民既没有电影也没有戏曲了，唯一一个这么好看的东西也没有了，这是我的真实感受……"① 少年时代的记忆始终是莫言小说的深远背景，他艺术地展现了那个时代特有的阴暗、变态、疯狂，他勇敢地披露了自己和身边的人身处其中却浑然不知的愚昧。《天堂蒜薹之歌》《酒国》《四十一炮》《蛙》等作品则从正面直接尖锐地批判了某些当权者的腐败、漠然和不作为，以及相关政策给普通老百姓生活带来的深刻变化。

无论是以间接的方式讽刺和揭露，还是在正面冲突中颠覆和解构主流政治意识形态，莫言都表现出非凡的胆识和高超的技巧，但这一切都出于他对当下生活的深切观照，正如他自己所言是出于对党、国家和普通百姓的前途的思虑："当代文学是一颗双黄的鸡蛋，一个黄是渎神精神，一个黄是自我意识。渎神精神与自我意识好像互不相干，实际上紧密相连，它们共存于文学这个蛋里。现在对神的批判实际上就是对官僚的批判，对官僚的批判实际上就是对政治的批判，而对政治的批判实际上是唤起自我意识的响亮号角，于是，对神的批判也就变成了民主政治的催化剂。"② 可见，莫言小说通过粗俗化的降格描述、狂欢式的污言秽语，对神圣人物及其言行的戏仿、模拟，毫不客气地对主流意识形态进行各种嘲弄与颠覆等方式，表达出一种"作为老百姓写作"的创作理念，是对建立一个平等、自由、开放的新世界的无限渴望。

三 民间历史的建构

克罗齐认为："在智力和道德繁荣的时代，轶闻和历史同样发展，即使最哲学化、最严肃的历史学的巨大进步，也未去除回忆录、生平传记和所有其他轶闻占据的位置。"③ 同样，波普尔认为历史的"兴趣应该在于具体的个别的事件和个别的人，而不在于抽象的普遍规律。……每一部写

---

① 莫言：《我的文学经验：历史与语言》，《名作欣赏》2011 年第 10 期。
② 莫言：《我痛恨所有的神灵》，见张志忠《莫言论》，中国社会科学出版社 1990 年版，附录。
③ ［意］克罗齐：《作为思想和行动的历史》，中国社会科学出版社 2005 年版，第 93 页。

成文字的历史都是这个全部发展的某些狭小的方面的历史,总是很不完全的历史,甚至是被选择出来的那个特殊的、不完全方面的历史"①。福柯虽然不是典型的轶闻主义者,但是他提倡到具体的历史情境中去揭示局部话语的权力结构和关系网络,将某些事情带入真理和谬误的嬉戏过程,强调历史的断裂性、偶然性和话语性。海登·怀特在评价新历史主义时说:"新历史主义对历史记载中的零散插曲、轶闻轶事、偶然事件、异乎寻常的外来事物、卑微甚或不可思议的情形的特别兴趣。历史的这些内容在'创造性'的意义上可以被视为'诗学的',因为它们对在自己出现时占统治地位的社会组织形式、政治支配和服从的结构,以及文化符码等规则、规律和原则表现出逃避、超脱、抵触、破坏和对立。"② 海登·怀特无疑对这些轶闻趣事是抱有相当诚意的,甚至认为它可构成历史诗学的一部分,也十分中肯而客观地评价了新历史主义的这一特点。轶闻概念在历史学中一直有一席之地,不过它往往作为道听途说的野史、秘史、稗史,充当着正史的补充或叛逆的角色。然而,新历史主义显然给予这些轶闻趣事以足够的重视,从方法论高度考虑,这种重视就是对边缘化历史和人物,对非主流意识形态和生存方式的肯定和重视。它的功能就在于有助于人们对某种单一的、绝对的历史叙事产生疑问。

前文谈到莫言小说的狂欢化特征,值得注意的是这种狂欢特征往往与主流社会的严肃正经不相容,因此它不会发生在都市社会中,而更易发生在秩序和规则相对松弛的民间社会。民间在莫言小说里无疑是一个混沌却自由自在的边缘世界,在这里有他孩童时代最为深刻和苦难的记忆,有他聆听过的祖祖辈辈流传下来的传奇故事,更是他认为用来安顿现代人疲惫灵魂的最好去处。莫言自称是"作为老百姓的写作",意指他是站在民间的立场,以平凡老百姓的心思和眼睛观察和叙述这个世界,莫言曾说:"我是一个没有多少理论修养但是有一些奇思妙想的作家。我继承的是民间的传统。我不懂小说理论,但我知道怎样把一个故事讲得引人入胜。这

---

① [英]卡尔·波普尔:《历史决定论的贫困》,华夏出版社1987年版,第64页。
② [美]海登·怀特:《评新历史主义》,张京媛主编:《新历史主义与文学批评》,北京大学出版社1993年版,第106页。

种才能是我童年时从我的祖父、祖母和我的那些善于讲故事的乡亲们那里学到的。"① 这种来自民间的奇思妙想与小说的创作思路不谋而合，它从不拒绝添油加醋的纵情想象和不厌其烦的夸张铺陈。这种思路下生产的历史描述绝不是严格的正史传统，只能称得上是野史、稗史和民间传奇等。

这些根据作家自己的生活经验或干脆道听途说来的历史往往把重大的历史和政治事件当作故事发生的背景，转而描述似乎与这些重大历史毫无瓜葛，处于历史边缘和底层中的人物的生存状态，家族故事、婚恋嫁娶、世代恩仇、男女苟合及日常琐碎的衣食住行等。从某种意义上讲，小说中的这些历史，即野史或传奇故事更具备鲜活的生命感，更有生动的历史画面感，更符合后来者对历史的自由想象与解读，当然也更受欢迎。莫言笔下的历史便具备这样的特征。《红高粱家族》用第一人称"我爷爷""我奶奶"的叙事视点是为了强调故事的真实性和传奇性，然而他所描述的那次动人心魄的抗日伏击战纯属虚构，是凭借作家自己对战争历史的想象和感觉完成。这部小说的题材是战争题材，却没有以往战争小说中正义与邪恶的壁垒分明，或完美的爱国英雄与十恶不赦的卖国贼的角色对立。《红高粱家族》中的战争描写已经超越了党派、阶级和政治的观念，而充分突出民间英雄的粗野、张狂和不屈的生命力，以及他们敢爱敢恨、不问生死的民间情怀。例如小说中的余占鳌既是土匪，又是传奇英雄；既是杀人越货的强盗，又是英勇抗敌的战士。而"生的伟大爱的光荣""永垂不朽"的"我奶奶"更具备强健的体魄和自由的灵魂，她的行为举动其实早已超出正常历史生活对女性的道德规范，无疑是个虚构的具备所有现代女性特质，甚至还更超前的角色。此处的历史显然也不是有始有终、清晰明确的正史，而是作者心中所想象的活跃着民间式草莽英雄和奇女子的，涂抹着民间传奇色彩的历史。

《丰乳肥臀》被称为是一部波澜壮阔的"史诗性"著作，是莫言进行民间史诗性书写的成功试验。如果仅从小说的篇章结构来看，的确如此，

---

① 莫言：《语言的优美和故事的象征意义》，《说吧·莫言》，海天出版社2007年版，第302页。

因为它是根据母亲漫长的一生来描述中国 20 世纪的历史，其中发生的各类所谓重大的历史事件或历史转折在小说中都和母亲以及母亲的儿女们发生了或近或远的关联。卑微而平凡的生命个体被裹挟着卷入纷繁复杂的历史洪流中，她们被战乱、兵匪、瘟疫、一波接一波的政治运动以及汹涌而来的现代商品潮流吞噬着脆弱的生命和存在的价值。莫言对母亲苦难一生的回顾和上官家的女儿们一个接着一个惨死的结局，恰是对这段漫长的民族历史的极大讽刺。在这部小说中，历史不是一个有始有终、有进步或倒退的历时性过程，偶然性、易变性和突发性因素使渺小的人类生命似乎要陷入轮回的宿命中。然而，历史的残忍在母亲的眼中却被缩减到最低限度，在她温暖、慈爱的目光下，政治或历史消隐为无形，无论是共产党、国民党还是卖国贼、汉奸，他们的后代在母亲这里都是鲜活的生命，都有生存的自由和权利，尽管这种生存显得如此苦难重重。小说的时间跨度虽然长达一个世纪，发生在上官家庭中的故事和人物如走马观灯般轮流转换，而历史在母亲这里却似乎驻足不前，成为静默却极具反讽意味的一个符号。就如有论者言："（母亲）生活在她自己的历史逻辑里，民间的生活形态几乎是永恒不变的，她所感受的世界既动荡又重复，她以不变的意志与方式承受和消化着一切灾难和变故，她所生发出的是悲壮和崇高的诗意。"[①] 张军对《丰乳肥臀》中这种历史的反讽性质有更深刻的描述："历史是什么？是战乱？是饥饿？抗击外敌？革命？自相残杀？似乎都是，又似乎什么也不是。……如果说这就是历史，那么历史就是巨人们的怒吼和小人物们的颤栗，巨人们的怒吼体现了一种游戏的快感而小人物们的颤栗则是绝望的表征。实际上，上官鲁氏一家在战火中的境遇就是一个绝望的历史反讽……"[②]

《生死疲劳》体现了莫言超凡的想象力以及对 20 世纪 50 年代至 21 世纪之初长达半个世纪的中国历史的独特叙事角度。西门闹本是个地主，在莫言的笔下却是个值得同情的角色，他大闹阎王殿为自己申冤，却被不断

[①] 张清华：《叙述的极限》，《当代作家评论》2003 年第 2 期。
[②] 张军：《莫言：反讽艺术家——读〈丰乳肥臀〉》，《文艺争鸣》1996 年第 3 期。

欺骗，转世成为各种动物，他历经六道轮回，穿行于人世与阴间，以动物及儿童的眼光打探着这个光怪陆离的世界。小说中人、兽、鬼、神没有严格的区分界限，彼此相通，人具备某种兽性，兽具备某种人性。这种想象力无疑传承了中国传统神怪小说和民间故事的想象方式，无论是作为人的兽性体验还是作为兽的人性体验都分明与历史年代的更迭与政治气候的变迁发生着紧密的关联。无论是含冤而死、不屈不挠的地主西门闹，还是全中国唯一坚持到底的单干户蓝脸，他们与历史形成某种对立的关系，体现了抵抗主流社会的不合作精神，他们彼此之间矛盾重重、爱恨纠缠，然而最后却相互怜悯着走向坟墓。蓝脸的遗愿是让他土地里种出来的粮食抛撒到他的墓穴里，遮掩住他全部的身体，这是一个农民对土地最朴质的情感表达。他们对这片土地上发生的你方唱罢我登场的政治游戏并不感兴趣，且有着本质的反抗和厌恶，历史对于他们来说同样是静默而微不足道的，土地、生命以及他们得以维持渺小生存的粮食才最为重要。

莫言一贯主张用民间的历史来补充非民间的官方正史，并且认为这样的历史虽然不是真实的历史，但更符合历史的真实。这种观点和格林布拉特的真实历史观非常相似，即在最隐蔽的历史角落，在最不引人关注的，甚至受到排斥的人物和事件上寻找失落的记忆，激发起后人的"共鸣与惊奇"。莫言认为："小说家笔下的历史是来自民间的传奇化了的历史，这是象征的历史而不是真实的历史，这是打上了我的个性烙印的历史而不是教科书的历史。但我认为这样的历史才更逼近历史的真实。"[①] 正是通过对民间历史的自由想象，莫言在对正史的补充与解构中，以及对民间历史的重建与宣扬中贯彻着自己始终如一的民间立场。

前文谈到苏童的小说时，笔者特别强调他通过描写历史的颓败来凸显个体生命的价值，让个体勇敢走出历史的迷障，成为自由的舞者。尽管这其中充满了太多不可知的因素，但是如前所述，对个体生命的书写与吟唱是自20世纪80年以降中国文学的重要主题之一，个体生命似乎要成为言说历史唯一的出发点和目的地，放逐了个体生命存在的历史是不可信的，

[①] 杨杨：《莫言研究资料》，人民出版社2005年版，第59页。

是自以为是的。莫言小说中充满了对个体生命的景仰与吟唱，特别是对那种充满原始生命激情和野性的、无拘无束的生命状态的赞美，甚至有某种虔诚的朝圣意味。《红高粱家族》的开篇写道："谨以此书召唤那些游荡在我的故乡无边无际的通红的高粱地里的英魂和冤魂，我是你们的不肖子孙，我愿扒出我被酱油腌透了的心，切碎，放在三个碗里，摆在高粱地里，伏惟尚飨！尚飨！"[1] 这种朝拜不仅仅是对有血缘关系的祖辈的简单祭拜，而是对生活在那片土地上的强悍、坦荡、朴素的自由生命的朝拜。当生命的原始力量得以尽情勃发的时候，既有的道德伦常、原则规范都显得那么苍白无力。"我奶奶"戴凤莲的三十年生命便是渴望和实践着这样自由自在、放荡不羁的生命形态，我们不妨聆听一下她临死之前的呐喊："天哪！什么叫贞节？什么叫正道？什么是善良？什么是邪恶？你一直没有告诉过我，我只有按着我自己的想法去办，我爱幸福，我爱力量，我爱美，我的身体是我的，我为自己做主，我不怕罪，不怕罚，我不怕进你的十八层地狱，我该做的都做了，该干的都干了，我什么都不怕。但我不想死，我要活，我要多看几眼这个世界，我的天哪……"[2] 这是源自生命深处的呐喊，是对身躯和灵魂获取自由的渴望，是对一切伦理束缚与道德压迫的蔑视与挑战。"我奶奶"的形象如此高大神奇，她是莫言作品中所有敢爱敢恨、勇敢泼辣的女性代表，是走在解放之路上的所有中国女性的精神标杆。

《丰乳肥臀》中的上官鲁氏和她的八个女儿、《檀香刑》中的眉娘、《白棉花》中的方碧玉、《白狗秋千架》中的暖等都是这样的人物，她们浑身充满着女性的魅力，丰乳肥臀是她们共同的身体特征，同时也象征着绵延不绝的生命活力，在莫言看来"乳房是哺育的工具，臀部是生育的工具，丰满的乳房能够育出健康的后代，肥硕的臀部是多生快生的物质基础。性是自然的行为，也是健康的行为，而自然和健康正是真美的摇篮"[3]。这些来自民间底层的神奇女性，她们的言行举止似乎与这个世界

---

[1] 莫言：《红高粱家族》，上海文艺出版社2008年版，题首。
[2] 同上书，第67页。
[3] 杨杨：《莫言研究资料》，人民出版社2005年版，第48页。

格格不入，她们我行我素、敢爱敢恨，但正是在这些人物身上我们看到了世间的苦难、人性的复杂、生命的尊严和顽强。

莫言将《丰乳肥臀》谨献给母亲和大地，就说明了他对崇高的母性、生生不息的生命力的赞美和崇拜，大地和母亲一直都是生命的孕育者和守护者，是人类历经沧海桑田的变换依然薪火相传的保证。小说中的上官鲁氏为了达到延续种族香火的目的，在自己的丈夫没有生育能力的情况下，凭着她健壮的体格和旺盛的生殖力分别和自己姑父乱伦，和土匪密探、江湖郎中、和尚、传教士等通奸苟合，她的目的很简单，就是为了她观念中的传宗接代，即生命的延续。这些在我们看来违背道德伦常的事情在母亲的世界里却能得到合理的解释，包括后来她对唯一的儿子上官金童的极度宠爱，让儿子霸占自己的乳房到十几岁，无条件满足他变态的心理需求，最终导致儿子不健全的人格和失败的人生，包括她收留和独自抚养她的女儿们的后代，而不论其父亲是哪个党派，抑或是英雄还是汉奸，如此种种都是最自然母性的流露，是对个体生命存在的敬畏，是让生命得以延续的朴素愿望。所以，学者张志忠认为莫言的创作有着"生命的文学化和文学的生命化"①特征，莫言笔下的生命体是最为自由奔放的，这是对民间最朴素、最平凡生命世界的还原，他让平凡生命获得诗性和文学性的同时，也让文学充满着生命的力量。

历史的表征总要通过个体烦琐的生活图景得以建构，即个体的最为普通的日常生活其实构成了一个种族、一种文明，乃至所有人类的历史进程，那么个体的历史书写便成为历史书写最为可靠的一种方式。西方新历史主义提倡的历史书写方式是：将大写的历史小写化，将单数的历史复数化，将客观的历史主观化，将必然的历史偶然化。这些主张我们都可以在莫言的小说中找到印记，历史在莫言的笔下不再冰冷如铁，因为他将民间的激情与热血浇灌其上，让民间的绚丽、喧闹、狂欢和自由的精神召唤着日渐迷失在物质神话中的孤独的灵魂。如果和苏童小说进行比较，我们发现莫言小说中主人公总是积极而顽强地进入历史，他们如飞蛾扑火般勇

---

① 张志忠：《莫言论》，中国社会科学出版社1990年版，第188页。

敢、坚毅,虽死犹生,虽死犹荣!而苏童更容易让他笔下的人物不断逃亡、远离,或隐匿于历史的昏暗角落,成为孤傲的旁观者。两者并不构成某种对立,而同时体现出作家对寻找个人生命价值和建构现代精神家园的共同目标,而无论抵抗还是逃亡,都反映了人与历史、人与现实的某种纠结状态。生命的赞歌在苏童或莫言的小说中被反复吟唱,或高亢,或低回,或震人心魄,或令人绝望。然而,这便是历史,也是现实。

第三节 历史的影像呈现:《南京!南京!》与《王的盛宴》的新历史主义解读

一 关于新历史影视剧

自20世纪90年代以来,新历史影视剧就层出不穷,不断受到市场和民众的追捧,掀起一浪高过一浪的影视复古热潮。电视剧如前期的《戏说乾隆》《还珠格格》《康熙微服私访记》《孝庄秘史》,到最近几年重拍《三国演义》《水浒传》等经典剧目,还有火爆一时的《宫锁心玉》《步步惊心》《甄嬛传》等不一而足、数不胜数,各类正史、秘史、传奇、戏说形式的历史影视剧充斥着电视荧屏,满足了国人难以抑制的历史情结和对历史的消费、娱乐、想象的欲望。新历史电影同样毫不逊色,早期有通过新历史小说改编而成的电影《红高粱》(1987)、《古今大战秦俑情》(1989)、《大红灯笼高高挂》(1991)、《霸王别姬》(1993)、《活着》(1994)等,到后来的《英雄》(2002)、《夜宴》(2006)、《满城尽带黄金甲》(2006),还有最近几年拍摄的《赤壁》(2008、2009)、《南京!南京!》(2009)、《金陵十三钗》(2011)、《王的盛宴》(2012)、《白鹿原》(2012)等。这些电影要么指向遥远的历史深处,叙述帝王将相、英雄豪杰的丰功伟绩与人生感悟,要么将目光投向普通个体,书写他们在坚硬历史境遇中的苦难、挣扎和期许。笔者将这些影视剧统称为新历史影视剧,是想将西方新历史主义与之联系起来思考。实际上,只要在一定程度上具备和西方新历史主义理论相似的历史、文学观念,对历史真实和规律性持怀疑态度,采取历史叙事的民间立场和边缘视角,试图对主流历史进行补充或颠覆的影视作品，其中历史事件和人物可以是真实可查，也可以虚构想象，都可以称为新历史影视剧。下文将通过对《南京！南京！》《王的盛宴》两部影片的详细解读，探寻在新历史主义理论的视域下，影视文化如何从人性的视角表现战争的苦难与残暴，反映历史的主观化与诗化特征。

二 坚硬历史中的柔弱个体

福柯在研究世界与主体关系问题时的一番话对我们理解历史与个体的关系有诸多启示，他说："世界在我们的生活中立即向我们呈现的方式，是一种考验。这一点必须从两个意义上来理解。一是体验意义上的考验，即世界被认为是我们得以体验自身的东西，是我们得以认识我们自己的东西，是我们得以发现我们自己的东西，是我们得以揭示我们自己的东西。而且，在此意义上，这个世界，这个-bios（生活），也是一种训练，即根据它，通过它，由于它，我们将会培养自己、改变自己，迈向一个目标或一个目的，直至完美的境界。"① 对主体与自我问题的关注是 20 世纪一个重要的哲学课题，福柯让我们意识到作为主体的个人在世界（即生活或历史）中所遭受的权力规范抑制着作为自由主体的形成，然而，认识自我要从认识世界与他人开始，主体的觉醒与建构要在与世界（即生活或历史）的不断相遇中进行，这种相遇如同训练，完美的自我主体性将在这种训练中完成。

格林布拉特的自我塑型理论与此相通，他反对那种普遍性的超然主体的存在，而更乐意突出主体的不稳定性、可塑性（fashioning）、历史性和协商性（negotiation）。他说："新历史主义的中心点就是对主体性的质疑和历史化。"② "人类主体本身一开始似乎就非常不自由，不过是特定社会中权力关系的意识形态的产物。"③ 在格林布拉特看来，主体的产生绝不

---

① [法] 米歇尔·福柯：《主体解释学》，余碧平译，上海人民出版社 2005 年版，第 505 页。
② 生安锋：《透视文化、重构历史：新历史主义的缔造者——斯蒂芬·格林布拉特教授访谈录》，《当代外语研究》2010 年第 3 期。
③ Stephen Greenblatt: *Renaissance Self-fashioning: From More to Shakespeare*, Chicago: University of Chicago Press, 1980, p. 256.

是自觉、自动的完成自我塑造过程，而是文化、权力和意识形态合力的产物。或者说，自我的产生纯粹是一个历史事件，它在丰富多样的历史语境中会有无数种可能，它是发展变化的，总是趋于主体之间不断的敞开与遮蔽、不断被驯服与颠覆、不断被他者及自我影响和塑造之中。因此，在新历史主义视域下，个体与历史的关系就如一场旷日持久的拉锯战，在这一过程中，个体往往被坚硬如磐石的历史撞得头破血流，然而对于自我塑造的完美境界的追寻却成为稍有良知的现代人坚守的立场和理想。如果我们从这个视角去理解饱受争议却仍旧给人心灵震撼的电影《南京！南京！》，也许会有新的体会。

一个有着太多苦难记忆的民族，当这种苦难太过沉重、太过惨痛时，我们宁愿不去触碰它。选择遗忘并不是真的要遗忘，而是为了战斗，为了重生，为了暂时告别恐惧，去点燃希望的火焰。张颐武指出："由于二十世纪中国的历史太过于沉重，中国人在自己的民族悲情还没有得到真正的化解，中国还处在贫弱状态下和面临严峻的挑战的时刻，往往并不刻意地揭开历史的伤痛，而是将自身的大无畏的精神和必胜的信念作为自身文化的主题。"[①] 可以说 20 世纪 80 年代以前的中国抗战片所宣扬的便是这样一种文化立场：歌颂人民英雄的伟大，控诉帝国主义的残暴，揭露卖国贼的卑鄙和无耻，诸如此类成为战争题材影片的永恒主题，而影片的最后革命必定取得辉煌的胜利，敌人得到应有的惩罚，观众随同影片主角一道高高扬起革命乐观主义的旗帜，心灵获得极大的宽慰与满足。一方面，这是经历过长期深沉的苦难折磨而取得革命胜利后，人们发自内心的情感喷发；另一方面，也说明我们还没有足够的勇气和自信来抚平伤痛，还难以做到直面血淋淋的历史。

"南京大屠杀"是最令人不堪回首的苦难记忆，正因为这场由日本帝国主义一手造成的人类浩劫如此惨绝人寰，对它哪怕是丁点的叙述都牵扯到整个民族脆弱的神经，考验人们的心理承受能力。因此，当影片《南京！南京！》提出要"提供一个与以往的历史叙事完全不同的南京"，力

---

① 张颐武：《直面惨痛的历史记忆》，《北京青年报》2009 年 5 月 9 日。

图颠覆一直以来抗战题材的影片叙事模式，加入丰富的异质元素和导演对历史的自我理解时，引起舆论一片哗然。最令人诟病的是电影用一个普通日本兵角川正雄的视角来看待南京大屠杀，等于是让施暴者来回顾和反省自己的施暴过程，这是从未有过的情况。也许导演是想通过"换位思考"来客观展现一段历史，却不免有人要怀疑这种转换的可信度，就如有学者言及："当你进入敌人的内心时，你凭借什么相信自己是在批判而不至于转而认同对方呢？……当陆川想以宽阔的心胸包容敌对的他者时，这个'他者'在多大程度上是真实的？角川到底是一个历史中的真正的日本兵，还是仅仅是七十年后中国导演一厢情愿的自我投射所幻化的影子？"[①] 显然这种质疑有一定合理性，然而这也是影片的与众不同之处，它的目的之一就是要改变以往大家心目中的中国人的"哭诉"形象和日本人的"妖魔"形象。

导演陆川心中很清楚："对于我来说它不仅仅是南京大屠杀，是一个关于人的片子，是我对自己的一次挖掘，里面蕴藏了我对人生的很多很多的看法，我很满意我最终找到了并且表达出来了。"[②] 因此，这部电影不仅关于战争、屠杀，更主要的是关乎人、人性、人的命运与自我救赎历程，而战争只是导演要展现人性的复杂和人性救赎等主题的有效背景，因为只有在战争、饥荒等极端状态下人才会表现出种种非人的情形。

此外，影片的市场效应和国际影响力也是导演要考虑的对象，正如陆川所言："大家可能会觉得把日本人写成人（是不对的），可我觉得日本人就是人，只有把日本人写成人，我们的电影才能跟外部世界去交流，不管是对手还是自己，我们都要承认他们是人，而且只有承认他是人，展现他人性变化的时候才有可能说服这个世界去接受中国人的观点：一、大屠杀是存在的，而且是由日本人干的；二、到现在为止日本人还没有向我们道过歉。"[③] 可见，导演选择人性的视角是站在一个国际

[①] 张冰：《〈南京！南京！〉：历史叙事中的困境》，《读书》2009 年第 9 期。

[②] 王小峰、陆川：《王小峰对话陆川——电影历程大揭秘》，《三联生活周刊》2009 年第 11 期。

[③] 徐秋、陆川：《陆川：我用我的方式记忆》，《电影》2009 年第 6 期。

交流的立场考虑问题,并试图让世界听到来自中国的声音。运用这样一个比较客观的人人都可接受的视角去反映这个重大的历史事件,无疑能被世界,特别是被西方世界和日本的年青一代所接受,因为他们并不知晓这一过程和它的残酷程度。影片后来在国际上屡获大奖,这说明陆川的目的确实达到了。

现在让我们来看看影片的主角角川正雄如何一步步从人性的麻木走向觉醒,最后以结束生命获得灵魂的自我救赎过程。角川一开始就被战争拉扯着显得神情恍惚,在猛烈的日光照耀下睁开疲惫而茫然的双目,他仿佛听到有人在叫唤,双腿便不假思索而迟钝地循声而往,显然他是一个被动的战争参与者和暴力的执行者,他并没有多少独立思考的空间和抉择生死的权力,他始终像一个局外人一样游离在战争的边缘。如果说一开始,角川表现出的只是一个睁大惊恐的双眼,麻木而机械地执行命令的战争工具的话,那么他那被遮盖的人性在他开枪打死了数个躲在门后的无辜年轻女孩后,第一次显露出来。他语无伦次地说着"我不是故意的",并试图用金钱来弥补自己的过失。这是他那被战争摧残的麻木人性的第一次觉醒,但已经分明让我们看到了一个充满恐惧、矛盾和焦虑的灵魂。

接着,当他看到满目疮痍、尸横遍野的街道,还有倒悬的头颅、裸露的尸体,他的眼睛里分明有着些许同情和疑惑。这种同情和疑惑在同样是战争受害者的随军妓女百合子那里得到不断地强化,百合子让他想起了远方的家乡,并成为他获得温暖与慰藉的暂时港湾。后来,当他看到与百合子长相相似的江香君被强暴至死时,他的心灵再次遭受震撼,埋藏在心底深处那丝不灭的人性也再次流露。接着,变疯了的少女周晓梅被他的同乡上级无情枪杀时,角川先表示无比震惊,继而似乎觉悟般地说出了"她这样活着还不如死去!"令他自己都无法置信的话。周晓梅的死无疑再次呼唤起他心底的同情与怜悯,更激发起他对死亡的思考,他驻足不前,想着死亡并不是件坏事,起码是一种解脱。

随着影片的发展,他对死亡的看法也发生着变化,当为了多救出几条人命,不断蒙上头巾去冒领"丈夫",最后平静而从容赴死的姜老师请求他杀死自己时,角川果断地开枪了。姜老师的死给他上了一堂无比沉重的道德课，他曾要求姜老师把代表仁慈与救赎的十字架送给自己，而最后他却不得不用杀死她的方式去拯救她，这无疑让他切身感受到了"死的伟大"和"生的耻辱"。如果说他当初拿起十字架是想要获得上帝的谅解和怜悯，为自己及同伴的罪行找到支撑的话，此刻的角川已经意识到他们已被牢牢钉在了死亡的十字架上。在战争中，人为了生存不得不杀戮，而杀戮又剥夺了人生存下去的权利。面对战争，个体显得如此渺小和柔弱，然而又如此凶残和暴戾，战争使人性变得扭曲，变得异化。随后，他一心想要娶回家的百合子病死在前线，角川万念俱灰，彻底崩溃。

影片最后庄严的祭祀典礼是导演安排给角川的一次对所有在战争中失去生命的人的祭奠，当然包括他自己，他压抑而狂乱的情绪发展到顶点，"活着比死更艰难吧！"是他心境最好的表述。角川陷入难以自拔的自我矛盾与纠结中，一方面，人性的觉醒已无法让他继续面对战争和杀戮，另一方面，作为军人的职责与无法抗拒的命运只会让他再次举起枪来，这时唯有死亡才能结束这一切，唯有死亡才是自我救赎最好的方式。他无可回避地将枪对准了自己，尽管难以压制痛苦与恐惧的泪水，他还是选择在杀死自己的同时获得灵魂的救赎与安宁。影片至此已经完成一次对复杂和充满悖论的人性窥视，特别是在战争的极端历史境况下，人如何完成自我塑型和人性救赎。

导演陆川曾说："我突然意识到我已经不是在拍'南京大屠杀'这个具体的事了，我觉得我们可能在拍关于人如何认识战争本性的一个东西，而且我们有可能去做到一件事是超越中国人和日本人，能够去触摸到一个一般规律的东西——就是人在战争面前与人和战争的关系问题。""我要讲述的，不是单纯的施暴者和受暴者之间的故事，而是两个民族的共同灾难，这关系到我们以何种心态重读历史。""我们不能封闭在民族悲情里，我希望借一部电影去恢复中国人的这种存在和救赎。中华民族是一路坎坷的民族，我们最终还是要自我拯救。"① "对一场战争的反思应该不用再分什么日本人、中国人了，角川这个时候应该是代表我们所有人去反思，而

---

① 陆川、李舫：《中国电影，用文化融解坚冰》，《人民日报》2009 年 4 月 24 日。

不是仅仅代表他自己。"① 的确，如果抛开狭隘的民族主义情绪，我们看到角川并不是十恶不赦的战争罪犯，他是一个象征符号，代表着每一个人性未泯的现代主体如何在坚硬的历史存在面前自处。这是一个太过长久而沉重的话题，其意义要大过战争和历史本身。

格林布拉特并不相信全然独立于历史与世界之外的自由主体，"新历史主义的中心点就是对主体性的质疑和历史化"②。人类主体一开始就显得不自由和顾虑重重，总是要受到历史、他者、权力关系、意识形态的制约和束缚，更不用说战争、杀戮、罪恶对自由与完美主体的戕害和摧残。这似乎要引领着我们走入绝望的深渊，然而在死亡与仇恨之外，还有活着的喜悦、关爱的温暖、生命的尊严和自我的救赎，就如格林布拉特所说："……放弃自我塑型就是放弃对自由的渴望，就是放弃对自我的固执守护（尽管这个自我有可能是虚构的），就是死亡。……我觉得完全有必要保持这种幻想，即自我还是我自己的主要建构者。"③ 影片《南京！南京！》中的角川代表的何尝不是在坚硬历史存在面前的每一个柔弱的生命个体，他的自我救赎过程也是我们每一个人的自我塑型过程，他最后用自己的生命换来了两个平凡中国人的自由，完成了主体形象的完美塑型。

三 历史的个人化与诗化

自20世纪中期以来，西方历史哲学从一种整体上理解、把握历史的方式受到新思潮的挑战，从克罗齐的"一切历史都是当代史"到波普尔"历史命运之说纯属迷信"；从巴尔特"作者之死"到福山所宣称的"历史终结论"，人们逐渐认识到历史是各种各样关于过去事件的记载和叙述而已，普遍历史或历史真实不过是对这些事件的不同评判标准。从此，优秀的历史学家被认为也是富有想象力的艺术家。波普尔曾说："历史决定

---

① 王小峰、陆川：《王小峰对话陆川——电影历程大揭秘》，《三联生活周刊》2009年第11期。

② 生安锋：《透视文化、重构历史：新历史主义的缔造者——斯蒂芬·格林布拉特教授访谈录》，《当代外语研究》2010年第3期。

③ Stephen Greenblatt: *The Improvisation of Power*. In *The New Historicism Reader*, H. Aram Veeser ed., London: Routledge, 1994, p. 76.

论的贫困是想象力的贫困。""历史决定论的重大错误之一,就是把历史解释当作学说或理论……他们没有看到必定有多种多样的解释。"① 当历史与想象力挂钩,与主体选择和阐释挂钩,那么历史与文学、艺术的界限也就不再明晰。

海登·怀特把历史写作看作是叙事性散文的一种,称它们一般而言是诗学的,具体而言在本质上是语言学的,历史话语和文学话语在修辞和比喻的层面取得沟通。在他看来,任何历史都是一种修辞想象,历史是被构建的,而且被诗意地构建。因此,我们看到的历史"不过是作为修辞和文本的历史,其叙述过程和模式取决于叙述者的修辞态度、方式、阐释角度和价值立场"②。海登·怀特、德里达、福柯、詹姆逊,到后现代主义学,历史书写的方式越来越强调以诗学的形式进行,格林布拉特更是多次强调想象力的重要性以及历史叙事模式的多样化问题。所以,海登·怀特评价新历史主义文化诗学更准确地说是一种"历史诗学"的概念,"历史的内容在创造性的意义上(我不打算说是幻想的或想象的意义上)可以被视为诗学的。"③ 新历史主义的种种历史观在当代中国历史影视中有最为直接的反映。无论是20世纪80年代末、90年代以来拍摄的《古今大战秦俑情》(1989)、《秦颂》(1996)、《荆轲刺秦王》(1999)等,还是新世纪以来为大众所熟悉的《英雄》(2002)、《神话》(2005)、《夜宴》(2006)等选择用影视展现了对西方新历史主义观点的某些认同,同时表达了当代人想要重述历史、诗意地表达历史和追寻个人心目中的历史的强烈愿望。

陆川的最新作品《王的盛宴》(2012)是这些年西方新历史主义历史观在中国电影中最为集中的体现。其中个人化与诗化的历史书写成为影片极具颠覆性和带来较大争议的焦点。虽然陆川在影片的开头打出这样的一行字"本片依据司马迁之《史记》创作",力图证明历史叙事的真实性与

---

① [英]卡尔·波普尔:《历史决定论的贫困》,华夏出版社1987年版,第103、120页。
② [美]海登·怀特:《元史学:十九世纪欧洲的历史想象》,陈新译,译林出版社2004年版,序言。
③ [美]海登·怀特:《评新历史主义》,张京媛编:《新历史主义与文学批评》,北京大学出版社1997年版,第106页。

权威性，但显然无法掩盖导演陆川对历史进行自我阐释，对所谓历史真实进行个人化处理的意图。

在微观历史层面，影片确实花了很大力气恢复历史原貌，例如从简朴的道具、服装、宫廷摆设，到弯曲的竹简、用手抓饭、出行和跪拜的礼仪等都极为遵循秦汉时期古朴厚重、深沉内敛的风格，同时也符合整个影片的叙事氛围。从微观层面"重返历史现场"和"把摄影机架到那个年代，直逼历史，希望把历史的光芒照到大家心里去"[①] 的目的是实现了。但是，影片绝不是对《史记》中的"鸿门宴""垓下围""霸王别姬"等耳熟能详的段落的简单翻拍，而是要找到一个全新的视角，对楚汉相争这一段历史重新展现和诠释，再现刘邦、项羽、韩信、萧何、吕后等历史人物波澜曲折的人生历程。于是，如何在这一陈旧的主题上挖掘出新的质素，不至于再重复一遍被反复讲述的故事成为导演首先要考虑的问题。

陆川找到了一个突破口，便是用刘邦年老弥留之际内心独白的方式，回忆自己如何从低贱如蝼蚁的街头混混成为雄霸天下的一代帝王。征战、流离、恐惧与猜忌是刘邦人生的主旋律，他的一生因战争而变得流离失所，因对西楚霸王项羽的地位与人格力量的崇拜而心生恐惧，因韩信的年轻气盛、功高盖主而嫉妒、猜疑。就如刘邦自己所言，他经历的不只是一场鸿门宴，其整个一生都是鸿门宴。刘邦的这种自我人生追溯为我们揭露了被权力、欲望驱逐的灵魂如何一步步蜕变异化，陷入恐惧和噩梦的深渊。

电影中的刘邦这样讲述自己的过去："当年在秦国小镇丰邑的时候，我的生命像井里的水，卑微而平静。"影片中的他和吕后在山野烂漫间过着简单而快乐的小日子，然而作为"龙的儿子"的命运似乎难以让他继续这种生活，当他斗胆向项羽借得五千精兵以救妻儿时，他看着项羽赐予的盔甲，一开始是难以置信，随后狂喜不已，炯炯发光的目光中有着对胜利和权力的渴望。这身战袍跟随他一生，即便年老后也一直放在他的寝宫

---

① 张悦：《"这一次我们是把摄影机架到那个年代"——导演陆川谈〈王的盛宴〉》，《中国艺术报》2012年3月28日。

内，每天有人细细擦洗，足见刘邦对它的重视，这是他历经重重磨难和艰险的见证，是他最为亲密的战友，同时也是他安放疲惫而焦虑灵魂的最好去处。

如果说刘邦开始起兵并没有如项羽一般"彼可取而代之"的雄心壮志，那么当他被秦王子婴迎入咸阳城，并领着他参观宏伟的秦王宫，来到象征着所有人的命运与归宿的御史寺时，他被深深震撼。他迷失在高高耸起的竹简架中，焦急地想要知道自己的历史如何被书写，而听到他只是一个出身卑微的泗水亭长时，他内心强大的权力欲望被激发，"王侯将相，宁有种乎？"他高呼着这句话，如大海一般的欲望之门被彻底打开。"秦王宫就像一把钥匙，可以打开每个人心底的欲望"，只要进入恢宏华美的秦王宫，欲望的种子就被悄然种下，刘邦如此，韩信也不例外。欲望驱逐着刘邦一路前行，也让他站到了权力的高峰，然而最后他在权力之巅的孤独惶恐、疲惫焦虑却让这一切变得充满讽刺意味。欲望可以成全一个人，也足以毁灭一个人，在这场欲望与权力的角逐中，没有最后的胜利者，只剩下对人性的思考和回味。

作为刘邦的参照面，项羽这个角色在影片中充满着内敛、高贵、理想主义的色彩，是吕后口中最为"高尚的人"。而正是这种高尚使他一次次丧失了杀掉刘邦的机会，包括放走作为人质的吕后，放走韩信，分封诸侯，火烧秦王宫。在影片中，项羽并不像刘邦贪恋无上的权力，他放火烧掉秦宫就是为了"省得大家惦记"，不想有"下一个秦始皇"，他不认同秦始皇大统天下的理想，因为秦"要求天下人穿一样的衣服，坐一样的车，写一样的文字，他要把天下千千万万个不一样的姓，变成一个"。他把秦国分为十九块，要求他的弟兄们回到自己的国家，用自己的文字，书写他们自己的历史等。可能就如影片中刘邦所言："贵族就是这样，他们只看到自己的光芒，却忽略了别人的欲望。"项羽其实是导演陆川的代言者，是影片中唯一具备现代自由思想的人物，他让我们相信中国几千年前就有过独立、自由的灵魂。陆川曾讲到项羽是一个活在自己精神世界的人，身边很多人都像蝼蚁般苟活的时候，项羽却能为理想为信仰去战斗，这是人性的多元化，也是历史多元化的表现。导演的历史观此处可见一斑，他偏爱项羽，让刘邦永远活在项羽的阴影下，让其短暂、高贵、壮美的一生有了最好的历史注解。

影片中的御史寺是一个具有象征意味的场所，这里有天下所有人的出生和死亡记录，是每个人生存的历史依据，也是书写历史最权威的机构。那机关重重、复杂神秘的甬道通达而诡异地传递着个人的生平信息，更象征着决定每个人的命运与归宿的最高权力。刘邦便是在这里被激发起书写历史和被载入史册的强烈欲望。而后来这里也成为权谋者们肆意修改历史的地方，张良来到御史寺看到史官们写的鸿门宴，认为其有太多的谬误，其实张良的质疑也是导演陆川对历史真相的质疑，而张良力挺韩信，确信是韩信受项羽之命暗中保护刘邦，但这或许也是为了救韩信最后一命的说辞而已。史官们并不敢记录下张良的陈述，因为后面有更大的权力掌控者，那便是吕氏，吕氏早就命人写好了韩信的历史，韩信被定格为夜袭皇后和太子的叛逆之人，就连如何被处死都早已记入史册。不仅韩信，还有项伯、萧何、张良，他们都不是自己能书写自己历史的人，都成为权力争斗的牺牲品。这时，我们不要问什么是历史的真相，以及如何解释鸿门宴中刘邦逃过一劫，这些已变得不再重要，重要的是历史诉说者为什么这么说，其背后的理由是什么，而后人面对这些所谓的历史时，应该抱一种什么样的心态。

显然，陆川想要在电影中表达的就是：谁写的历史，就是谁的历史；谁有权写历史，谁就是历史的主宰者。历史即权力，是统治者用来巩固其地位的一场舞台剧。作为后来者，我们应该有大胆质疑的勇气，如果不是要还原隐匿在历史黑暗处的真相，至少应该给予历史以更多可能的阐释。在陆川看来，历史更像一场黑泽明影像中的罗生门，每个人都有在其立场上解读历史的权利和自由，当然可以不被接受，但权利应该被许可，且事实本就如此。在这个意义上，《王的盛宴》的确颠覆了我们既有的历史观，它让我们看到了历史的多面性和复杂性，以及历史书写过程中的权力游戏规则。

另外值得一提的是影片的叙事方式。影片以刘邦的梦魇开始，又以梦魇结束，整场电影交织着他的自述、噩梦、回忆，还有项羽、韩信、吕后等人的故事穿插，所以不是平铺直叙、一览无余的叙事模式，而让观众在耐人寻味、扑朔迷离的影片节奏中一起感受刘邦的恐惧与焦虑。陆川曾用几何图形来比较《南京！南京！》与《王的盛宴》，前者的叙事呈圆形，而后者如充满岔路的线条。尽管故事情节人尽皆知，但这种讲述历史的方式显然不那么讨巧，很容易让人接不上故事发展的主线。此外，观众对传统古装片中场面的热闹与宏大、打斗功夫的出神入化、背景的瑰丽奇幻，还有演员的帅气与美丽都已经习以为常，而陆川让观众的这些审美期待统统破灭。影片中没有排场巨大的征战画面，没有飞来飞去的神奇功夫，也没有色彩艳丽的背景，刘烨、张震、沙溢、聂远都被化妆师弄得面目全非，秦岚更是做出了巨大的牺牲，完全变成了丑恶、阴毒的吕后。唯一帅气的面孔就只剩下吴彦祖了。所以这又是导演从摄影、画面和造型上对传统历史影片的一次颠覆。整部影片色调阴暗、灰白，即便是虞姬的出场也没有半点鲜艳色调，刘邦披散着白发像个幽灵一般，或出没在重重帷帐中，或行走在浓雾弥漫的枯树林里，他神经质地寻觅着自己的敌人，时而惊恐万分，时而神情呆滞，他夸张的肢体语言和面部表情不像在演电影，更像在演一出精彩的舞台剧，在明与暗的光影交替中展现着角色巨大的内心张力。因此，这部影片有着莎士比亚悲剧式的沉重感和强烈的舞台艺术感，从某种意义上说，电影逐渐偏离了历史本身，是一场充满诗意的历史秀，是一个有关权力、欲望、个体生存的中国式隐喻。

最后，我们不妨还来思考一下卡尔·波普尔的话："不可能有一部'真正如实表现过去'的历史，只能有各种历史的解释，而且没有一种解释是最后的解释，因此每一代人都有权利去做出自己的解释。……历史虽然没有目的，但我们能把这些目的加在历史上面；历史虽然没有意义，但我们能给它一种意义。"[①] 鸿门宴的故事世代流传，绝不会在《王的盛宴》中结束，而只是一个新的开始。

---

① Karl Popper: *The Open Society and Its Enemies*. Routledge, London, 1957, pp. 259 – 280.

结　语

　　本书的研究范围涉及西方文论、现当代中国文学、中国影视、文化学、历史学和社会学等多个学科知识。研究对象虽是考察新历史主义理论话语在中国的译介、接受和阐释情况，但首先要对理论本身有深入的了解，这一点首先更多地来自于对数量庞大的原始资料的阅读，其次是要极力避免学术报道式的平铺直叙，尽量做到述、评结合，突出这一理论旅行中的中西文论的冲突与交融等复杂关系。而新历史主义与中国当代历史小说和影视创作、与中国文化诗学理论的关系等问题也应是考察的对象，因为它恰恰反映了当代中国文艺创作和文论建设的重要发展趋势，还有当前人们的文化、历史、文学观念的变迁路径。在对这个课题的深入研究中，笔者发现最重要的不是要得出何种结论，而是它把我们引入更多的思考之中，例如，中国文化诗学可否被理解为西方新历史主义本土化？而这种依赖于西方文论本土化建立的中国诗学理论有无自相矛盾之处？新历史主义关于文学与历史、个体与历史的阐述，关于主体性重建和自我塑型的观点，还有对历史隐蔽处微小的生命个体的强烈关注等，这些观念是如何体现在中国当代的文艺创作中，并影响着越来越多后来者的思想和行为？

　　就如汤一介所说："未来中国哲学发展的原动力依然来自于西方哲学的刺激，进一步发展和取得突破的方向应是跳出与超越中西'体用之争'。"[1]

---

[1]　胡伟希：《中国本土文化视野下的西方哲学》，《20世纪西方哲学东渐史》，汤一介主编，首都师范大学出版社2007年版，前言，第3页。

哲学如此，中国文论的发展也同样如此，我们不要试图去除，也不可能去除西方文论对我们的影响，现在需要做的是站在对话的立场，寻求中西文论的对接和融合。例如，新历史主义和中国文化诗学研究之间，不管有着怎样的差异、冲突甚至矛盾的关系，对话和沟通的立场和空间总会存在，而中国文化诗学的兴起和发展在很大程度上就是对西方文论的历史回归的一次积极主动的回应，更可作为西方文论中国化的典型案例来分析和借鉴。笔者发现，在西方文论中国化的过程中，往往对理论本身的探讨无法继续深入和发展，转而为方法层面的积极实践和运用。论文第二章和第三章所述的关于新历史主义理论本身的研究在中国越来越受到冷落，而运用新历史主义理论进行文本阐释或文艺创作的现象却越发火爆说的就是这种情况。一方面，大部分中国学者不太愿意接纳新历史主义的理论观念，特别是与主流政治意识形态相异的历史观，甚至急于抵制，与之脱离关系，忙着建立具有"中国特色"的文论体系；另一方面在文艺创作领域我们看到新历史主义观念在大放异彩，获得越来越多的认同，且将拥有更深更广的市场。要理解西方文论本土化的这种困境和尴尬，也许只能回到中国的文化语境和文学土壤中来分析。西方文论在传入中国后，与中国文化传统、思维惯性碰撞磨合，而中国的经济建设全面开放，但意识形态建设却仍相对保守，长久以来的思想禁锢更是让中国学者们养成了被动接受的思想惰性，对于曾经或上一代经受过的文化苦难还心有余悸，因此我们时时谨记于心的是继承和发展，而不是反抗与颠覆。所以，西方文论的本土化实质上是为了适应中国政治文化气候而被迫实行的本土化，和经济学意义上的跨国公司为了谋求自身发展主动推行的本土化完全是两个概念。也可以说西方文论本土化是中国文论家们明哲保身的不二选择，而对方法实践的热衷则是他们绕道而行以表达自我的方式。

　　西方新历史主义对中国学人最大的启示，或者说能够获得许多年轻学者心理共鸣的就是它的文学观念和历史观念，或者具体地说就是有关文学与历史、个体与历史关系的阐述。文学作为某段历史、文化时期的"反映物"或者"装饰物"的性质已经被彻底否定，文学的主体性功能得到极大张扬，文学和历史的二元对立关系被一种相互指涉、复杂交织的关系所代替，文学不仅是历史、文化发展的见证者，更是参与者、推动者和建构者。文学不是孤立于社会历史之外的事物，而是历史、文化的一个有机组成部分，文学参与到历史之中，并与政治、意识形态和权力话语形成相互角逐和交锋的场所。也就是说，文学实际上是历史时空中最不可或缺的一员，它直接或间接参与历史进程，建构和述说历史，同时是现实文化塑造和发展的有力推手。因此，文学与历史、文学和非文学的边界需要不断重新修订，永远处于变动不居的状态，或在建立与消亡之间不停摆动。以上所述就是对传统文学观念中的审美、道德本体论原则，对文学和历史的本质、内在规律，对真理性、总体性和普世性，对既定的文学价值和文学边界产生疑问。这些质疑如此来之不易，将引领着我们开辟文学研究的另一番天地。

应该说新历史主义提倡的将大写的历史小写化，将单数的历史复数化，将客观的历史主观化，将必然的历史偶然化等主张有一个根本性的前提，就是对主体性的张扬，对被强大历史淹没的个体生命的发掘和尊重，这便是如何处理历史与个人的关系问题。传统观念是个人对历史或对代表历史发展正确方向的集体的绝对服从，历史的客观性、规律性、必然性不容怀疑，新时期以前的中国文学体现和宣扬的就是这种独断式、教条化的思想观念，新时期以来的中国文学和文艺创作显然逐步摆脱了被政治、意识形态的全面包围的状况，把自我的个体生命经验融入文学的肌理中，让我们看到了当代人对个体自由和解放的不懈追求，对感性欲望的大胆表露。笔者始终相信人的存在首先是对自然生命存在的独立和自由的维护，而外在于个人的历史存在的价值与意义不应该以权威和专制的姿态逼迫人反抗自我、放弃自我存在的价值与意义。也就是说，我们除了可以从政治意识形态上来理解历史，也还可以从人性角度和个体生命角度对社会历史的多样多义性进行解读，而为个体的存在自由摇旗呐喊应该成为中国文学永恒的主题，或者说成为有良知的中国学者始终坚守的道德立场。论文第二章、第三章对相关议题的阐述，第五章中对苏童、莫言小说的分析，以及对陆川的两部电影的分析贯穿的也是这样一种历史和文学理念。

行文至此，笔者想引述景凯旋在《生活在别处》的译后记中的一段话来表达自己的感想，我们"想实现一个人们会比以前更加相爱的世界……这句话却显然表明了一种为人熟知的逻辑。它在黑格尔的历史必然论下已显露理论端倪，而在 20 世纪大放实践光彩。它的实质就在于：当历史法则与道德法则发生冲突时，必须牺牲道德法则；为了将来几百万人的幸福，牺牲今天几百人的幸福是值得的；为了历史的前进，牺牲人这一历史的主体是值得的。但既然如此，那么历史到底是什么？它为什么要前进？它的终点又在哪里？困扰着 20 世纪许多知识分子的正是对历史发展的这一崇高激情。这是一个最没有思想而人们却普遍声称获得了最正确思想的时代。似乎经过几千年的蒙昧期，人们终于走出了历史的宿命论，一劳永逸地掌握了客观的必然规律，从此一切都变得简单和明快了。"[①]

谈论历史始终让人觉得沉重，然而沉重里透露出期待与希望，这期待与希望让我们继续前行。

[①] 景凯旋：《生活在别处》，作家出版社 1989 年版，译后记。

参考文献

一　外文图书参考文献

1. Alan Sinfield, *Cultural Politics-Queer Reading*, London: Routledge, 1994.
2. Catherine Gallagher & Stephen Greenblatt, *Practicing New Historicism*, Chicago: The University of Chicago Press, 2000.
3. Claire Colebrook, *New Literary Histories: New Historicism and Contemporary Criticism*, Manchester: Manchester UP, 1997.
4. Clifford Geertz, *The Interpretation of Cultures*, New York: Basic Books, 1973.
5. Derrida Jacques, *Speech and Phenomena, and Other Essays on Husserl*, Newton Garver, trans., Evanston: Northwestern University Press, 1973.
6. Fredric Jameson, *The Political Unconscious*, Cornell University Press, 1981.
7. Fredric Jameson, *The Cultural Turn: Selected Writings on the Postmodern (1983—1998)*, Verso, 1998.
8. Gary Gutting, *Foucault: A Very Short Introduction*, Oxford University Press,

USA, 2005.

9. Jean Baudrillard, *The Consumer Society: Myths and Structures*, English translation copyright, Sage Publications, 1998.

10. John Brannigan, *New Historicism and Cultural Materialism*, Palgrave USA, 1998.

11. John Fiske, *Understanding Popular Culture*, Boston: Unwin Hyman Ltd., 1989.

12. Jonathan Culler, *Barthes: A Very Short Introduction*, Oxford University Press, USA, 2002.

13. Jonathan Culler, *Literary Theory: A Very Short Introduction*, Oxford Paperbacks, 2000.

14. Karl Popper, *The Open Society and Its Enemies*, Routledge. London, 1957.

15. Keith Jenkins, *The Postmodern History Reader*, London: Rutledge, 2001.

16. Michel Foucault, *The Foucault Reader*, Paul, Rabinow. eds., New York: Pantheon Books, 1984.

17. Michel Foucault, *What is an Author?* in *History Reader*, eds. David Finkelstein and Alistair McCleery, New York: Routledge, 2002.

18. Michel Foucault, *The Hermeneutics of the Subject*, Graham Burchell Trans. Palgrave, 2005.

19. Michel Foucault, *The Archeology of Knowledge*, A. M. Sheridan, trans., N. Y: Pantheon, 1972.

20. Pieters Jürgen, *Moments of Negotiation*, Amsterdam: Amsterdam University Press, 2001.

21. Peter Burke, ed., *New Perspectives on Historical Writing*, Pennsylvania State University Press, 2001.

22. Philippe Carrard, *Poetics of The New History: French Historical Discourse from Braudel to Chartie*, Johns Hopkins University Press, 1995.

23. Raymond Williams, *A Vocabulary of Culture and Society*, Oxford: Oxford

University Press, 1985.

24. Raymond Williams, *Marxism and Literature*, Oxford: Oxford University Press, 1977.

25. Raymond Williams, *The Sociology of Culture*, Chicago: University of Chicago Press, 1995.

26. Roman Selden, *A Reader's Guide to Contemporary Literary Theory*, Hemel Hempstead: Harvester Wheatsheaf, 1997.

27. Roland Barthes, *A Barthes Reader*, Susan Sontag, ed., London: Cape, 1982.

28. Ryan Kiernan, *New Historicism and Cultural Materialism: A Reader*, London: Hodder Arnold Publishers, 1996., Norton & Co., 2004.

29. Scott Wilson, *Cultural Materialism: Theory and Practice*, Oxford: Blackwell Publishers, 1995.

30. Stephen Greenblatt, ed., *New World Encounters*, California: University of California Press, 1993.

31. Stephen Greenblatt, *Hamlet in Purgatory*, Princeton: Princeton University Press, 2001.

32. Stephen Greenblatt, *Shakespeare and the Exorcists*, Robert Con Davis and Ronald Schleifer, ed., *Contemorary Literary Criticism*, New York and London: Longman, 1989.

33. Stephen Greenblatt, *Learning to Curse*, New York: Routledge, 1990.

34. Stephen Greenblatt, *Renaissance Self-fashioning: From More to Shakespeare*, Chicago: University of Chicago Press, 1980.

35. Stephen Greenblatt, *Shakespearean Negotiation: The Circulation of Social Energy in Renaissance England*, California: University of California Press, 1989.

36. Stephen Greenblatt, *The Greenblatt Reader*, Micheal Payne, ed., Blackwell Publishing, 2005.

37. Stephen Greenblatt, *The Swerve: How the World Became Modern*, W. W.

Norton, 2011.

38. Stephen Greenblatt, *Will in the World*: *How Shakespeare Became Shakespeare*, W. W. Norton, 2005.

39. Stephen Greenblatt & Giles. Gunn, ed., *Redrawing The Boundaries*, New York: The Modern Language Association of American, 1992.

40. Terry Eagleton, *After Theory*, Penguin Books Ltd., 2004.

41. Terry Eagleton, *Criticism and Ideology*, Verso, 1978.

42. Terry Eagleton, *Literary Theory*: *An Introduction*, University of Minnesota Press, 1996.

43. Thomas Brook, *The New Historicism and Other Old-Fashioned Topics*, Princeton: Princeton University Press, 1991.

44. Veeser H. Aram, ed., *The New Historicism Reader*, New York: Routledge, 1993.

45. Veeser H. Aram, ed., *The New Historicism*, New York: Routledge, 1989.

46. Willie Thompson, *Postmodernism and History*, Hundmills: Palgrave, 2004.

二 外文期刊、报纸参考文献

1. Andreas Schönle, "Social Power and Individual Agency: The Self in Greenblatt and Lotman", *The Slavic and East European Journal*, Vol. 45, No. 1, Spring, 2001.

2. Andy Mousley, "The New Literary Humanism: Towards a Critical Vocabulary", *Textual Practice*, Vol. 24, No. 5, 2010.

3. Anne D. Hall, "The Political Wisdom of Cultural Poetics", *Modern Philology*, Vol. 93, 1996.

4. Barbara Weinstein, "History Without a Cause? Grand Narratives, World History, and the Postcolonial Dilemma", *Internatiaonal Review of Social History*, Vol. 50, No. 1, 2007.

5. Breslin, JohnB., "The Shape of Things to Come", *America*, Vol. 192, No. 10, Mar., 21, 2005.

6. Bruce Holsinger, "'Historical Context' in Historical Context: Surface, Depth, and the Making of the Text", *New Literary History*, Vol. 42, 2011.

7. Catherine Belsey, "Towards Cultural History: In Theory and Practice", *Textual Practice*, Vol. 3, 1989.

8. Christopher Prendergast, "Circulating Representations: New Historicism and the Poetics of Culture", *SubStance*, Vol. 28, No. 1, Issue 88: Special Issue: Literary History, 1999.

9. Chung-Hsiung Lai, "Limits and Beyond: Greenblatt, New Historicism and a Feminist Genealogy", *Intergrams*, 7. 1—7. 2, 2006.

10. Custavo Guerra, "The Critic as Historian: The Taming of the New Historicism", *Style*, Vol. 30, No. 1, Spring, 1996.

11. David Harris Sacks, "Imagination in history", *Shakespeare Studies*, Vol. 31, 2003.

12. David Schalkwyk, "Historicism in Purgatory", *Pretexts: Literary and Cultural Studies*, Vol. 11, No. 1, 2002.

13. Diane M. Ross, "Review of The Power of Forms in the English Renaissance by Stephen Greenblatt", *The Sixteenth Century Journal*, Vol. 14, No. 4, Winter, 1983.

14. Douglas R. Skopp, "History: Narration-Interpretation-Orientation", *History*, Vol. 33, No. 3, Spring, 2005.

15. Edward Pechter, "The New Historicism and Its Discontents: Politicizing Renaissance Drama", *PMLA*, Vol. 102, No. 3, May, 1987.

16. Elizabeth Jane Bellamy, *Desires and Disavowals: Speculations on the Aftermath of Stephen*, Vol. 34, No. 3, Spring, 2005.

17. Elizabeth Scala, "The Ends of Historicism: Medieval English Literary Study in the New Century", *Texas Studies in Literature and Language*, Vol. 44, No. 1, Spring, 2002.

18. Eric Ormsby, "How the Secular World Began", *Wall Street Journal* [New York, N. Y.], Sep. 26, 2011: A. 15.

19. Esolen, Anthony, "Greenblatt's Curious Omission", *First Things*, Vol. 216, Oct., 2011.

20. F. R. Ankersmit, "An Appeal From the New to the Old Hostoricists", *History and Theory*, Vol. 42, May, 2003. (Review of Moments of Negotiation: The New Historicism of Stephen Greenblatt by Jürgen Pieters, Amsterdam: Amsterdam University Press, 2001.)

21. Gabrielle M. Spiegel, "Revising the Past/Revisiting the Present: How Change Happens in Historiography", *History and Theory*, Theme Issue 46, December, 2007.

22. Geoffrey Galt Harpham, "Foucault and the New Historicism", *American Literary History*, Vol. 3, No. 2, Summer, 1991.

23. Harro Muller, "Walter Benjamin's Critique of Historicism: A Rereading", *The Germanic Review*, Vol. 71, No. 4, Fall, 1996.

24. Harvey Mansfield, "Turning Point", *The Weekly Standard*, Feb. 13, 2012.

25. Heather Dubrow, "The Newer Historicism", *Clio*, Vol. 25, No. 4, Summer, 1996.

26. Heather James, "Shakespeare, the Classics, and the Forms of Authorship", *Shakespeare Studies*, Vol. 36, 2008.

27. James E. Faulconer and Richard N. Williams, "Temporality in Human Action: An Alternative to Positivism and Historicism", *American Psychologist*, Vol. 40, No. 11, Nov., 1985.

28. Jan R. Veenstra, "The New Historicism of Stephen Greenblatt: On Poetics of Culture and the Interpretation of Shakespeare", *History and Theory*, Vol. 34, No. 3, Oct., 1995.

29. Jan R. Veenstra, "The New Historicism of Stephen Grenblatt: on Poetics of Culture and The Interpretation of Shakespeare", *History and Theory*, Vol. 34, 1995.

30. Janet Maslin, "Using History as a Guide, But Skipping the Details", *New

York Times [New York, N. Y.] Sep., 27, 2005.

31. Jimmy So, "The Book That Changed the World", *Newsweek Web Exclusives*. Oct., 7, 2011.

32. John A. Ochoa, "The Uses of Literary History: Some Recent Titles Latin American", *Research Review*, Vol. 42, No. 3, 2007.

33. John Paul Spiro, "Will in the World: How Shakespeare Became Shakespeare", *The Upstart Crow*, Vol. 24, 2004.

34. Jose David Saldivar, "Tracking English and American Literary and Cultural Criticism", *Daedalus*, Vol. 126, No. 1, Winter, 1997.

35. Jose Rabasa, "Book Reviews – Marvelous Possessions: The Wonder of the New World by Stephen Greenblatt/Inventing America: Spanish Historiography and the Formation of Eurocentrism", *Comparative Literature*, Fall, 1995.

36. Joseph Kelly; Timothy Kelly, "Social History Update: Searching the Dark Alley: New Historicism and Social History", *Journal of Social History*, Vol. 25, 1992.

37. Judith Newton, Judith Stacey, "Learning Not to Curse, or Feminist Predicaments in Cultural Criticism", *Cultural Critique*, No. 23, Winter, 1992—1993.

38. Jürgen Pieters, "I was never a New Historicist: Catherine Belsey's History at the Level of the Signifier", *Textual Practice*, Vol. 24, No. 6, 2010.

39. Jürgen Pieters, "New Historicism: Postmodern Historiography between Narrativism and Heterology", *History and Theory*, Vol. 39, Issue 1, February, 2000.

40. Jürgen Pieters, "Past, Present and Future: New Historicism versus Cultural Materialism", *Postmodern Culture*, Vol. 10, No 2, January, 2000.

41. Judy Kronenfeld, "Shakespeare after Theory/Practicing New Historicism", *Renaissance Quarterly*, Vol. 54, No. 1, Spring, 2001.

42. Laury Magnus, Review of Will m the World: How Shakespeare Became Shakespear, *College Literature*, Vol. 33, No. 4, Fall, 2006.

43. Leonard Deen, Review of The value of the other—Marvelous Possessions: The Wonder of the New World by Stephen Greenblatt, *Commonweal*, Vol. 120, No. 17, Oct., 8, 1993.

44. Lois Potter, "Review of 'Will in the World': How Shakespeare Became Shakespeare by Stephen Greenblat", *Shakespeare Quarterly*, Vol. 56, No. 3, Autumn, 2005.

45. Margaret Faye Jones, "Bringing New Historicism into the American Literature Survey", *Teaching English in the Two Year College*, Vol. 28, No. 2, Dec., 2000.

46. Mark Derdzinski, "Invisible Bullets: Unseen Potential in Stephen Greenblatt's New Historicism", *Connotations*, Vol. 11. 2—3, 2001—2002.

47. Martin Jay, "Intention and Irony: The Missed Encounter between Hayden White and Quentin Skinner", *History and Theory* 52, February, 2013.

48. Matthew F. Ainsworth, "How the World Swerved toward Science: A Review of The Swerve: How the World Became Modern by Stephen Greenblatt", *SKEPTIC MAGAZINE*, Vol. 17, No. 3, 2012.

49. Michael Eskin, "Heidegger, Dilthey, and the Crisis of Historicism", *The Germanic Review*, Vol. 71, No. 4, Fall, 1996.

50. Miriam Elizabeth Burstein, "The Historical Novel and Contemporary Criticism: A Bibliographic Survey, 1990—2004", *Choice*, Vol. 43, No. 1, Sep., 2005.

51. Mitchell Stephens, "Profile of Stephen Greenblatt. The Professor of Disenchantment: Stephen Greenblatt and the New Historicism", *San Jose Mercury: West Magazine*, March, 1, 1992.

52. N. Rudenstine, "Greenblatt Named University Professor of the Humanities", In Gazettle, *The Harvard University*, Http://www.hno.harvard.edu/gazette/2000/09.21/greenblatt.html, 2011-11-12.

53. Noel King, "The Restless Circulation of Languages and Tales: interview with Stephen Greenblatt", *Harvard University*. Textual Practice, Vol. 20, No. 4, 2006.

54. Paul A. Cantor, "Stephen Greenblatt's New Historicist Vision", *Academic Questions*, Fall, 1993.

55. Paul A. Roth, "History and the Manifest Image: Hayden White as a Philosopher of History", *History and Theory*, Vol. 52, February, 2013.

56. Peter A. Zusi, "Echoes of the Epochal: Historicism and the Realism Debate", *Comparative Literature*, Vol. 56, No. 3, Summer, 2004.

57. Philip Edwards, "Review of Renaissance Self-Fashioning: From More to Shakespeare by Stephen Greenblatt", *Renaissance Quarterly*, Vol. 35, No. 2, Summer, 1982.

58. Pieter Vermeulen, "Greenblatt's Melancholy Fetish: Literary Criticism and the Desire for Loss", *Textual Practice*, Vol. 24, No. 3, 2010.

59. R. V. Young, "Stephen Greenblatt: The Critic as Anecdotalist", *Modernage*, Summer/Fall, 2009.

60. Randolph Starn, "Historicizing Representations: A Formal Exercise", *Representations*, Vol. 104, Fall, 2008.

61. René Weis, "Was There a Real Shakespeare?" *Textual Practice*, Vol. 23, No. 2, 2009.

62. Richard Bernstein, "It's Back to the Blackboard for Literary Criticism", *New York Times* [New York, N. Y.], Feb., 19, 1991: C. 11.

63. Richard van Oort, "The Critic as Ethnographer", *New Literary History*, Vol. 35, No. 4, Autumn, 2004.

64. Ross Murfin and Supryia M. Ray, "Definition of the New Historicism", *Adapted from The Bedford Glossary of Critical and Literary Terms*, Bedford Books, 1998.

65. Sarah Beckwith, "Stephen Greenblatt's Hamlet and the Forms of Oblivion", *Journal of Medieval and Early Modern Studies*, 33: 2, Spring, 2003.

66. Sarah Maza, "Stephen Greenblatt, New Historicism, and Cultural History, or, What We Talk about When We Talk about Interdisciplinarity",

Modern Intellectual History, Vol. 1, No. 2, 2004.

67. Scott Wilson, "The Economimesis of New Historicism (Or How New Historicism Displaced Theory in English Literature Departments)", *Journal for Cultural Research*, Vol. 11, No. 2, April, 2007.

68. Sissela Bok, "The Nature of Things", *The American Scholar*, Winter 2012.

69. Sondra Bacharach, "Toward a Metaphysical Historicism", *The Journal of Aesthetics and Art Criticism*, Vol. 63, No. 2, Spring, 2005.

70. Stephen Greenblatt, "Racial Memory and Literary History", *PMLA*, Vol. 116, No. 1, Special Topic: Globalizing Literary Studies, Jan., 2001.

71. Stephen Greenblatt, "The Crowd Parts", *Common Knowledge*, Vol. 13: 2—3, 2007.

72. Stephen Greenblatt, "What Is the History of Literature?" *Critical Inquiry*, Vol. 23, No. 3, Spring, 1997.

73. Stephen Greenblatt. "Review of The Cult of Elizabeth: Elizabethan Portraiture and Pageantry", By Roy Strong, *Renaissance Quarterly*, Vol. 31, No. 4, Winter, 1978.

74. Stevens, Paul, "Pretending to be Real: Stephen Greenblatt and the Legacy of Popular Existentialism", *New Literary History*, Vol. 33, No. 3, Summer, 2002.

75. Sujata Iyengar, "Review of Practicing New Historicism by Catherine Gallagher & Stephen Greenblatt", *The Sixteenth Century Journal*, Vol. 33, No. 3, Autumn, 2002.

76. Sylvia Adamson, "Questions of Identity in Renaissance Drama: New Historicism Meets Old Philology", *Shakespeare Quarterly*, Vol. 61, No. 1, Spring, 2010.

77. Terry Threadgold, "Cultural Studies, Critical Theory and Critical Discourse Analysis: Histories, Remembering and Futures", *Cardiff: Linguistik online* 14, 2/03.

78. Theodore B. Leinwand, "Negotiation and New Historicism", *Publications of*

the Modern Language Association of America, Vol. 105, No. 3, May, 1990.

79. Thomas Fleming, "How Real History Fits into the Historical Novel", *The Writer*, Vol. 111, No. 3, Mar, 1998.

80. Vladimir E. Alexandrov, "Literature, Literariness, and the Brain", *Comparative Literature*, Vol. 59, No. 2, Spring, 2007.

81. Jeffrey J. Williams, "Critical Self-Fashioning: An Interview with Stephen J. Greenblatt", *Minnesota Review*, Winter/Spring, 2009.

三　中文图书参考文献

1. 生安锋：《透视文化、重构历史：新历史主义的缔造者——斯蒂芬·格林布拉特教授访谈录》，《当代外语研究》2010年第3期。

2. ［澳］麦卡拉（McCullagh, C. B.）：《历史的逻辑：把后现代主义引入视域》，张秀琴译，北京师范大学出版社2008年版。

3. ［俄］巴赫金：《巴赫金全集》第5、6卷，河北教育出版社1998年版。

4. ［波兰］埃娃·多曼斯卡编：《邂逅：后现代主义之后的历史哲学》，彭刚译，北京大学出版社2007年版。

5. ［德］阿梅龙、［德］狄安涅、刘森林主编：《法兰克福学派在中国》，社会科学文献出版社2011年版。

6. ［德］马克思：《马克思恩格斯选集》第一卷，人民出版社1972年版。

7. ［德］本雅明：《历史哲学论纲》，《本雅明文选》，中国社会科学出版社1999年版。

8. ［美］阿诺德·豪塞尔：《艺术史的哲学》，中国社会科学出版社1992年版。

9. ［法］波德里亚：《消费社会》，刘成富、全志钢译，南京大学出版社2000年版。

10. ［法］弗朗索瓦·多斯：《碎片化的历史学——从〈年鉴〉到"新史学"》，马胜利译，北京大学出版社2008年版。

11. ［法］米歇尔·福柯：《主体解释学》，余碧平译，上海人民出版社2005年版。

12. ［法］让-佛朗索瓦·利奥塔：《后现代性与公正游戏：利奥塔访谈

录》，谈瀛洲译，上海人民出版社 1997 年版。

13. ［法］让-弗朗索瓦·利奥塔：《后现代状态：关于知识的报告》，岛子译，湖南美术出版社 1996 年版。

14. ［美］约翰·费斯克：《理解大众文化》，王晓珏、宋伟杰译，中央编译出版社 2001 年版。

15. ［美］斯蒂芬·格林布拉特：《俗世威尔——莎士比亚新传》，辜正坤等译，北京大学出版社 2007 年版。

16. ［美］弗雷德里克·詹姆逊：《后现代主义与文化理论》，唐小兵译，陕西师范大学出版社 1987 年版。

17. ［美］弗雷德里克·杰姆逊、三好将夫编：《全球化的文化》，马丁译，南京大学出版社 2001 年版。

18. ［美］海登·怀特：《后现代历史叙事学》，陈永国、张万娟译，中国社会科学出版社 2003 年版。

19. ［美］海登·怀特：《话语的转义——文化批评文集》，董立河译，大象出版社 2011 年版。

20. ［美］海登·怀特：《历史的世界，文学的历史》，转引自拉尔夫·科恩《文学理论的未来》，中国社会科学出版社 1993 年版。

21. ［美］海登·怀特：《元史学：十九世纪欧洲的历史想像》，陈新译，译林出版社 2004 年版。

22. ［美］克利福德·格尔茨：《文化的解释》，韩莉译，译林出版社 1999 年版。

23. ［美］林·亨特：《新文化史》，姜进译，华东师范大学出版社 2011 年版。

24. ［美］鲁晓鹏：《从史实性到虚构性：中国叙事诗学》，王玮译，北京大学出版社 2012 年版。

25. ［美］乔纳森·卡勒：《文学理论》，李平译，辽宁教育出版社 1998 年版。

26. ［意］克罗齐：《美学原理》，《西方文艺理论名著选编：中卷》，北京大学出版社 1986 年版。

27. ［英］彼得·伯克：《什么是文化史》，蔡玉辉译，北京大学出版社 2009 年版。

28. ［英］伯恩斯（Burns, R. M.）、皮卡德（Pickard, H. R.）：《历史哲学：从启蒙到后现代性》，张羽佳译，北京师范大学出版社 2008 年版。

29. ［英］卡尔·波普尔：《历史决定论的贫困》，华夏出版社 1987 年版。

30. ［英］科林伍德：《历史的观念》，何兆武、张文杰译，商印书社 1997 年版。

31. ［英］斯图亚特·西姆：《德里达与历史的终结》，王昆译，北京大学出版社 2005 年版。

32. ［英］特雷·伊格尔顿：《二十世纪西方文学理论》，伍晓明译，北京大学出版社 2007 年版。

33. ［英］特里·伊格尔顿：《理论之后》，商正译，商务印书馆 2009 年版。

34. ［英］特里·伊格尔顿：《文化的观念》，方杰译，南京大学出版社 2003 年版。

35. ［英］沃尔什：《历史哲学导论》，何兆武、张文杰译，广西师范大学出版社 2001 年版。

36. ［英］西蒙·冈恩：《历史学与文化理论》，韩炯译，北京大学出版社 2012 年版。

37. ［英］朱利安·沃尔弗雷斯编：《21 世纪批评述介》，张琼、张冲译，南京大学出版社 2009 年版。

38. 包亚明主编：《权力的眼睛——福柯访谈录》，严锋译，上海人民出版社 1997 年版。

39. 陈恒、耿相新主编：《新史学：第四辑》，大象出版社 2005 年版。

40. 陈厚诚、王宁主编：《西方当代文学批评在中国》，百花洲文艺出版社 2000 年版。

41. 陈晓明：《移动的边界》，湖北教育出版社 2000 年版。

42. 陈晓明、杨鹏：《结构主义与后结构主义在中国》，首都师范大学出版社 2002 年版。

43. 陈晓明：《批评的旷野》，花城出版社 2006 年版。

44. 陈晓明：《现代性的幻象——当代理论与文学的隐蔽转向》，福建教育出版社 2008 年版。

45. 陈晓明：《中国当代文学主潮》，北京大学出版社 2009 年版。
46. 陈新：《西方历史叙述学》，社会科学文献出版社 2005 年版。
47. 陈新主编：《当代西方历史哲学读本（1967—2002）》，复旦大学出版社 2004 年版。
48. 代迅：《西方文论在中国的命运》，中华书局 2008 年版。
49. 樊星：《中国当代文学与美国文学》，中国社会科学出版社 2009 年版。
50. 冯黎明：《走向全球化：论西方现代文论在当代中国文学理论界的传播与影响》，中国社会科学出版社 2009 年版。
51. 葛红兵：《20 世纪中国文艺思想史论》，上海大学出版社 2006 年版。
52. 胡经之等主编：《西方文艺理论名著教程》，北京大学出版社 2003 年版。
53. 胡伟希：《20 世纪西方哲学东渐史：中国本土文化视野下的西方哲学》，首都师范大学出版社 2007 年版。
54. 胡金望主编：《文化诗学的理论与实践研究》，中国社会科学出版社 2004 年版。
55. 黄见德：《20 世纪西方哲学东渐史：导论》，首都师范大学出版社 2007 年版。
56. 景凯旋：《生活在别处》，米兰·昆德拉著，译后记，作家出版社 1989 年版。
57. 江腊生：《解构与建构：后现代主义与中国 20 世纪 90 年代小说研究》，中国社会科学出版社 2010 年版。
58. 蒋述卓：《批评的文化之路》，中国社会科学出版社 2003 年版。
59. 蒋述卓主编：《文化诗学：理论与实践》，人民文学出版社 2005 年版。
60. 孔范今、施战军：《苏童研究资料》，山东文艺出版社 2006 年版。
61. 刘昶：《人心中的历史》，四川人民出版社 1987 年版。
62. 陆贵山主编：《中国当代文艺思潮》，中国人民大学出版社 2002 年版。
63. 陆扬、王毅：《文化研究导论》，复旦大学出版社 2006 年版。
64. 陆扬主编：《文化研究概论》，复旦大学出版社 2008 年版。
65. 毛崇杰：《颠覆与重建：后批评中的价值体系》，社会科学文献出版社 2002 年版。

66. 莫言：《欢乐》，民族出版社 2004 年版。
67. 莫言：《生死疲劳》，上海文艺出版社 2008 年版。
68. 莫言：《红高粱家族》，上海文艺出版社 2008 年版。
69. 莫言：《红蝗》，民族出版社 2004 年版。
70. 莫言：《酒国》，上海文艺出版社 2008 年版。
71. 莫言：《丰乳肥臀》，工人出版社 2003 年版。
72. 莫言：《我痛恨所有的神灵》，见张志忠《莫言论》，中国社会科学出版社 1990 年版。
73. 莫言：《语言的优美和故事的象征意义》，《说吧·莫言》，海天出版社 2007 年版。
74. 牛润珍：《关于历史学理论的学术论辩》，百花洲文艺出版社 2004 年版。
75. 苏童：《河流的秘密》，作家出版社 2009 年版。
76. 苏童：《纸上的美女》，人民日报出版社 1998 年版。
77. 苏童：《我的帝王生涯》，花山文艺出版社 2001 年版。
78. 苏童：《一九三四年的逃亡》，上海社会科学院出版社 1988 年版。
79. 苏童：《世界两侧》，江苏文艺出版社 1993 年版。
80. 苏童：《碧奴》，重庆出版社 2006 年版。
81. 盛宁：《人文困惑与反思——西方后现代主义思潮批判》，生活·读书·新知三联书店 1997 年版。
82. 盛宁：《新历史主义》，台湾扬智文化事业公司 1996 年版。
83. 石坚、王欣：《似是故人来：新历史主义视角下的 20 世纪英美文学》，重庆大学出版社 2008 年版。
84. 陶东风、和磊：《中国新时期文学 30 年（1978—2008）》，中国社会科学出版社 2008 年版。
85. 陶东风主编：《当代中国文艺思潮与文化热点》，北京大学出版社 2008 年版。
86. 田汝康、金重远编：《当代西方史学流派文选》，上海人民出版社 1982 年版。
87. 童庆炳：《在历史与人文之间徘徊：童庆炳文学专题论集》，赵勇编，北京师范大学出版社 2007 年版。

88. 童庆炳主编:《文化与诗学:第七辑》,北京师范大学文艺学研究中心编,北京大学出版社 2009 年版。

89. 童世骏主编:《西学在中国:五四运动 90 周年的思考》,生活·读书·新知三联书店 2010 年版。

90. 王逢振:《交锋:21 位著名批评家访谈录》,上海人民出版社 2007 年版。

91. 王进:《新历史主义文化诗学——格林布拉特批评理论研究》,暨南大学出版社 2012 年版。

92. 王宁主编:《全球化与文化:西方与中国》,北京大学出版社 2002 年版。

93. 王晴佳、古伟瀛:《后现代与历史学——中西比较》,山东大学出版社 2003 年版。

94. 王一川:《文艺转型论:全球化与世纪之交文艺变迁》,北京师范大学出版社 2011 年版。

95. 王一川等:《西方文论中国化与中国文论建设》,经济科学出版社 2012 年版。

96. 王岳川:《后现代主义文化研究》,北京大学出版社 1992 年版。

97. 王岳川:《中国镜像:90 年代文化研究》,中央编译出版社 2001 年版。

98. 王岳川:《后现代后殖民主义在中国》,首都师范大学出版社 2001 年版。

99. 王岳川:《后殖民主义与新历史主义文论》,山东教育出版社 1999 年版。

100. 吴锡民:《接受与阐释:意识流小说诗学在中国(1979—1989)》,中国社会科学出版社 2008 年版。

101. 吴玉杰:《新历史主义与历史剧的艺术建构》,中国社会科学出版社 2005 年版。

102. 徐贲:《走向后现代与后殖民》,中国社会科学出版社 1996 年版。

103. 许钧、宋学智:《20 世纪法国文学在中国的译介与接受》,湖北教育出版社 2007 年版。

104. 薛毅主编:《西方都市文化研究读本》第四卷,广西师范大学出版社 2008 年版。

105. 杨莉馨:《异域性与本土化:女性主义诗学在中国的流变与影响》,

北京大学出版社 2005 年版。

106. 杨飏:《90 年代文学理论转型研究》,中国社会科学出版社 2001 年版。

107. 杨杨:《莫言研究资料》,人民出版社 2005 年版。

108. 叶立文:《"误读"的方法:新时期初西方现代主义文学的传播与接受》,中国社会科学出版社 2009 年版。

109. 曾繁仁主编:《中国新时期文艺学史论》,北京大学出版社 2008 年版。

110. 张广智:《西方史学史》(第二版),复旦大学出版社 2004 年版。

111. 张进:《新历史主义与历史诗学》,中国社会科学出版社 2004 年版。

112. 张京媛主编:《新历史主义与文学批评》,北京大学出版社 1993 年版。

113. 张清华:《中国当代文学中的历史叙事:海德堡讲稿》,北京大学出版社 2012 年版。

114. 张荣翼:《冲突与重建:全球化语境中的中国文学理论问题》,武汉大学出版社 2005 年版。

115. 张荣翼:《理论之思——文学理论的问题与思考》,中国社会科学出版社 2012 年版。

116. 赵淳:《话语实践与文化立场:西方文论引介研究:1993—2007》,南京大学出版社 2008 年版。

117. 中国社科院外文所编:《文艺学和新历史主义》,社会科学文献出版社 1993 年版。

118. 朱立元:《当代西方文艺理论》,华东师范大学出版社 1997 年版。

119. 朱晓进等编著:《非文学的世纪:20 世纪中国文学与政治文化关系史论》,南京师范大学,2004 年。

附录 1

以"新历史主义"为关键词在中国知网检索的论文(其中包括硕博士论文,重复发表的论文只算一篇)数据总汇表。

表附录 1-1　　有关"新历史主义"的论文数据汇总表(1)

年份(总篇数)	关于新历史主义理论本身的研究	关于新历史主义与新历史小说	关于新历史主义与历史影视剧	运用新历史主义理论进行文本阐释	提及新历史主义的
1986 (1)	1	0	0	0	0
1987 (0)	0	0	0	0	0
1988 (0)	0	0	0	0	0
1989 (1)	1	0	0	0	0
1990 (6)	3	0	0	0	3
1991 (5)	3	0	0	0	2
1992 (5)	3	0	0	0	2
合计(篇)	11	0	0	0	7

表附录 1-2　　有关"新历史主义"的论文数据汇总表(2)

年份(总篇数)	关于新历史主义理论本身的研究	关于新历史主义与新历史小说	关于新历史主义与历史影视剧	运用新历史主义理论进行文本阐释	提及新历史主义的
1993 (12)	7	0	0	0	5
1994 (15)	8	1	0	0	6
1995 (31)	14	0	2	0	15
1996 (25)	10	2	2	0	11

续表

年份（总篇数） \ 内容篇数	关于新历史主义理论本身的研究	关于新历史主义与新历史小说	关于新历史主义与历史影视剧	运用新历史主义理论进行文本阐释	提及新历史主义的
1997（31）	14	3	0	0	14
1998（19）	4	2	3	0	10
1999（33）	15	3	2	0	13
合计（篇）	72	11	9	0	74

表附录 1-3　　有关"新历史主义"的论文数据汇总表（3）

年份（总篇数） \ 内容篇数	关于新历史主义理论本身的研究	关于新历史主义与新历史小说	关于新历史主义与历史影视剧	运用新历史主义理论进行文本阐释	提及新历史主义的
2000（34）	6	8	3	0	17
2001（47）	19	7	2	2	17
2002（56）	21	3	0	7	25
2003（94）	14	14	8	11	45
2004（94）	17	9	6	12	50
2005（79）	13	4	7	20	35
合计（篇）	90	45	26	52	189

表附录 1-4　　有关"新历史主义"的论文数据汇总表（4）

年份（总篇数） \ 内容篇数	关于新历史主义理论本身的研究	关于新历史主义与新历史小说	关于新历史主义与历史影视剧	运用新历史主义理论进行文本阐释	提及新历史主义的
2006（111）	28	14	16	28	25
2007（131）	34	11	12	27	47
2008（147）	26	18	15	49	39
2009（159）	23	16	12	53	55
2010（223）	31	17	19	77	79
2011（206）	17	7	13	85	84
2012（221）	20	6	11	105	79
合计（篇）	156	89	98	424	408

表附录1-5　　　有关"新历史主义"的论文数据汇总表（5）

年份（总篇数） \ 内容篇数	关于新历史主义理论本身的研究	关于新历史主义与新历史小说	关于新历史主义与历史影视剧	运用新历史主义理论进行文本阐释	提及新历史主义的
第一阶段（1986—1992）	11	0	0	0	7
第二阶段（1993—1999）	72	11	9	0	74
第三阶段（2000—2005）	90	45	26	52	189
第四阶段（2006—2012）	156	89	98	424	408
合计（篇）	329	145	133	476	678

附录2

以"新历史主义"为关键词在中国知网检索的论文(其中包括硕博士论文,重复发表的论文只算一篇)数据统计图。

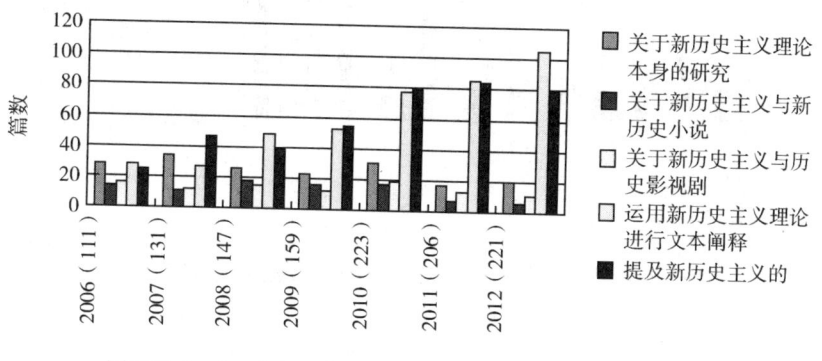

图附录2-1 有关"新历史主义"的论文数据统计图(1)

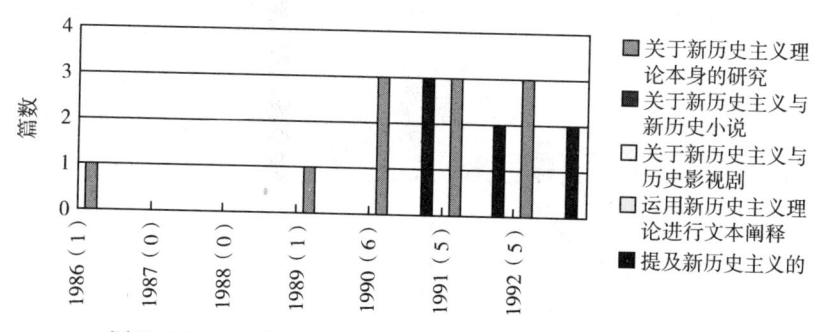

图附录2-2 有关"新历史主义"的论文数据统计图(2)

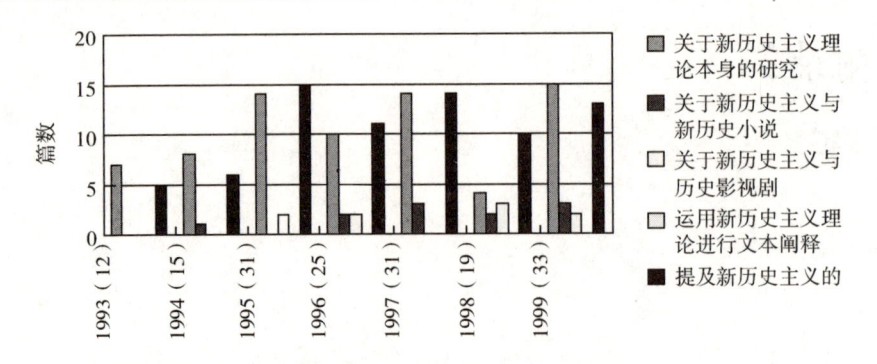

图附录 2-3　有关"新历史主义"的论文数据统计图（3）

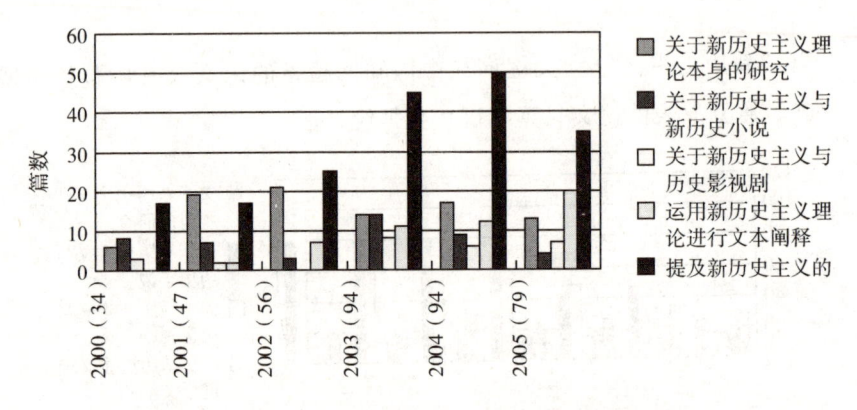

图附录 2-4　有关"新历史主义"的论文数据统计图（4）

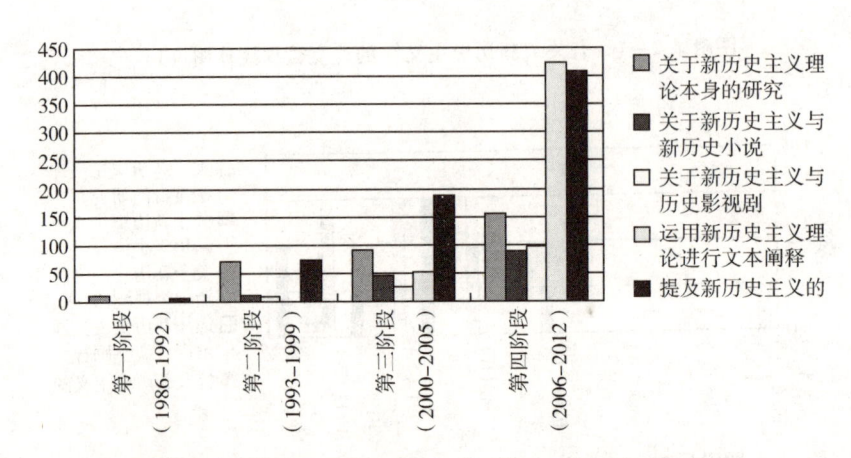

图附录 2-5　有关"新历史主义"的论文数据统计图（5）